孙玉明 著

人民文学出版社

人与岁月

红学:1954

图书在版编目(CIP)数据

红学:1954 / 孙玉明著. —北京:人民文学出版社,2010
(人与岁月丛书)
ISBN 978-7-02-008285-8

Ⅰ.①红… Ⅱ.①孙… Ⅲ.①纪实文学—中国—当代
Ⅳ.①I25

中国版本图书馆CIP数据核字(2010)第181332号

责任编辑:周绚隆
责任校对:刘晓强
责任印制:李　博

人民文学出版社出版
http://www.rw-cn.com
北京市朝内大街166号　邮编:100705
北京新魏印刷厂印刷　新华书店经销
字数331千字　开本680×960毫米　1/16　印张23.25　插页2
2011年1月北京第1版　2013年1月第2次印刷
印数:10001—15000
ISBN 978-7-02-008285-8
定价:35.00元

如有印装质量问题,请与本社图书销售中心调换。电话:01065233595

# 出版说明

岁月无情,人生有涯。面对滚滚奔流的历史长河,无论是叱咤一时的风云人物,还是默默无闻的芸芸众生,都难以逃脱命运的拨弄。个人永远不过是沧海一粟,在时代的演进播荡中,任何人都无法超越现实而存在。

人,是历史活动的主体、时代舞台上的主角。但是,在历史巨变或漫长岁月的迁流之中,人类的个体,常常承载着由此而来的悲喜和伤痛。个体的生命存在,以及他们的哀乐歌哭、命运遭际、希冀与无奈,这一切,构成了历史的血肉和社会进程中最鲜活生动的元素。

当个人的历史成为社会史的一部分,私人记忆与公众记忆重合的时候,个人史的抒写、私人回忆的辑录,就显示出重大的意义和无法取代的价值。基于这样一种理解和认识,才有了这套"人与岁月"丛书的策划、编辑和出版。

我们力图使之成为一套涵括面较广的传记文学丛书,主要辑入传记、自述和回忆录,其中既有私人往事、个人生活史的书写记忆,也有社会历史事件的追溯梳理实录。

丛书将分辑陆续推出。诚望得到广大读者、作者的支持和帮助。

人民文学出版社编辑部<br>
二〇一〇年九月

# 前　言

对"红学"诸多问题的论争,形成了红学史上一道亮丽的风景线。可以毫不夸张地说,没有论争,学术就难以向前发展,"红学"也不会显得如此热闹非凡。

早在曹雪芹增删修改《红楼梦》的过程中,对诸多问题的论辩便已开始,此后断断续续,直至今日,似乎永无休止。更令人感到惊叹的是,随着"红学"研究的深入发展,争论的问题却越来越多,论辩的范围也越来越大。刚刚解决了一个问题,却又随之出现了更多的问题,这种现象,在人类文化史上,恐怕还不多见。

脂砚斋等早期评者们的相互辩驳,后世文人因"一言不和"而"几挥老拳",胡适与蔡元培的"红学论战",关于曹雪芹生卒年的论争,都属学术论战性质。唯独发生在1954年的"《红楼梦》研究批判运动",却与其他论辩有着很大的区别,从而超越学术层面而扩展到其他各个领域,成为影响国家政治和文化生活的一件大事。

本来,当"两个小人物"发表《关于〈红楼梦简论〉及其他》及《评〈红楼梦研究〉》这两篇文章与俞平伯商榷时,论争的性质仍然停留在学术层面,但在开国领袖毛泽东的亲自指挥和领导下,这场学术论战便彻底改变了性质,批判的锋芒也随即指向了统治中国学术界达三十年的"胡适思想"。

领袖人物的介入,举国文人的参战,批判对象的更换,论辩也演变为一场轰轰烈烈的批判运动。由于这场运动的特殊性质,也自然引起了世人的瞩目。运动爆发以后,海内外媒体便纷纷报道,改革开放以来,回顾反思这段历史的论著更是屡屡可见,但平心而论,由于这些论著缺乏必要的史料,论述者的出发点与思想倾向又各不相同,因而其中往往充满了想当然的猜测之词,所言自然也不会符合所谓历史的真实。

这是一个人人关注的话题,但却很少有人能够讲清它发生和发展的真实过程。今天,在许多鲜为人知的史料陆续披露以后,也为我们如实地描述这段历史提供了可能。

1989年6月,笔者被分配到中国艺术研究院《红楼梦学刊》编辑部,因工作需要而不得不去了解"红学"的历史。悠悠数载,恍如一梦。尚未窥见"红学"的门径,苦读"红学"史料的一天天、一月月、一年年却都成了历史。因深感查找资料之苦,便产生了写《红学论争史》的念头,为自己也为他人提供阅读和查找上的方便。然而,有什么想法是一码事,具体运作起来却又是另一码事。"红学"何其深奥!仅凭才疏学浅的我,又怎能完成这项重任?于是,1996年年初,我很干脆地敲起了退堂鼓。

然而,手中的史料,心里的想法,师友的鼓励,却又使得我欲罢不能。数月后,我突发奇想,决定避难就易,写一写1954年的"《红楼梦》研究批判运动"这个许多人都关心的话题。结果还是想起来容易做起来难!收集资料、采访当事人及知情者,悠悠忽忽,又过去了将近两年。资料虽然搜集得差不多了,却又由于种种原因,依然不能开笔。后来,在关心我的师友们的催促下,我才不得不硬着头皮"挥戈上阵",担当起这项力不从心的苦差事。说实在的,以我的能力,是负载不起对这段历史的沉重反思的。如今,书是写出来了,但究竟是成是败,我自己心里却一点都没底儿!

在写作的过程中,笔者主观上一直努力控制着自己的感情,以期尽可能客观地反映这段历史。然而,一切的努力似乎都毫无作用,初稿写成以后回头修改,却发现其中的感情色彩仍然很浓很浓。

这是无奈之中最无奈的事,写书而不带感情,是绝对不可能的。因此,有几个问题需要略作说明:

一、这场批判运动,很难起一个准确的名字。定名为"《红楼梦》研究批判运动",是不切合实际的。这个名字,其实只能涵盖运动的部分内容。定为"1954年大批判",也不确切,因为它一直延续了很长时间。实际上,这是连环扣式的一场大运动,是由几个彼此联系却又各自独立的小运动共同组成的:由"《红楼梦》研究批判"引发了"《文艺报》事件"、"胡适思想批判"、"胡风案件"、"丁玲、陈企霞案件",又由"胡风案件"引发了"肃反运动",可谓"戏中有戏,山里套山"。要用一个名字准确简练地涵盖这么丰富的内容,委实很难。但因这场运动起因于《红楼梦》研究批判,而其爆发时间又是在1954年秋,且重头戏都已基本上演,第二年发生的"丁、陈案件"也已埋下了伏笔,因此将本书定名为:"红学:1954"。

二、在同一个时空中,几个事件同时交错出现,犹如同一个大舞台上同时上演着几部既有联系却又各自独立的戏,可谓千头万绪,很难理清。即使勉强按时间顺序叙述,也难免让人感到应接不暇眼花缭乱,而且还很容易造成挂一漏万的弊端。然而,事是人做的,戏是人演的。即使有多少部戏同时上演,亦可首先分头抓住每部戏的"主要演员",然后以主带众,兼及"群众演员"。因此,本书采用了史书常用的纪传体例,即以重要人物为主分出章节,每一章都以人物的活动线索为经纬叙述事件。为避免重复之嫌,亦采用史书惯用的互见法,此详彼略,以便读者互相参看。

三、书中述及批判文章时,为了保存一份"历史的真实",更多地引用了批判文章中的文字,这便导致了与全书风格的不尽统一。然而,史料似比任何东西都更具有说服力!为了"保存原貌",以见出当时那段"真实的历史",即使笔者受到"躲懒"之讥,也只能如此。

四、也正是为了保存那份"历史的真实",所以本书在引述批判文章时,也都无一例外地指名道姓,并详细注明刊载的报刊和具体日期。虽然如此,矛头也不是具体对准哪一个人,只是通过这些有代表性的文章,以涵盖当时的那段历史,并非特指"某一个"。典型人物或典型事件,往往都是对特定时代特定事件中某种现象的高度概括。搞文史研究的人,也都明白这个道理,用不着多加解释。

五、与之相联系,本书在引述批判文章时,当然是按自己的主观看法来选择的,但选择的标准却是基于文章的具体内容。在这些作者中,有许多是我非常崇敬熟悉的老先生,甚至还有一些是我老师的老师。然而,真理面前人人平等。按照自己的是非原则,我不仅选取了他们的文章,而且在引述时还经常予以评判,有时甚至可以说是批判。但即使如此,我从内心深处仍然是尊敬他们的。所谓批判,也只是就事论事,并无其他任何目的。"对事不对人",乃是本书的一贯宗旨。

六、基于这一宗旨,即使对同一个人,本书也有截然不同的评判,这主要是看他在具体事件中的具体表现如何,并非笔者没有主见的随意评判。

七、本书统一体例,无论提到任何人,都一概不加"先生"、"老师"乃至职务等敬称,还望当事人及读者见谅。

笔者在收集资料和撰写此书的过程中,曾经得到过许多师友这样那样的支持和帮助,若没有他们的大力支持,本书也许很难面世。从这个意义上来说,这本书,虽然是由笔者执笔写成的,但实际上也可以说是"集体力量的结晶"。这些曾经对本书的撰写做出过贡献的人有:北京图书馆出版社的郭又陵、殷梦霞;中国艺术研究院的李希凡、胡文彬、张庆善、王湜华、王路、张云、傅瑾;中国社会科学院的刘世德、邓绍基、樊骏、张国星、竺青;人民文学出版社的管士光、刘国辉、周绚隆及资料室的部分同志;人民出版社的戴联斌;中华书局的顾青;北京大学博士生段江丽、詹颂;天津社会科学院的门岿、孙玉蓉;山东大学的袁世硕;及俞平伯家属俞润民夫妇等。谨借此书出版之机,向他们一并表示由衷的感谢。

孙 玉 明

2003年8月22日

# 目 录

第一章 俞平伯误入"红尘" —————————— 1
　　一　人生路上的"错误抉择" ……… 1
　　二　从《红楼梦辨》到《红楼梦研究》 ……… 12
　　三　引火烧身的《红楼梦简论》 ……… 22

第二章 两个小人物意外走"红" —————————— 36
　　一　《关于〈红楼梦简论〉及其他》 ……… 36
　　二　《评〈红楼梦研究〉》 ……… 45
　　三　一举成名天下知 ……… 56

第三章 毛泽东亲自发动并领导了这场运动 —————————— 72
　　一　运动爆发的偶然性和必然性 ……… 72
　　二　运动终于爆发 ……… 77
　　三　他一直控制着运动的方向 ……… 88

第四章 他们被推到了风口浪尖 —————————— 98
　　一　"贵族老爷"冯雪峰 ……… 98
　　二　批判运动中的胡风 ……… 114

## 第五章 《文艺报》成了替罪羊 —— 132
一 "替罪羊"罪有应得 ……… 132
二 万炮齐轰《文艺报》 ……… 135
三 自相戕戮自张罗 ……… 152
四 "丁、陈事件"的导火索 ……… 155

## 第六章 风暴中心的俞平伯 —— 172
一 "红极一时"反招祸 ……… 172
二 一次奇特的座谈会 ……… 179
三 他陷入了风暴的中心 ……… 190
四 风暴中的孤独者 ……… 208
五 严寒中的一丝温暖 ……… 220

## 第七章 胡适与"新红学" —— 239
一 "新红学"产生的主、客观条件 ……… 239
二 破"旧"立"新"的《红楼梦考证》 ……… 244
三 实事求是的治学方法 ……… 256
四 "作茧自缚"的"自叙传说" ……… 260

## 第八章 "胡适思想"批判 —— 273
一 他注定了被批判的命运 ……… 273
二 阵容强大的批判大军 ……… 284
三 大洋彼岸的胡适 ……… 303

## 第九章 运动中的几个"难友" —— 314
一 周汝昌引火烧身 ……… 314
二 顾颉刚"在劫难逃" ……… 331

三　文怀沙"罪有应得"　………　336
四　吴恩裕的惶恐　………　339
五　王佩璋的人生悲歌　………　346

# 第一章　俞平伯误入"红尘"

　　侧耳幽深的时光隧道,似乎总能听到一声声无可奈何的叹息。

　　叹息是无奈的表白;叹息是难言的追悔。

　　苍天悠悠,红尘滚滚。"无才补天"的曹雪芹在叹息,"误入红尘"的俞平伯也在叹息。前者的叹息化作了不朽名著《红楼梦》,后者则为人生路上的"错误抉择"而沉思。

　　这是一段发人深思的历史,却也是一段不易表述的历史。倘若历史确有情,历史也当为俞平伯的抉择而叹息。

　　俞平伯与《红楼梦》,可谓冤缠孽结大半生,但是祸是福,恐怕连他自己也说不清楚。这位多才多艺的文学家,本应在诗文创作领域扬名立万,由于偶然的机缘,误走上《红楼梦》研究的道路,终至引火烧身,引发了一场轰轰烈烈的批判运动,自己也成了举国上下妇孺皆知的人物。殊不知,这位以治红学而闻名于世的"红学家",早年却并不喜欢《红楼梦》。他之所以走上这条对其个体生命来说是荆棘丛生的道路,主要是受了胡适等人的"诱惑"。此事说来话长,欲知详情,还须从头说起。

## 一　人生路上的"错误抉择"

　　轰轰烈烈的"五四运动"刚刚过去半年多,神州大地便很快恢复了昔日的沉寂。好像什么事情也没有发生过,所有的一切,似都随着时光的流逝而永远消失。

喧嚣热闹的大上海,即可作为当时中国的一个缩影。这座永远保持着自己独特风貌的大都市,似乎任何外力都不能对它产生丝毫作用。凛冽的寒风,连天的战火,都抹不去上海滩的热闹繁华。十里长街,仍旧灯红酒绿;黄浦江上,依然舟来船往。

1919年底,年仅二十一岁的俞平伯将赴英留学。在上海候船时,他待了短短的一个礼拜,看到上海的现状,联想到社会各界的冷漠,产生了一种深深的悲哀:"从'五四'以来,新运动渐渐盛了;各地方响应我们的同志渐渐多了;好像新中国的建设总就是十年八年的事。但我在北京的时候,同朋友们谈话,讲到这事,总不全抱乐观,总有点怀疑,觉得无论做什么事都要有相当的代价。几个月的奋斗实在算不得一回重大牺牲。真正新运动的成功,又非有巨大牺牲不可……自我南行之后,和南方社会相接触。从上海一般人做观察点,更觉障碍多希望少。前途的战争是绝大的,不可免的。我们不抱有始终一致奋斗不辍的大决心,决不会有真正的成功。前途既这样淡黯,战场上的兵卒既不多又不尽可靠,理想的她何时实现!"[①]

麻木不仁的中国人,可悲可叹又可悯!"五四运动"所殷切呼唤的"德先生"与"赛先生",在中国这片古老的土地上,实在缺乏适合它们生长的土壤!"科学"与"民主",将在一个相当长的历史时期内,与灾难深重的中国无缘。

不过俞平伯毕竟还很年轻,虽然忧国忧民之心可嘉,但却只看到了一些表面现象。

当时的中国,看似一潭激不起半点涟漪的死水,但水底下却是浪潮翻滚,暗流涌动。各种各样的新思潮从四面八方纷纷涌来,为这潭死水注入了活力。觉醒了的年轻一代,不甘困处死水中。神州大地上,掀起了前所未有的留学热潮。

刚刚经过"五四运动"洗礼的俞平伯,也自然而然地被卷入了这个浪潮中。与他结伴同行的,是北京大学赫赫有名的学生领袖、他的同窗好友傅斯年。

1919年夏天,他们从北京大学毕业。临毕业前的一个多月,便爆发了如火如荼的"五四"新文化运动。傅斯年是这场运动的主要领导者之一,俞平伯则是积极参与者。这对即将走向社会的大学生来说,无疑是难得一遇的一次极好的锻炼机会。而"民主"与"科学"的召唤,则更加坚定了他们到发达国家去深造的决心。

1920年1月4日上午9时,伴随着汽笛的长鸣声,一艘巨型客轮沿黄浦江缓缓驶去。连俞平伯和傅斯年在内,船上一共只有八个中国人。②

开船后,这八个中国人尽皆站立在甲板上,默默地眺望着渐渐远去的十里洋场。对于他们来说,执手相送,挥泪告别,已经永远成为过去。就在昨天晚上,因大客轮吃水深,他们便被一批批地用小火轮运送到了大船上。如今,送行的人们早已归去,他们也在客轮上度过了第一个难熬的夜晚。因而,到了真该挥手道别的时候,他们却失去了道别的对象。

上午11时,客轮开出吴淞口,下午入海。"海水由绿而蓝,翻跃作银波,下泛湖色,甚丽。"③美丽的景色,暂时冲淡了游子们即将远离故土的忧伤之情。

客轮一直南行,气候也日渐和暖。冬日的严寒,已被远远地抛在了脑后。但长达月余的远程旅行,海天一色,茫无际涯,也会让人感到寂寞、无聊。此时唯有读书或聊天可以打发时光。也正是在这次远行途中,俞平伯与《红楼梦》之间,结下了一段缘。

船舱里,伴着马达的轰鸣,俞平伯独卧床上阅读《红楼梦》;甲板上,迎着凛冽的寒风,他与傅斯年面对面地畅谈《红楼梦》。汹涌而至的海潮,依稀变成了大荒山;飘浮空中的云团,仿佛化作了太虚境。傅斯年侃侃而谈,时有真知灼见,不知不觉中,将俞平伯带入了令人神往的大观园。

这次远行途中与傅斯年的数次长谈使俞平伯深深地受到了感染,最终抛弃了他以前对《红楼梦》的偏见。从英国归来后,他就痴迷地投入对《红楼梦》的研究中。他在《红楼梦辨·引论》④中,十分动情地提到了傅斯年对他的影响:

我从前不但没有研究《红楼梦》底兴趣,十二三岁时候,第一次当他闲书读,且并不觉得十分好。那时我心目中的好书,是《西游》,《三国》,《荡寇志》之类,《红楼梦》算不得什么的。我还记得,那时有人告诉我姊姊说:"《红楼梦》是不可不读的!"这种"象煞有介事"的空气,使我不禁失笑,觉得说话的人,他为什么这样傻?

直到后来,我在北京,毕业于北大,方才有些微的赏鉴力。一九二〇年,偕孟真在欧行船上,方始剧谈《红楼梦》,熟读《红楼梦》。这书竟做了我们俩海天中的伴侣。孟真每以文学的眼光来批评他,时有妙论。我遂能深一层了解这书底意义,价值。但虽然如此,却还没有系统的研究底兴味。

十二三岁的少年,喜读传奇色彩甚浓的小说,乃是情理中事。但早年并不喜欢《红楼梦》的俞平伯,在与傅斯年交谈之后,方始"熟读《红楼梦》",他后来研究《红楼梦》,虽然用的是考证的方法,但却往往都从文本出发,"用文学的眼光来批评"《红楼梦》,则明显是受了傅斯年的影响。

当然,若将俞平伯走上《红楼梦》研究之路完全归因于受傅斯年的影响,则未免绝对了些。因为一个人要受另一个人的影响,自己一定是具备了一种禀赋。用我们常用的一句话来说,就是外因要以内因作基础。在一定的温度下,鸡蛋能够孵出小鸡,而石头则什么东西也孵不出来。

俞平伯,名铭衡,字平伯。1900年1月8日出生于苏州的一个书香门第。其父俞陛云,字阶青,号乐静居士。清光绪二十四年(1898)戊戌科贡士,殿试以一甲第三名赐进士及第,是一个能诗善赋的学者型诗人。母亲许之仙,乃苏州知府许祐身之女,亦精通诗文。其曾祖父俞樾,字荫甫,号曲园,则更是清代赫赫有名的朴学大师。俞樾于清道光三十年(1850)成进士,授翰林院编修,不久又简放河南学政。罢官后迁居苏州,奋力治学。清同治四年(1865),江苏巡抚李鸿章推举他为苏州紫阳书院教席,不久,又被浙江巡抚马新贻聘为杭州诂经精舍山长,且担任此职长达三十一年之久。俞樾一生著述甚丰,其代表作有《群经平议》、《诸子平议》等。俞平伯在北大读书的时候,著名学者周作人、胡适、钱玄同、黄侃等人都对他青眼有加,这不仅仅是因为俞平伯的聪明好学,更重要的还是看重了他的出身门第。当然,他们的这种看重,并非世俗的人情冷暖,而是文人对文化的一种由衷的崇敬。俞平伯生长在这样一个家庭环境下,自幼便受到了良好的教育。因此,在其人生旅途中,一旦受到外界因素的影响,他也就自然而然地走上了教书治学的道路。

2月21日,客轮抵达英国利物浦港。这是俞平伯有生以来历时最长、行程最远的一次旅行。

22日8时45分,他和傅斯年从利物浦乘车,于下午2时30分到达伦敦。在这里,他见到了陈源等老熟人,也结识了一批新朋友。异国他乡,有同胞相伴,本该消除游子的思乡之情。然而,伦敦的愁云惨雾,却令俞平伯产生了一种莫可名状的惆怅。

幼年俞平伯与曾祖父俞樾

1919年10月,俞平伯在为前往美国留学的同窗好友杨振声送行时,曾经声情并茂地写下了《送金甫到纽约》⑤一诗。在诗中,他羡慕杨振声走上了光明的"途程",慨叹自己"还蜷伏在灰色城圈里,尝那黄沙风底泥土滋味,睁眼看白铁黄金扬眉吐气",并希望自己能够与杨振声"携手在无尽的路途上,向无限的光明去"。就在这一年的年底,他也终于实现了自己的梦想。然而,当他与傅斯年携手走出那"灰色的城圈",远涉重洋来到伦敦后,却发现这途程并不像自己想象的那么"光明"。

他的梦想幻灭了。

在伦敦小住十多天后,倔强的俞平伯突然做出了惊人的决定:回国!

一旦拿定主意,便立即付诸行动。3月5日,他到日本邮船公司买了船票,然后又到中国领事馆取了护照。第二天上午11时,他登上了日本邮船佐渡丸。

以后的历史将会证明,对于俞平伯的人生道路来说,这是一次错误的抉择。只可惜俞平伯不是神仙,不具备未卜先知的本领。

对于这次匆忙的来去,俞平伯的外孙韦奈在《我的外祖父俞平伯》⑥一书中曾经做过这样的解释:

> 外祖父自费赴英留学,这对一个普通读书人的家庭来说,不是件易事。奇怪的是,当年夏天,他便从英国返回。来去何以如此匆匆?不免引起了人们的猜测。穿不惯洋服、皮鞋,此为一说;想念、抛舍不开妻子,又是一说。至今确信为后一种说法者居多数。这大概与人们亲眼看到他们恩爱偕老的事实分不开的。哪一种说法更正确呢?我曾问过外祖母,她淡淡地一笑:"那是因为没有足够的钱,哪里会是为我呢?"

说没有足够的钱,并不符合实际情况。就在俞平伯去买返程船票那天,亦即3月5日,他还到银行取钱并寄回国内。再从另一个角度想,俞陛云是一个十分细心的人,若无足够的经费,他是不会让俞平伯贸贸然地跑到国外去的。

实际上,俞老夫人不承认俞平伯是为她而从国外匆匆归来,只是一种自谦的说法。她与俞平伯于1917年10月31日成婚,婚后夫妻感情甚笃。1918年11月7日,长女俞成出生。次年11月14日,次女俞欣又来到了人世。俞平伯离开北京前往上海之时,俞成刚满周岁,俞欣则刚出满月。因此,远在伦敦的俞平伯,牵挂家中的娇妻幼女及年迈的父母,从而萌发了归国之心,当是情理中事。另外,他这次匆匆归来,还有一个原因,就是特定的生活经历,使他养成了与外界环境格格不入的个性。在异国他乡,他缺乏生活自理的能力。

俞家虽为名门望族,但人丁却不十分兴旺。俞陛云一连生了三个女儿,直到1900年方才有了俞平伯。这对俞家来说,无疑是一件天大的喜事。而生长在这种家庭环境中的俞平伯,自幼娇生惯养自也在情理之中。1917年,十六岁的俞平伯考入北京大学,俞陛云也同时移眷入京,定居在与北京大学毗邻的东华门外箭杆胡同。俞陛云这样做,无疑是为了便于照顾俞平伯的生活。这也可见俞平伯在俞家的地位之特别。

由此也可推想,俞平伯这次出国留学,阻力肯定是很大的。这种阻力,并非来自妻子,而是来自父亲。俞陛云最后之所以答应了俞平伯的请求,恐怕与傅斯年的同行不无关系。

傅斯年,字孟真。山东聊城人。1896年生。这位比俞平伯大四岁的学生领袖,在北大读书期间,就表现出非凡的组织与领导能力。1918年,北大进步学生成立"新潮社",他是最主要的发起人和领导人;1919年的"五四运动",他又是最重要的组织者和领导者之一。俞平伯与傅斯年交谊甚深,俞陛云对他深有了解并且十分信任。因此,有他和俞平伯结伴同行,俞陛云也就可以放心了。

深厚的友谊,再加肩负的重大使命,使傅斯年不得不尽最大努力对俞平伯的超常举动进行劝阻。3月14日早晨,俞平伯乘坐的日本邮船佐渡丸抵达法国马赛。傅斯年也从英国伦敦匆匆赶来,苦口婆心地劝俞平伯回到伦敦,二人甚至均为此声泪俱下。然而,俞平伯去意已决,傅斯年只好怏怏而别。

我们不妨作这样的假定,倘若俞平伯当时跟随傅斯年回到伦敦,学成归国之后,会不会成为像傅斯年那样的文化风云人物?回答当然是否定的。就个人禀赋而言,傅斯年就是傅斯年,而俞平伯则只能是俞平伯。即使生活经历相同,个性不同的人也不会走上相同的人生道路。早在学生时代,傅斯年就已表现出非凡的领导和组织才能,而俞平伯则只能是他的追随者。另外,从遗传学的角度来说,俞平伯也未必适合在政坛上干事。他的父亲俞陛云,虽然中了进士,也没有做多大的官儿。其曾祖父俞樾,虽为一代朴学宗师,但也只能去做编修、学政、教席、山长一类的差使。1949年以后,俞平伯虽然积极地参与了各种政治活动,但也只能是政协委员、人大代表一类,并没有担任过任何行政职务。他的正式工作,还是教学和研究。

不过,当时俞平伯若能留在伦敦,也许就不会走到《红楼梦》研究这条道路上来。可惜,人生没有"也许"。

似乎冥冥中已经注定,他必须赶回自己的祖国,去完成一项重大的历史使命。

对于傅斯年的这份深情厚谊,俞平伯永远铭记在心。归国后,他屡屡梦见傅斯年,并以《屡梦孟真作此寄之》为总题,洋洋洒洒地写了五首诗。诗中描述在马赛与傅斯年分手时的情景,历历如在目前:"今年三月十四那一天,濛濛海气蒸着,也是一个早晨,从伦敦来的佐渡丸,正靠马赛底一个码头。有两个人站在船尾甲板上,絮絮的说着,带哭声的说着。'平伯!你这样——不但对不起你底朋友,还对不起你自己!'我虽不完全点着头,但这话好像铁砧底声浪,打在耳里丁丁的作响,我永不忘记。"对于自己的归来,虽说"不去悔着",但从字里行间可以看出,在他的潜意识中,还是有一缕"悔"的情绪。

人生无悔,悔又何益?

多年以后,亦即俞平伯六十五岁那年,他在整理自己这次欧行日记的时候,曾经感慨万千地写下了这样一段话:

> 此一九二〇年(民国九年)日记。外出则书,家居则辍,故虽历一载只存片段也。时余方弱冠,初作欧游,往返程途六万许里,阅时则三月有半,而小住英伦只十二、三日,在当时留学界中传为笑谈。岂所谓"十九年矣尚有童心"者欤,抑亦所谓"乘兴而来,兴尽而返"者耶。老傅追舟马赛,垂涕而道之,执手临岐如在目前,而瞬将半个世纪,故人亦久为黄土矣。夫小己得失固不足言,况乎陈迹。回眸徒增寂寞,其为得失尚可复道哉。⑦

这种"雪夜访戴"式的匆匆来去,看似任性而为,实是事出有因。在俞平伯的骨子里,有一股中国传统文人所特有的我行我素的"倔劲儿"。

俞平伯与傅斯年一同出国,但一个留下了,另一个却执着地退了回来。其后,俞平伯走上了"红学"之路,而傅斯年学成归来后,则很快成了中国文化圈内的知名人物。在20世纪三四十年代,傅斯年虽然没在国民党政府中担任高级官员⑧,但在一些重大的文化活动中,我们却总能看到他那不甘寂寞的身影。

归国后的俞平伯,本有几次很好的机遇,可以促使他沿着诗文创作的道路继续发展下去,不料他最终还是神使鬼差地走上了《红楼梦》研究的道路。

1920年4月19日,佐渡丸邮船抵达上海。4月20日,归心似箭的俞平伯在杭州与家人团聚。此后一段时间,他的精力主要放在了诗文创作方面。

为了谋生,暑假后,在蒋梦麟的推荐下,俞平伯到杭州第一师范学校任教。在这里,他结识了北大校友朱自清,并结下了深厚的友谊。

1921年1月,郑振铎、沈雁冰、叶圣陶、周作人等在北京发起成立"文学研究会"。后经郑振铎介绍推荐,俞平伯加入该会并成为骨干成员。

此时的俞平伯,已在文学创作界闯出了名头。倘若他能执着地沿着这条道路走下去,或许中国现、当代文化史上会少一个红学家而多出一个大作家、大诗人来。

然而,俞平伯没有选择这条路。

1921年2月,俞平伯回到了阔别一年多的北京。

《红楼梦》中曾有"应运而生"、"应劫而生"、"造劫历世"等语。俞平伯的匆匆回国,似乎便是应劫而来的。他回到北京后不久,便爆发了红学史上那场著名的"蔡、胡红学大论战"。

辛亥革命以前,在红学界占统治地位的是传统的评点派。1911年以后,随着王梦阮、沈瓶庵的《红楼梦索隐》、蔡元培的《石头记索隐》以及邓狂言的《红楼梦释真》等三部索隐派红学著作相继问世,红学索隐派一跃而成为主流。也许是应了《红楼梦》中那句"月满则亏,水满则溢"的警句,正当索隐派扬起的"滚滚红尘"遮天蔽日之时,大名鼎鼎的胡适于1921年3月写成了《红楼梦考证》一文,对红学索隐派进行清算,从而拉开了"蔡、胡红学大论战"的序幕。

俞平伯的同乡好友顾颉刚,也积极地参与到这场论战中来。他四处奔波,不辞劳苦地为胡适查找史料,为新红学的诞生,立下了汗马功劳。

在胡适与顾颉刚的感召下,俞平伯终于对《红楼梦》研究产生了兴趣。

俞平伯在前往英国的客轮上,虽然改变了对《红楼梦》的固有看法,但却"还没有系统的研究底兴味",然而,这一次却不同了,他真的义无反顾地走上了《红楼梦》研究的道路。

"一失足成千古恨"!但俞平伯却"不应有恨"。

自1921年3月底开始,俞平伯就经常到顾颉刚那里,探询他为胡适查找材料的情况。从此以后,对《红楼梦》的讨论,便成了二人谈话的主要内容。

同年4月,顾颉刚因事去了南方,俞平伯兴致方浓,便主动地给他写了一封信,畅谈《红楼梦》的有关问题。顾颉刚毫不怠慢,立刻给俞平伯写了回信。从此以后,二人频繁通信,你来我往地讨论起《红楼梦》来。

这是俞平伯"红学"事业的真正开端。

在与顾颉刚讨论《红楼梦》的过程中,俞平伯敏锐地发现了各版本间存在的差异及谬误之处,于是萌发了"重印,重标点,重校《红楼梦》"⑨的念头,并鼓动顾颉刚担当此任。

7月20日,顾颉刚在回信中说:"把《红楼梦》重新校勘标点的事,非你莫属。因为你《红楼梦》熟极了。别人熟了没有肯研究的,你又能处处去归纳研究。所以这件事正是你的大任,不用推辞的。我一则不熟,二则近来的讨论不过是从兴罢了,——我只要练习一个研究书籍的方法。"

顾颉刚虽然没有答应担当此事,但却希望俞平伯当此重任。受到知心朋友的鼓励,俞平伯自然增强了信心。

随着讨论的不断深入,俞平伯对《红楼梦》的兴趣也越来越浓。在8月7日给顾颉刚的信中,他不仅已有多集版本对《红楼梦》进行校勘的打算,而且还透露自己已写成一篇红学文章。虽然他谦称是一"小文",但却洋洋洒洒,长达万余言。这篇文章,题目为《石头记底风格与作者底态度》,后来在《红楼梦辨》中分为两篇文章:一是《作者底态度》,二是《〈红楼梦〉底风格》。

1954年的大批判运动爆发以后,其中的许多观点都招致了猛烈的批判。这是后话。

8月7日的信刚发出,俞平伯似乎兴犹未尽,于是在8日晚上又写一封,雄心勃勃地提出意欲创办一个"研究《红楼梦》的月刊",甚至连刊物的内容都已拟定:

(1)论文(如适之所发表的《红楼梦考证》可归于此栏)。
(2)通信(如我们的通信可酌录入选)。
(3)遗著丛刊(如你所得江君的书可以印入,将来能访求同类的书亦可刊入,使前人之苦心不致淹没)。
(4)板本校勘记(此为重印《石头记》之预备)。
(1)(2)两栏内容又分两类:
(1)以历史的方法考证之。
(2)以文学眼光批评之。

由于经费、人手等原因,该计划未能付诸实际。不然的话,俞平伯将会创办出中国历史上第一个研究《红楼梦》的专门性刊物。

1954年,俞平伯这一未能付诸实际的构想也遭到了无情的批判。⑩大兵团作战的计划虽然落空,但小范围的作战却还要继续下去。命运似乎已经注定,俞平伯将沿着《红楼梦》研究的道路一直走下去,一直走到风暴的中心。

有一点需要说明,当时俞平伯之所以对《红楼梦》产生浓厚的兴趣,除了受胡适和顾颉刚的影响外,还有一个重要原因,就是当时北京的气候和政治局势令他感到烦闷。诚如他在6月18日给顾颉刚的信中所说:"弟日来极无憀,亦不堪为兄言;京事一切沉闷,更无可道者;不如剧谈《红楼》为消夏神方,因每一执笔必奕奕然若有神助也。"

古代文人,在失意之时往往逃禅,而年仅二十二岁的俞平伯,在苦闷之时却以"研红""为消夏神方"。感情丰富细腻的文人,在与现实发生矛盾时,

11

总需要找一个避风港来寄托自己的情感。

当然,书中的天地毕竟是有限的,每一个人都不可能永远地避开现实而躲进一个理想的精神世界中。面对黑暗现实而深感痛苦的俞平伯,又产生了离开北京甚至出国的打算。他在6月9日给顾颉刚的信中写道:"北京这两天闹得糟极了,糟得我都不愿意讲了。这些糟糕的事情,真不愿意阑入笔端,打断我们清谈底兴致。我想今年如不能去国,至少也要去北京。"

最终结果,俞平伯还是决定出国留学。倘若这次走得非常顺利,也许他的《红楼梦》研究事业就会搁浅。然而,一起偶然性的事件,却偏偏阻挡了他通向国外的道路,使他又不由自主地沿着《红楼梦》研究的道路大踏步地向前走去。

## 二 从《红楼梦辨》到《红楼梦研究》

俞平伯与顾颉刚通信讨论《红楼梦》,是从1921年的4月底开始的。尤其是暑假期间,信件来往更为频繁。俞平伯的许多宏伟计划,也是在这个阶段提出来的。"但一开了学,各有各的职务,不但月刊和校勘的事没有做,连通信也渐渐的疏了下来。"[11]去意已决的俞平伯,因办理出国事宜及忙于各种杂务,研究《红楼梦》的兴趣也略有减退。

同年10月,他辞去杭州第一师范学校国文教员之职,准备赴美留学。11月底,由杭州回北京探亲,12月19日又离京赴杭,最后做出国的准备工作。就在这一年的11月份,胡适发表了他的《红楼梦考证》的改定稿,正忙于做出国准备的俞平伯虽然感到振奋却已无暇介入。然而,就在俞平伯即将动身赴美留学的1922年1月,远洋客轮的水手们却举行了总罢工,俞平伯不得不留在杭州耐心地等待着。

出国的道路既然不通,他又自然而然地被胡适和蔡元培引回到《红楼梦》研究的道路上来。

1922年1月,蔡元培发表了《〈石头记索隐〉第六版自序——对于胡适之先生〈红楼梦考证〉之商榷》一文,与胡适论辩。俞平伯阅读蔡文后,深有感触,于是兴致勃勃地写了《对于〈石头记索隐〉第六版自序的批评》一文,于同年3月7日在《时事新报》上发表,主动地加入了战团。

兴趣既然被重新提起,便一发而不可收。就在反驳蔡元培的文章发表后不久,俞平伯又给顾颉刚发去一信,希望他能与自己"合做《红楼梦》的辨证,就把当时的通信整理成为一部书,使得社会上对于《红楼梦》可以有正当的了解和想象"。

同年4月,俞平伯又从杭州赶到苏州,再次与顾颉刚商谈此事。顾颉刚因为太忙,便鼓动俞平伯独立担当此任。俞平伯当即答应,回去后立即动手。

杭州的山水固然美丽,但杭州的夏日却令人不堪。进入5月份之后,潮湿闷热的空气也随即笼罩了这座美丽的城市。俞平伯为了赶在出国前完成这部书的写作,忍受着难耐的溽暑,抵挡着蚊叮虫咬,开始了他的名山事业。

有了与顾颉刚通信的基础,论文撰写起来自是事半功倍。就在他的创作热情高涨之时,家中又添了一喜:5月29日,儿子俞润民在杭州出生。

俞家数代单传,此时喜得贵子,自然少不了各种各样的喜庆活动,洗三,庆满月,招待登门贺喜的宾朋……但这一切,却都没能绊住俞平伯在红学之路上前进的脚步。自4月下旬至7月初,费时近三个月,俞平伯终于完成了《红楼梦辨》的写作。

历史总是按照自己的方式向前发展,其中容不得任何假设。但我们在回顾历史时,却往往喜欢作种种假设!倘若元月份俞平伯顺利地去了美国,并在那里学习几年,他对《红楼梦》的兴趣是否会渐渐减退?他是否还有充足的时间著书立说?远洋客轮水手的罢工,只是一个偶发性的事件,但在我们今天看来,却似乎是命运之神特意为他做的安排,让他必须沿着这条坎坷的道路一直走下去。用一句迷信的话来说,就是"在劫难逃"。

7月7日上午,俞平伯自杭赴沪,办理出国手续。然而,他这次赴美,却已不是到那里去留学,而是受浙江省教育厅委派,以视学的身份前往美国考察教育。究竟什么原因使他取消了留学的决定,不得而知。但无论如何,到美国去的愿望却终于实现了。

7月8日下午,俞平伯与顾颉刚、朱自清一起前往一品香,参加文学研究会召开的"南方会员年会"。出席会议的还有郑振铎、沈雁冰、沈泽民、胡愈之、刘延陵等文学界名流。实际上,这次会议,另一项重要议程就是为俞平伯的美国之行召开欢送会。就在这个繁忙的日子里,俞平伯仍忙里偷闲,为自己的书稿写了一篇《引论》。

7月9日下午,俞平伯动身前往美国。这次为他送行的人虽然不多,却都是我们熟知的名字:顾颉刚、叶圣陶先行别去;刘延陵送到新关码头;而朱自清、郑振铎则一直送他到吴淞中国号船上,6时余始告别。就在与顾颉刚分手之前,俞平伯将《红楼梦辨》的书稿交给了他,拜托他校勘一遍并代觅抄手誊清。即将踏上万里征程,他仍念念不忘自己的《红楼梦》研究事业!这一份执着,委实令人感佩。

到达美国后,俞平伯相继见到了康白情、汪敬熙、杨振声等思念已久的同窗好友。异国他乡,友朋欢聚,欢愉之情更不待言。

不过他天生也许就没有吃洋饭的命。在短暂的访美期间,他又患上了奇痒难耐的癣疾。虽然数度到医院去诊治,却没有效果。饶使如此,他居然还在8月15日晚上给顾颉刚写信,讨论《红楼梦》中大观园的地点问题。由此看来,在他的心灵深处,已然系上了一个难以解开的"红楼情结"。

11月19日晚,俞平伯回到杭州,24日再到北京。年底,顾颉刚寄来了请人为他誊清的《红楼梦辨》书稿,俞平伯又认真地将这部书稿修改校对了一遍。

1923年4月,《红楼梦辨》终于由上海亚东图书馆出版问世。

连续三年,连续三个4月,俞平伯都不断地在自己的红学道路上迈进:1921年4月,他对《红楼梦》研究产生了兴趣,并开始与顾颉刚频繁通信讨论《红楼梦》;1922年4月,他产生了写作《红楼梦辨》的想法,并很快地付诸行动;1923年4月,《红楼梦辨》正式出版。这虽然只是时间上的巧合,但对俞平伯的人生历程来说,无疑有着决定性的意义。

俞平伯的内弟许宝骙曾经谈到这样一桩轶事:[12]

想起一段往事,当年平伯以三个月的努力写完他的《红楼梦辨》,精神上一轻松,兴兴头头地抱着一捆红格纸上誊写清楚的稿子出门去看朋友,大概就是到出版商家去交稿。傍晚回家时,却见他神情发愕,废然若有所失,稿子丢了!原来是雇乘黄包车,把纸卷放在座上,下车时忘记拿,及至想起去追时车已扬长而去,有如断线风筝无法寻找了。这可真够别扭的。他夫妻俩木然相对,我姊懊恼欲涕;当时情景至今历历在目。无巧不成书,过了几天,顾颉刚先生(记不很准了)来信了,报道他一日在马路上看见一个收买旧货的鼓儿担上,赫然放着一叠文稿,不免走近去瞧,原来却是"大作"。他惊喜之下,当然花了些小钱收买回来,于是失而复得,"完璧归赵"了。

辛辛苦苦写成的书稿丢了,自然令人感到懊恼。然而,倘若当时失去之后而不再得,又会怎样?韦柰在《我的外祖父俞平伯》一书中,给了我们这个问题的答案:"忆及此事,外祖父感慨颇多,他对我说:'若此稿找不到,我是没有勇气重写的,也许会就此将对《红楼梦》的研究搁置。'"

我们应该注意,这是俞平伯在经历了那场轰轰烈烈的大批判运动以后的心声,绝不能与他在二十年代的心境等同视之。并且,他在说这句话的时候,使用了"也许"二字,这说明连他自己也不能肯定会不会再重新撰写。按他当时对《红楼梦》研究的痴迷状态,是很难轻易罢手的。何况他与顾颉刚的通信还在,他的草稿也可能还在。只要假以时日,《红楼梦辨》的最终问世当是不成问题的。当然,就俞平伯的倔强脾气而言,也不是没有一怒之下从此洗手不干的可能性。

书稿丢失之后找不到或不再重写,可能会给俞平伯乃至他的亲友们留下终生遗憾,但却不会有1954年以后的那种后悔。尤其是在"文化大革命"期间,俞平伯夫妇肯定是会宁要"遗憾"而不要"后悔"的。

感谢上苍对我们的偏爱,虽然俞平伯为此付出了惨痛的代价,但却给我们留下了这份宝贵的文化财富。

《红楼梦辨》是红学史上新红学派的第一部研究《红楼梦》的专著[13],有着不可低估的意义和价值。该书分上、中、下三卷,除顾颉刚《序》及作者《引论》外,共收文章十七篇。上卷五篇,依次为:《论续书底不可能》、《辨原本回目只有八十》、《高鹗续书底依据》、《后四十回底批评》、《高本戚本大体的比较》;中卷六篇,题目是:《作者底态度》、《〈红楼梦〉底风格》、《〈红楼梦〉底年表》、《〈红楼梦〉底地点问题》、《八十回后底〈红楼梦〉》、《论秦可卿之死(附录)》;下卷六篇,依次是:《后三十回的〈红楼梦〉》、《所谓"旧时真本〈红楼梦〉"》、《〈读红楼梦杂记〉选粹(附录)》、《唐六如与林黛玉(附录)》、《记〈红楼复梦〉(附录)》、《札记十则(附录)》。

对于高鹗续补后四十回的成败得失,时至今日,红学界仍然聚讼纷纭,莫衷一是。褒有褒的道理,贬有贬的依据。俞平伯评论与创作兼擅,有着丰厚的创作经验,因而对于续书,他能够从创作学的角度,说出一番令人信服的道理:"凡好的文章,都有个性流露,越是好的,所表现的个性越是活泼泼地。因为如此,所以文章本难续,好的文章更难续。为什么难续呢?作者有他底个性,续书人也有他底个性,万万不能融洽的。不能融洽的思想、情感,和文学底手段,却要勉强去合做一部书,当然个'四不像'。故就作者论,不但反对任何人来续他底著作;即是他自己,如环境心境改变了,也不能勉强写完未了的文章。这是从事文艺者底应具的诚实。"由此出发,他从后四十回中挑出了许多不合情理之处,并对高鹗颇多微辞。然而,就在对后四十回进行了一番毫不留情的挑剔之后,他却又给予高鹗一个总的评价:"高氏在《红楼梦》总不失为功多罪少的人。"

《作者底态度》和《〈红楼梦〉底风格》两篇文章,在1954年以后招致的批判最为猛烈。俞平伯对于《红楼梦》的种种看法,都基于一个最基本的观点,"《红楼梦》是作者底自传"。基于此,他总结作者的态度时,列举了以下三点:(1)《红楼梦》是感叹自己身世的;(2)《红楼梦》是情场忏悔而作的;(3)《红楼梦》是为十二钗作本传的。正因如此,所以他在经过一番论证后,又对《红楼梦》的风格做了这样的评价:"大概说来,是'怨而不怒'。"

为了证明自己的观点,俞平伯又将《红楼梦》与《水浒传》、《儒林外史》、

《金瓶梅》等书做了比较："《水浒》一书是愤慨当时政治腐败而作的,所以奖盗贼贬官军。看署名施耐庵那篇《自序》,愤激之情,已溢于词表。'《水浒》是一部怒书',前人亦已说过。(见张潮底《幽梦影》上卷)《儒林外史》底作者虽愤激之情稍减于耐庵,但牢骚则或过之。看他描写儒林人物,大半皆深刻不为留余地,至于村老儿唱戏的,却一唱三叹之而不止。对于当日科场士大夫,作者定是深恶痛疾无可奈何了,然后才发为文章的。《儒林外史》底苗裔有《二十年目睹之怪现状》、《广陵潮》、《留东外史》之类。就我所读过的而论:《留东外史》底作者,简直是个东洋流氓,是借这部书为自己大吹法螺的,这类黑幕小说底开山祖师可以不必深论。《广陵潮》一书全是村妇嫚骂口吻,反觉《儒林外史》中人物,犹有读书人底气象。作者描写的天才是很好的,但何必如此尘秽笔墨呢?前《红楼梦》而负盛名的有《金瓶梅》,这明是一部谤书,确是有所为而作的,与《红楼梦》更不可相提并论了。"

正因为像《红楼梦》这样的书难得一见,所以俞平伯感叹道:"以此看来,怨而不怒的书,以前的小说界上仅有一部《红楼梦》。怎样的名贵啊!"

《红楼梦》在中国的小说界中虽然"名贵",但当俞平伯将它放在世界文学之林中进行对比时,却说出这样一番话来:"平心看来,《红楼梦》在世界文学中底位置是不很高的。这一类小说,和一切中国底文学——诗、词、曲,在一个平面上。这类文学底特色,至多不过是个人身世性格底反映。《红楼梦》底态度虽有上说的三层,但总不过是身世之感,牢愁之语。即后来底忏悔了悟,以我从楔子里推想,亦并不能脱去东方思想底窠臼;不过因为旧欢难拾,身世飘零,悔恨无从,付诸一哭,于是发而为文章,以自怨自解。其用亦不过破闷醒目,避世消愁而已。故《红楼梦》性质亦与中国式的闲书相似,不得入于近代文学之林。"

1954年以后,这番话给俞平伯换来了一顶"民族虚无主义"的大帽子。

《红楼梦辨》与胡适的《红楼梦考证》、《跋〈红楼梦考证〉》两文,共同为新红学的建立奠定了坚实的基础。俞平伯也因此成为与胡适、顾颉刚齐名的新红学派三大创始人之一。

自1923年4月至1925年年初,俞平伯在《红楼梦》研究的道路上停顿了将近两年的时间。在这一段时间内,他虽没有发表有关《红楼梦》研究的长文,但却对红学索隐派、新红学考证派及自己的研究做了深刻的反思。1925年1月16日,他写成了《〈红楼梦辨〉的修正》一文,并于次年2月7日在《现代评论》第一卷第九期上发表。在该文中,我们可以清楚地看到,俞平伯的红学观点,已有了一次质的飞跃。他说,"《红楼梦辨》待修正的地方很多",但首先要修正的"是《红楼梦》为作者的自叙传这一句话","我在那本书里有一点难辩解的胡涂,似乎不曾确定自叙传与自叙传的文学的区别;换句话说,无异不分析历史与历史的小说的界线。这种显而易见,可喻孩提的差别相,而我在当时,竟以忽略而搅混了。本来说《红楼梦》是自叙传的文学或小说则可,说就是作者的自叙传或小史则不可。我一面虽明知《红楼梦》非信史,而一面偏要当它作信史似的看。这个理由,在今日的我追想,真觉得索解无从。我们说人家猜笨谜;但我们自己做的即非谜,亦类乎谜,不过换个底面罢了。至于谁笨谁不笨,有谁知道呢!"

这深刻的反思,毫不留情的自我检讨,证明俞平伯已然摆脱了"自传说"的桎梏。

尤可注意者,该文中有这样一段话:

  经验们在作品中究竟是怎样一种光景?我以为是复合错综的映现,而非单纯的回现。如我写甲事,实只写甲事之一部,不自觉中且有乙丙丁等事的分子夹杂其间。如写某甲一人,亦然。所写出的只甲乙丙丁等各一部分之合相,说他是甲乙丙丁固可,说非甲乙丙丁亦通。只因就它的大部分看,甲在其间的分子较多于乙丙丁;故分类时,把它归于甲项,而乙丙丁不得与。其实若从另一观点看,则把它分隶于乙丙丁,又何尝不可。

这实在是有关文艺创作的一篇妙文,取决于他的创作经验也来自他对索隐派与自传说的深刻反思,与人们时常引用的鲁迅那段关于创作的"杂取种种人"的说法,实有异曲同工之妙。只可惜人们历来只注意备受推崇的鲁迅,却极少有人去注意受到批判的俞平伯。

自1925年以后,俞平伯屡屡强调要"确定自叙传与自叙传的文学的区别"这一观点,并对红学索隐派及自传说提出批评,直到临终之前,他都没有改变这一正确的文学观,最终于1978年秋写出了《索隐与自传说闲评》那篇妙文。

实际上,早在与顾颉刚通信之时,俞平伯就已对"自传说"产生过怀疑。他在1921年6月9日给顾颉刚写的信中就曾说:"《红楼梦》虽说是记实事,但究是部小说,穿插的地方必定也很多,所以他自己也说是'荒唐言'。如元妃省亲当然不必有这回事,里面材料大半是从南巡接驾拆下来运用的。我们固然不可把原书看得太缥缈了,也不可过于拘泥了,真当他是一部信史看。"其后,他也多次强调自己的这一观点。只可惜胡适和顾颉刚对他的影响实在太大了,以至于他在撰写《红楼梦辨》时,仍然将"自传说"做了立论的基础。

此后较长一段时间,俞平伯再没有将太多的精力投入到《红楼梦》研究中去。随着对《红楼梦》的基本看法的改变,以及各种新资料的不断出现,俞平伯早就产生了修改《红楼梦辨》的念头。然而,文人著书,除了真正要"藏诸名山,传诸后世"者,其他诸如"为稻粱谋"者也罢,欲立说扬名者也罢,都有一个基本的衡量标准,那就是该书能不能正式出版。《红楼梦辨》自1923年4月由上海亚东图书馆出版之后,直到1950年俞平伯再度修改并定名为《红楼梦研究》为止,二十七年间从来都没再版过。⑭这自然难使俞平伯产生动手修改它的动力。

1950年以后,时机终于到来。以人民文学出版社为首的出版界,纷纷整理出版古典文学名著,从而掀起了一场阅读研究古典文学的热潮。当时正在文化部任职的文怀沙,还兼做上海棠棣出版社的编辑。在此情境下,他为棠棣出版社主编了一套"中国古典文学研究丛刊",尝试用新观点来研究中国古典文学。为了做成这套丛书,文怀沙费了不少脑筋。要谈古典小说,自然少不了《红楼梦》,而要谈《红楼梦》,当然要首选俞平伯,更何况文怀沙和俞平伯还是好朋友,他自然而然地就找到了俞平伯。然而,俞平伯当时实在太忙,抽不出时间来做这件事。于是,文怀沙就给他出主意,让他把《红楼梦辨》重新修改一遍,再加上这些年来发表的其他文章,改名叫《红楼梦研究》,就可以交差了。多年来,俞平伯一直要修改《红楼梦辨》,苦于没有时间也没有出版的机会,此时听了文怀沙的话,二人一拍即合,当即便答应了下来。

正当俞平伯紧锣密鼓地修订《红楼梦辨》之时,不幸降临到了他的头上。1950年10月12日,其父俞陛云去世。悲恸万分的俞平伯,只好跑到文怀沙那里,托他从棠棣出版社预支稿酬,以便为父亲办理丧事。[15]

连年的战火,几将中国这片黄土地化为焦土。20世纪40年代末期爆发的那一次次的"反饥饿运动",便是灾难深重的中国人强烈要求生存权利的反映。中华人民共和国建立之初,人们虽然有了一个相对比较稳定的生活环境,但由于基础薄弱,积重难返,依然解决不了人们的温饱问题。当时的俞平伯,身为北京大学的教授,生活水平当比普通老百姓高,但饶使如此,却也为生活所迫不得不去借债,当时的普通人生活水平如何,由此可见一斑。

1922年,俞平伯撰写《红楼梦辨》时,儿子俞润民出生,一大喜;1950年,他在将《红楼梦辨》修订为《红楼梦研究》时,父亲却又不幸去世,一大悲。这一喜一悲,似乎预示了俞平伯在红学道路上的某种命运。

1952年9月,《红楼梦研究》由上海棠棣出版社出版。与《红楼梦辨》比较,该书删去了顾颉刚的《序》和作者的《引论》,代之以作者撰写于1950年12月的《自序》和文怀沙的《跋》。上卷五篇,未作改动;中卷删去《〈红楼梦〉底年表》,留存五篇;下卷除将《所谓"旧时真本〈红楼梦〉"》移至中卷、《后三十回的〈红楼梦〉》保留之外,其余全部删去,又新增了《前八十回〈红楼梦〉原稿残缺的情形》、《"寿怡红群芳开夜宴"图说》、《〈红楼梦〉正名》、《〈红楼梦〉第一回校勘的一些材料》等四篇文章。另有附录两篇:《〈红楼梦〉脂本(甲戌)戚本程乙本文字上的一点比较》、《读〈红楼梦〉随笔二则》。作者在《自序》中说:《红楼梦辨》待修正的错误"大约可分两部分,(一)本来的错误,(二)因发见新材料而证明出来的错误"。对此,《红楼梦研究》都有所订正。另外,细读原书,我们还可替俞平伯加上一条,那就是他有意删去了一些在新形势下不合时宜的话。例如,前引《红楼梦辨·〈红楼梦〉底风格》中的第二段,亦即"平心看来,《红楼梦》在世界文学中底位置是不很高的"那一大段议论,在《红楼梦研究》中便被删掉了。至于作者这样做到底是迫于形势不得不违心删除还是真的觉得这话错了,我们不得而知。当时的中国,正掀起了一股弘扬民族文化的热潮,俞平伯作为一个古典文学研究者,自然不会再说这一类话。此外,毛泽东对《红楼梦》推崇备至,俞平伯当也有所了解,若不将类似的言论删去,那可就真的"不合时宜"了。由此我们亦不难看出,当时正热衷于参加各种政治活动的俞平伯,也并不是"两耳不闻窗外事"的。

当然,积极参加政治活动的文人和对文化事业感兴趣的政治家毕竟是两码事,俞平伯到底还是一个地地道道的文人,倘若他真的对政治很敏感,他就会为了适应政治形势而彻底地修改他的《红楼梦辨》。我们知道,早在1925年年初,他就对"自传说"持否定态度了,但到他将《红楼梦辨》修改为《红楼梦研究》时,基于"《红楼梦》是作者底自传"这一基本观点而生发出来的"作者自叙"、"怨而不怨"、"钗黛合一"、"情场忏悔"等观点,却仍然没有改变。是什么原因导致了这一自相矛盾的现象呢?以情理度之,大致可归纳为以下几点:一、俞陛云的去世,使俞平伯陷入了极大的痛苦之中。在此种情境下,他是很难写出好作品来的;二、文人著书,为名则可,为利则万万不可。一旦文人落到"著书都为稻粱谋"的境地,作品的质量就很难保证。当时俞平伯若非债务缠身,以他对学术事业的执着和认真态度,是不会用剪刀糨糊剪剪贴贴地修改自己的著作的。

《红楼梦研究》出版之后,大行于天下。至1953年11月,已印至六版,总印数已达两万五千册。这在当时生活普遍困难的情况下,无疑是一个很大的数字。

在文化界,《红楼梦研究》也备受推崇。《文艺报》1953年第9期发表署名静之的文章,向读者介绍推荐此书:"《红楼梦研究》一书做了细密的考证、校勘,扫除了过去'红学'一切梦呓,这是很大的功绩。其他有价值的考证和研究也还有不少。"

《红楼梦研究》的畅销及其引起的巨大影响,使得俞平伯"红"极一时。

## 三 引火烧身的《红楼梦简论》

　　风雷激荡的前夕,并没有令人窒息的潮湿闷热,而是风和日丽的和暖天气。这在按规律运行的自然现象中有违常理,但在变幻无常的政治生活中却屡见不鲜。自1952年年底至1954年秋季,亦即大批判运动爆发之前的那一年半多的时间,无论从哪个方面来看,都是俞平伯在人生道路上最惬意的一段时光。与此相适应,他的红学事业,也进入了最辉煌的时期。

　　建国后,新红学派的三大创始人,各自走上了不同的人生道路:胡适虽然仍在断断续续地进行着《红楼梦》的研究事业,但他已于1948年底被国民党"抢运"到了美国;顾颉刚则一心一意地搞他的历史研究,远远地脱离了红学圈子;唯有俞平伯,仍旧执着地在红学园地中辛勤耕耘着。再加上《红楼梦研究》的畅销,使他当之无愧地成了当时中国大陆红学界中的第一"红人"。与此同时,各种有利于研究的优惠条件也随之而来。

　　1952年,北京大学正式成立了文学研究所,俞平伯也从中文系调到所里做专职研究员。卸掉了繁重的教学任务,可以名正言顺地拿着工资专门进行学术研究,这对一个具备研究能力且乐于此道的学者来说,无疑是人生一大快事。

　　作为一个曾经付出辛勤劳动且已事业有成的红学家,他的成就已然得到了社会的认可。北京大学文学研究所让俞平伯专做八十回本《红楼梦》的校勘整理工作,便是对他的红学成就和研究能力的一种肯定。自1921年初夏对《红楼梦》研究产生兴趣时起,俞平伯便产生了整理校勘一个好的《红楼梦》版本的愿望。这一愿望过了三十余年后方得以实现,且作为一种正式的职业来做,其喜悦之情自然难以言表。

　　俞平伯在《红楼梦研究·自序》中曾经感慨万千地说,《红楼梦辨》中存在着许多错误,他抱定修改这些错误的心愿已有二十多年了。然而,"最简单的修正也需要材料,偏偏材料又不在我手边,而且所谓脂砚斋评本也还没经过整理"。到北京大学文学研究所成立之时,庚辰、戚序、程乙等等《红楼

梦》的版本都已发现,并且全部提供给俞平伯使用。这种得天独厚的条件,为他的研究提供了可靠的保证。

俞平伯(左)、张庆善(中)、冯其庸(右)在北海公园

1953年2月22日,北京大学文学研究所并入中国科学院,俞平伯也顺理成章地成了中国科学院文学研究所古典文学研究室的研究员。他的研究课题,依然是八十回本《红楼梦》的校勘整理工作。

1953年秋,文学研究所安排新分配来的北京大学中文系毕业生王佩璋做俞平伯的助手,协助他从事《红楼梦》的研究工作。一个研究人员的职称,并不仅仅是为了"蜗角虚名,蝇头微利",更重要的是对其研究能力和研究成果的一种肯定。而给研究员安排助手,则是对其科研工作的一种有力支持。

有了这些有利条件,俞平伯的红学研究也相应地达到了一个新的高潮。在这短短的一年零九个月中,俞平伯基本放

弃了他所喜爱的诗文创作,而将全部精力都投入到《红楼梦》研究中来。

汗水洒向哪里,哪里就会有丰收的喜悦。这一段时间,俞平伯在红学领域中取得了前所未有的大丰收。当时的《光明日报》、《新民报晚刊》、香港《大公报》、《北京日报》、《新建设》、《东北文学》等大型报刊,几乎都发表过他有关《红楼梦》的研究文章。尤为引人注目的是,自1954年1月1日起,香港《大公报》开始连载他的《读〈红楼梦〉随笔》,直到4月23日方连载完毕。这一组连珠炮式的文章,除简短的《前言》外,长长短短,共有三十八篇。香港《大公报》的连载刚刚结束,上海的《新民报晚刊》便又紧随其后,自4月25日至6月13日,又转载了他的这一组文章。墙里墙外,"红花竞放",俞平伯的红学研究,愈发引人注目。

这些文章,可以看做是他校注《红楼梦》八十回本的副产品。他的主要成就,还在于对两部书的整理:一是《脂砚斋红楼梦辑评》,一是《红楼梦八十回校本》。前者由上海文艺联合出版社出版于1954年12月。后者虽然完成于1956年5月,直到1958年2月方才由人民文学出版社出版,但该书的大部分工作,还是在1954年秋季之前完成的。此时的俞平伯,年方55岁左右,正是既有充沛精力又有丰富经验的年龄。倘若没有那场政治运动的爆发,他在红学领域中的贡献,当是难以估量的。

当然,俞平伯虽有种种有利条件从事《红楼梦》研究,但也并非时时事事都是一帆风顺的。首先招致炮火轰击的那篇《红楼梦简论》,在写作和发表的过程中便遇到了种种曲折。

1953年秋,《人民中国》杂志社向俞平伯约稿,要他写一篇从总体上给外国人介绍《红楼梦》的文章。这是一家对外宣传的刊物,所发文章并不要什么高深的理论,而是一篇入门或简介性的东西。俞平伯由于太忙也因为这类文章不太好写,过了好长时间方才写成了《红楼梦简论》。出于对外发表的考虑,为谨慎起见,俞平伯特意将这篇文章寄给了甚有政治头脑的胡乔木,请他提提意见。胡乔木很认真也很负责,看后提了许多意见,并把文章退还给俞平伯要他重写。

在此我们必须申明一点:俞平伯将文章寄给胡乔木看,并不是要有关领导进行政治审查,而是将他当成好友并真诚地向他征求意见。当时的胡乔木,是中共高层文化要员中比较开明的一员,对于文学作品的审查制度,是抱着坚决反对的态度的。谓余不信,不妨翻开历史,看看陈毅于1962年3月6日《在全国话剧、歌剧创作座谈会上的报告》:

> 昨天我去拜访胡乔木同志,他问我:"我养病一年多,不晓得为什么作品一定要审查?是不是中央决定要审查作品?"我说:"没有哇。并没有说作品要审查,也没有说作品要审查才能演出。"他说:"为什么有这样的事?"我说:"我也莫名其妙,不晓得是哪个搞的。始作俑者,其无后乎?"他说:"我们写政治文章也没有一定要审查。总是大家商量好了就写嘛。写好大家传阅一下,打个圈就算了。你如果不同意,就加一段或者加几点意见,交给原作者,原作者他可以采纳,不采纳,还是照样发表。"我说是呀,你们写的政治论文,送到我那儿,我有时改几段,有时几个字,或者提点意见,第二天一发表,我看有时候是吸收了我一些意见,有时候也没有吸收。吸收了我固然高兴,没有吸收也并不以为得罪我。因为作者有他的民主权利嘛!怎么能随便糟蹋呢?作者不是你的马弁,你又不是军阀,可以对人唤之即来,挥之便去,因此乔木跟我说:"最好是不要搞什么审查。"

在1954年10月24日的"红楼梦研究座谈会"上,俞平伯也说:"因对外发表,为郑重起见,请朋友看,承他提出新的观点嘱我改写。"再通过后面王佩璋的发言,我们知道俞平伯所说的这位朋友,就是指的胡乔木。⑯

然而,俞平伯不仅没有按照朋友的观点改写《红楼梦简论》,反而将一些建设性的意见对王佩璋讲了,让她代替自己给《人民中国》杂志社重写一篇文章。王佩璋接受这项任务后,便写成了《红楼梦的思想性与艺术性》一文,俞平伯稍作修改后又寄给了《人民中国》杂志社。结果《人民中国》杂志社嫌文章太长,于是俞平伯便将《红楼梦简论》寄给他们。后来,《人民中国》杂志社经过修改增删,改名叫《红楼梦评介》,于1954年第10期上发表出来。而

《红楼梦的思想性与艺术性》一文,则发表于《东北文学》1954年2月号上。

俞平伯既然诚心诚意地向胡乔木征求意见,却为何又不遵胡乔木之嘱修改《红楼梦简论》呢?他在10月24日的那次批判会上对此也曾做过解释:"因工作繁忙,懒于再写,又因为这是介绍百二十回本的跟我平常的看法有些不同,就把这建设性的意见交给我的助理王佩璋同志,请她代写。"说是太忙,实际上只是一种托词。劳神费力写成的文章,再忙也能抽出时间进行修改。其主要原因,应该是俞平伯仍在坚持自己的观点,故而难以按照胡乔木的意见对文章进行大的改动。也就是说,陈寅恪一再强调的那种传统文人所应具备的"自由之意志,独立之精神",在俞平伯身上发挥了作用。

胡乔木是从解放区来的马列主义理论家,在毛泽东身边工作甚久,熟知且自觉地运用马列主义理论来审视并研究古典文学,乃是必然之事。而在国统区生活了大半辈子的俞平伯,早已形成了自己特定的思维方式。即使经历了轰轰烈烈的知识分子思想改造运动,并在当时马列主义大普及的形势下自觉或不自觉地运用马列主义理论,他的观点也不会和胡乔木完全一样。用俞平伯自己的话来说,就是"凡好的文章,都有个性流露,越是好的,所表现的个性越是活泼泼地"。《红楼梦简论》虽然不能说是一篇很好的文章,但俞平伯有俞平伯的"个性",胡乔木也有胡乔木的"个性",让他按照胡乔木的意见写文章,那是"万万不能融洽的"。因此,放弃对《红楼梦简论》的修改,而让王佩璋代替自己另写一篇,乃是当时俞平伯所能采取的最佳措施。

然而,如果是彻底的放弃,也许就不会发生那场对俞平伯来说是灾难性的批判运动。偏偏俞平伯具有强烈的"敝帚自珍"意识和传统文人"我行我素"的倔强精神,他不甘心让这篇耗时费力写成的文章永远压在箱子底下不见天日。

我们不妨再从另一个角度来考虑。商人投资做买卖,最终目的就是为了赢利。文人撰文著书,虽然是一种无形的投资,但辛辛苦苦写成的论著如果不能发表或出版,当然也就不会有什么经济效益和社会效益,这与商人投资亏本是一个道理。当时的俞平伯,已然成为大陆红学界的第一号人物,他的文章,自然不会没有发表的阵地。既然对外发表有问题,那么就来个出口转内销。正是出于这样的考虑,俞平伯才把《红楼梦简论》寄给了前来约稿的《新建设》杂志,并于1954年3月号上全文发表,从而为"两个小人物"立下了放矢之的。

后来在1954年10月24日的那次名为"座谈会"实是批判会的小型会议上,俞平伯对自己的行为做了检讨:"尤其严重的,自己明知可能有问题的文章,还把它发表,这更是错误的,是对读者不负责任的态度。"他如何"明知可能有问题"呢?以理度之,当是得益于胡乔木给他的文章所提的意见。

我们不得不佩服胡乔木政治嗅觉的敏感和目光的敏锐,他看出有问题的文章,果然就出了问题。由此亦可反证,虽然俞平伯的《红楼梦》研究事业对于现实来说是无关痛痒的,但他的文章,却明显是与当时的政治氛围不和谐的。

1955年6月,香港友联出版公司出版了赵聪所著《俞平伯与〈红楼梦〉事件》一书。虽然作者在书中声称:"本书的目的在于对俞平伯《红楼梦》事件加以忠实的报导和客观的分析",但其中却充满了猜测之词。他在分析此事时说:"胡乔木是中共中央宣传部副部长,那时他还兼任'新闻总署'署长及'中央文化教育委员会'的秘书长,可以说是中共文教宣传的主要负责人。三年前为'电影武训传'事件掀起的'全国大规模的文艺整风运动',就是胡乔木和周扬领导进行的。从《红楼梦简论》发表的经过来看,我们可以认识以下两点:1、有些文章在发表时,得先经过中共要人或'中央宣传部'审核,他有权命令作者照他的意思重写。(其他的佐证是老舍的《春华秋实》,事先让周恩来、彭真、胡乔木、周扬等看过,按照他们提出的意见重写了十次。)2、发表出来的文章,不是作者的原意,或经别人代写,或经中共要人指示按照中共意旨重写,甚或编辑部大加删改。俞平伯没有遵照中共的意旨重写,他不同意胡乔木提出的'新的观点',依然把他自己写的《红楼梦简论》交给《新建设》杂志发表,这可见他忠于自己的所学,不肯放弃三十多年来研究红楼梦的辛苦成就,不肯叫中共牵着鼻子走。虽然像他这样的'自由学人',迟早要被中共清算的,但这次如果肯遵照胡乔木的话,斗争案也或者不会这样快就轮到他的头上。"赵聪并且十分肯定地说:"俞平伯为发表《红楼梦简论》得罪了胡乔木,这是他闯祸的直接原因。"然而,通过我们的论述来看,实际情况,根本就不是这么回事。

那么,这篇引火烧身的《红楼梦简论》,到底写的是什么内容呢?为了说明问题,我们不妨在此略作引述。

该文共分三部分,第一部分题为《〈红楼梦〉的传统性》。开篇即云:"中国小说原有两个系统。一、唐传奇文,二、宋话本……从《红楼梦》书中很容易看出它如何接受了、综合了、发展了这两个古代的小说传统。"为了证明自己的观点,俞平伯列举《西厢记》、《金瓶梅》、《水浒传》、《西游记》等古典名著,与《红楼梦》中的情节一一相互印证说,"《红楼梦》以'才子佳人'做书中的主角,受《西厢记》(《莺莺传》的后身)的影响很深,称为《会真记》,引用有五六次之多,几成为宝黛言情的'口头语'了"。而"给它以最直接的影响的则为明代的白话长篇《金瓶梅》……如《红楼梦》的主要观念'色'、'空'(色是色欲之色,非佛家五蕴之色)明从《金瓶梅》来。又如叙秦氏死后买棺一节几全袭用《金瓶梅》李瓶儿之死之文"。"《红楼》、《水浒》两书的关系虽比较是间接的",但从脂评可以看出,"《红楼》作者心中目中固以《水浒》为范本",《红楼梦》第二回"贾雨村的一大段演说","就是《水浒》第一回之'误走妖魔'。其所谓'一丝半缕误而逸出'者,即《水浒》的'一道黑气滚将出来'也"。"《红楼梦》开首说补天顽石高十二丈,方二十四丈,共有三万六千五百零一块,原合十二月、二十四气、周天三百六十五度四分之一,跟《西游记》第一回说花果山仙石有三丈六尺五寸高,二丈四尺开阔,说法略异,观念全同","而且这块高十二丈、方二十四丈的顽石既可缩成扇坠一般,又变为鲜明莹洁的美玉,我觉得这就是'天河镇底神珍铁'(金箍棒),塞在孙猴子的耳朵里呵。又《红楼梦》有不大可解的'甄宝玉'、'贾宝玉',这真假宝玉恐怕也从《西游记》的真假悟空联想得来的"。

在与古典文学名著做了对比之后,俞平伯又进一步论证说:"如上所引诸例,本书采用古小说,非常广博。不但此也,它还继承了更古的文学传统,并不限于说部,如《左传》、《史记》之类,如乐府诗词之类,而《庄子》、

《离骚》尤为特出。"作为佐证的第一手材料,自然还是用上举几部书与《红楼梦》作比较:"《红楼梦》第一得力于《庄子》。宝玉读《外篇胠箧》并戏续了一节,见本书第二十一、二十二回,这是显而易见的。脂庚辰本在二十二回'山木自寇''源泉自盗'下都有注,是作者自己注的。又如第六十三回邢岫烟述说妙玉赞'文是《庄子》的好',借书中人说话,这当然代表了作者的意见。这些还都是形迹,《庄子》更影响了《红楼梦》全书的风格和结构。像这样汪洋恣肆的笔墨、奇幻变换的章法,从《庄子》脱胎,非常显明。"《红楼梦》"更得力于《楚辞》。如第十七回写蘅芜苑(今本作院)","把《楚辞》芬芳的境界给具体化了。随后宝玉又说了许多香草的名字,而总结为'《离骚》、《文选》所有的那些异草'"。"尤可注意的第七十八回的《芙蓉诔》,是本书里最精心结撰的一篇前骈体后骚体的古典文,可窥见作者的文学造诣。此文名为诔晴雯,实诔黛玉,在本书的重要可知。这文脂庚辰本有注,亦出作者之手,主要的共十八条,却八引《离骚》、《楚辞》,六引《庄子》,已得十四条,占全数百分之八十。借这个数目字来表示《红楼》作者得力于什么古书,再明白没有了"。

《红楼梦简论》的第二部分,题为《〈红楼梦〉的独创性》,俞平伯在再次强调了《红楼梦》的"色"、"空"观念后,接着说道,《红楼梦》"全书八十回洋洋大文浩如烟海,我想从立意和笔法两方面来说,即从思想和技术两方面来看,从来觉得技术必须配合思想,笔法正所以发挥作意的,分别地讲不见得妥当。要知笔法,先明作意;要明白它的立意,必先探明它的对象主题是什么。本书虽亦牵涉种族政治社会一些问题,但主要的对象还是家庭,行将崩溃的封建地主家庭。主要人物宝玉以外,便是一些'异样女子'所谓'十二钗'。本书屡屡自己说明,即第二回脂砚斋评也有一句扼要的话:'盖作者实因鹡鸰之悲,棠棣之威,故撰此闺阁庭帏之传'。简单说来,《红楼梦》的作意不过如此。接着第二个问题来了,他对这个家庭,或这样这类的家庭抱什么态度呢?拥护赞美,还是暴露批判?细看全书似不能用简单的是否来回答。拥护赞美的意思原很少,暴露批判又觉不够……这就造成了《红楼梦》的所谓'笔法'。为什么其他说部没有种种的麻烦问题而《红楼》

独有；又为什么其他说部不发生'笔法'的问题，而《红楼》独有，在这里得到一部分的解答。用作者自己的话，即'真事隐去''假语村言'。他用甄士隐、贾雨村这两个谐声的姓名来代表这观念"。"殊不知这两回书正是全书的关键、提纲、一把总钥匙。看不懂这个，再看下去便有进入五花八门迷魂阵的感觉。这大片的锦绣文章，非但不容易看懂，且更容易把它弄拧了。我以为第一回书说甄士隐跟道士而去；甄士隐去即真事隐去。第二回记冷子兴、贾雨村的长篇对白，贾雨村言即假语村言。两回书已说明了本书的立意和写法，到第三回便另换一副笔墨，借贾雨村送黛玉入荣国府，立即展开《红楼梦》的境界了"。"把这总钥匙找着了再去看全书，便好得多了，没有太多的问题。表面上看，《红楼梦》既意在写实，偏又多理想；对这封建家庭既不满意，又多留恋，好像不可解。若用上述作者所说的看法，便可加以分析，大约有三种成分：（一）现实的，（二）理想的，（三）批判的。这些成分每互相纠缠着，却在基本的观念下统一起来。虽虚，并非空中楼阁；虽实，亦不可认为本传年表。虽褒，他几时当真歌颂；虽贬，他何尝无情暴露……凡此种种，可见作者的态度，相当地客观，也很公平的"。

该文的第三部分，题为《著书的情况》。俞平伯在略谈曹雪芹的家世生平后，又一如既往地对索隐派及高鹗续书痛下针砭。当然，在这一部分，最主要的还是对自传说的反思，甚至连自己过去的研究，也毫不留情地做了批驳。最后他十分遗憾地说，《红楼梦》的不幸，"作者的不幸，第一是书没写完；其次，续书的庸妄；再其次，索隐的荒唐；再其次，考证的不能解决问题。其中尤以书的未完为先天的缺陷，无法弥补……没有写完的最大遗恨在什么地方呢？正因为没有完篇，那象征性的'风月宝鉴'还正悬着，不能够像预期完全翻过身来。这个影响未免就太大了。正照镜子的毛病原不能都推在二百年读者的身上，作品的自身至少要负一半的责任。惟其如此，更容易引起误解。反对这书的，看作海淫的黄色书籍，要烧毁它；赞成这书的，发生了红迷，天天躺在床上看。对待的态度似绝对相反，错误的性质却完全相同，都正看了这书，而这书，作者再三说，必须反看。他将在后回书中把它反过身来，可惜这愿望始终没圆满。到了今日，谁能借大荒山的顽石补完这残缺的天呢"。

尤为引人注目的是,在这篇文章的最后一段,俞平伯竟然说出这样一番话来:"我们应该用历史的观点还它的庐山真面,进一步用马克思列宁主义的文艺理论来分析批判它,使它更容易为人民所接受,同时减少它流弊的发生。考证研究的工作都配合着这总的目的来活动。我们必须对我们的伟大的文学天才负责,我们必须对广大的人民负责。"这种革命口号式的言论,在俞平伯的红学论文中是非常罕见的。

这些言论虽出意料之外,却在情理之中。这是胡乔木所提意见对他产生了一定的作用?还是受了当时政治大气候的影响?两种可能都有存在的理由。

1949年,中国共产党在夺取政权之后不久,便在全国范围内掀起了推广普及马列主义的思想运动;1951年5月,中共中央召开全国宣传工作会议时再次强调,要用马列主义的观点去教育全国人民,"在全国范围内和全体规模上"宣传马列主义;同年10月12日,《毛泽东选集》第一卷出版发行,随即在全国掀起了学习毛泽东著作的热潮。《毛泽东选集》第二卷和第三卷,也相继于1952年4月和1953年4月出版发行;1953年1月,中共中央做出决定,成立马克思、恩格斯、列宁、斯大林著作编译局,其任务是有计划地系统地翻译出版马恩列斯全集。在这种形势下,20世纪50年代中国的一大批知识分子也都积极地向马列主义靠拢,撰文必说马列,著书定引毛选。当时身处首都北京的俞平伯,深切地感悟呼吸着这种空气,在文章中自觉或不自觉地提到马列主义,当也是情理中事。

然而,说起来容易做起来难。在文章中决心运用马列主义理论是一码事,著述时能否自觉应用马列主义理论又是另一回事。俞平伯虽然说了这样一番话,但他的思维方式,实际上依然没有任何变化。五十多岁的人了,要顺应时代潮流彻底地改变自己的思维模式又谈何容易!真正到了"进一步用马克思列宁主义的文艺理论来分析批判"《红楼梦》的时候,他和胡适等人也将受到真假马列主义者们的猛烈批判。而引燃批判烈火的导火索,便是这篇曾经唱过"高调"的《红楼梦简论》。数日后,"两个小人物"将以这篇文章为放矢之的,对准俞平伯打响"可贵的第一枪"。

---

① 俞平伯《一星期在上海的感想》,《俞平伯全集》,花山文艺出版社1997年11月第1版。

② 此据孙玉蓉《俞平伯年谱》(天津人民出版社2001年1月第1版)所引傅斯年致蔡元培信。其中有云:"船上的中国旅客,连平兄和我,共八人,也不算寂寞了。但在北大的环境住惯了,总觉得触目不快;所以每天总不过和平伯闲谈,看看不费力气的书就是了。"孙玉蓉在脚注中说,这封信见于1920年2月18日《北大日刊》。

③⑤⑦ 《俞平伯全集》,花山文艺出版社1997年11月第1版。

④⑪ 《俞平伯论红楼梦》,上海古籍出版社1988年3月第1版。

⑥ 上海书店出版社1993年9月第1版。

⑧ 傅斯年于1926年冬回国,在朱家骅推荐下前往中山大学任文学院院长。1927年创办历史语言研究所后,又担任该所所长。1928年,蔡元培成立中央研究院,中山大学历史语言研究所转归中央研究院,傅斯年仍任该所所长。20世纪40年代末期,虽曾担任过北京大学代理校长,但为期也非常短。且校长一职,亦与政府官员有别。1949年到台湾以后,也不过担任了台湾大学校长一职。然而,在20世纪三四十年代,国民党政府有关文化方面的重大活动(比如"抢运学人"计划等),傅斯年却总在扮演着十分重要的角色。

⑨ 《与顾颉刚讨论红楼梦的通信》,《俞平伯论红楼梦》,上海古籍出版社1988年3月第1版。

⑩ 李希凡、蓝翎在《走什么样的路?——再评俞平伯先生关于〈红楼梦〉研究的错误观点》(《人民日报》1954年10月24日)一文中说:"'新红学家'曾想办一个研究红楼梦的月刊,号召'人结了伴侣,就我们走到的地方再走过去',引导读者逃避现实的政治斗争,免受马克思主义的'危险'影响,都很安全地到红楼梦中去'消夏','辨得越凶',离现实越远越好。用这些东西来影响读者,使他们'无形之中,养成了他们的历史观念和科学方法',都变成了实验主义的信徒。"

⑫ 转引自《俞平伯论红楼梦》附录《〈红楼梦辨〉稿之失而复得》。此外,韦柰在《我的外祖父俞平伯》一书中也曾谈及此事。不过,他们在时间上的记忆可能与事实略有出入。许宝騄在文中说,"当年平伯以三个月的努力写完他的《红楼梦辨》,精神

上一轻松,兴兴头头地抱着一捆红格纸上腾写清楚的稿子出门去看朋友"。我们知道,1922年7月3日,俞平伯方才完成《红楼梦辨》的初稿。7月7日,他便离开了杭州。7月9日下午与顾颉刚在上海道别时,又将书稿交给他代觅抄手誊写。那么,在杭州期间,俞平伯绝对没有稿件失而复得的时间,并且稿子也没有誊清。如果确有此事,则应发生在俞平伯自美国回来以后,亦即在北京修改校对别人誊清的《红楼梦辨》书稿之时。

⑬ 胡适的《红楼梦考证》,是新红学派的开山之作,但这只是一篇论文。若以著作而论,当推《红楼梦辨》为第一部。

⑭ 此据俞平伯《红楼梦研究·自序》。其中有云:"一九二一年四月到七月之间,我和顾颉刚先生通信讨论《红楼梦》,兴致很好。得到颉刚底鼓励,于次年二月至七月间陆续把这些材料整理写了出来,共三卷十七篇,名曰《红楼梦辨》,于一九二三年四月由上海亚东图书馆出版。经过了二十七个年头,这书并未再版。"另,孙玉蓉《俞平伯全集》第十卷(附录)《俞平伯年谱》一九二九年条下说:"四月,《红楼梦辨》由上海亚东图书馆再版。"为此,笔者写信向孙玉蓉求教,她回信说:"俞平伯先生的《红楼梦辨》1929年再版本,我记忆中是在中科院图书馆看到的,版权页上明明写着的。此事俞先生也许不知道,也许二十多年后忘记了,所以,在《红楼梦研究·自序》中,才说了'并未再版'过的话。"收到孙玉蓉的信后,笔者即托朋友从中科院查找此书以核实之,结果朋友来电话说没有查到。故在行文时仍采用俞平伯的说法,并将孙玉蓉之说附录于此,以备参考。

⑮ 此据孙玉蓉《俞平伯年谱》。其中有云:"十月十二日,父亲俞陛云逝世,为之悲恸万分。因与棠棣出版社有成约,准备出版《红楼梦研究》,所以,不得不勉力删改旧稿。"另,《炎黄春秋》1998年第4期刊有舒云的文章,题目是:《批判〈红楼梦研究〉前后的文怀沙与俞平伯》,所说与此略有出入:"共和国成立后文怀沙在文化部工作,同时又在许多学校兼课,继续教书生涯。有一天,俞平伯来找他,很有点为难地开口借钱。俞的父亲去世,作为儿子应该让老人早入土为安,可口袋里却空空如也,心急如焚的俞平伯想到了文怀沙。俞平伯知道,那时留用的教授每月最少也有一百多元工资,文怀沙是政府干部,再加上兼课,从他那里借点钱度过燃眉之急,应该是没有问题的。可文怀沙是从解放区来的干部,是供给制,一月只有几块钱做零花用。俞平伯想了想说,你没有钱,你不是认识上海棠棣出版社的老板吗?你从王耳那里借点钱可以吧……很快文怀沙给俞平伯弄来了200万元,那是旧币,相当于改币

33

后的人民币200块钱。俞平伯这才把丧事顺利办下来。借的钱怎么还？这笔钱在当时可不是小数目,文怀沙找俞平伯,俞平伯没有钱。文怀沙说,把你的稿子拿出来,不就有钱了吗？文怀沙以王耳的名义在编一套《中国古典文学丛刊》,试用新观点来整理中国古典文学。俞平伯研究《红楼梦》有些年头了,有点名气,只要他拿个书稿来就可以预支200元稿费。俞平伯说,哎呀,我刚写的那些《红楼梦》研究文章加起来也不到两万字,怎么印书？文怀沙说,你以前不是出过一本《红楼梦辨》的书吗？拿出来加一起再出一次怎么样？俞平伯同意了。"此外,《读书》1999年第10期陈徒手《旧时月色下的俞平伯》一文也曾谈到此事。陈徒手直接引用了他于1999年6月4日采访文怀沙的话:"大约是一九五一年,有一天俞平伯因父亲去世等原因找我借钱,我答应帮助他从上海棠棣书店预支稿费旧币二百万元（新币二百元）。开棠棣书店的徐氏兄弟是鲁迅的同乡,书店的名字还是鲁迅改的。他们请我主编一套古典文学丛刊,我就同俞平伯商量,将二十七年前出的《〈红楼梦〉辨》再加新作,再出一次怎么样？俞平伯在旧作的黄纸上用红墨水删改,用浆糊、剪刀贴贴剪剪,弄成一本十三万字的书稿。徐氏兄弟是自负盈亏,担心《〈红楼梦〉辨》当年只印五百本,现在能否畅销？没想到销路很好,印了六版。"另,笔者于1997年5月10日在北京饭店开会,中午用餐时有幸与文怀沙同坐一席。当笔者问及此事,文怀沙所说与舒云、陈徒手两文所写基本相同。陈徒手是直接采访的文怀沙,舒云虽未明说,但想必亦是出自文怀沙之口。文怀沙是此事最重要的当事人之一,也是最好的历史见证人,本应确信不疑,但一来文怀沙年事已高,二来年代久远难免记忆有误。比如俞平伯之父俞陛云于1950年10月12日去世,而文怀沙却记成是"一九五一年"。事实上,俞平伯写作《红楼梦研究》,并非因为父亲去世借钱,而是因为文怀沙策划了"中国古典文学研究丛刊"并约俞平伯为棠棣出版社撰写此书。所以,俞陛云去世后,俞平伯急需钱用,也就自然而然地找到了文怀沙,说白了,也就是预支《红楼梦研究》的稿费。何况,俞平伯在北京有许多亲朋好友,何以通过文怀沙拐弯抹角地从远在上海的棠棣出版社借钱？若是预支稿费,则此事也就合情理了。关于这一问题,笔者亦曾写信向孙玉蓉请教,她在回信中说:"关于《红楼梦研究》出版之事,拙稿所引用的话,见黄裳先生的《榆下说书·古槐书屋》一文,他文中引用的是俞先生1950年11月2日写给他的信,估计不会有误。文怀沙先生的文章,我也读过了,我只觉得记忆的东西有时候是不太靠得住的,所以还是互相参考着看为宜。"黄裳所引,乃俞平伯当时的信件,应该是非常可靠的。

⑯ 王佩璋在发言中说:"《人民中国》要俞先生写一篇关于《红楼梦》的文章,俞先生很久才写成了《红楼梦简论》(见《新建设》3月号),寄给胡乔木同志看了,提了许多意见,把文章退还给俞先生,要他重写。俞先生就叫我代作一篇……"(参见《光明日报》1954年11月14日《文学遗产》栏《中国作家协会古典文学部召开的红楼梦研究座谈会记录》)。

# 第二章 两个小人物意外走"红"

疾风暴雨,虽然来势迅猛,但总有一个漫长的酝酿过程。那场轰轰烈烈的《红楼梦》研究大批判运动,正式爆发于1954年10月,至同年12月初达到高潮,但其发轫期,却是在这一年的初春时节。

"春日酿成秋日雨"!

引发这场政治运动的直接导火索,是两位年轻的大学毕业生合写的两篇文章——《关于〈红楼梦简论〉及其他》和《评〈红楼梦研究〉》。平心而论,这两篇文章,并没有什么特别引人注目之处。它们不过是学术领域中极为常见的商榷文章而已。然而,由于特殊的原因,这两篇普普通通的学术文章,却引发了一场前所未有的大批判运动,两位年轻的大学毕业生也因此一举成名。从此以后,在中国历史上,便出现了一个具有特定含义的闪光的名词——"两个小人物"!

## 一 《关于〈红楼梦简论〉及其他》

北国三月,乍暖还寒。与难得见到绿色的故宫相比,位于天安门西侧的中山公园,似乎更能令人感受到春的气息。这座被封建帝王独霸数百年的古园林,随着大清王朝的彻底覆灭,也成了普通人游玩消闲的佳境之一。尤其是春天到来以后,鲜花绿树,映衬着红墙黄瓦,愈发显得幽静怡人。

1954年3月15日[①],星期一。此时尚未到鲜花盛开的季节,空气中也还残留着缕缕刺骨的寒意,又正值轰轰烈烈的社会主义经济建设时期,因而这一天中山公园里的游人并不太多。在这个特殊的日子里,也只有教育战线上的人才有这份闲暇来此游玩,因为此时正当春假期间。

在稀稀落落的游人中,有两个年轻的大学毕业生正在边走边聊。他们便是引发那场政治运动的关键人物——李希凡和蓝翎。

李希凡,1927年12月生,北京通州人。在《红楼梦艺术世界》一书中,李希凡曾经这样讲述过自己的经历:

> 解放前,我的确有着一段辛酸的生活经历。我出身于一个小知识分子的家庭。在日本侵略者侵占华北不久,家中的经济支柱——父亲得了中风偏瘫,大哥和大姐又都去了"大后方"参加抗战,二哥患脑膜炎病逝,家里只剩下老弱的父母、二姐、我和幼弟。那时,我刚考入通县潞河中学念初中,为家境和生活所迫只得辍学,小小年纪就不得不"到处谋职业找饭碗"。先后在北京华宝西服店当过学徒,在白纸坊印钞厂作过童工,在石家庄市图书馆作过图书管理员。……抗战胜利了,给我带来的仍是贫穷和失业,我梦想上学而无门。1947年,我为了求学来到青岛大姐家。青岛解放后,军管会文教部长王哲同志("文革"前曾任山东省副主席),亲笔写信送我上了济南华东大学。1951年,华大与青岛大学合并,我继续在中文系学习,毕业后又分配到中国人民大学做研究生,先后在马列主义研究班和哲学研究班学习。……我想,也正因为我有这样的生活经历,才对祖国和自己获得翻身解放的共产党和毛主席,有着刻骨铭心、忠贞不渝的感情。

一个在日本占领和国民党统治时期吃过苦头的人,因为共产党的到来而被保送上了大学,并因此走上了一条成功的人生道路。尤其是在受到毛泽东的奖掖而"名扬天下"之后,对于共产党与毛泽东"有着刻骨铭心、忠贞不渝的感情",乃是情理中事。

蓝翎,本名杨建中,1931年生,山东单县人。因与李希凡合写红学文章时用了这个笔名,遂以"蓝翎"之名而行于世,本名反而鲜为人知了。在《龙

卷风》一书中,蓝翎也曾讲述过自己的历史,今节录如下:

一九四九年五月,我还不满十八周岁,就从一所中学的高中一年级,凭着一股热情,考进在山东省济南市的华东大学,分配到社会科学院三部十一班当学员。享受供给制待遇,算是参加工作。……这所学校原是中共中央山东局于解放战争期间在沂蒙山区创办的干部学校,一九四七年潍县解放后进城,不久又迁到济南,属中共中央山东分局(后改为山东省委)领导。……

若干年后,一些不了解具体情况且存有政治偏见的人,总把我和从旧社会来的知识分子同等看待,未免有点抬高。"十七八岁的娃娃"能算得上旧知识分子么?其实,我们正是接受共产党教育的马克思主义科班出身。我入学后,上级领导组织学习的第一篇文章是《论忠诚老实》,让学员"抖包袱",写自传,把在旧社会的经历毫无隐瞒地向组织上交代,以便轻装前进,接受新事物。在这个基础上,我写了自己的思想总结《地主阶级的清高名士思想》,在全校的思想改造成果会上公开展览过。其实,我的家庭成分在土改时三榜定案为中农,同地主不沾边。我也说不上有什么"名士思想",之所以那样总结,无非表明自己受的是旧社会的教育,梦想着出人头地,现在要同它彻底决裂,树立新人生观和世界观。……

一九五〇年初秋,华东大学拟迁南京,打前站的已把临时校址选定,学员们也准备打起背包就出发。突然接到上级命令,决定停止南迁,改为东下,同在青岛的山东大学合并。当年冬天,华东大学东迁完毕,……一九五一年三月十五日,隆重地举行了两校正式合并的典礼,名曰"新山大"。……具有悠久历史传统的山东大学以新的面貌进入到本世纪的五十年代,开始了新的行程。

无论两人身世经历如何不同,但有一点是共同的:他们都是在共产党领导的解放区,在鲜艳的五星红旗下走进高等学府大门的。而他们在校学习期间,又正值马列主义大普及的年代,他们自然而然地都受到了马列主义文艺理论的熏陶。

1953年新年伊始,《人民日报》发表了题为《迎接一九五三年的伟大任务》的社论,明确指出:"一九五三年将是我国进入大规模建设的第一年","将开始执行国家建设的第一个五年计划"。这一社论,对于难以解决温饱问题的中国人民来说,无疑具有极大的号召力,它预示着多年来的贫困生活即将被彻底摆脱。随后,便在全国范围内掀起了一个轰轰烈烈的社会主义经济建设热潮。为了加速实现第一个五年计划,国家采取了一系列措施,这其中包括对人才的利用和培养。许多高校的三年级学生,都奉命提前毕业参加工作。李希凡和蓝翎此时正上大学三年级,也就自然而然地随着涌动的时代大潮提前毕业走上了工作岗位。李希凡被分配到人民大学哲学研究班继续深造,蓝翎则被分配到北京师范大学附属工农速成中学当语文教师。他们两个,都是文学爱好者,都想在文艺批评领域中出人头地。早在1951年,李希凡就在《文史哲》第四期上发表了题为《典型人物的创造》的文章,从此便打定主意终生从事文学研究。所以在被分配到人民大学哲学研究班之后,由于离开了自己喜爱的专业,在一段时间里,他的情绪有些苦闷、波动。蓝翎则更不讳言自己的烦恼:他自从进入山东大学中文系以后,就萌生了成名成家的念头。他给自己选定的奋斗目标,就是当学者或作家,从来都没想到会当教师。所以分配到工农速成中学后,心里自然感到不是滋味。

共同的爱好和思想境遇,使他们自然地走到了一起。但是他们没有想到,从他们踏进中山公园的那一刻起,一个绝好的机遇正在等待着他们。

这两个人边谈边走,不知不觉地走到了报栏前。在交通运输尚不发达的20世纪五六十年代,生活在北京的人们,最大的好处之一便是能够看到当天京城出刊的各种报纸。这一天的《光明日报》"文学遗产"专栏中,刊登了两篇有关《红楼梦》的文章:一是王佩璋的《新版〈红楼梦〉校评》,另一篇是《作家出版社来信》。王佩璋的文章,主要是从作者、版本及校点等方面对作家出版社新版的《红楼梦》提出了批评,而作家出版社写给《光明日报》"文学遗产"编辑部的信,则对"文学遗产"编辑部及王佩璋表示感谢,并向读者深

致歉意。信不长,现转引如下:

"文学遗产"编辑同志:

承你转来王佩璋同志批评我社最近出版的《红楼梦》中错误的文章,我们已经对它加以仔细研究,并重新审查《红楼梦》新版本,证明王佩璋同志的批评是合于事实的,而且这些错误是严重的。我们除已经在编辑部内进行检讨外,并已经着手去改正这些错误,务使改正后才再版;同时更拟印一个《初版错误改正表》经由发行路线送给购得初版《红楼梦》的读者。

对于王佩璋同志,我们是无限地感激的。她辛苦地做了这一番检查工作,不仅使此书初版的这些错误得到改正的机会,并且对于我们纠正工作上粗疏的作风也有很大帮助。我们已经和王佩璋同志直接取得联系,已当面向她表示感谢,并请她协助我们的工作。

对于此书初版的读者,我们确实感到惭愧!因此,希望你能把此信和王佩璋同志的文章同时发表,让大家知道我们的态度和我们改正初版错误的办法。

此致
敬礼!

作家出版社<br>三月四日

王佩璋是俞平伯的助手,也于1953年秋毕业于北京大学中文系。但当时李希凡和蓝翎并不知道她的身份。如此一个名不见经传的"小人物",居然敢于大胆地给一家著名的出版社提出批评意见,这种精神,也激发了李希凡、蓝翎向名人挑战的冲动。当然,《光明日报》"文学遗产"编辑部对王佩璋的大力支持,作家出版社对待此事的态度和所采取的措施,更令李希凡、蓝翎感到鼓舞。

于是,他们开始将谈话内容由漫无目的的闲聊转为目的性很强的交谈。他们谈起了《红楼梦》,又由《红楼梦》谈到了目前的红学研究,由此而想到了前不久在《新建设》1954年3月号上读到的俞平伯的《红楼梦简论》,因二人都不同意俞平伯的看法,于是便产生了合写一篇文章与俞平伯进行商榷的冲动。

王佩璋是"小人物",可以撰文批评著名的出版社,并且得到了《光明日报》"文学遗产"编辑部的支持,作家出版社也因此而对王佩璋表示"无限地感激",且采取了一系列措施改正自己的错误。他们也是"小人物",为什么就不能撰文批评俞平伯呢?倘若当时李希凡、蓝翎没有到中山公园来,没有看到王佩璋的文章及作家出版社写给《光明日报》"文学遗产"编辑部的信,也许就不会产生撰文批评俞平伯的冲动,当然也就有可能引发不了那场轰轰烈烈的政治风暴。偶然性的事件,一旦纳入历史的运行轨道,就会导致必然的结果。②

李希凡、蓝翎兴致勃勃地议论一番后,便为实施他们的计划分头开始准备。他们首先借来各种相关资料,认真阅读之后各自拟写了一个提纲,数日后再聚到一起,经过激烈的讨论和争辩,又在原来的基础上共同拟定了一个新提纲,然后先由蓝翎执笔,历时一个星期左右,写出了《关于〈红楼梦简论〉及其他》的第一稿。

同年3月底,蓝翎将初稿交给李希凡,由他执笔写第二稿。李希凡当时住的是集体宿舍,条件相当艰苦。他在没有桌子的情况下,利用业余时间,伏在床上从事写作。大概到4月中旬,李希凡将修改完成的第二稿交给蓝翎,再由蓝翎进行最后的修改润色,并誊录到正式的稿纸上。

北京的春天虽有风沙,但春天毕竟是一年中最美好的季节。从3月15日至4月底,正是春光烂漫的大好时节。两位年轻的大学毕业生,为了实现自己的理想,辜负了良辰美景,夜以继日地苦苦写作。

到4月底,蓝翎将誊清的稿子交给了李希凡。李希凡认真地看了一遍后,在文末写上"五四前夕于北京"的落款,便直接寄给了山东大学《文史哲》编辑部的编辑葛懋春。

其实在此之前,身为《文艺报》的通讯员的李希凡,因为看到《文艺报》曾经发文推荐过俞平伯的《红楼梦研究》，便给《文艺报》通联组写信，询问该刊发表不发表批评俞平伯的文章，结果泥牛入海，没有得到回音。

至于李希凡为什么将稿子寄给《文史哲》，道理很简单：一来山东大学是他们的母校，《文史哲》的编委们都是他们的老师；二来葛懋春与李希凡关系非常密切。因此，他们在北京找不到发表阵地的情况下，自然便将稿子寄给了自己的熟人。

葛懋春接到稿件后，很快便写了初审意见并交给了编委会。著名历史学家杨向奎，当时是山东大学文学院的院长兼《文史哲》常务编委，审稿后又将它推荐给了山东大学校长兼《文史哲》杂志社的社长华岗③，最后由华岗拍板决定采用，并于1954年9月1日在《文史哲》上正式发表。

《关于〈红楼梦简论〉及其他》④全文共分四部分。第一、四两部分实际上是文章的开篇和总结，主要内容都集中在第二、三两节。李希凡、蓝翎认为，"红楼梦是我国近二百年来流行甚广而且影响很大的古典现实主义杰作"，"中国古典现实主义文学在艺术成就上发展到红楼梦时代，又达到了一个新的高峰"，"红楼梦出现在满清帝国的乾隆盛世，并不是偶然的现象。乾隆时代正是满清王朝行将衰败的前奏曲。在这一巨变中注定了封建官僚地主阶级不可避免的死亡命运。这'恶兆'首先是由腐朽的封建统治集团内部的崩溃开始。曹雪芹就生在这样一个时代，他的封建官僚家庭在这时代的转变中崩溃了……他从自己的家庭遭遇和亲身生活体验中已预感到本阶级必然灭亡的历史命运。他将这种预感和封建统治集团内部崩溃的活生生的现实，以完整的艺术形象体现在红楼梦中。把封建官僚地主内部腐朽透顶的生活真实的暴露出来，表现出它必然崩溃的原因。作者用这幅生动的典型的现实生活的图画埋葬了封建统治阶级的悲剧命运。尽管这是一首挽歌，也丝毫未减低它的价值"。"宝玉和黛玉是作者所创造的肯定人物形象，他们是封建官僚家庭的叛逆者。他们反对礼教传统，蔑视功名利禄。他们在这样的共同的精神生活中相爱起来。尽管他们的恋爱和生命的结局是悲剧的，但他们却以此向封建礼教表示了抗争，他们的思想已从原阶级的体系中分离出来，向封建礼教发出了第一声抗议"。

在谈到《红楼梦》的传统性时,李希凡、蓝翎又进一步指出:"……文学的传统性意味着现实主义创作方法的继承与发扬,人民性的继承与发挥,民族风格的继承、革新与创造。而最根本的是艺术的美学态度问题,即它与现实生活的关系。""红楼梦继承并发展了古典文学特别是小说中人民性的传统","作者深刻的揭示出封建官僚地主阶级的生活内容,并进而涉及到几乎封建制度的全部问题。作者真实地描写了这一阶级生活的基本特点:残酷的剥削,无情的统治,伪装的道学面孔,荒淫的无耻心灵。这些生活形象本身有着充分的人民性"。"红楼梦所具人民性的传统还表现在作者创造并歌颂了肯定典型。他把封建制度的叛逆者与蔑视者宝黛作为理想的人物,特别肯定他们的爱情,这也体现着作者对封建制度的忽视与反抗。所以,当他预感了自己主人公的恋爱要出现悲剧的结局时,他的偏爱也就更明显了。他准备给黛玉以死亡的下场,来显示他为现实所不容;让宝玉以出家摆脱现实的束缚,显示这'逆子'不回头的精神……红楼梦在创造历史的连续人物典型时,的确继承了古典文学的传统,肯定典型创造的愈完美充实,它的人民性就愈强"。"红楼梦的传统性还体现在作者对现实主义创作方法的忠实,他要写出他所理解的生活的真实面貌来……曹雪芹虽有着某种政治上的偏见,但并没因此对现实生活作任何不真实的描写与粉饰,没有歪曲生活的真面目,而是如实的从本质上客观的反映出来。作家的世界观在创作中被现实主义的方法战胜了,使之退到不重要的地位。这也是承继了中国古典现实主义作家所最可宝贵的传统,使红楼梦达到了现实主义的新高峰"。

在此基础上,李希凡、蓝翎对俞平伯在《红楼梦简论》乃至《红楼梦研究》中的一些观点提出了尖锐的批评,他们认为:"俞平伯先生未能从现实主义的原则去探讨红楼梦鲜明的反封建的倾向,而迷惑于作品的个别章节和作者对某些问题的态度,所以只能得出模棱两可的结论。""俞平伯先生离开了现实主义的批评原则,离开了明确的阶级观点,从抽象的艺术观点出发,本末倒置的把水浒贬为一部过火的'怒书',且对他所谓的红楼梦的'怨而不怒'的风格大肆赞扬,实质上是企图减低红楼梦反封建的现实意义"。"俞平伯先生不但否认红楼梦鲜明的倾向性,同时也否认它是一部现实主义作品……俞平伯先生在《红楼梦的传统性》一节中很明白的确认过的'红楼梦的主要观念是"色""空"'。既然红楼梦是色空观念的表现，那么书中人物也就不可能是带着丰富的现实生活色彩的'典型环境里的典型性格'，而是表现这个观念的影子……所以把红楼梦解释为'色''空'观念的表现，就是否认其为现实主义的作品……俞平伯先生既然把红楼梦的内容归结为'色''空'观念，因此也就必然会引出对人物形象观念化的理解"，不仅如此，俞平伯"论点的不能立足，最主要的是对现实主义文学形象的曲解"，比如他所提出的所谓"钗黛合一"，就"明显调和了其中尖锐的矛盾，抹煞了每个形象所体现的社会内容，否定了二者本质上的界限和差别，使反面典型与正面典型合二为一。这充分暴露了俞先生对现实主义人物创造问题的混乱见解……总之，俞先生是以反现实主义的唯心论的观点分析和批评了红楼梦"。

至于俞平伯对《红楼梦》的传统性的论述，李希凡、蓝翎则提出了更为严厉的批评。他们认为，"俞平伯先生的唯心论的论点在接触到红楼梦的传统性问题时表现的更为明显"，并对俞平伯关于"传统性"的论据逐条进行了分析辩驳："一、在《红楼梦研究》中，俞先生认为'红楼梦之脱胎于金瓶，自无讳言'，而《红楼梦简论》正是以此出发来论证红楼梦的传统性。俞先生认为'红楼梦的主要观念是"色""空"'，而'给它以最直接的影响的则为明代的白话长篇小说金瓶梅'。并说这'色空'观念'明从金瓶梅来'。但我们以为金瓶梅是托宋朝事来暴露明朝新兴商人兼恶霸官僚的腐朽生活的现实主义杰作，而红楼梦则是没落的封建官僚地主阶级的挽歌。后者在创作方法上受前者的影响是可能的，而且也是必然的。但是，后者决不可能是脱胎于前者"，俞平伯"不加具体的分析，而确定红楼梦从金瓶梅那里承继了抽象的'色空观念'，这首先就从理论上否定了二者是现实主义作品。这种所谓'继承'根本不是什么文学的传统性。如果真有这样的所谓'传统性'，这些伟大作品也就不成为现实主义杰作，而却变成了超时间的表现抽象观念的万能法宝了。这种荒谬绝伦的奇谈，对红楼梦金瓶梅以及中国古典现实主义文学的发展，都是极其显著的歪曲"。"二、俞平伯又举红楼梦五二、二六、二三诸回宝黛引用西厢来谈情以及写作方法上的某些相似处为例，而认为这是红楼梦'源本西厢'的文学传统……那么,一部最坏的作品,假若能引用一些著名作品的原文,当然也就可以说它是继承了这些名著的文学传统了。假若真这样,这种传统是没有什么价值的"。"三、不但如此,俞平伯先生认为'红楼梦还继承了更古的文学传统,并不限于说部,如左传史记之类,如乐府诗词之类,而《庄子》《离骚》尤为特出',并举二一、二二、六三、七八诸回以证之。实际上像妙玉之赞庄子等例子,犹宝黛之谈西厢,乃人物性格的自然流露,并非是作者的文学观。俞先生的这种说法,不知是在谈作者的文学修养还是谈文学的传统性。我们以为首先明确文学上的术语和概念对俞先生来说还是必要的"。"四、此外,俞先生还以红楼梦中与西厢记、西游记、水浒、金瓶梅等书某些在写法上相似的情节,来论证红楼梦的传统性,认为它是从这些书'脱胎换骨'而来,或与某书是'一脉相连的',甚至说仅从'隔花人远天涯近'就演化成一段情节。这实质上和我们上面所分析的俞先生的文学上的许多唯心论见解,是真正的'一脉相连的'",总之,"从俞平伯先生的实际分析里,我们却只能得出红楼梦作者是个抄袭专家的结论,至于什么是红楼梦的传统性,却没有一个清楚的概念"。俞平伯"单纯的以考证其中某些情节或文字和古书相似或受其影响来论断其传统性,这证明俞先生根本不了解什么是文学传统性的内容。"

应该承认,在这篇文章中,李希凡、蓝翎确实使用了一些比较尖刻的言辞,这从上面的引文中亦可看出。然而,无论言辞如何尖锐,但它毕竟没有超出学术研究的范畴。在那个提倡"批评与自我批评"的特定时代,类似的文章俯拾皆是。这样一篇普普通通的学术文章,居然引发了一场前所未有的政治运动,这不仅是常人所难以想象的,也大大出乎两位作者的意料之外。

## 二 《评〈红楼梦研究〉》

李希凡与蓝翎写完《关于〈红楼梦简论〉及其他》一文后,觉得言犹未尽,便决定再写一篇单独评论《红楼梦研究》的文章。

7月初放暑假之后，蓝翎随李希凡夫妇来到通县，二人再次开始了愉快的合作。此时虽当炎夏，但写作环境却比写第一篇文章时优越了许多，而且精力也比较集中。大概在8月份，他们将写好的文章寄给了《光明日报》"文学遗产"编辑部。⑤这篇文章题为《评〈红楼梦研究〉》。

　　这年9月初，《关于〈红楼梦简论〉及其他》一文在《文史哲》发表后，引起了毛泽东的重视。9月中旬的一天下午，江青代表毛泽东找到《人民日报》总编辑邓拓，要求在《人民日报》转载此文。邓拓奉命行事，派人找到了李希凡和蓝翎。事情的性质此时已然发生了很大的变化。

　　蓝翎在《龙卷风·四十年间半部书》中，对邓拓召见他和李希凡的事曾有详细记载，在此我们不妨略加引述："一九五四年九月中旬的一个星期六（据查为十八日）晚上"，蓝翎近十二点时回到学校，老校工给了他一个纸条，那是邓拓秘书王唯一留下的，说是邓拓看了他们的文章，很欣赏，想找他面谈。"回来后请打个电话"。蓝翎忐忑不安地按照纸条上的号码拨通了电话，王唯一便派轿车将他接到了《人民日报》社。与邓拓见面之后，"邓拓说：'你们的地址是从山东大学打听到的。李希凡在人民大学，怕不好找，所以先找你来。有件事想同你们商量。你们在《文史哲》发表的文章很好，《人民日报》准备转载。你们同意不同意？'他谈得很轻松，没有说到毛泽东主席。但我意识到事情非同寻常，立即回答：'完全同意。但还得告诉李希凡，问问他的意见。'""要谈的主要问题已解决，往下越谈越轻松越自然"。在谈话过程中，邓拓又问蓝翎："你们都在北京，为什么写了文章拿到青岛发表？是不是遇到什么阻力？"又问起李希凡与蓝翎的个人情况，蓝翎"都按照忠诚老实的原则——如实叙述"。当蓝翎谈到自己"正等候教育部重新调整分配工作，想进文学研究机构或文艺单位"时，邓拓说："到报社文艺组（文艺部前身）来吧。文学研究所不是打仗的地方"。"谈话并未到此结束，又转向了题外。邓拓谈起来如何读书，如何做学问，要更好的理解《红楼梦》，必须深入地系统地研究清朝的历史"。"邓拓在谈如何读书做学问的过程中，还不时提到山东大学我的老师们"。"谈话进行了约两小时，最后让我找到李希凡，下午一起来报社，再叙谈一次"。蓝翎回到学校宿舍，激动得一夜未眠。次日一大早，便给李希凡打电话,"简单向他叙说了夜间同邓拓谈话的情况。他听了也感到事出意外,很兴奋。我让他尽快到我的住处来"。"李希凡赶到我处,两人痛饮香茶,喷云吐雾,相谈甚欢,飘飘欲飞。饭后,一同到《人民日报》找邓拓"。由于蓝翎"已见过了邓拓,这次谈话主要是邓拓和李希凡对谈,我在一边敬听。邓拓谈的内容比夜间谈的简略,基本一样。李希凡除表示同意转载文章外,更多的是谈他个人的情况。我和李希凡商量后提出,文章当时写得较匆促,因为两人都正上着课,如果要转载,最好能有一个星期的时间,再进行一次认真的修改。邓拓说,时间太长了,不必大改,星期四交稿吧。我们不便再说什么,表示按期完成任务"。

1954年10月16日,毛泽东在《关于红楼梦研究问题的信》中,对李希凡、蓝翎的个人情况及《关于〈红楼梦简论〉及其他》一文投寄《文艺报》"被置之不理"等了解得那么详细,会不会是邓拓将这次与李希凡、蓝翎的谈话向上级做了如实汇报的

1980年5月20日,俞平伯与蓝翎(左)、李希凡(右)在《红楼梦学刊》编委会成立大会上

结果？

据蓝翎回忆，为了按期完成文章的修改，他和李希凡从《人民日报》社回去以后，"星期一，李希凡向学校请准了假"，又"回家安排了一下"，下午便赶到蓝翎住处，二人"先研究了修改计划，随即着手修改，日夜兼程，轮流睡觉"。"星期四上午修改稿完毕，李希凡回去，由我通知报社来取修改稿。星期五，报社即派人送来两份修改稿的小样，四开大纸，边上留出大片空白。我看后改了几处技术性差错，退回一份，保留一份。任务完成了，顿感轻松，单等着报纸上见吧"。

《人民日报》是中国第一大报，文章能够在这里发表或转载，确实令两个名不见经传的"小人物"感到兴奋。蓝翎在《四十年间半部书》一文中就曾坦诚地披露了自己那种欣喜万分的心情：

> 《人民日报》转载青年作者的文章，的确是非同寻常的事。那是出于形势的需要，有一定的指导性，或者叫抓典型，带动一般。而对于作者来说，谁的文章一经转载，即会引起轰动效应，身价倍增。据我的记忆，五十年代初，《人民日报》最先转载的是河北省青年作者谷峪的小说《新事新办》，还由文化部长、中国作家协会主席茅盾写了推荐文章，谷峪因此而闻名全国。过了两年多，又转载了河南省青年作者李准的小说《不能走那条路》，影响比前者更大，成了中国农民必须走合作化这条路的象征，单干是不行的，处在十字路口很危险，那会导致剥削走两极分化的老路。而我们写的是关于古典文学研究的冷门文章，居然要由《人民日报》转载，是万万没有想到的，激动而又欣喜……也许一夜之间就要"名扬天下"了……

邓拓找李希凡、蓝翎谈了话，文章的小样也已排出，发表本已是十拿九稳的事情了，但不料中途却又发生了变故：当时主管文化宣传的周扬以及林默涵、邵荃麟、何其芳等人，却以"小人物的文章"、"党报不是自由辩论的场所"等理由，拒绝转载。但由于毛泽东已经说了话，周扬等人也不敢太过分，最后搞了一个折衷方案,决定将此文放到《文艺报》去转载。李希凡、蓝翎二人,对这一内幕并不知晓。周扬、林默涵、邵荃麟、何其芳等人,也没有料到,十三年后,他们都将为这一决定付出惨重的代价。

在焦急的等待和盼望中,李希凡、蓝翎终于接到了最后通知,邓拓告诉他们,《关于〈红楼梦简论〉及其他》一文,已改由《文艺报》转载,中国作家协会将直接和他们联系。接到这一通知,他们虽有些失望,但并未灰心。因为他们写这篇文章,本来就想在《文艺报》发表,现在转了一圈再回到这里来,应该说也是满足了他们的初衷。紧接着,他们收到了《光明日报》"文学遗产"主编陈翔鹤的来信,约他们去见《文艺报》主编冯雪峰。

9月下旬的一天晚上,李希凡与蓝翎吃过晚饭,按照约定的时间一起来到了陈翔鹤的办公室。陈翔鹤说明了约见的目的后,就带他们步行来到冯雪峰家。

据蓝翎回忆,冯雪峰有长者风度,说话和蔼可亲,他将《关于〈红楼梦简论〉及其他》一文中的"错别字和用词不当以及标点符号不妥之处一一指出,并随手加以改正,然后,拿出一份转载的'编者按'拟稿",征求李希凡和蓝翎的意见,并说文章将在《文艺报》第18期转载。冯雪峰与李希凡、蓝翎谈完转载文章的事以后,陈翔鹤立即约他们"给《文学遗产》也写一篇文章"。李希凡、蓝翎说,八月间他们"已寄去过《评〈红楼梦研究〉》的稿子,不知收到没有"。陈翔鹤"一听很惊奇,说,还不知道,回去找一找"。事后李希凡、蓝翎才知道,"设在陈翔鹤办公室外间的编辑部,平时只有两位工作人员处理日常来稿,一位是著名剧作家陈白尘的夫人金玲,一位是刚分配来的"与李希凡、蓝翎"同年级的同学何寿亭。来稿多,人手少,只能按先来后到的次序摞起来,一件一件处理"。像李希凡、蓝翎"这些名不见经传的青年人的稿件,又没有什么时间性,几个月内能得到处理就算不错了"。⑥

李希凡、蓝翎与冯雪峰、陈翔鹤见面后不久,《关于〈红楼梦简论〉及其他》一文便在《文艺报》第18期转载了,在文章的前面,加了冯雪峰写的那个"编者按"。10月10日,《光明日报》"文学遗产"专栏也发表了他们的《评〈红楼梦研究〉》。据李希凡回忆,陈翔鹤带他们去见冯雪峰时就曾表态说,

"《文艺报》是老大哥,等《文艺报》转载了你们的文章以后,我们就登你们的《评〈红楼梦研究〉》"。⑦果然,这篇文章在《光明日报》发表时,陈翔鹤也学着"老大哥"《文艺报》的样子,在文章的前面加了一个"编者按"。然而,当时谁也没料到,冯雪峰与陈翔鹤的这一举措,将给他们招致猛烈的批判。

《评〈红楼梦研究〉》一文在《光明日报》发表之后,立即引起了毛泽东的高度重视,并在上面加了不少批注,也坚定了他要在文化界发动一场政治运动的决心。那么,这篇被毛泽东看重的文章究竟说了些什么呢?为了便于说明问题,我们有必要略加引述。⑧

该文共分五部分。第一部分文字甚少,只是客套性地对俞平伯的《红楼梦研究》一书说了一些好话。李希凡、蓝翎认为,《红楼梦研究》"是颇受广大读者欢迎的","这部书对研究红楼梦的主要贡献","是'辨伪'与'存真'的工作","作者用较多的篇幅全面地讨论了后四十回的问题,以确切不疑的论据,揭穿了高鹗、程伟元续书的骗局","同时,作者对前八十回红楼梦残缺的情形,也作了精密的考证,对几个不同版本的红楼梦作了比较","从比较中发现了各本的所长所短,以及在文字上的优缺点。""这些属于考证学范畴的成绩,都是俞平伯先生三十年来最可珍贵的劳动成果,对于红楼梦的读者是有很大帮助的"。

但在文章第二部分,他们笔锋一转,亮出了自己的观点:"如果对红楼梦的研究仅仅停留在局部问题的考证上,不能从理论上作出全面的评价,应该说,这还不能算作研究工作的主要部分"。因为"红楼梦在中国文学史上,是近代古典现实主义文学的一个高峰。它不但在创作上坚持了现实主义的道路,而且在理论上阐明了现实主义的真谛,这是曹雪芹在中国文学史上最伟大的贡献。红楼梦一开始,曹雪芹就借石头和空空道人的谈话,说出了自己的文学见解","这一段托之于石头的对话,最明显地表示了曹雪芹精湛的现实主义文学见解。在这里作者反对历来的反现实主义的作品,反对那些概念化公式化缺乏现实生活作基础的才子佳人式的小说,对这些虚伪的主观主义的作品,曹雪芹作出了严格的批评。同时,也就是替自己的作品红楼梦作出了一个有力的辩白。但是,所谓'按自己的事体情理',所谓'其间离合悲欢,不敢稍加穿凿,至失其真'。都应该被理解为作者按照他自己对现实生活的真实理解去描写,按照事件发展的客观规律去描写,而不是主观的歪曲,这才符合'按迹循踪'意思的本质。曹雪芹正是根据这样的创作原则,创造了他那时代的典型世界,突破了古典文学中某些人工伪造的传统,使得自己所创造的人物形象,有着最深厚的生活感,最活跃的煽动力"。所以,"作品的实际成就和作者的见解,就是红楼梦作为现实主义杰作的最充分的论据,这也应该是我们研究红楼梦的根本出发点"。

基于这样一种基本观点,李希凡、蓝翎对《红楼梦研究》提出了批评:"《红楼梦研究》虽然偏重于考证",却"涉及到而且也不可能不涉及到对待红楼梦的基本观点。正是在曹雪芹所阐发的现实主义文学见解上,俞平伯先生走向了歧路。俞平伯先生以其考证学观点,只取其中局部的字句","从而把红楼梦这样一部现实主义杰作,还原为事实的'真的记录',认为这部作品只是作者被动地毫无选择地写出自己所经历的某些事实。这样引伸下去,红楼梦就成为曹雪芹的自传,因而处处将书中人物与作者的身世混为一谈,二而一的互相引证,其结果就产生了一些原则性的错误"。

那么,《红楼梦研究》一书的"原则性错误"有哪些呢?李希凡、蓝翎首先谈到了贾府的衰败问题。他们认为,"关于贾氏衰败的问题,这体现着红楼梦主题思想的基本的一面。它是和整个清代社会史的发展相联系着的,它表明着社会阶级结构的变化。而俞平伯先生关于贾氏衰败问题的考证,却仅止把它和曹家的衰败联系起来看。因此他所总结出来的'贾氏抄家后衰败'的三个原因:抄家、自残、枯干,就只能是形式主义的结论。如果仅仅局限于这样一个表面现象,既不能说明贾氏衰败的真正原因,也不能阐明红楼梦伟大的现实意义",实际上,"贾氏的衰败不是一个家庭的问题,也不仅仅是贾氏家族兴衰的命运,而是整个封建官僚地主阶级,在逐渐形成的新的历史条件下必然走向崩溃的征兆。贾氏的衰败可能有很多原因,但最基本的是社会的经济的原因","书中第二回冷子兴和贾雨村所说的"那段话,"正是封建官僚地主阶级经济破败的活的写照","所谓贾氏内部的自相残杀,应该说还反映了即将崩溃的封建官僚地主阶级覆灭的真面目,它不是属于一个家庭的,而是属于整个阶级的"。"贾氏的生活正是这个阶级的典型的生活状况。所以曹雪芹所描写的贾府也正是封建官僚地主阶级生活的典型概括,因而它才能真实地反映出这一阶级必然覆灭的预兆,这就是红楼梦现实主义精神的一面。"

李希凡、蓝翎认为,"俞平伯先生对于红楼梦中人物的考证,也是脱离了它的社会内容和作者的身世孤立起来去考察,最典型的例子就是对贾宝玉结局问题的讨论"。他们说:"贾宝玉不是畸形儿,他是当时将要转换着的社会中即将出现的新人的萌芽,在他的性格里反映着人的觉醒,他已经感受到封建社会的一切不合理性,他要求按照自己的理想生活下去。这种性格愈发展愈明显愈强烈,也就与封建官僚地主阶级所要求他的距离愈大,当时的社会也就会更加迫害他,贾宝玉的性格与社会的冲突也就愈来愈尖锐。但是当时的社会却是没有给这样的人准备下出路,这些'英雄'也只能够以个人的形式去反抗当时的社会,同时也注定了他反抗的无力,因而他的结局就只能是悲剧的。但这不是个人的悲剧,因为正是通过了贾宝玉的悲剧性格,透露了社会新生的曙光。贾宝玉的出走正是象征着封建社会的必然灭亡,天才的被毁灭,是社会的崩溃的预兆"。而"俞平伯先生所推断的贾宝玉贫穷而后出家的结局,就失去了这样的社会内容,也抽掉了他的积极意义,使贾宝玉从一个反封建的英雄变成为逃避贫穷而遁入空门的市侩。这对这个光辉的艺术形象,是一个显著的歪曲"。

对于俞平伯对《红楼梦》艺术手法的探讨,李希凡、蓝翎也提出了非议:"俞平伯先生从这种追求事实的真实的观念出发去探讨红楼梦的艺术手法,也必然走入同样的迷途。《红楼梦研究》一书在研究到红楼梦的风格时,首先肯定它的'最大手段是写生'",而俞平伯所谓的"'写生'就是'记实'","这样,在红楼梦中所表现出的'写生'的特征,就是写了一些极平凡的人物,'并且有许多极污下不堪的'"。"这些意见很明显地表示出俞平伯先生所理解的红楼梦的艺术方法,也就是记录事实的自然主义写生的方法"。对此,李希凡、蓝翎却有截然不同的看法,他们认为:"红楼梦所以成为现实主义杰作,却并非像这些自然主义歌颂者们所称颂的简单地复写客观事实真象。恰恰相反,曹雪芹是从事实的真象中概括出典型的现象,进而写出了社会发展的真实来。它不仅暴露现实中丑恶的一面,同时也创造出了他理想中的新人,体现了作者所理解的美,因而也就必然引导人们同作者一道去追求真正美的现实。它不仅显示了对于真的追求的现实主义精神,同时也表明了作者对于美的追求的生活理想。真和美的综合才使红楼梦博得现实主义的高度成就。"

然而,"俞平伯先生从红楼梦是模写事实的论点出发,又发现了它在艺术方法上第二个独特的风格","是由于'拘束于事实'",从而"不得不被动地采取悲剧的结局,以摆脱大团圆的结局"。对此,李希凡、蓝翎又提出了尖锐的批评:"曹雪芹是伟大的现实主义大师。他敢于真实地反映现实生活,敢于概括现实生活的典型规律,创造出红楼梦的社会的悲剧性的结局。因而,红楼梦的悲剧结构是由生活、由社会的发展规律所决定的,也是由人物性格发展所决定的。肯定人物贾宝玉以个人形式向封建社会的反抗,必然的要走向悲剧性的结局。这正和他的现实主义文学见解互相照应,绝不能因为红楼梦有自传的性质,就武断地认为'他的材料全是事实,不能任意颠倒改造,于是不得已要打破窠臼得罪读者了'。俞平伯先生这种见解实际上是自然主义观点的继续。"

接下来,李希凡、蓝翎又对俞平伯所谓"怨而不怒"的说法提出了异议:"俞平伯先生从红楼梦是'一部忏悔情孽的书'的片面理解上,推论出红楼梦艺术方法的根本特色是'怨而不怒的风格'。这可以说是俞平伯先生对红楼梦的总评价。"而这一评价,却"是俞平伯先生将红楼梦与其他古典小说比较的结果。在比较的过程中,对其他现实主义杰作也大肆歪曲。认为《水浒》、《金瓶梅》、《儒林外史》等书作者的态度太不温厚,对现实的激愤有些'过火',缺少含蓄,不如红楼梦的'平心静气'。而实际上,这些特点却正是这些伟大的现实主义作家们对生活矛盾更深刻的揭露,并且明显地流露着作者的反抗情绪。因之这并不是缺点,而是中国文学最光辉的富有战斗性的现实主义传统"。"俞平伯先生所谓'怨而不怒的风格'的实质,是他对红楼梦创作的自然主义见解的另一表现。这就是说曹雪芹只是客观地记录自己的'情孽'经过,并没有通过人物形象情节,体现出作者的爱憎来,对于所有的人都一视同仁,对于现实生活既不歌颂也不批判,只是复制和模写,这样的'怨而不怒'的艺术方法所创造出来的作品自然会成为'好一面公平的镜子啊!'""但是,现实主义文学发展的历史却否定了俞平伯先生的论点。现实主义的创作总是通过自己的作品积极地反映现实,这种反映现实的态度本身就渗透着作者对现实生活的美学评价。正因为这样,他们的作品才能积极地影响现实,唤起人们对现实的爱憎感,并为美好的理想去斗争。文学史上从来没出现过缺乏明确社会见解的作品。所以俞平伯先生对红楼梦及其作者的自然主义评价是和现实主义相违背的。实际上,红楼梦在人民中所发生的积极影响,也说明了俞平伯先生评价红楼梦观点的错误"。

李希凡、蓝翎认为,俞平伯之所以对《红楼梦》得出上述的错误结论,乃是因为他以"主观的文学批评论的见解出发去研究红楼梦"的结果。因此,在文章的第三部分,他们又从三个方面入手,重点批评了俞平伯的"文学批评原则":"首先,俞平伯先生以主观主义变形的客观主义态度批评了红楼梦,把红楼梦看成一部自然主义写生的作品。因而否定了它的现实价值,歪曲了作者的创作方法";"其次,正因为俞平伯先生不能从正确的阶级观点出发全面地去接触红楼梦的内容问题,也就必然地使《红楼梦研究》的某些见解局限于形式主义的以部分偏概全面的琐细考证上,结果是歪曲地解释了红楼梦的内容";"再次,由于俞平伯先生离开现实主义文学批评,因而在批评作者的态度时,就只能从形式上把它总结成:'是感叹自己身世的','是为情场忏悔而作的','是为十二钗作本传的'"。"这样的结论一方面完全抹杀了作者积极的思想、红楼梦的真正的现实意义。另方面,这三个结论只是作者部分的动机,而书中所表现的内容却远远超过了这动机,有着更深厚的社会内容。俞平伯先生只从动机去分析作者的态度是片面的,因为作家是通过作品来体现他的思想,他是生活的表现者,而不是抽象议论的理论家。曹雪芹的某些政治见解和著书动机与作品的实际社会效果是并不相称的,因而只分析他的著书动机而不分析其作品内容是不能得出正确结论的"。"因此,评论一个作家的态度,只有把动机和效果、作者的主观思想和作品所表现出的客观效果统一起来考察才是全面的。而俞平伯先生研究曹雪芹的态度却完全是孤立的从动机着眼"。

在做了以上三点归纳后,李希凡、蓝翎严肃地指出:"以上所指出的俞平伯先生的这些错误观点,绝不能简单地归之于'这些抑扬的话头,或者是由于我的偏好也未可知'。因为这是文学批评的原则问题。在俞平伯先生的所谓'偏好'的后面,隐藏着研究者的社会立场。从文学批评观点上说,俞平伯先生的见解就是反现实主义的主观主义的立场。"

文章的第四部分很短,只是简单地对《红楼梦研究》一书的"琐细的考证"提出了批评,他们指出:俞平伯"这种琐细的考证并不是无目的的,而是要和他对文学批评的见解取得一致,用考证去证实他的见解,把完整的艺术形象分裂为具体的事实,以符合他对红楼梦的自然主义见解"。

文章的第五部分对全文做了概括,并把俞平伯的《红楼梦研究》与胡适联系了起来[9],认为"造成《红楼梦研究》这些错误的根本原因,是俞平伯先生对于红楼梦所持的自然主义的主观主义见解","这种把红楼梦作为一部自然主义来评价、而抽掉了它的丰富的社会内容的见解无非是重复了胡适的滥调"。"俞平伯先生这样评价红楼梦也许和胡适的目的不同,但其效果却是一致的。即都是否认红楼梦是一部伟大的现实主义杰作,否认红楼梦所反映的是典型的社会的人的悲剧,进而肯定红楼梦是个别家庭和个别人的悲剧,把红楼梦歪曲成为一部自然主义的写生的作品。这就是新索隐派所企图达到的共同目标。《红楼梦研究》就是这种新索隐派的典型代表作品"。

毛泽东之所以特别重视这篇文章,与其中对胡适的批判当有一定的关系。后来,当邓拓布置李希凡、蓝翎合写《走什么样的路》一文时,就曾经特意叮嘱他们说:"你们的《评〈红楼梦研究〉》不是讲到了胡适的观点吗?这篇文章可从批判胡适的角度写。"[11]由此可见,毛泽东要从红学研究领域入手,在全国范围内开展一场大规模的思想政治运动,作为新红学派开山祖师的胡适,自然也就在劫难逃了。

## 三　一举成名天下知

1954年10月,是李希凡、蓝翎人生路途中最愉快的一段时光。

《关于〈红楼梦简论〉及其他》在《文艺报》第18期转载后不久,《评〈红楼梦研究〉》也在《光明日报》"文学遗产"专栏正式发表。这两件大喜事,不仅弥补了他们的第一篇文章不能在《人民日报》转载的遗憾,也令他们兴奋到了极点。就在他们欣喜的热度尚未消退之时,一桩更令他们惊喜的事情又意外降临了。

1954年10月16日,毛泽东给中共中央几位主要领导人及主管文化宣传的有关负责人写了《关于〈红楼梦〉研究问题的信》,透露了他要在思想文化领域开展一场政治运动的决心。当时,李希凡、蓝翎虽然没有见到这封关系着他们命运和前途的信件,但对毛泽东赏识他们文章的事却已有所耳闻。⑪这对于两个年轻的大学毕业生来说,欣喜之情是可以想见的。⑫

毛泽东《关于〈红楼梦〉研究问题的信》刚刚对中央高层领导及文艺界主要负责人公开,中国作家协会古典文学部便立即响应号召,决定召开《红楼梦》研究问题座谈会。为了配合这次会议,《人民日报》于10月23日、24日连续发表了钟洛的《应该重视对〈红楼梦〉研究中错误观点的批判》及李希凡、蓝翎合写的《走什么样的路》两篇文章,正式拉开了公开批判俞平伯《红楼梦》研究观点的序幕。钟洛在文章中高度赞扬李希凡、蓝翎的两篇文章,"是三十多年来向古典文学研究工作中胡适之派的资产阶级立场、观点、方法进行反击的第一枪,可贵的第一枪"。李希凡、蓝翎的文章则在明显地加重了火药味的同时也提高了格调,将俞平伯的《红楼梦》研究定性为他"所继承了的胡适之的反动思想的流毒,在过渡时期复杂的阶级斗争的环境里"的顽强"挣扎"。

就在《走什么样的路》一文在《人民日报》发表的当天,中国作家协会古典文学部在作协会议室召开了"《红楼梦》研究问题座谈会"。应邀出席会议的有茅盾、周扬、郑振铎、冯雪峰、刘白羽、林默涵、何其芳、林淡秋、袁水拍、田钟洛、王昆仑、老舍、冯至、吴组缃、启功等以及该事件的重要当事人俞平伯、王佩璋和李希凡、蓝翎等共四十九人,另有各报刊的编辑二十人旁听。⑬这是李希凡、蓝翎有生以来参加的第一次重要会议,除他们二人和王佩璋三位年轻人之外,其他参加会议的四十六位正式代表,都是当时中国文学界的领导和名流。

就在这次会议上,周扬还特意向李希凡、蓝翎引见了俞平伯。这是他们的初次见面。

这次会议是由中国作家协会古典文学部部长郑振铎主持的,因为只开了一天时间,与会代表只有十九人发言。有些发言,后来还修改成文章单独发表,如何其芳的《没有批评,就不能前进》、吴组缃的《评俞平伯先生的〈红楼梦〉研究工作并略谈〈红楼梦〉》等。据蓝翎回忆,这次"会议的气氛并不紧张,不少人说起《红楼梦》,谈笑风生。唯有俞平伯先生稳坐沙发,显得有些不自然"。⑭"在座谈中,大家的情绪自始至终都是很恳挚的,热烈的"。⑮由此可见,此时尚没让人感觉到大批判运动的气氛。

会议临近结束时,主持人指定要李希凡、蓝翎发言,结果最后蓝翎代表二人讲了几句。他十分谦虚地说:"我们参加会议的态度,主要是想听取老前辈们给我们的指示和帮助,使我们在学习上提高一步。"接下来,便针对"老前辈们"在发言中就他们的两篇文章提出的一些意见做了解释。最后,他又诚恳地强调说:"我们没有给俞先生扣帽子的企图,我们只是想把问题提得更高一些,由于我们认识不够,因此对一些问题的分析不够深入和全面。但我们的动机是好的,对于俞先生我们是尊敬的。"四十年后,蓝翎在《四十年间半部书》一文中,忆及当年自己在发言中所说"我们没有给俞先生扣帽子的企图"这句话时,曾经不无自嘲地说道:"事后一想,后一点说法显然与当天我们文章的调子不大一致,帽子不是已经扣上了吗?'复杂的阶级斗争'还不是帽子?"

10月26日的《人民日报》、《光明日报》以及10月28日的《文汇报》,都分别报道了这次会议的情况。11月14日的《光明日报》,还以发言先后为序,将这次座谈会的发言记录全部发表。京、沪两地的三大报纸,都如此重视这

57

次会议,这种不同寻常的举动,已然引起了全国人民的注意。

10月28日,袁水拍的《质问〈文艺报〉编者》一文在《人民日报》发表,将批判的矛头直接指向了《文艺报》,调子突然升高,事情发生了质的变化。接下来,一场史无前例的政治风暴便即迅猛地席卷了全国。与此同时,李希凡、蓝翎这两个一直默默无闻的"小人物",也一举成了举国皆知的风云人物。⑯

出乎意料的"走红",在给李希凡、蓝翎带来莫大惊喜的同时也给他们带来了实惠。这实惠首先是工作的调动和分配问题。1954年10月中旬,蓝翎从工农速成中学调到了《人民日报》社文艺组,由一位中学教师一跃而成为中国第一大报的编辑,其间的差别不啻天壤。此事虽然是邓拓决定的,但起决定作用的还是毛泽东对他的赏识。至于李希凡的工作分配问题,他自己在《红楼梦艺术世界·毛泽东与〈红楼梦〉》一文中曾有详细的叙述,我们不妨转引如下:

> 我是1955年初到《人民日报》社的。1954年10月蓝翎已经调到那里去了。调我的时候有些周折。中国人民大学的老校长吴玉章同志,还有聂真副校长,都找我谈了话,希望我留校继续学习。老校长还说,本来学校已准备让我去上俄文先修班,然后到苏联留学。我很感谢老校长和聂真同志对于我的培养和期望,但我实在太爱我的文学专业,不愿意转向其他专业了。何况那时我已经结婚,有了孩子,经济上也比较困难。我给周扬同志写了信,表示自己想上文学研究所工作,周扬回了信,大意说,已决定你调《人民日报》社文艺组工作,"你们走了很好的第一步,望继续努力,不要有一丝骄傲情绪,因为学问和斗争都是无止境的。"后来听报社同志讲,邓拓也向毛主席反映了我对工作调动的想法,毛主席只说了一句:"那不是战斗岗位。"就这样我调到了《人民日报》社。但为了不辜负老校长对我的期望,我向吴老保证,一定继续在夜校把我该读的课程读完,一进《人民日报》大门三十二年没挪窝儿,直到1986年才离开那里来中国艺术研究院。

一个正在研究生班学习的学生，其工作分配问题竟得到了文化教育界几位重要负责人乃至党和国家第一领导人的关心，可见李希凡当时的特殊身份。在此需要说明的是，吴玉章和聂真对李希凡的挽留，并非像某些单位领导将人才视为私有或将人员的去留当成显示自己权力的法宝，他们之所以不放李希凡到《人民日报》社去，乃是为了让这位难得的人才能够得到继续深造的机会。

文章一经发表，便不再属于自己。因文章的发表而引起轰动并一举成名的"两个小人物"，从某种意义上来说，也随之失去了自我。他们已经成了"新生力量"的化身，成了社会所需要的某种象征符号。在风暴席卷了神州大地的同时，他们不得不做的一件事便是四处出头露面做报告。当时京、津两地的文化教育单位，几乎都无一例外地陷入了狂热之中。大家奋勇争先，唯恐落后，纷纷邀请李希凡和蓝翎到自己的单位去演讲。在这种形势下，已成风云人物的李希凡和蓝翎，对此无法推辞也不能推辞，他们只能随着强劲的旋风，一次又一次地重复着几乎相同的话题。在北京图书馆讲演时，他们提到过去借阅困难，丁志刚老馆长当场便决定发给他们北图的借阅证。他们意外地得到了著名学者才能得到的特殊待遇。1954年11月的某一天，他们应邀到中央团校做报告，当时担任团中央书记的胡耀邦，还率领团中央书记处的全体成员聆听了他们的讲演……接二连三的报告及各种各样的社会活动，使得两个"红人"变成了大忙人。

在大批判运动爆发以后，另一件令李希凡、蓝翎感到惬意的事，便是能够参加各种档次很高的会议。1954年10月24日在作家协会会议室的那一次"红楼梦研究座谈会"，是他们有生以来参加的第一次高档次会议，此后便一发而不可收。并且，除了文化学术界的会议之外，国家重要的政治会议他们也有幸得以参加。1956年1月，李希凡和蓝翎都参加了二届二次全国政协会议。李希凡是政协委员，蓝翎则作为特邀代表。会议期间，他们见到了毛泽东、刘少奇、周恩来等党和国家领导人。对此，蓝翎在《四十年间半部书》中曾有详细的记载：

这次会议，无意中也给我留下难忘的历史纪念。二月四日晚，党和国家领导人在中南海怀仁堂接见与会的部分代表，并设宴招待。在西厅等候的是文艺界人士，由茅盾持名单逐一引荐介绍。按姓氏笔划，丁果仙排在最前边，我排在蓝马后边，最后一个。等毛泽东主席、刘少奇同志和周恩来总理等接见到后边的人时，前边的已悄悄地进入宴会厅。我激动地等待着，仔细地观察着。我看到刘少奇同小说家张恨水谈了不少话；女舞蹈家康巴尔汗恭恭敬敬地将维吾尔族绣花帽献给毛主席，端端正正地戴在毛主席的头上。当我向周总理握手时，还没有等我说话，他就笑嘻嘻地说："《文艺报》上的漫画，我昨天看了，有你们。"（这是指该报当年第一期上的《迎春图》，由华君武、方成、英韬、沈同衡、张仃等集体创作，画各界人士喜迎新春的姿态。）我说："一个身子两个脑袋。"刘少奇同志关切地问我："你们工作的条件怎么样？"我回答："很好。""有什么困难吗？""没有。"当我向前一步双手握住毛主席的手时，茅盾介绍说："蓝翎，后生小子。"我说："我代表青年向毛主席问好。"毛主席说："谢谢你们。"其实谁也没有委托我，我不过按当时的时尚，谁也不好意思把这当成个人的荣誉，都说这是大家的光荣。正在斜对面的《人民日报》的摄影记者高粮的闪光灯一亮，抓拍了这一镜头，留下了历史的纪念。

相比而言，李希凡比蓝翎在政治上更为走红。这次政协会议，虽然两人都参加了，但李希凡是以政协委员的身份，而蓝翎只是特邀代表，并且是在会议召开以后增补的。此外，作为《人民日报》社两名代表之一出席全国建设社会主义积极分子大会、出国访问等等特殊待遇，只有李希凡享受了，蓝翎则没有份。⑰

成名后的李希凡和蓝翎，得到的另一个好处便是不再为文章没有地方发表而烦恼。从前写文章时，总要考虑将文章投寄给哪家报刊，如今则不同了，不仅《关于〈红楼梦简论〉及其他》和《评〈红楼梦研究〉》两篇文章在多处报刊上转载,而且约稿的信件也接连不断。仅《人民日报》社布置给他们的写作任务,就够他们忙活的,哪有余暇顾及其他。不过,盛名之下的李希凡和蓝翎,处在轰轰烈烈的大批判运动之中,所写的文章又大都是奉命之作,且往往都要经过有关领导的修改。如此一来,他们的文章,自然也就失去了自主性,从而也就失去了个性。蓝翎在《龙卷风·四十年间半部书》一文中,就曾透露过这种烦恼:

> 为了配合作协会议的召开,由田钟洛起草经林淡秋和袁水拍修改的文章《应该重视对〈红楼梦〉研究中错误观点的批判》,发表在十月二十三日的《人民日报》。邓拓上夜班时把我找去,说要在报刊上公开批判俞平伯,并谈了俞平伯的一些情况,要我起草一篇有战斗性的文章。我当时正住在本司胡同的九人一室的集体宿舍,办公室全组人在一起,写不成稿子,袁水拍就让我关在他的办公室工作,晚上在大办公室睡沙发。但资料条件比过去好多了,连俞平伯先生的《红楼梦辨》(《红楼梦研究》的前身)和《胡适文存》都借到了。李希凡不能来共同工作,他看了初稿,没有大改动,前后只用了两三天的时间。我夜晚向邓拓交稿时,他没提具体意见,只说火药味还不够,于是在原稿旁边加上了"这并不是偶然的,而是过渡时期复杂的阶级斗争在文学研究领域中的反映"一句话,问我:"怎么样?"我说:"好。"急稿发排,第二天(二十四日)见报,这就是两人署名的那篇《走什么样的路》,而这篇文章当时最不容易被人接受的恰恰是邓拓加上去的这句话。"复杂的阶级斗争",还能不是政治问题?
> 
> 这篇文章的发表,在我们合作的道路上标志着一个明显的转折。如果说,在这以前,我们写文章的态度只是为了表明个人对《红楼梦》及有关问题的一些见解,对事不对人,即使言辞上有不够谦虚或失敬之处,也是"少年气盛"缺乏修养的表现。那么,在此以后,就是自觉地以战斗者的政治态势出现,仿佛真理就在自己一边,当仁不让,片言必争。而且不少文章都是奉命而作,或经有关负责人大量修改,有一定的

背景,自然也增加了文章的政治分量,使人感到有来头,非个人意见。

……

除了前边已经提到的几篇文章的写作情况,还有几篇需要特殊多说几句。比如,由我起草的《"新红学派"的功过在哪里?》,是邓拓布置的任务,要给"新红学派"一个概括的评价,既有批评也有肯定,否则不足以说服人。再如《正确估价〈红楼梦〉中"脂砚斋评"的意义》,也是邓拓布置由我起草的。这些文章所涉及的问题都很大,须要进行专门的研究论述。但由于这是布置的任务,时间紧迫,报纸的版面又有限,只能概而言之,仓促成篇。虽署两个人的名字,其实是经过了多层的修改程序的,有他人的精力化在其中。这还是一般意义的布置任务和完成任务,而另一些文章的写作,情况比这复杂得多,需要分别叙说。

由李希凡起草的《胡风在文学传统上的反马克思主义观点》,也是报社布置的任务。但这篇文章的小样送审时,中宣部文艺处处长林默涵作了大量的修改。如果把小样和修改样找出对勘,就可看出我们实在没有那样高的理论水平。

……

奉命作文章,我感到是领导上的信任和培养,非常光荣,因此乐于服从,尽力而为。但也遇上过非常尴尬的事,不得不违心而从。批判运动持续到一九五六年初,胡乔木突然提出文学研究中有庸俗社会学的倾向,简单地给作品中的人物贴阶级标签。他举出冯沅君的《谈刘姥姥》作重点例子,并指定让我们写文章,要有服从真理的精神,打破情面,不要有思想顾虑。胡乔木是分管《人民日报》的中宣部副部长,他的意见是必须执行的,不想写也得写。但是,冯沅君是我们的老师,我们再横冲直撞,也不能批评我们的老师啊!领导上说,这不要紧,乔木同志表示,如果有什么问题,冯沅君那里的工作由他出面来做。据我们所知,冯沅君先生和她丈夫陆侃如先生,解放前几十年一直坚持进步,追求真理;解放后,热爱党、热爱新社会,认真学习马列主义理论,积极参加社会活动,努力在教学中运用新的观点。即使在个别问题上有欠妥之处,但也算不上典型,怎能在那种情况下,拿她当批评的靶子? 然而,上命难违,必须执行。这是我们合作以来写得最不顺畅的稿子。李希凡起草时写得很苦,我修改时也很苦,勉强把稿子凑成了,还不到四千字,标题为《从〈红楼梦〉人物刘姥姥的讨论谈起》。两人苦笑,摇头,叹气,无可奈何! 小样排出后送胡乔木审阅。送审样退回,四周改得密密麻麻,改排后一个整版还容纳不下,超出原稿两倍。原题变为副标题,新加的题目是《关于文学研究中的庸俗社会学倾向》。看来胡乔木还是很重视此稿的,以后又反复修改,连标点符号也不放过,直至他出差到了南方,还来电报补充。他的修改处当然没有人敢变动,但有的地方显然忽略了作者的身份。如在本文提出问题后转入正面论述的地方,加上了如下的话:"至于什么是马克思主义的观点,我们不得不作一些常识性的说明"。这怎么像两个青年作者的口气? 如果照此登出,我们岂不成了不知天高地厚的狂妄人物。因此,我们不得不向胡乔木提出,请他再作修改。大概他也觉得那样说欠妥,于是又改成现在读者看到的那段较为谦虚的文字。就这,我们还是挨了不少骂,被有些人认为是反咬老师的中山狼。这篇文章收在《红楼梦评论集》中,仿佛鹤立鸡群,其实有三分之二是我们冒名的,根本达不到那样高的水平。

一部《红楼梦评论集》,署名的是我们两个;其实,从某种意义上说,也体现了集体的合作。

在报社工作,奉命作文章,有乐也有苦。乐可以说出来;苦了只能闷在肚子里,不能说,不敢说,这是机密,不可泄露,哑巴吃黄连吧! 如今来个竹筒倒豆子,全倒出来,浑身轻松,一大乐也。

自从《关于〈红楼梦简论〉及其他》一文被毛泽东看重之日起,"两个小人物"就失去了自控的能力和资格。奉命而作的《走什么样的路》一文,是他们合作撰写的第三篇文章,也是强大的外力在他们身上第一次发挥作用。在一举成名的同时,"两个小人物"也失去了自我。对此,不仅蓝翎感到烦恼,李希凡也有说不出的苦衷。在《毛泽东与〈红楼梦〉》一文中,李希凡也曾说过类似的话:"当时我们的两篇文章发表后不久,10月23日《人民日报》发表了钟洛的《应该重视对〈红楼梦〉研究中的错误观点的批判》……在此前后,邓拓又曾把我们找去,说你们还可以再写些文章,你们的《评〈红楼梦研究〉》不是讲到了胡适的观点吗?这篇文章可从批判胡适的角度写。这样,我们就写了那篇《走什么样的路》,发表在1954年10月24日的《人民日报》上。在这篇文章中,我们按照邓拓同志意见着重提了胡适的实用主义和资产阶级唯心论,只不过其中联系到过渡时期总路线问题却不知是谁加上去的,那时我们还没有'那么高的认识'。"

按照常理,作家有发表作品的权利,评论家也有发表评论的权利。俞平伯的《红楼梦》研究论著既然已经公开出版发行,作为普通读者的李希凡和蓝翎自然有其批评权。不过这种权利只能限定在学术范畴之内,实际上,他们最初的两篇文章,也确实没有超出这个范畴。而开国领袖毛泽东要利用他们的文章掀起一场政治运动,却是包括李希凡、蓝翎在内的所有人都意想不到的。

蓝翎在《四十年间半部书》一文中曾说过这样一番话:"当我修改李希凡为《中国青年报》起草的那篇《谁引导我们到战斗的路》时,心里感到阵阵的悲凉。文章确定的基调是党把我们两个青年团员引导到战斗的路上。但是具体到各自单位的党组织,谁引导过我?团组织谁引导过我?不仅不引导,反而是冷落甚至阻拦。"[18]愚以为,在此蓝翎犯了一个概念性错误。基层党组织有时虽然代表党,但有时却也不能代表党。决不能将党和基层党组织混为一谈。如果说他们合写的《关于〈红楼梦简论〉及其他》和《评〈红楼梦研究〉》两篇文章还是一种自觉的行为,还在说自己心里想说的话,也还没有超出学术研究的范围,那么从《走什么样的路》一文开始,他们撰写的大多数批评文章便都带上了浓烈的火药味,名副其实地走到了"战斗的路上"。而他们之所以走上这条道路,也确确实实是因为党和党的领袖的引导。

① 1954年的3月15日,对于这场大批判运动中的几个主要人物来说,是一个

非常特殊的日子。然而，他们却都不知道或者遗忘了这个日子。俞平伯、王佩璋二人，直至去世，都不知道这一天曾经发生过对其人生道路具有重大影响的事情，而李希凡和蓝翎对这件事的说法也不太一致。蓝翎在《龙卷风·四十年间半部书》中说："三月中旬的一个星期天，李希凡从家中先到我那里，他爱人从文学讲习所了解该所青年团的工作情况后，也赶到我那里。在闲谈时，我说到了俞平伯先生的那篇文章。他说，他也看过，不同意其中的论点。他说，合写一篇文章如何？我说，可以。他说，你有时间，先起草初稿；我学习紧张，等你写出来，我趁星期六和星期天的空闲修改补充。我说，好吧，明天我就把书刊全部借出来，开始动手。那时合作很简单，只想到文稿能变成铅字，自己的名字印出来，也不会想到谁靠谁，谁沾谁的光，更没想到会有以后几十年的是是非非。但是，一只巴掌拍不响，如果双方的条件缺其一，也是根本合作不起来的。"对此，李希凡在《红楼梦艺术世界·"岂好辩哉？予不得已也"——关于蓝翎〈四十年间半部书〉一文的辩证》中则予以反驳。而在此之前的《毛泽东与〈红楼梦〉》一文中，李希凡则回忆说："记得是1954年春假中的一天，我和蓝翎在中山公园的报栏里看到了《光明日报》上登的俞平伯先生的一篇文章，联想起前些时看到的俞先生在《新建设》1954年3月号上发表的文章《红楼梦简论》，我们就商量要对他的那些观点写一篇文章进行商榷和批驳，这样，我们就利用春假的时间写出了那篇《关于〈红楼梦简论〉及其他》，比较系统地提出了对俞先生《红楼梦》研究主要观点的不同意见，也比较扼要地阐述了我们对《红楼梦》思想艺术成就的评价。"笔者查阅1954年的《光明日报》，发现俞平伯这一年只在《光明日报》发表过一篇关于《红楼梦》的文章，题目是《曹雪芹的卒年》，发表日期是3月1日。而该年的《新建设》3月号，却出版于3月5日。因此，俞平伯在《光明日报》发表文章的3月1日这天，李希凡和蓝翎是不可能在看到这篇文章后，又"联想起前些时看到的俞先生在《新建设》1954年3月号上发表的文章《红楼梦简论》"的。那么，李希凡、蓝翎二人，在中山公园萌生写商榷文章的日子又是哪一天呢？解释只有一个，那就是1954年3月15日。这一天，《光明日报》刊载了两篇有关《红楼梦》的文章：一是王佩璋撰写的《新版〈红楼梦〉校评》，主要针对作家出版社出版的新校本《红楼梦》提出批评意见；另一篇就是作家出版社为此而给《光明日报》"文学遗产"编辑部的公开信，题目是《作家出版社来信》。为了证实这一问题，1999年5月8日，笔者在作家活动中心采访李希凡，他也恍然回想起来，对笔者的考辨连称"是是是"。同年9月18日，笔者在人民文学出版社就此采访李希凡、蓝翎的同窗好友——山东大学教授袁世硕，他也不加思考地一口说出："李希凡和蓝翎是在《光明日报》上看到了王佩璋的文章,才决定写文章与俞平伯商榷的。大批判运动爆发后不久,李希凡曾给我写信,就是这样说的。"

② 赵聪在《俞平伯与〈红楼梦〉事件》一书中曾经推断说:"俞平伯为发表《红楼梦简论》得罪了胡乔木,这是他闯祸的直接原因,他的助手王佩璋抨击《新版红楼梦》得罪了中共国营的'作家出版社',可以算作间接原因……中共自吹自擂'郑重整理'出来的第一部'文学遗产',刚刚出世,就遇到了这位初出茅庐的女学生劈头浇一瓢冷水,中共所谓'国家出版机构'的威信尽失……王佩璋是给俞平伯当助手的,这一次严厉的抨击,当然也就记在了俞平伯的账上。"所以,"这两件事已十足构成了以俞平伯作为'轰击的箭垛'的条件。但却相隔了半年之久,直到九月,中共才发出了'宝贵的第一枪'。这是什么道理呢?"赵聪认为:"第一是中共故意要一套花招来假扮'民主'。像电影《武训传》,举国上下甚至连中共党员都异口同声地说是一部好片子,独有毛泽东看着不好,就下令停演,并发动斗争,这未免有点'独裁'吧。现在也是这样,俞平伯的《红楼梦研究》在出版后一年多的时间,就销售了六版两万五千册……独有胡乔木(实际上他等于中共中央或毛泽东的代言人)看着不好,为了不欲自己揭穿'民主'的伪装,泄露这次'人民代表大会'选举的真底,就不好意思再露一次'独裁'的面目了。于是就检选、培养冲锋的'枪手'让人们知道攻击俞平伯是'发自民间'的,这就需要一段准备时间。第二是从容布置党内文艺干部大整肃。一九五四年三月中共中央召开'七届四中全会'时,刘少奇曾声言要清除党员的'独立王国',这虽是指的军事政治方面而言,但在中共文艺圈内却也有这种'独立王国'。中共想一石二鸟,一面清除'自由学人',一面藉此整肃党内的文艺干部,这也需要相当时间。"
"检选的'枪手'稍微加以训练,布置的'整肃'也已就绪,胡乔木就指使'枪手'开火了。最初发难的一篇文章,是登在青岛山东大学出版的《文史哲》月刊第九期的《关于〈红楼梦简论〉及其他》,作者署名为'李希凡、蓝翎'。接着在十月十日的《光明日报》上又刊载了同样署名的《评〈红楼梦研究〉》。两篇文章写得相当'锋利',真如中共所说的含有强烈的'战斗性',把那位五十六岁的'红楼梦研究权威'俞平伯攻击得百无是处……作为'枪手'的李希凡和蓝翎,是怎样的两个人呢?能在青岛大学出版的刊物上发表文章,当然不出山东大学的范围;果然,在十月卅一日的《光明日报》上,登有山东大学副校长陆侃如的文章,他说:'两位都是我的学生'。中共的青年团中央机关报——《中国青年报》,在十一月四日的社论里,说他俩'一个二十三岁,一个二十六岁'……说来也真是'奇迹'。本在山大读书的学生,却不知在什么时候,从

青岛跑到了'北京'。中共'作协'召开斗争俞平伯大会的时候,枪手之另一的蓝翎曾出席并发言(见十一月十四日《光明日报》);中共'人民大学'举行'红楼梦研究座谈会'的时候,'枪手'之另一的李希凡也曾出席并发言,十一月十七日《光明日报》又说他是'人民大学马列主义研究班的研究生'。'奇迹'就在这些地方,究竟这两位'枪手'可真有点神出鬼没,九月里还是山大的学生,十月里就成了'作家'参加了'作家协会'的会议,到十一月里又成了'人民大学'的研究生了。"赵聪这一段话,可以说是谬误百出,与实际情况出入颇大。首先,他认定李希凡、蓝翎是胡乔木培养的"枪手",这本来就是大错特错的。通过本章的叙述我们可以看到,李希凡和蓝翎,开始与胡乔木根本就没有什么联系。他们之所以产生写批评文章的冲动,是因为无意中看到了王佩璋的文章。其次,赵聪的这一段话,处处都自相矛盾:"能在青岛大学出版的刊物上发表文章",就"当然不出山东大学的范围"吗?难道山东大学的刊物上发表的文章,就一定是山东大学的教师或学生写的?陆侃如说李希凡、蓝翎都是他的学生,这话并不错,只是这两个学生已经毕业了而已。退一步说,按照赵聪的说法,既然是胡乔木指使李希凡、蓝翎写文章,那么他们的文章在什么地方的刊物上发表不了?为什么只"能在青岛大学出版的刊物上发表"?至于赵聪所说"本在山大读书的学生,却不知在什么时候,从青岛跑到了'北京'"一段话,就更不难回答了:本在山大读书的两个学生,于1953年提前毕业分配"从青岛跑到了'北京'"。九月份在山大校刊《文史哲》上发表文章,并不等于他们"还是山大的学生"。"'作协'召开斗争俞平伯大会的时候",不仅蓝翎出席了会议,李希凡也出席了,只是他没有发言而已。但只是他们并非什么"作家",赵聪因为他们参加作协的会议,便把他们当成作家了。在此我们需要说明,当时李希凡、蓝翎是作为重要的当事人来参加这次会议的。再说,参加会议的也并不一定都是作家,更多的则是大学教师和古典文学研究者。而李希凡本来就是人民大学哲学研究班的研究生,也并非"到十一月里又成了'人民大学'的研究生"。当然,胡乔木确曾指使李希凡、蓝翎写过批判文章,比如本章提到的《谈刘姥姥》,但那却是在李、蓝走"红"以后的事了。

③ 此据1999年6月16日对李希凡的采访。他说,此事是杨向奎亲口告诉他的。

④ 《红楼梦》研究大批判运动爆发后,该文曾经多次转载并修改,为保存历史的真实面貌,此处所引,均据《文史哲》1954年9月号。

⑤ 这篇文章,第一稿仍由蓝翎起草,李希凡修改第二稿。但是否曾有第三稿

67

的修改,李希凡和蓝翎则有截然不同的说法。蓝翎在《龙卷风·四十年间半部书》中说:"我写完初稿即回山东。临返京前,老家发大水,断了交通,只得绕道河南省,经开封到郑州转车返京,已九月初,学校上课两三天了。李希凡什么时间改完寄出的,我已记不清,更不知道改动的具体情况。及至刊出,才发现他补充最多的是二、三部分,后边没怎么动,不仅全文结构比例不匀称,文字上也很少加工。后来在作协召开的大会上,新华社一位跑文教的记者对我说:'我喜欢第一篇,这篇有的论点没讲充分,文字也较差。'我淡然一笑。怎么说呀,说什么呀,不好说嘛。少一道工序也。"李希凡在《"岂好辩哉,予不得已也"——关于蓝翎〈四十年间半部书〉一文的辩证》一文中则对此举例予以反驳:"……这次重看我那笔记本上的二稿,我看到了蓝翎的十余处改动俨然在册。白纸黑字,《评〈红楼梦〉研究》恰恰并未少了蓝翎那道工序。"2000年2月21日,笔者有幸在李希凡处看到了《评〈红楼梦〉研究》的第二稿,发现上面确实有蓝翎改动的十余处文字。时日既久,可能蓝翎忘记了此事。

⑥　蓝翎《龙卷风·四十年间半部书》,上海远东出版社1995年3月第1版。另,白鸿在《关于〈文学遗产〉的片段回忆——纪念〈文学遗产〉创刊四十一周年》(文载《文学遗产》编辑部编《〈文学遗产〉纪念文集》,文化艺术出版社1998年8月北京第2版)一文中,对此事的说法与蓝翎所说不太一致。白鸿回忆说:"大约在1954年八九月间,编辑部收到李希凡、蓝翎《评〈红楼梦研究〉》的文章,金玲同志看后,认为这篇文章对《红楼梦》研究有新的见解,是一篇好文章。她在审稿单上写上她的意见之后,便把文章送给翔鹤同志审阅。翔鹤同志审阅后,同意金玲的意见。他们两人还在编辑部议论过是否可以提前发表。按照编辑部的审稿制度,翔鹤同志又将这篇文章送委审阅,征求编委的意见,却被编委否定了。翔鹤同志为了争取发表这篇文章,便将它送给文学所所长何其芳同志审阅。其芳同志看后,也认为应该发表。翔鹤同志得到其芳同志的支持后,还召开了一次编委会,在编委会上传达了其芳同志的意见,编委们才一致同意发表。发表时间是1954年10月10日。不料在此期间,因为有刊物不发表李希凡、蓝翎评俞平伯《红楼梦》研究的文章,毛主席知道后,于10月6日(注:原文如此,错,应为10月16日。——引者)给中央政治局同志和其他有关同志写了一封《关于〈红楼梦〉研究问题的信》,在信中对该编辑部提出了严厉的批评。《文学遗产》虽然已经发表了李希凡、蓝翎的文章,但是毛主席还是派人到《文学遗产》编辑部进行调查,看看是否扣押过李、蓝的文章。那时,翔鹤同志正住在编辑部,他半夜里接到电话,听说毛主席派人来检查工作未免有些紧张,连忙找出关于李、蓝

文章的审稿单给毛主席派来的同志看。审稿单上有金玲和翔鹤同志署名的审稿意见,都是肯定李、蓝的文章,并且认为可以提前发表。后来翔鹤同志告诉我:听说那位同志回去如实地向毛主席作了汇报,毛主席也没有再批评我们。"姑录于此,以备参考。

⑦⑩ 李希凡《红楼梦艺术世界·毛泽东与〈红楼梦〉》,文化艺术出版社1997年2月第2版。

⑧ 该文曾经多次转载并修改,此处所引,均据1954年10月10日《光明日报》"文学遗产"专版。

⑨ 延边大学出版社1999年1月出版的《沉重的反思》一书曾说,李希凡、蓝翎的《评〈红楼梦研究〉》一文"把俞平伯同胡适联系起来批判,显然有些穿凿附会,也有些过火。这无疑与江青的支持有关。"这一番话,不知何所据而言。我们知道,《评〈红楼梦研究〉》一文是在1954年7月写成的,当时蓝翎写第一稿时,就已经分成五部分,而将俞平伯与胡适联系起来批判的文字,也正是第五部分。同年8月,他们便将该文寄给了《光明日报》"文学遗产"编辑部,此后直至10月10日发表为止,并未做任何修改。因此,所谓"与江青的支持有关"云云,实是无稽之谈。

⑪ 1967年5月27日,《人民日报》发表戚本禹的文章,全文转引了《关于〈红楼梦〉研究问题的信》,李希凡、蓝翎才得以一窥全豹。但在当时,他们对此却已有所耳闻。只不过究竟是从何处听来的,李希凡与蓝翎的说法却不尽相同。李希凡在《红楼梦艺术世界·毛泽东与〈红楼梦〉》中说:"至于当时中央或高层领导的意见,只是邓拓同志向我们透露了一点,说是你们的文章毛主席看了,肯定你们的观点,至于有什么具体批示,他也没给我们说。我们知道毛主席读了我们的文章,就已经兴奋得不得了啦!毛主席《关于〈红楼梦〉研究问题的信》我在'文革'前没看到过。'文革'中,戚本禹的一篇文章公布有这封信,那时我已被造反派打入牛棚,进行劳动改造。是因为这封信,我才被放出牛棚。毛主席对我们文章作的批注,我也是在'文革'中从中宣部的一位同志那里看到的。"蓝翎在《龙卷风·四十年间半部书》中则说,邓拓"谈得很轻松,没有说到毛泽东主席"。"文艺组的负责人没有向我透露过任何有关毛主席的指示,而是理论组的一位负责人沙英,初次认识时无意中说,毛主席称你们是'小人物'、'新生力量',使我感到震惊。"

⑫ 20世纪80年代初期,当社会上掀起一股反毛非毛的思潮时,红学界甚至整个文艺评论界中的一些人,对1954年的那场批判运动进行了所谓的"反思",在他们

的"反思"论著中,往往都对"两个小人物"在当时的表现提出非议,然而,不知这些唱高调的人可曾想过没有？在当时特定的情境下,假如此等"好事"降临到他们的头上,他们又会怎样？是否会比"两个小人物"还要"过分"？抑或真能像他们在几十年以后所表白的那样"清高"？回答恐怕只能是肯定前者而否定后者。笔者在此之所以提出这个问题,并不是有意要为李希凡、蓝翎开脱,只是就事论事,在对中国的部分知识分子痛下针砭的同时,也顺便替"两个小人物"说几句公道话罢了。谓余不信,不妨看看1954年那场大批判运动爆发之后,那些大大小小的知识分子们所写的批判文章,有几篇不比李希凡、蓝翎的文章过火？表白自己清高的人,未必真的那么清高！正如清代文学家丁耀亢在其剧作《赤松游》中所哀叹的那样:"都道深入青冥去,林下何曾见一人？"

⑬ 此据1954年11月14日《光明日报》"文学遗产"第29期刊载的《中国作家协会古典文学部召开的红楼梦研究座谈会记录》一文的"编者按",与蓝翎在《龙卷风·四十年间半部书》中所记出席这次会议的有"七十余人"的说法略有出入。

⑭ 蓝翎《龙卷风·四十年间半部书》,上海远东出版社1995年3月第1版。

⑮ 1954年11月14日《光明日报》"文学遗产"第29期《中国作家协会古典文学部召开的红楼梦研究座谈会记录》"编者按"。

⑯ 中国艺术研究院红楼梦研究所研究员胡文彬就曾不止一次说过,当年李希凡、蓝翎的一举成名,给一些专门或业余从事《红楼梦》研究的人造成了一种挥之不去的"小人物情结"。时至今日,那些旨在制造"轰动效应"的人,动辄标榜自己的论著是"惊人的"或"震惊人类的重大发现"等等,便是这种"小人物情结"的直接流露。然而,时代不同了,那种史无前例的偶发性事件,已不太可能再次出现在中国的历史上了。

⑰ 四十年后,蓝翎在《四十年间半部书》一文中,终于将这种委屈尽情地倾诉了出来:"一九五四年底,李希凡突然被宣布为第二届全国政协的委员,属团中央系统的代表。事先没有人同我谈过此事,也没有做我的思想工作。我承受不了,认为这是有意抬高一个压低一个,以后就不好再合作共事了。李希凡为此一再向我解释,说他事先也不知道,他虽是代表,其实也代表了我,代表了我们的同学。我当然听不进,因为这不是他能决定的。我有不满,但无具体对象,愤愤不平而已。紧接着,他又作为报社两名代表之一(另一位是老记者季音),出席了全国建设社会主义积极分子大会。我更感到承受不了。"本来是"两个小人物",在待遇方面却也要分出

个高低厚薄。这种做法,不仅让蓝翎"承受不了",就是李希凡也陷入了尴尬的境地。在《"岂好辩哉?予不得已也"——关于蓝翎〈四十年间半部书〉一文的辩证》一文中,李希凡对此也曾说过这样一番话:"首先要说明的是,写最初那两篇文章时,谁也没想到过会有鲜花和奖,它的出现,使我手足无措。我曾找过当时的领导袁水拍和袁鹰同志,说明这会使我和蓝翎相处出现困难。他们都说,这是组织决定,不是个人间的事。至于为什么这样决定,我无权问也不知内情。""蓝文所谓'鲜花和受奖',就是两件事:一件是二届政协委员,还有一件是出席全国建设社会主义积极分子代表大会(我不在国内,没有参加)。除此之外,我没单独参加过任何全国性的会议,所有文艺界的会都是两个人共同参加的……当二届二次政协会议上,宣布蓝翎为特邀代表时,我心中真有一块石头落了地的轻松之感。"

⑱ 此处照引蓝翎《龙卷风·四十年间半部书》中文字,但蓝文中有两处错误需要说明:一是他们合写的文章,标题为《谁引导我们到战斗的路上》,蓝文少一"上"字;二是该文发表的刊物不是《中国青年报》,而是《中国青年》杂志。

# 第三章　毛泽东亲自发动并领导了这场运动

据现有资料可知，爆发于1954年的《红楼梦》研究批判运动，乃是开国领袖毛泽东"亲自发动和领导的"，只不过当时全国的绝大多数人并不知道这一内幕。时至今日，随着各种鲜为人知的珍贵史料的陆续披露，也为我们了解这一事件的真相提供了可能。因此，本章即以当前所能见到的相关史料为依据，以发动和领导这场运动的毛泽东为叙事主线，尽可能翔实地勾勒出事件发展的脉络和过程，并探索在当时特定的历史条件下毛泽东发动这场运动的主观因素和客观因素。

## 一　运动爆发的偶然性和必然性

1951年年中，经过近两年的准备和铺垫，一直非常重视思想政治工作的毛泽东，觉得在全国范围内发动一场大规模的政治思想运动的时机已经成熟。于是，他便借文化教育界对电影《武训传》进行自由评论之机，亲笔写下了《应当重视电影〈武训传〉的讨论》一文，并于同年5月20日以《人民日报》社论的形式发表。在这篇社论中，毛泽东尖锐地指出："《武训传》提出的问题带有根本的性质。像武训那样的人，处在清朝末年中国人民反对外国侵略者和反对国内的反动统治者的伟大斗争的时代，根本不去触动封建经济基础及其上层建筑的一根毫毛，反而狂热地宣传封建文化，并为了取得自己所没有的宣传封建文化的地位，就对反动的封建统治者竟竭尽奴颜婢膝的能事，这种丑恶的行为，难道是我们所应当歌颂的吗？向着人民群众歌颂这种丑恶的行为,甚至打出'为人民服务'的革命旗号来歌颂,甚至用革命的农民斗争的失败作为反衬来歌颂,这难道是我们所能容忍的吗？承认或者容忍这种歌颂,就是承认或者容忍污蔑农民革命斗争,污蔑中国历史,污蔑中国民族的反动宣传为正当的宣传。"愤激之情,溢于言表。接下来,毛泽东又列举了在各种报刊上发表的赞扬电影《武训传》及历史人物武训的一系列文章,并毫不客气地点了这些文章作者的名字。毛泽东严厉地指出,如此之多的歌颂,可见我国文化界的思想混乱已达到何种程度！他说:"在许多作者看来,历史的发展不是以新事物代替旧事物,而是以种种努力去保持旧事物使它得免于死亡,不是以阶级斗争去推翻应当推翻的反动封建统治者,而是像武训那样否定被压迫人民的阶级斗争,向反动的封建统治者投降。我们的作者们不去研究过去历史中压迫中国人民的敌人是些什么人,向这些敌人投降并为他们服务的人是否有值得称赞的地方。我们的作者们也不去研究自1840年鸦片战争以来的一百多年中,中国发生了一些什么向着旧的社会经济形态及其上层建筑(政治、文化等等)作斗争的新的社会经济形态,新的阶级力量,新的人物和新的思想,而去决定什么东西是应当称赞或歌颂的,什么东西是不应当称赞或歌颂的,什么东西是应当反对的。"在这篇社论中,毛泽东还特别严厉地批评了丧失了批判能力的"一些号称学得了马克思主义的共产党员",质问他们学得的马克思主义跑到哪里去了？并严正指出:这是"资产阶级的反动思想侵入了战斗的共产党"。最后发出号召:"应当展开关于电影《武训传》及其他有关武训的著作和论文的讨论,求得彻底澄清这个问题上的混乱思想。"

为了配合毛泽东的文章,《人民日报》特意在同一天的"党的生活"专栏发表了题为《共产党员应该参加关于〈武训传〉的批判》的短评。评论指出,对电影《武训传》的批判,是一场原则性的思想斗争,每个看过这部电影或看过歌颂文章的共产党员,都应当自觉地行动起来,坚决彻底地与错误思想作斗争。同时还要求,凡是"歌颂过武训和电影《武训传》的,一律要作严肃的公开自我批评;而担任文艺、教育、宣传工作的党员干部,特别是与武训、《武训传》及其评论有关的"干部,"还要作出适当的结论"。

中宣部电影局首先快速做出反应,于同年5月23日向全国电影业界发出通知,要求该界人员"均须在各该单位负责同志有计划领导下,进行并展开对《武训传》的讨论,借以提高思想认识,同时并须负责向观众进行教育,以肃清不良影响。并须将讨论结果及经过情况随时汇报来局"。接着,中宣部、教育部、华东局等又相继发出通知或指示,指出:开展对电影《武训传》的批判,是一项重要的政治任务,是一种全国性的思想运动。因此,必须把这场运动普及到每一个学校、每一个教育工作者及每一个文艺工作者,并且要联系实际彻底检查自己。其后,各种报刊也相继发表了许多对武训及电影《武训传》的批判文章。

与此同时,文化部和《人民日报》社也联合组成了"武训历史调查团",在江青等人的带领下,到武训的老家山东进行了二十多天的社会调查,并在《人民日报》发表了《武训历史调查记》,给历史人物武训扣上了"大地主、大债主、大流氓"等三顶帽子。①

至8月初,这场批判运动宣告结束。8月8日,周扬在《人民日报》发表的《反人民反历史的思想和反现实主义的艺术》一文,为这次运动做了总结。由于时间短,报刊上来不及发表大量批判文章,再加当时的知识分子们还没有那么高的"思想觉悟",因而这场运动的规模并不太大,与后来爆发的几场"轰轰烈烈"的运动相比,可说是小巫见大巫。也正因为这场运动没有像毛泽东所预期的那样广泛深入地开展下去,尤其是大部分知识分子对这场运动的无动于衷,令毛泽东在发现问题的同时,也产生了不满情绪。1954年11月7日,郭沫若在接受《光明日报》记者采访时就曾说过:"三年以前进行的《武训传》的讨论,曾给人们留下了深刻的印象,但可惜那时没有把这一讨论广泛地深入到文化领域的各方面去,讨论没有得到充分的展开。"②这一番话,虽然出自郭沫若之口,但却再清楚不过地表达了毛泽东的这种不满情绪。

1952年开始的知识分子思想改造运动,可说是毛泽东在知识分子身上发现问题并试图解决问题的又一次具体实践。然而,这种缺乏具体内容的空洞的思想改造运动,依然收效甚微。由此,毛泽东清楚地认识到,必须首先消除知识分子头脑中根深蒂固的传统思想,才能让他们彻底地接受马列主义。如不破旧,就难立新。

1953年,是中华人民共和国成立后的第四个年头,也是中国共产党历史上值得大书特书的一年。小事不说,仅大的方面,就有以下种种:在经济领域,这一年"是我国进入大规模建设的第一年",已"开始执行国家建设的第一个五年计划";在政治领域,毛泽东提出了"过渡时期的总路线",并在这一年的年底掀起了全国性的学习和宣传"总路线"的热潮;在外交领域,《朝鲜停战协定》在板门店正式签字,历时三年多的朝鲜战争宣告结束;在文化思想领域,马、恩、列、斯著作编译局的成立,则昭示着马列主义的普及运动将要更加广泛深入持久地开展下去。③这其中最令中国人民感到欣喜的,大概就是朝鲜停战协议的正式签订。它不仅标志着历时三年多的朝鲜战争的结束,也宣告了笼罩中国一个多世纪的战争的阴影终于消散。从此,饱受战乱之苦的中国,进入了真正的和平年代!

1954年,一场"轰轰烈烈"的政治思想批判运动,在神州大地上全面爆发。

运动是由"两个小人物"引起的,但其间却也存在着极大的偶然性:1954年9月1日,山东大学的《文史哲》发表了李希凡、蓝翎与俞平伯商榷的《关于〈红楼梦简论〉及其他》一文。这篇普普通通的商榷性文章,不料却被江青和日理万机的毛泽东看到并引起重视。江青为何赏识这篇文章,原因不得而知,也许她确实是由衷地喜欢这篇文章,也许她是为了投毛泽东之所好,也许另有其他目的,但毛泽东之所以看重这篇文章,却大致可以归纳为以下三点:首先,李希凡、蓝翎的文章中有些言辞比较尖锐,洋溢着一种战斗气息,这种"小人物"敢于向"大人物"挑战的精神,勾起了毛泽东年轻时的战斗豪情。回顾毛泽东的人生历程,他的一生,可以说是战斗的一生。他在各个方面,各个历史时期,似乎都充满了战斗的豪情;其次,这篇文章所涉及的内容,正好是毛泽东推崇备至且十分熟习的《红楼梦》,而"两个小人物"的研究方法,又是尝试着运用马克思主义的理论观点研究复杂的文学现象。其中的许多观点,尤其是辩证唯物主义和历史唯物主义的观点,与毛泽东对《红楼梦》的看法不谋而合；第三也是最重要的一点，是这篇文章可以用来在思想文化领域引发一场大批判运动，以便实现他多年来以马列主义统一人们思想的宏伟构想。也正因为如此，所以当江青提议将李希凡、蓝翎的文章拿到《人民日报》转载时，毛泽东当即欣然同意。

9月中旬的一天下午，江青带着李希凡、蓝翎的《关于〈红楼梦简论〉及其他》一文，来到《人民日报》社找到当时的总编辑邓拓，口头传达了毛泽东的指示，要求《人民日报》转载此文，以期引起争论，展开对资产阶级唯心论的批判。④邓拓不敢怠慢，马上做了安排。但是，当时《人民日报》的文艺宣传工作由报社总编室和中宣部文艺处双重领导，并且以中宣部文艺处为主。文艺组每个季度的评论计划，都必须拿到中宣部文艺处讨论，最后再由分管文艺处的副部长周扬审定。因此，周扬得知此事后，提出了反对意见。

由于《关于〈红楼梦简论〉及其他》一文在《人民日报》转载的事情搁浅，江青不得不再次来到《人民日报》社进行交涉。据史料记载，参加这次会谈的，除《人民日报》总编辑邓拓、副总编辑林淡秋之外，还有周扬、林默涵、邵荃麟、袁水拍、冯雪峰、何其芳等人。时间是在1954年的9月下旬。⑤

在会上，面对气势汹汹地前来兴师问罪的江青，周扬等人早已做好了充分的思想准备。他们坚持原则，毫不妥协。这次他们反对《人民日报》转载《关于〈红楼梦简论〉及其他》一文的理由，除毛泽东在《关于〈红楼梦〉研究问题的信》中所说的"小人物的文章"、"党报不是自由辩论的场所"之外，还有另外一些。周扬认为，《关于〈红楼梦简论〉及其他》一文"很粗糙"，作者的态度也不好；林默涵、何其芳则说，这篇文章，"也没有什么了不起的地方"。⑥

据一些与周扬熟悉的人回忆说，周扬历来对毛泽东都是非常尊重的，对他的指示也是一贯地绝对服从，但这次为什么却又胆敢抗拒呢？除了周扬确实是在坚持原则之外，还有一个更为重要的原因，我们只要看一看周扬自己说过的一番话，就可明白其中的道理：

……批斗我，也许江青起点坏作用。"文革"前我对她并不反感，觉得她有点聪明，模仿毛主席的字体还有点像。她同毛主席结婚时，我因事没有前去祝贺。她在中宣部工作时,有时发表意见口气很大;有时我们搞不清是毛主席的意见还是她个人的意见。我们只能按组织原则办,不能听她的,可能得罪了她。⑦

江青两次到《人民日报》社去,都没有带上毛泽东写的信或字条,只是口头传达指示,而周扬等人又"搞不清是毛主席的意见还是她个人的意见",所以"只能按组织原则办",这便是《关于〈红楼梦简论〉及其他》一文未能在《人民日报》转载的主要原因。

## 二 运动终于爆发

第一届全国人民代表大会第一次会议于9月28日闭幕后,毛泽东也相对有了处理其他事情的时间。他利用料理军国大事的余暇,又耐心地将《文艺报》转载《关于〈红楼梦简论〉及其他》一文时所加的"编者按"和《光明日报》新发表的《评〈红楼梦研究〉》及"编者按"仔细阅读了一遍,并在上面加了不少批注。因为《关于〈红楼梦简论〉及其他》一文毛泽东早就读过,所以这次他除了在文章作者署名"李希凡、蓝翎"旁边加了一条"青年团员,一个二十三岁,一个廿六岁"的批注外,其他几条批语,则都是针对《文艺报》所加"编者按"的。为了便于说明问题,我们有必要将这则简短的"编者按"转引如下:

> 这篇文章原来发表在山东大学出版的《文史哲》月刊今年第九期上面。它的作者是两个在开始研究中国古典文学的青年;他们试着从科学的观点对俞平伯先生在《红楼梦简论》一文中的论点提出了批评,我们觉得这是值得引起大家注意的。因此,征得作者的同意,把它转载在这里,希望引起大家讨论,使我们对《红楼梦》这部伟大杰作有更深刻和更正确的了解。
>
> 在转载时,曾由作者改正了一些错字和由编者改动了一二字句,但完全保存作者原来的意见。作者的意见显然还有不够周密和不够全面

的地方,但他们这样地去认识《红楼梦》,在基本上是正确的。只有大家来继续深入地研究,才能使我们的了解更深刻和周密,认识也更全面;而且不仅关于《红楼梦》,同时也关于我国一切优秀的古典文学作品。

这则"编者按"并不长,说得也比较客观。但此时正处于盛怒之下的毛泽东,却对之加了十分严厉的批语:《文艺报》"编者按"说:"它的作者是两个在开始研究中国古典文学的青年。"这本来是符合事实的:李希凡、蓝翎确确实实是两个青年,毛泽东也知道这一事实,"青年团员,一个二十三岁,一个廿六岁。"并且他们也确确实实是刚刚开始研究中国古典文学的。然而,毛泽东却不满地批道:"不过是小人物。"联系江青第二次到《人民日报》社时的遭遇,我们便可明白,毛泽东的这则批语,显然是针对周扬等人的,而与《文艺报》的"编者按"对不上号。对"编者按"中的"他们试着从科学的观点对俞平伯先生在《红楼梦简论》一文中的论点提出了批评"一句话,毛泽东特意在"试着"二字旁划了两道竖线,然后批注说:"不过是不成熟的试作。"仍然可看出明显有"项庄舞剑,意在沛公"的意思;在"作者的意见显然还有不够周密和不够全面的地方"句下批注:"对两青年的缺点则决不饶过。很成熟的文章,妄加批驳。"这一番话,表面上看是针对《文艺报》所加"编者按"的,但如果我们联系周扬等人所说的话,仍可看出毛泽东的实际指向。在"希望引起大家讨论,使我们对《红楼梦》这部伟大杰作有更深刻和更正确的了解"句旁加批道:"不应当承认俞平伯的观点是正确的";在"更深刻和更正确的了解"和"了解更深刻和周密"旁边,划了两道竖线,打了一个问号,然后批道:"不是更深刻周密的问题,而是批判错误思想的问题。"⑧

《评〈红楼梦研究〉》一文,因为是初次发表,所以毛泽东所下批注,除三条是针对《光明日报》所加"编者按"外,其他四条都是对着这篇文章的。《光明日报》的"编者按"也很短,与《文艺报》的"编者按"意思大致相同,现转引如下:

目前,如何运用马克思主义科学观点去研究古典文学,这一极其重要的工作尚没有很好地进行,而且也急待展开。本文在试图从这方面提出一些问题和意见,是可供我们参考的。同时我们更希望能因此引起大家的注意和讨论。又与此文相关的一篇"关于《〈红楼梦〉简论》"的文章业已在第十八期《文艺报》上转载,也可供大家研究。

  毛泽东对这则"编者按"下了三条批语。对"编者按"中的"试图"所加批语是:"不过是试作?"对"提出一些问题和意见"一语,反问道:"不过是一些问题和意见?"对"可供我们参考"一语,反问道:"不过可供参考而已?"连续三个问句,可见他的怒气越来越大。

  本来满腔怒火的毛泽东,读到《评〈红楼梦研究〉》时却又平和了许多,针对其中所说"贾氏的衰败不是一个家庭的问题,也不仅仅是贾氏家族兴衰的命运,而是整个封建官僚地主阶级,在逐渐形成的新的历史条件下必然走向崩溃的征兆"一段话,毛泽东批道:"这个问题值得研究。"不知是认同,还是不同意李希凡、蓝翎的说法。从毛泽东对《红楼梦》的一些评价来判断,这句话当是赞许之辞。

  对李希凡、蓝翎的文章,毛泽东不仅只有赞许,有不同的意见,他也会提出来。如对文章中说:"这样的豪华享受,单依靠向农民索取地租还不能维持,唯一的出路只有大量的借高利贷,因而它的经济基础必然要走向崩溃。"毛泽东便在这段话旁划了竖线,并打了一个问号,然后加批说:"这一点讲得有缺点。"当他看到李希凡、蓝翎引用俞平伯《红楼梦研究》中的"甲是乙非了无标准"和"麻油拌韭菜,各人心里爱"两句话时,毛泽东又在旁边分别划了竖线,并以不容置疑的口气加批说:"这就是胡适哲学的相对主义即实用主义。"当李、蓝文章的最后一段将俞平伯与胡适联系起来批评,并说出"俞平伯先生这样评价《红楼梦》也许和胡适的目的不同,但其效果却是一致的"一番话时,毛泽东批注说:"这里写得有缺点,不应该替俞平伯开脱。"⑨

  10月16日,毛泽东奋笔写下了《关于〈红楼梦〉研究问题的信》,并将《关于〈红楼梦简论〉及其他》和《评〈红楼梦研究〉》两篇文章一并附上,给中央政治局的主要领导以及文艺界的有关负责人传阅,正式发出了他要在文化领域发动一场思想政治运动的先声。

在这封著名的信中,毛泽东开篇即对李希凡、蓝翎的文章做了很高的评价,并将自己的目的表露无遗:

各同志:

驳俞平伯的两篇文章附上,请一阅。这是三十多年以来向所谓《红楼梦》研究权威作家的错误观点的第一次认真的开火。

所谓"三十多年以来",显然是从1921年胡适开创"新红学"算起的。由此可见,在发动这场运动之先,毛泽东的矛头指向已很明显:他所要着重批判的,还是"胡适思想"。而"所谓《红楼梦》研究权威作家",看似指的俞平伯,实际上还是在说胡适。对他们的"错误观点的第一次认真的开火",则将问题上升到了一个政治的高度。

1967年5月26日《人民日报》刊发了毛泽东的这封信

接下来,毛泽东便将作者的情况以及《关于〈红楼梦简论〉及其他》一文发表时遇到的小小的曲折做了说明:

> 作者是两个青年团员。他们起初写信给《文艺报》请问可不可以批评俞平伯,被置之不理。他们不得已写信给他们的母校——山东大学的老师,获得了支持,并在该校刊物《文史哲》上登出了他们的文章驳《红楼梦简论》。

毛泽东对这些情况如此了解,可见他此前做过充分的调查和准备工作。知彼知己,不打无把握之仗,是他历来坚持的一贯原则,也是他克敌制胜的重要法宝之一。在这里,他点出《文艺报》对李希凡、蓝翎来信置之不理一事,话虽说得很平淡,但《文艺报》在运动中遭受冲击的命运已成定局。工作繁忙的报刊编辑部因种种原因不给读者或作者写回信,按原则来说是工作失误,并不鲜见。毛泽东拿这种小事"小题大做",实际上是要以《文艺报》为典型进行整顿,从而彻底改变舆论机构不听指挥的混乱状态。

短短的几句话,简明扼要地将事情做了大致交代后,毛泽东终于转入了正题,十分愤怒地说:

> 问题又回到北京,有人要求将此文在《人民日报》上转载,以期引起争论,展开批评。又被某些人以种种理由(主要是"小人物的文章","党报不是自由辩论的场所")给以反对,不能实现;结果成立妥协,被允许在《文艺报》转载此文。嗣后,《光明日报》的《文学遗产》栏又发表了这两个青年的驳俞平伯《〈红楼梦〉研究》一书的文章。

此处所谓的"有人",便是指的江青;而所谓"给以反对"的"某些人",则明显是指周扬、林默涵、何其芳等人。虽然并未点名,但理由已特意写在括号内,当事人周扬等人看到这封信时自然心里清楚。接着,毛泽东提出了自己的构想:

看样子,这个反对在古典文学领域毒害青年三十余年的胡适派资产阶级唯心论的斗争,也许可以开展起来了。

话虽说得委婉,但口气却是不容置疑的。此处不点俞平伯而特意以"胡适派"三字概括之,目标已十分明确,他就是要以"两个小人物"批评俞平伯的文章为由,就此开展一场文化思想运动,以便清除"三十多年以来"胡适思想在中国的巨大影响。因此,在毛泽东心目中,批判不批判俞平伯,并不重要,但大批特批胡适,却是十分必要的。只不过运动开展起来以后,知识分子们并不明白毛泽东的真正意图,所以在批判胡适的同时,还在不遗余力地大批俞平伯。知识分子与政治领袖之间,任何时候都存在着极大的差异!

表明自己的主要目的后,毛泽东又将话锋一转,说出下面一段话来:

事情是两个"小人物"做起来的,而"大人物"往往不注意,并往往加以拦阻,他们同资产阶级作家在唯心论方面讲统一战线,甘心作资产阶级的俘虏,这同影片《清宫秘史》和《武训传》放映时候的情形几乎是相同的。被人称为爱国主义影片而实际是卖国主义影片的《清宫秘史》,在全国放映之后,至今没有被批判。《武训传》虽然批判了,却至今没有引出教训,又出现了容忍俞平伯唯心论和阻拦"小人物"的很有生气的批判文章的奇怪事情,这是值得我们注意的。

老账新账一起算。文化界的思想混乱和不听指挥,是引发毛泽东发动大批判运动的主要原因。

1950年3月,毛泽东在看完电影《清宫秘史》后,就认为这是一部卖国主义的影片,应该进行批判。然而,文化界却没人响应。其具体原因,可能一是文艺界负责人没有领会毛泽东的意图;二是当时的知识分子们还没有那么"高的思想觉悟";三是建国之初,一切都处于不稳定状态,在连温饱问题都解决不了的情况下,人们没有心思去注意思想领域的是是非非。"文化大革命"爆发以后，一些人将这场运动没有开展起来的原因归咎于刘少奇的阻挠，实属无稽之谈！而在1951年5月爆发的对电影《武训传》的批判，虽然在全国范围内开展起来了，但不到三个月的时间就草草收兵，这也令毛泽东产生了强烈的不满情绪。如今，又发生了看似"容忍俞平伯唯心论和阻拦'小人物'的很有生气的批判文章"实际上却是拒不执行毛泽东指示的"奇怪事情"，他当然就不能再"容忍"了。所以，对于以周扬为首的文艺界的负责人，他的批评也是很严厉的："同资产阶级作家在唯心论方面讲统一战线，甘心作资产阶级的俘虏。"可以想见，当周扬、何其芳、邓拓等与此事息息相关的"大人物"们看到毛泽东这封信时，会是怎样的诚惶诚恐。

毛泽东在写完这封信并签名落款之后，又特意补充了一段话：

俞平伯这一类资产阶级知识分子，当然是应当对他们采取团结态度的，但应当批判他们的毒害青年的错误思想，不应当对他们投降。

这一番话，保护了俞平伯也保护了与他遭受同样命运的一些人，使他们没有像稍后的胡风或"文革"中受冲击的有些人那样锒铛入狱或遭受肉体的摧残。在这里，毛泽东发动这场运动的宗旨是明确的，即他需要的是对某种思想的批判，而不是那种无原则的人身攻击。这个出发点本来不错，但无奈事与愿违。当时文艺界的一些负责人及广大知识分子们并没有领会毛泽东的这种意图，随着批判运动的深入开展，许多文章对俞平伯进行了肆意的人身攻击。

毛泽东的这封信，当时只是在小范围内传阅的。他在这封信的信封上写着："刘少奇、周恩来、陈云、朱德、邓小平、胡绳、董老、林老、彭德怀、陆定一、胡乔木、陈伯达、郭沫若、沈雁冰、邓拓、袁水拍、林淡秋、周扬、林枫、凯丰、田家英、林默涵、张际春、丁玲、冯雪峰、习仲勋、何其芳诸同志阅。退毛泽东。"指定了可以阅读这封信的人，也再清楚不过地表露了他的意图。在他指定的这些人中，有七个人与此事直接有关：周扬、林默涵、何其芳、邓拓、林淡秋、袁水拍、冯雪峰，而周扬负有主要责任。

对毛泽东的信首先快速做出反应的,是与此事息息相关且已陷入惶恐状态的周扬和邓拓。周扬领导下的中国作家协会立即做出决定,以古典文学部的名义筹备召开一次"《红楼梦》研究问题座谈会";邓托则奉命为《人民日报》火速组织了两篇文章:《应该重视对〈红楼梦〉研究中的错误观点的批判》和《走什么样的路?——再评俞平伯先生关于〈红楼梦〉研究的错误观点》。

《应该重视对〈红楼梦〉研究中的错误观点的批判》一文,是由当时担任《人民日报》文艺组副组长的田钟洛起草的。田钟洛,即著名作家袁鹰。据他后来回忆说,"毛主席的明确指示下来",邓拓"就马上组织稿件参加批判,写文章",并"亲自指派"袁鹰"赶紧重读《红楼梦》和有关评论,赶紧写支持李希凡、蓝翎的文章"。而且,袁鹰写这篇文章是"秘密"进行的,包括后来袁水拍撰写《质问〈文艺报〉编者》一文,也是"在秘密状态下写的"。⑩马上就要公开发表的文章,为什么还要秘密进行呢? 主要原因恐怕还是要瞒着周扬,这也表明了毛泽东对周扬的强烈不满。关于此事,我们将在后面有关周扬的章节中详述。

袁鹰写完草稿后,《人民日报》分管文艺组工作的副总编辑林淡秋与文艺组组长袁水拍又做了修改。⑪他们都有幸看到了《关于〈红楼梦〉研究问题的信》,修改时也有了一个可靠的依据。正因为如此,所以这篇文章基本上是按照毛泽东的指示精神以及李希凡、蓝翎的两篇文章写成的。

1954年10月23日,文章在《人民日报》公开发表时,虽然署名"钟洛",但实际上却有林淡秋和袁水拍的心血在其中,并且邓拓也不可能不参与意见。因此,这篇文章,可以看做是《人民日报》社的主要领导及文艺组负责人的集体智慧的结晶。而这种智慧,又来自毛泽东的指示精神,来自李希凡、蓝翎的两篇文章。

文章首先把俞平伯和胡适联系起来,一并打入"资产阶级的'新红学家'"之列:"'五四'以前的'红学家'们就很不少,'五四'以后又出现了一些自命为'新红学家'的,其中以胡适之为代表的一派资产阶级的'新红学家'占据了支配地位,达三十余年。直到今天,我们仍然可以从俞平伯先生关于红楼梦的论著中看到胡适之派的资产阶级反动的实验主义对待古典文学作品的观点和方法的继续。"接下来,又依据李希凡、蓝翎两篇文章的基本观点,列出四条,对俞平伯《红楼梦》研究的主要观点和方法进行了"联系胡适"的批判。

在对胡适、俞平伯进行一番批驳后,又转入了对李希凡、蓝翎两篇文章的肯定和赞扬,认为这是"进步的青年人再不能容忍资产阶级的立场、观点、方法任意损害和歪曲我们伟大民族的优秀文学遗产"的表现,"是三十多年来向古典文学研究工作中胡适之派的资产阶级立场、观点、方法进行反击的第一枪,可贵的第一枪!"后面的这一句话,正是毛泽东所说"这是三十多年以来向所谓《红楼梦》研究权威作家的错误观点的第一次认真的开火"一语的翻版。

文章对文艺界也提出了批评:"这一枪之所以可贵,就是因为我们的文艺界,对胡适之派的'新红学家'们的资产阶级立场、观点、方法在全国解放后仍然在古典文学研究中占统治地位这一危险的事实,视若无睹。这两篇文章发表前后在文艺界似乎并没有引起应有的重视。"所以,"我们对于优秀的文学遗产"的研究,"迄今为止,仍未脱离资产阶级的唯心主义、主观主义、反现实主义的影响"。

文章最后号召:"现在,问题已经提到人们的面前了,对这问题应该展开讨论。这个问题,按其思想实质来说,是工人阶级对资产阶级在思想战线上的又一次严重的斗争。这个斗争的目的,应该是辨清是非黑白,在古典文学研究工作的领域里清除资产阶级的唯心主义的、主观主义的立场、观点和方法;正确地学习运用马克思主义的唯物主义的、科学的立场、观点和方法。每个文艺工作者,不管它是不是专门从事古典文学研究工作的,都必须重视这个思想斗争。"

就在钟洛文章发表后的第二天,亦即10月24日,《人民日报》又发表了李希凡、蓝翎合写的《走什么样的路?——再评俞平伯先生关于〈红楼梦〉研究的错误观点》一文。这篇文章,也是邓拓安排他们写的。在布置这项任务时,邓拓虽然没有透露毛泽东《关于〈红楼梦〉研究问题的信》,但却依据自己对毛泽东指示精神的理解,对李希凡、蓝翎提出了指导性的建议:"你们的《评〈红楼梦研究〉》不是讲到了胡适的观点吗?这篇文章可从批判胡适的角度写。"⑫并且,在发稿之前,邓拓又对文章做了重要修改,将对俞平伯《红楼梦》研究观点的批判,与"过渡时期的总路线"联系了起来。⑬

邓拓除了提出具体建议并对文章做了修改之外,还特别要求文章必须是"战斗性"的。所以,这篇文章不仅联系胡适的实用主义和资产阶级唯心论批判了俞平伯的《红楼梦辨》,而且措辞也比以前的两篇文章更为激烈。他们说:"代表买办资产阶级的知识分子胡适之,为了抵抗马克思主义的宣传,在政治上提出了'多研究些问题,少谈些主义'的口号,在学术上提出了反动的实验主义的'考据学'……胡适之所提倡的学术路线,其反动的目的就是阻挠马克思主义在青年中的传播,把他们蒙着眼睛牵着鼻子走向'国故'堆里去,脱离现实,避开当时尖锐的阶级斗争。""在文学研究上,俞平伯先生的《红楼梦辨》就正是这条路线的忠实的追随者",他"把红楼梦看成是曹雪芹'自传'的目的",就是"企图贬低红楼梦",并且,他"对祖国优秀的文化遗产持虚无主义的否定态度,这正是'五四'以后洋场绅士的本色。从这种反动的虚无主义否定论出发,必然引导到丧失民族自信心"。"在解放以后,在新的政治条件下,俞平伯先生非但没有对过去的研究工作和他的影响作深刻的检讨,相反地却把旧作改头换面地重新发表出来","以隐蔽的方式,向学术界和广大的青年读者公开地贩卖胡适之的实验主义,使它在中国学术界中间借尸还魂"。

周扬比邓拓稍慢了一步。当"《红楼梦》研究问题座谈会"在中国作家协会会议室召开时,《走什么样的路》已见报了。参加这次会议的绝大多数人,还不知道毛泽东已经写了《关于〈红楼梦〉研究问题的信》,也来不及看到上午的报纸,这其中包括主持会议的郑振铎。即使如此,一些有特殊"政治嗅觉"的人,也已经从头一天《人民日报》发表的钟洛的文章中觉察到了一些东西,因此,大会的发言很不一致。有纯粹谈学术的;有为学术研究尤其是考据表示担忧的;对于俞平伯,有批评的,也有说好话的;对于李希凡、蓝翎的两篇文章,也是赞扬中掺杂着批评,并没有形成一边倒的批判势头。

参加这次会议的人中,有资格看到《关于〈红楼梦〉研究问题的信》的,只有与此事息息相关的何其芳和周扬。通过他们的发言,可明显看出这封信对他们造成的巨大影响。

由于曾经参与抵制过《关于〈红楼梦简论〉及其他》一文在《人民日报》转载,所以何其芳开始发言时,就首先做了自我批评,他说:"我先谈谈我对李希凡、蓝翎同志的两篇文章的重要性的认识。在这上面我是有个过程的。在他们两位发表批评文章之前,俞平伯先生近来写的关于《红楼梦》的文章和《红楼梦研究》我都没有看。李、蓝两位的批评文章发表后,我也只看了《红楼梦简论》,仍没有看《红楼梦研究》。这说明我对这件事情不重视。看李、蓝两位的文章后,我对他们用马克思主义文艺理论来批评俞先生的著作这一基本精神我是赞成的,觉得他们的文章抓住了俞先生的许多错误看法,抓住了基本问题。但我当时对他们的两篇文章中的个别论点还有一些怀疑,并且觉得他们引用俞先生的文章有时不照顾全文的意思,有些小缺点。总之,这说明我这时仍只把它们当作普通的批评文章看待。像钟洛同志的文章指出的它们是第一次向古典文学研究工作中的胡适派资产阶级唯心论开枪那样重大的意义,我起初是没有认识到的。这说明我对新鲜事物缺乏敏锐的感觉,不能把这件事情提到原则的高度来看待。"

从认为《关于〈红楼梦简论〉及其他》一文"也没有什么了不起的",到"第一次向古典文学研究工作中的胡适派资产阶级唯心论开枪那样重大的意义",何其芳的认识,已然有了质的飞跃。而引起这种根本性变化的,其实是毛泽东《关于〈红楼梦〉研究问题的信》。

周扬是以文艺界领导人的身份参加这次会议的,所以他在最后的总结发言中没有像何其芳那样做明显的自我批评,但他匆忙地安排召开这次会议,并在讲话时完全按照毛泽东《关于〈红楼梦〉研究问题的信》的指示精神,已表明了他的态度。"我们平时口头上常常讲马克思列宁主义,但对资产阶级错误思想不批判,不斗争,实际上就是对资产阶级思想投降,这哪里还有什么马克思主义气味呢? 现在两位青年作者作了我们文艺界许多人所没有作的工作,他们在古典文学研究领域内捍卫了马克思主义的真理。对于文艺界的这种新生力量,难道还不值得我们最热情的欢迎吗?同时反过来,对于我们文艺思想工作上的不可容忍的落后状态,难道还不值得我们深切反思吗?""资产阶级思想在文艺界还是相当普遍,在某些方面甚至还是根深蒂固的,如果我们不用大力加以批判,实际上也就是甘心做资产阶级的俘虏。"不仅严格遵循毛泽东的指示精神,甚至连语气都极为相似。不说"我"而说"我们",是由他的特殊身份所决定的。既然批评文艺界,也就等于批评了他自己,因为他是党在文艺界的主要领导。⑭

这次会议结束后不久,10月26日的《人民日报》、《光明日报》以及10月28日的《文汇报》,都分别报道了这次会议的情况。

《人民日报》于23、24日发表的两篇文章和中国作家协会古典文学部召开的这次会议,以及京、沪三大报纸对这次会议的报道,正式拉开了公开批判俞平伯及胡适派资产阶级唯心论的序幕。

人们常常将政治运动比作风暴,因为两者的形成,都有极大的偶然性。偶发性的事件,往往导致历史发展的必然。"《红楼梦》研究大批判运动"的爆发,便具有极大的偶然性因素。

一场史无前例的政治风暴,终于不可避免地在北京形成,并以不可阻挡之势,迅猛地席卷了神州大地。

## 三 他一直控制着运动的方向

1954年10月27日,中共中央宣传部副部长陆定一给毛泽东送来了《关于展开〈红楼梦〉研究问题的批判》的报告。报告不仅汇报了24日召开的"《红楼梦》研究问题座谈会"的情况,而且还提出了这次开展讨论的目的,就是要在关于《红楼梦》和古典文学研究方面与资产阶级唯心论划清界限,并进而运用马克思主义的观点和方法对《红楼梦》的思想性和艺术性做出较全面的分析和评价,以引导青年正确地认识《红楼梦》。报告还特意提出,在讨论和批评中必须防止简单化的粗暴作风,允许发表不同意见,只有经过充分的争论,正确的意见才能真正为多数人所接受。对那些缺乏正确观点的古典文学研究者,仍应采取团结教育的态度,使他们在这次讨论中得到益处,以改进他们的研究方法。这次讨论,不应该仅限于古典文学研究的范围内,而应该发展到其他部门去,从哲学、历史学、教育学、语言学等方面,彻底地批判胡适资产阶级唯心论的影响。

毛泽东看完报告后,提笔在报告上批了这样一行字:"刘、周、陈、朱、邓阅,退陆定一照办。"⑮

同一天,袁水拍按照毛泽东指示撰写的《质问〈文艺报〉编者》一文,也送到了毛泽东案头。毛泽东认真地阅读并做了修改。袁水拍的文章中说:

> 这种老爷态度在《文艺报》编辑部并不是第一次表现。在不久以前,全国广大读者群众热烈欢迎一个新作家李准写的一篇小说《不能走那一条路》及其改编而成的戏剧,对各地展开的国家总路线的宣传起了积极作用,可是《文艺报》却对这个作品立即加以基本上否定的批评,并反对推荐这篇小说的报刊对这个新作家的支持,引起文艺界和群众的不满。《文艺报》虽则后来登出了纠正自己错误的文章,并承认应该"对于正在陆续出现的新作者,尤其是比较长期地在群众的实际生活中、相当熟悉群众生活并能提出生活中的新问题的新作者,……给以应有的热烈的欢迎和支持",而且把这件事当作"一个很好的教训";可是说这些话以后没有多久,《文艺报》对于"能提出新问题"的"新作者"李希凡、蓝翎,又一次地表示了决不是"热烈的欢迎和支持"的态度。

他的措辞本来已很尖锐,但毛泽东似乎还嫌分量不够,又在后面加上了这样一段话:

> 《文艺报》在这里跟资产阶级唯心论和资产阶级名人有密切联系,跟马克思主义和宣传马克思主义的新生力量却疏远得很,这难道不是显然的吗?

在对袁水拍的文章做了重大修改后,毛泽东先在文章的标题下面署上袁水拍的名字,然后又在旁边写了这样一句话:

即送人民日报邓拓同志照此发表。

文章送到邓拓手中,袁水拍虽然不同意用个人名义发表,但有毛泽东的手迹在他也无可奈何,邓拓当然也得"照此发表"。⑯

10月28日,《质问〈文艺报〉编者》一文在《人民日报》公开发表后,批判的矛头急剧转向,运动的性质也发生了变化。这使许多人感到震惊:冯雪峰陷入了惶恐之中;周扬在惶恐中还夹杂着几分恼怒,打电话问邓拓:这是怎么回事?⑰事已至此,邓拓只好如实回答。

毛泽东所见果然英明。就在《质问〈文艺报〉编者》一文发表后不久,全国各地的社科类报刊都不约而同地行动起来。他们纷纷发表文章,在批判《文艺报》的同时,也对自己编辑部内存在的"资产阶级贵族老爷式态度",进行了毫不留情的自我批评。

至此,大批判运动的熊熊烈火,已在全国的文化界形成燎原之势。

迫于强大的政治压力,《文艺报》主编冯雪峰不得不在各种场合连续不断地做公开检讨。11月4日,冯雪峰奉命撰写的《检讨我在〈文艺报〉所犯的错误》一文在《人民日报》发表,他首先承认袁水拍对《文艺报》的"批评是完全正确的",并主动地承担了这个责任:"这个错误完全由我负责,因为我是《文艺报》的主编,而且那个错误的编者按语是我写的。"接着,他便对自己所犯的错误作了深刻的检讨。从整篇文章来看,冯雪峰的态度显然很诚恳,检讨也很彻底,但毛泽东却不满意,继续穷追猛打。

冯雪峰的检讨一发表,全国各地的报刊便争先恐后地予以转载。毛泽东在11月14日的《南方日报》上看到冯雪峰的检讨后,当即针锋相对地在报纸上写下了许多批语:冯雪峰检讨自己对在古典文学研究领域内胡适派资产阶级唯心论长期地统治着的事实,一向没加注意,因而"一直没有认识这个事实和它的严重性"。对此,毛泽东首先反问:"限于古典文学吗?"接着下了肯定的判语:"应说从来就很注意,很有认识,嗅觉很灵。"冯雪峰说自己"对于资产阶级的错误思想失去了锐敏的感觉,把自己麻痹起来,事实上做了资产阶级的错误思想的俘虏"。毛泽东则批驳说:"一点没有失去,敏感得很。"冯雪峰说自己"感染有资产阶级作家的某些庸俗作风,缺乏马克思列宁主义的战斗精神"。毛泽东又批驳说:"不是'某些',而是浸入资产阶级泥潭里了。""不是'缺乏'的问题,是反马克思主义的问题。"冯雪峰说自己"不自觉地在心底里存在着轻视新生力量的意识",毛泽东则说:"应说自觉的。""不是潜在的,而是用各种方法向马克思主义作坚决斗争"。直到冯雪峰承认自己"在这次错误上,我深深地感到我有负于党和人民。这是立场上的错误,是反马克思列宁主义的错误,是不可容忍的"这句话时,毛泽东才满意地在"反马克思列宁主义的错误"一语旁划了竖线,并确定了批判冯雪峰的"主题":"应以此句为主题去批判冯雪峰。"⑱如此一来,冯雪峰在《文艺报》所犯的错误,就被毛泽东确定为"反马克思列宁主义的错误",问题已经提到了一个相当的高度。

毛泽东一开始发动这场运动的初衷,是要开展"反对在古典文学领域毒害青年三十余年的胡适派资产阶级唯心论的斗争",但运动刚刚开展,便升级为对《文艺报》的批判,在舆论阵

1954年11月4日《人民日报》

91

地取得步调一致的前提下,他却又产生了将斗争扩展到各个领域中去的想法。11月8日刊登的《光明日报》记者采访中国科学院院长郭沫若中,郭沫若首先透露了这一层意思,他说:"讨论的范围要广泛,应当不限于古典文学研究的一方面,而应当把文化学术界的一切部门都包括进去;在文化学术界的广大的领域中,无论是在历史学、哲学、经济学、建筑艺术、语言学、教育学乃至于自然科学的各部门,都应当来开展这个思想斗争。作家们、科学家们、文学研究工作者、报纸杂志的编辑人员,都应当毫无例外地参加到这个斗争中来。"

全国各界纷纷响应这一号召,同时对俞平伯、胡适、冯雪峰及《文艺报》展开了大规模的批判。这其中规模最大也最引人注目的则是中华全国文学艺术界联合会和中国作家协会自11月31日至12月8日召开的八次扩大联席会议。为了领导这次行动,还特意成立了一个由郭沫若、茅盾、周扬、邓拓、胡绳、潘梓年、老舍、邵荃麟、尹达等九人组成的委员会。郭沫若任主任,茅盾、周扬任副主任。由周扬负责与毛泽东直接联系。

1954年12月2日晚,毛泽东召见周扬等人,着重谈了如何组织力量批判胡适的资产阶级唯心论的问题。次日,周扬便根据毛泽东的指示精神,对原来讨论胡适问题的计划草案做了根本修改,然后在当天下午召开的中国科学院院部和作家协会主席团的联席扩大会议上讨论通过。因为毛泽东已经再次表示,对于胡适的批判,要以批判"胡适思想"为主,所以这份经过修改后的计划草案也改为以下九条:一、胡适的哲学思想批判(主要批判他的实用主义);二、胡适的政治思想批判;三、胡适的历史观点批判;四、胡适的《中国哲学史》批判;五、胡适的文学思想批判;六、胡适的《中国文学史》批判;七、考据在历史学和古典文学研究工作中的地位和作用;八、《红楼梦》的人民性和艺术成就及其产生的社会背景;九、关于《红楼梦》研究著作的批判(即对所谓新旧"红学"的评价)。

会议结束后,周扬把这份草案送给毛泽东,请他批示。毛泽东看后非常满意,批示道:"刘、周、朱、陈、邓、陈伯达、胡乔木、邓拓、周扬同志阅,照此办理。"⑲

12月8日,第八次扩大联席会议召开。会前,周扬将准备提交会议讨论通过的《关于〈文艺报〉的决议》及自己与郭沫若在会上的发言稿,一并送给毛泽东,毛泽东于12月8日早晨做了如下批示:

1959年周扬与陆定一

周扬同志:

均已看过。决议可用。

你的讲稿是好的,在几处地方作了一点修改,请加斟酌。郭老讲稿很好,有一点小的修改,请告郭老斟酌。"思想斗争的文化动员"这个题目不很醒目,请商郭老是否可以改换一个。

毛泽东
十二月八日早

经过商量后,郭沫若临时将发言的题目改为《三点建议》。

这次会议的召开,可以看做是文化界的一次总动员。为此而成立的以郭沫若、周扬、茅盾为首的委员会,自1954年12月底至1955年3月,又相继组织召开了21次批判胡适思想的会议,真正起到了"前敌总指挥部"的作用。

1955年1月20日,当运动达到高潮时,中共中央宣传部向中央提交了《关于开展批判胡风思想的报告》,要求在批判俞平伯和胡适的同时,对胡风的文艺思想进行公开的批判。中央批准了这个报告,并要求各级党委重视这一思想斗争,把它作为工人阶级与资产阶级之间的一个重要斗争来看待。此后不久,文艺界围绕胡风文艺思想的讨论很快就变成了对胡风的政治讨伐。

至此,运动逐渐扩大到了各个领域和各条战线:在文化界,对俞平伯、胡适的资产阶级唯心论思想及研究方法的批判仍在继续深入;在教育界,则开始了对杜威、胡适的实用主义教育思想的批判;在医药卫生界,批判贺诚"排斥中医"的资产阶级思想;在建筑界,批判梁思成的"复古主义"、"形式主义"的设计思想……

1955年3月1日,中共中央发出《关于宣传唯物主义思想批判资产阶级唯心主义思想的指示》,对将批判运动扩展到各个领域中去的做法做了充分的肯定,认为在各个学术和文化领域中对资产阶级唯心主义思想的代表人物进行批判,是在学术界及党内外知识分子中宣传唯物主义、推动科学文化进步的有效方法。为了响应这一号召,许多有关部门开始争先恐后地搜寻自己领域中的"资产阶级唯心主义思想的代表人物",使本来就已扩大化了的批判运动更加扩大。各种报刊在这一时期则纷纷发表文章推波助澜,"许多文章简单粗暴,说理不足,以势压人,把思想方法、研究方法和具体学术问题上的唯心主义观点乃至某些需要进一步研究讨论才能分清是非的问题,同资产阶级政治立场、政治态度混为一谈,这就伤害了一些愿意从事有益于人民的工作的知识分子,给科学文化的发展带来了消极的影响。"[20]

① 关于这场批判运动,延边大学出版社1999年1月出版的《沉重的反思——震动历史的大批判》一书,已对此做了很好的总结,可以参看。笔者在论及这次运动时,亦曾参考过该书,特此著明,并深表谢意。又因这次运动与1954年的《红楼梦》研究大批判运动性质相同,都是在文化领域里开展的政治思想运动,且二者亦有相关之处,是以在行文过程中,特意较为详细地将之勾勒出一个大致轮廓。

② 1954年11月8日《光明日报》刊载的《文化学术界应开展反对资产阶级思想的斗争——中国科学院郭沫若院长对〈光明日报〉记者的谈话》。

③⑳ 中共中央党史研究室编撰的《中国共产党历史大事记》,人民出版社1991年9月第1版。

④ 关于江青到《人民日报》社一事,历史史料与一些重要当事人的回忆不太一致。李辉在《文坛悲歌》(花城出版社1998年1月第1版)一书中引用史料说:"9月,毛主席看到《关于〈红楼梦简论〉及其他》一文后,给以极大的重视和支持。9月中旬一天下午,江青同志亲自到《人民日报》编辑部,找来周扬、邓拓、林默涵、邵荃麟、冯雪峰、何其芳等人,说明毛主席很重视这篇文章。她提出《人民日报》应该转载,以期引起争论,展开对资产阶级唯心论的批判。周扬、邓拓一伙竟然以'小人物的文章'、'党报不是自由辩论的场所'种种理由,拒绝在《人民日报》转载,只允许在《文艺报》转载,竟敢公然抗拒毛主席指示,保护资产阶级'权威'。"从各种史料来判断,江青曾为此事到《人民日报》社去过两次:第一次是在9月中旬,她直接找了邓拓,并未找周扬等人;第二次则是在9月底或10月初。当时,《人民日报》在将《关于〈红楼梦简论〉及其他》一文排出小样后,却又因为周扬的反对而中止转载,因此江青为此再到《人民日报》社,召集周扬等人开会交涉此事,结果再次遭到拒绝。此处所说"九月中旬",时间上是对的,但却将江青两次到《人民日报》社的事情混为一谈了。据蓝翎在《龙卷风·四十年间半部书》中回忆,他第一次被邓拓找去,是在"一九五四年九月中旬的一个星期六(据查为十八日)",证明邓拓在找蓝翎之前江青已经到《人民日报》社找过邓拓,不然的话,邓拓是不会自作主张约见蓝翎谈转载文章之事的。而邓拓在约见蓝翎之后,又让他第二天(星期天)找到李希凡,然后二人一起去了报社。星期一,他们两人便动手修改文章,星期四上午修改完毕并交给报社,星期五即校对了修改稿的小样,但《人民日报》却没有登载,后来才由《文艺报》转载此文,这便是周扬

95

等人搞了折衷方案的结果,也证明第一次周扬等人并不在场。而江青之所以再次到《人民日报》社去召集周扬等人开会,也是为周扬等人做出的决定(《关于〈红楼梦简论〉及其他》一文,不在《人民日报》转载,而由《文艺报》转载)来进行交涉。周扬等人所说"小人物的文章"、"党报不是自由辩论的场所"等话,便是在江青第二次到《人民日报》社时说的。

⑤ 关于江青第二次到《人民日报》社召集周扬等人开会的具体时间及与会人员,史料记载与一些重要当事人的回忆也不太一致。李辉在采访袁鹰时,袁鹰曾说:"我最早感到江青的影响,是在1954年批判《红楼梦研究》期间。开始隐隐约约听说有两篇文章引起注意,有问题要批判。10月中旬,听说江青来报社开过会,有周扬、邓拓、林默涵、林淡秋、袁水拍参加。江青带来毛主席意见,但还没有拿信来。周扬在会上认为不宜在《人民日报》发表,分量太重,报纸版面也不多,还是作为学术问题好,江青就把这样的意见带回去,那时方针已定,他的意图不仅不会采纳,反而引来严厉批评。"(见李辉《往事苍老·与袁鹰谈周扬》,花城出版社1998年1月第1版。)在此,袁鹰所说"10月中旬"云云,显然与史实不符。蓝翎的回忆即可证明,参见本章注④,此不赘。另外,《关于〈红楼梦简论〉及其他》一文,已于10月初在《文艺报》第18期转载,《评〈红楼梦研究〉》一文,也已于10月10日在《光明日报》发表,证明在此之前,江青早已与周扬等人交涉过此事。文章都已经在《文艺报》转载了,江青"10月中旬"再去《人民日报》交涉,就与史实不相符了。另,袁鹰在此谈到的与会人员,与李辉在《文坛悲歌》中所引史料亦略有出入,笔者此处将两方面作了综合。

⑥⑦ 李辉《往事苍老·与周迈谈周扬》,花城出版社1998年1月第1版。

⑧⑨⑮⑱⑲ 《建国以来毛泽东文稿》,中央文献出版社1990年9月第1版。

⑩ 李辉《往事苍老·与袁鹰谈周扬》,花城出版社1998年1月第1版。

⑪ 此据蓝翎《龙卷风·四十年间半部书》,上海远东出版社1995年3月第1版。

⑫⑰ 李希凡《红楼梦艺术世界·毛泽东与〈红楼梦〉》,文化艺术出版社1997年2月第2版。

⑬ 蓝翎《龙卷风·四十年间半部书》中说:"邓拓上夜班时把我找去,说要在报刊上公开批判俞平伯,并谈了俞平伯的一些情况,要我起草一篇有战斗性的文章……我夜晚向邓拓交稿时,他没提具体意见,只说火药味还不够,于是在原稿旁边加上了'这并不是偶然的,而是过渡时期复杂的阶级斗争在文学研究领域中的反映'一句话。"李希凡则不知道此事,他在《红楼梦艺术世界·毛泽东与〈红楼梦〉》中则说:"在

这篇文章中,我们按照邓拓同志的意见着重提了胡适的实用主义和资产阶级唯心论,只不过其中联系到过渡时期总路线问题却不知是谁加上去的,那时我们还没有'那么高的认识'。"蓝翎当时在报社工作,且将稿子直接交给了邓拓,所言当比较可靠,因而笔者此处采用蓝翎的说法。

⑭　此次会议情况及与会者的发言,均据1954年11月14日《光明日报》。

⑯　李辉《往事苍老·与袁鹰谈周扬》中袁鹰曾说过这样一段话:"……袁水拍的《质问〈文艺报〉编者》,是江青传达毛主席的指示,在秘密状态下写的。要袁水拍用个人的名义,开始他并不同意,到了毛主席那里之后,加上'袁水拍'的署名。袁水拍一直对周扬、林默涵作为领导看待,包括冯雪峰,他都是作为前辈看待,从来没有想到会要写文章公开批评。发表前一天还跟邓拓说,这类文章用个人名义发表不合适,是否用社论或者短评的名义。"以上即据袁鹰的谈话。

# 第四章 他们被推到了风口浪尖

自中华人民共和国成立至"文革"爆发的十七年间,要谈文化艺术领域里发生的事情,自然离不开一个至关重要的人物——周扬。在这十七年间,他曾经担任文化部副部长兼党组书记、中宣部副部长、文联副主席、作家协会副主席等职,一直处于文化艺术和宣传思想工作的领导岗位。作为毛泽东文艺思想的权威的阐释者,作为党在文艺界的领导者,在这十七年间的每一次政治运动尤其是文化思想运动中,周扬必然处于运动的最前沿。1954年的"《红楼梦》研究批判运动",更是与他息息相关。而在这场运动中受到冲击的胡风和冯雪峰,却偏偏与周扬之间有过许多恩恩怨怨,这自然不能不令人产生种种猜测与联想。然而,任何推断,都不应该仅凭想象。我们只能依靠史料,来探究事情的原委。

## 一 "贵族老爷"冯雪峰

1954年秋,寒冷的政治风暴使冯雪峰的命运之树开始出现凋零。在这场声势浩大的"《红楼梦》研究批判运动"中,冯雪峰既是"罪有应得"的当事人之一,又是最倒霉、最冤枉的一个"替罪羔羊"。从某种意义上来说,他所蒙受的损失甚至超过了这次运动的主要批判对象——胡适和俞平伯。胡适远在大洋彼岸的美国,过着优哉游哉的寓公生活。大陆"胡适思想批判"的"炮火"虽然猛烈,他却置身局外隔岸观火;陷入风暴中无处躲藏的俞平伯,虽然心灵上承受着前所未有的巨大痛苦,但其实际的政治地位、生活待遇甚至研究条件都基本没有改变。代人受过的冯雪峰,此时却找不到一处可以躲风避雨的港湾。1954年10月28日,讨伐《文艺报》的第一声"号炮",便给他封了一顶"资产阶级贵族老爷"的大帽子。这顶桂冠,是《红楼梦》研究批判运动"中继"两个小人物"一词之后出现的又一特定名词。在袁水拍撰写的《质问〈文艺报〉编者》一文中,"老爷态度"或"资产阶级贵族老爷式的态度"等词语数度出现。虽然袁水拍并未点出冯雪峰的名字,但矛头指向却很明显。从此以后,"资产阶级贵族老爷"这一顶大帽子,就像孙悟空的紧箍咒一般,牢牢地扣在了冯雪峰的头上。随着批判运动的深入开展,这一特定名词很快就被参与运动的人们所接受,并在批判会上或批判文章中频频使用,以至成了压制新生力量的代名词。然而,只要简略回顾一下冯雪峰的人生历程,我们就不难发现,这顶帽子扣在"无产阶级文艺理论家"冯雪峰头上,显得是多么的荒谬可笑!

冯雪峰1903年出生于浙江义乌。1921年,年仅十八岁的他便加入了晨光社,正式走上了文学生涯。也许只是时间或者数字方面的巧合,1954年与冯雪峰同时受到批判的胡适和俞平伯,也正是从这一年起开始研究《红楼梦》的。1922年,冯雪峰又与汪静之、应修人、潘漠华等人组成"湖畔诗社",专门从事白话诗的创作,为方兴未艾的新文化运动增砖添瓦。"我们歌笑在湖畔,我们歌哭在湖畔。"那一行行感情真挚风格清新的白话诗,后来虽然一度被某些别有用心的人讥为"小资产阶级情调",但当时却曾打动过无数少男少女的心。或许是受了时代大潮的影响,1926年,在诗文创作方面颇有才华也很有发展前途的冯雪峰,放弃了自己的特长,转而从事马克思主义文艺理论的介绍与传播工作,成为中国较早的马克思主义文艺理论家。1927年,在北洋军阀及国民党大肆捕杀共产党人的非常时期,冯雪峰毅然决然地加入了中国共产党,从此开始了对革命理想和革命事业的执着追求。1929年,冯雪峰接受党组织的委托,专门负责与鲁迅联系。正是在他的积极努力和争取下,鲁迅和中国共产党的关系才越来越密切。1930年,冯雪峰在参与发起组织中国自由大同盟运动后,又接着发起成立了"左联"。与鲁迅的密切关系,在"左联"工作时与周扬等人不愉快的合作,都为他晚年的苦难留下了隐患。自1931年始,冯雪峰曾经先后担任"左联"党团书记、中共上海中央局文化工作委员会书记、中共江苏省委宣传部长等职。1933年后到中央苏区,任瑞金中共中央党校教务主任、副校长。1934年,又随中央红军参加了著名的万里长征。一介书生,居然跟着赳赳武夫们长途跋涉,以惊人的毅力到达了陕北——总观建国后文化界的那些领导人们,似冯雪峰这种具有革命老资格的"长征战士"并不多见。1936年,他又奉毛泽东及中共中央之命,以中央特派员的身份前往上海联络那里的党组织,并服从组织安排担任了中共上海办事处副主任、中共中央东南局文化工作委员会委员。1937年,冯雪峰在自己的人生和事业道路上做出了一次错误的选择:他在随中共代表团前往南京与国民党商谈第二次国共合作时,因与博古发生矛盾①,一怒之下跑回老家隐居起来,开始专心致志地写一部题为《卢代之死》的小说,打算以最为人们喜闻乐见的文学形式,反映自己亲身经历过的红军长征事迹。岂料国、共两党的合作再次出现裂痕,皖南事变爆发后,过着隐士生活的冯雪峰在大搜捕中被抓进了上饶集中营。幸亏他没有暴露自己的真实身份,国民党只知道他叫冯福春,是个读书人。后来,在党组织的多方营救下,冯雪峰才得以脱离人间地狱。出狱后,冯雪峰又经桂林到达重庆,在周恩来领导下继续在重庆、上海等地从事文化工作和统战工作。

一个对中国共产党的革命事业做出过如此贡献的人,在共产党拥有天下后,其人生的道路本应该如彩虹一般美丽。然而,建国后,与周扬等人相比,冯雪峰并没有得到应有的重用,只不过担任了上海市文学工作者协会主席、上海市文学艺术界联合会副主席等文化闲职。后来,多亏他的老领导周恩来一直没有忘记他,于1951年特意打电话给当时担任新闻出版署署长的胡愈之,安排了冯雪峰的具体工作,并叮嘱:"叫冯雪峰做人民文学出版社社长,但待遇要比普通社长高一点,工资要高一点,要给他一辆私人用小汽车。"几天后,冯雪峰奉调来京,见到胡愈之后,却对这一安排颇有牢骚:"我不想搞文学出版社,更不想当社长,但总理让我搞,我也没办法。看看中宣

部那几个人,叫我怎么工作?!"②

20世纪50年代的冯雪峰夫妇

牢骚归牢骚,冯雪峰走马上任后,还是尽了最大的努力来抓人民文学出版社的出版工作,并在很短的时间内就将出版社办得红红火火。

1952年2月,冯雪峰接替丁玲兼任《文艺报》主编。这虽是一个令许多文艺界人士艳羡的"宝座",但对冯雪峰的个体生命来说,这里却是一个招灾惹祸的是非之地。而灾难的引发,竟与"字字看来皆是血"的《红楼梦》息息相关。

冯雪峰之所以被扣上"资产阶级贵族老爷"的大帽子,就是因为他所主编的《文艺报》在发表或转载有关《红楼梦》的文章时犯有两大罪状:一是"对于'权威学者'的资产阶级思想表示委曲求全"、对于资产阶级唯心论观点"容忍依从甚至歌颂赞扬";二是"对于生气勃勃的马克思主义和宣传马克思主义的新生力量摆出贵族老爷态度"。前一项罪状的证据是《文艺报》曾经发文介绍过俞平伯的《红楼梦研究》;后一项罪状的证据是在转载李希凡、蓝翎《关于〈红楼梦简论〉及其他》一文时加了一则《编者按》。前者是一则短文,作者署名"静之",发表于1953年5月《文艺报》第9期的《新书刊》栏目,现转引如下:

  这本书的前身是三十年前曾出版过的《红楼梦辨》,著者根据三十年来新发现的材料重新订正补充,改成现在的书名,重新出版。研究红楼梦,向来有一个诨名,叫做"红学"。过去所有红学家都戴了有色眼镜,做了许多索隐,全是牵强附会,捕风捉影。《红楼梦研究》一书做了细密的考证、校勘,扫除了过去"红学"的一切梦呓,这是很大的功绩。
  其他有价值的考证和研究也还有不少。
  《红楼梦》是我国伟大的现实主义作品。虽然一切文学作品中所写的故事和实际的事实是两回事情,但考证和研究作者的身世等等,对于我们了解作品是有很大帮助的。这本《红楼梦研究》是我们研究《红楼梦》时值得参考的。

  这实际上是一篇新书介绍性质的短文,对于《红楼梦研究》一书的评价还是比较客观的。该文发表一年多,从来没人提出什么异议。然而,"《红楼梦》研究批判运动"甫一爆发,它却成了冯雪峰及《文艺报》"歌颂赞扬"资产阶级唯心论文艺观点的罪证。袁水拍在《质问〈文艺报〉编者》一文中振振有词地说:"《红楼梦研究》一书固如李希凡、蓝翎《评〈红楼梦研究〉》一文中所指出,也有它的正确的和有用的部分,可是它的根本的思想,作者俞平伯的错误的文艺思想,却一点也没有在《文艺报》的这篇评介中被指出。这不是容忍依从吗?"这样的非难,实在令人难以置辩。如果按照袁水拍这篇文章的思辨逻辑,我们也可以提出这样的反问:《红楼梦研究》出版于1952年9月,至1953年11月,已印至六版,总印数达两万五千册,在当时购买力普遍较低的情况下,这一数目是相当可观的,证明读此书者大有人在。然而,自1952年9月至1954年10月《评〈红楼梦研究〉》一文在《光明日报》发表为止,在这长达两年多的时间内,却没有一个人发表文章"指出""俞平伯的错误的文艺思想",难道他们都是对"胡适派资产阶级唯心论""表现了容忍麻痹的态度"?

至于给《关于〈红楼梦简论〉及其他》一文加《编者按》,说来则更令人莫名其妙。让《文艺报》转载此文,是周扬的主意,作为《文艺报》主编的冯雪峰,出于种种考虑,不得不服从安排。就一般情况而言,除了文摘性的报刊之外,一般刊物在转载文章时都要附加文后注或《编者按》,以便向读者说明情况。冯雪峰按常例写成这则《编者按》后,为了谨慎起见,在正式发表前曾特意报请中宣部批准过,并征求过李希凡、蓝翎等有关当事人的意见。报到中宣部时,周扬是否看过不得而知,但时为文艺处处长的林默涵则给予了应有的肯定:"这样比较客观一些。"③当冯雪峰向李希凡、蓝翎征求意见时,蓝翎在"看到有'用科学的观点……'的词句"时,则"感到评价过高,表示实在不敢当"。④善于进行调查研究的毛泽东,明明知道这些情况却故作不知,其欲整治冯雪峰的意图已十分明显。

应该承认,这则《编者按》所持的态度是比较客观的,对《关于〈红楼梦简论〉及其他》一文,并没有什么贬抑之词。袁水拍虽然承认"编者加了按语,大概是为了引起读者对于这个讨论的注意",但接下来,却又采取鸡蛋里面挑骨头的方式,指责冯雪峰"说了这样一大堆话,却没有提到这个讨论的实质,即反对中国古典文学研究中的唯心论观点,反对文艺界对于这种唯心论观点的容忍依从甚至赞扬歌颂","这个按语尤其可怪的是它对待青年作者的资产阶级贵族老爷式态度"。

你说了什么,不行;你不说什么,也不行。真是"欲加之罪,何患无辞"!

接下来,袁水拍又以1954年出版的第19期《文艺报》为例⑤,强词夺理地指责说:"其中发表的大小文章不下五百篇,编者加了按语的只有十三篇,在这十三条按语中,有十二条都只有支持或称赞的话;独独在转载李希凡、蓝翎两人所写的这一篇文章的时候,编者却赶紧向读者表明'作者的意见显然还有不够周密和不够全面的地方'。至于究竟有哪些缺点,编者并没有指出,不过是'显然'存在罢了。""待遇不公平,是什么缘故呢? 也许按语中已经给我们点明:'作者是两个在开始研究中国古典文学的青年',他们虽则写了'在基本上是正确的'文章,也只能算是'试着从科学的观点'云云而已"。

当年的李希凡与蓝翎,确确实实是两个刚刚"开始研究中国古典文学的青年",说他们的文章"在基本上是正确的",当然也是符合实际的评价。无论当时还是现在,李希凡都坦然承认,那是"'儿童团时代的文章',当然有很多缺点"。⑥

根据毛泽东的指示精神,袁水拍在批判《文艺报》的同时,连带批评了《光明日报》"文学遗产"专栏给《评〈红楼梦研究〉》一文所加的《编者按》:"值得注意的是十月十日《光明日报》《文学遗产》副刊登载李、蓝两人《评〈红楼梦研究〉》一文时也加了类似的按语,那一个"编者按"说:'目前如何运用马克思主义科学观点去研究古典文学,这一极其重要的工作尚没有很好的进行,而且也急待展开。本文在试图从这方面提出一些问题和意见,是可供我们参考的。同时我们更希望能因此引起大家的注意和讨论。'请看吧:《文艺报》和《文学遗产》对于任何其他作者的文章都不声明是'开始研究……'的'青年''试着''提出一些问题和意见',都不声明是只'供我们参考的',惟有对这两篇文章就如此特别对待,这究竟是什么动机呢? 难道《文艺报》和《文学遗产》的其他作者一律都是充分研究了中国古典文学的老年吗? 难道它们所发表的其他文章一律都不是'试图'或'供我们参考',而一律都是不能讨论的末日的判决吗?"袁水拍强调指出:"对名人、老人,不管他宣扬的是不是资产阶级的东西,一概加以点头,并认为'应毋庸疑';对无名的人、青年,因为他们宣扬了马克思主义,于是编者就要一概加以冷淡,要求全面,将其价值尽量贬低。我们只能说,这'在基本上'是一种资产阶级贵族老爷式的态度。"

冯雪峰和陈翔鹤,分别是转载和发表李希凡、蓝翎文章的有功之人。如果冯雪峰不服从周扬的安排,《关于〈红楼梦简论〉及其他》一文便不可能在《文艺报》转载;而《评〈红楼梦研究〉》一文之所以能够很快在《光明日报》发表,也是由于陈翔鹤的特殊关照。

据李希凡和蓝翎回忆,冯雪峰"有长者风度,对小青年谈起话来和蔼可亲",陈翔鹤也"很和善"。当那天晚上陈翔鹤带领他们到冯雪峰家中谈完话时,已是夜里十点多钟,冯雪峰十分热情地将他们"送出门外","怕他们赶不上电车","一定要雇三轮车"。李希凡、蓝翎坚持不要,徒步走了回去。⑦事实胜于雄辩,这就是冯雪峰"对待青年作者的资产阶级贵族老爷式态度"!

为了转载《关于〈红楼梦简论〉及其他》一文,冯雪峰还做了一项很重要的工作,就是对该文中一些明显的错字、标点及句子做了改动。关于这一点,他在《编者按》中也做了说明,而其中所谓"曾由作者改正了一些错字"云云,实际上也给李希凡、蓝翎留了面子。这表明了冯雪峰为人的厚道,也说明了他对工作的认真负责。笔者将《文史哲》1954年9月号和《文艺报》1954年第18期上的两篇《关于〈红楼梦简论〉及其他》进行了对照,发现异文多达六十四处。其中除一处《文艺报》将"典型"排成了"典",其余都属合理改动,可见冯雪峰在约见李希凡、蓝翎前后,肯定花费了很多时间和精力来修改此文。仅在短暂的谈话时"随手加以改动",是绝对不可能做到这种地步的。⑧

1946年周扬一家在张家口

我们可以毫不夸张地说,1954年,是冯雪峰晚年磨难人生的真正开端。从此以后,他便运交华盖,几乎每一桩案件都有他的"股份",每一次运动他都能搭上"便车":斗争"胡风反革命集团"时他受到株连,在党内做过检讨后才侥幸过关;揪"丁、陈反党小集团"时他也"在劫难逃",以莫须有的罪名被定为该集团的重要成员;反右斗争中,他又成了"极右分子"和"右派骨干";"文化大革命"爆

发以后,在"对手"们锒铛入狱的同时,他也被关进牛棚,被迫劳动改造并接受一次又一次的猛烈批判……风风雨雨的二十二年间,走过了人生的坎坎坷坷。冯雪峰以他晚年的凄惨经历,为我们留下了一个个发人深思的泣血带泪的故事。近年来一些有关他的回忆文章,总是或多或少地将他的磨难与周扬联系在一起,那么,我们不妨循着历史发展的轨迹,看一看周扬与冯雪峰之间究竟有何恩怨。

冯雪峰比周扬大五岁,他们都是在1927年第一次大革命失败后加入中国共产党的。1928年,周扬毕业于上海大夏大学,并于同年冬去了日本。冯雪峰则受党组织的委托,自1929年起主要负责与鲁迅的联系工作。1930年,冯雪峰在先后参与发起组织了中国自由运动大同盟和左翼文艺家联盟以后,又自1931年起担任了"左联"党团书记及中共上海中央局文委书记。于1930年从日本回国的周扬,虽然也积极地参与领导了上海的左翼革命文艺运动,但此时冯雪峰却成了他的直接领导。就在这一时期的短暂的合作中,他们之间出现了隔阂。冯雪峰升任中共江苏省委宣传部长以后,周扬虽然接替了他在"左联"的职务,但冯雪峰仍是周扬的领导,仍然要领导"左联"的工作,因而二人之间的矛盾愈发加重。1933年,自前一年起就与冯雪峰相识并一直保持通信联系的胡风从日本回到上海,担任"左联"宣传部长,由于与冯雪峰的关系密切,他便自然而然地介入了冯雪峰与周扬的矛盾中。⑨同年,冯雪峰奉命去中央苏区,而胡风也在第二年秋与周扬彻底闹翻。1936年,冯雪峰随中央红军历尽艰险到达陕北后,又带着中共中央的使命回到了上海。这次的去而复返,再次引发了他与周扬之间固有的矛盾。据冯雪峰自己在文章中回忆说,他被中共中央派往上海,一共肩负着四项任务:"1.在上海设法建立一个电台,把所能得到的情报较快地报告中央。2.同上海各界救亡运动的领袖沈钧儒等取得联系,向他们传达毛主席和党中央的抗日民族统一战线政策,并同他们建立关系。3.了解和寻觅上海地下党组织,取得联系,替中央将另派到上海去做党组织工作的同志先作一些准备。4.对文艺界工作也附带管一管,首先是传达毛主席和党中央的抗日民族统一战线政策。"⑩

接受任务后,冯雪峰风尘仆仆地来到上海。在这里,一幕在二十年后将引发其人生悲剧的"闹剧"即将上演,只等着冯雪峰这个重要角色的到来。

冯雪峰是1936年4月25日左右到达上海的,当晚住在一个小客栈里,次日下午便找到了鲁迅家。见面后,鲁迅"一面不习惯地同"他握手,"一面悄然地说:'这两年我给他们摆布得可以!'"此后,冯雪峰就住在鲁迅家里。他从与鲁迅的"多次谈话"中,听出了"鲁迅对于周扬、夏衍、田汉等人的不满和憎恶"。他原本就有的对周扬等人的厌恶情绪进一步加重。

已与周扬彻底决裂的胡风听说冯雪峰到了上海,便很快找到了鲁迅家,并与冯雪峰"谈了不少当时文艺界情况,谈到周扬等的更多"。由于"他当时是同周扬对立得很厉害",所以当他们谈到周扬等人提出的"国防文学"的口号时,"胡风说,很多人不赞成,鲁迅也反对"。冯雪峰说:"这个口号没有阶级立场,可以再提一个有明白立场的左翼文学的口号。"胡风于是倡议说:"'一二八'时瞿秋白和"冯雪峰"都写过文章,提过民族革命战争文学,可否就提出'民族革命战争文学'。"冯雪峰说:"无需从'一二八'时找根据,那时写的文章都有错误。现在应该根据毛主席提出的抗日民族统一战线政策的精神来提。"并进一步补充说,"'民族革命战争'这名词已经有阶级立场,如果再加'大众文学',则立场就更加鲜明;这可以作为左翼作家的创作口号提出"。胡风当即"表示同意,却认为字句太长一点"。于是他们"立即到二楼同鲁迅商量,鲁迅认为新提出一个左翼作家的口号是应该的,并说'大众'两字很必要,作为口号也不算太长,长一点也没什么"。就"这样,这口号的最后的决定者是鲁迅,也就是说,这口号是鲁迅提出来的"。[11]

三人商定后,胡风很快便发表了一篇文章,公开提出了"民族革命战争的大众文学"这个口号,从而正式拉开了"两个口号之争"的序幕。

面对周扬等人的围攻,胡风愤而撰文准备反击,但冯雪峰却冷静地劝阻了他。冯雪峰一再对胡风说,"沉默是最好的答复,一切都由他去调整处理"。由于冯雪峰当时是"党的领导",胡风只好服从他,自始至终保持着沉默。

对胡风的讨伐至7月间达到高潮。8月2日,鲁迅收到了徐懋庸的来信，即与冯雪峰商定要写一篇文章予以反驳。因此时鲁迅正在病中，冯雪峰便替他起草了一篇文章。鲁迅在冯雪峰这份草稿的基础上做了重大修改并由许广平誊清之后，公开发表，此即《答徐懋庸并关于抗日统一战线问题》。在这封著名的公开信中，鲁迅首次提出了"四条汉子"这一特定名词。从此以后，周扬等人恨透了鲁迅、冯雪峰与胡风三人，他们在公开围攻胡风的同时，也不断地散布着关于鲁迅和冯雪峰的谣言。甚至说冯雪峰是"假冒中央名义"、"假借鲁迅名义"、"钦差大臣"、"勾结胡风"等等。⑫在他们之间，自此结下了终生难以化解的深仇大恨。

从以上简单的勾勒不难看出，这场论争从开始到结束，主要是个人间的恩恩怨怨在起作用。其最终结果，是导致了人与人之间在感情上的彼此伤害。因此，无论从国家、民族还是个人角度来说，它的发生都是有百害而无一利的。

1937年，是冯雪峰与周扬在人生道路上的一个重要转折

1949年冯雪峰一家在上海的合影，后排左起为：次子冯夏森、女儿冯雪明、长子冯夏熊

点。就在这一年,周扬从国统区奔赴陕北,从此开始了另一种生活,并为后来的飞黄腾达打下了基础。而冯雪峰却从陕北来到上海,且在与博古闹翻后一怒之下跑回了老家。此后,周扬的政治地位逐步升高,冯雪峰却一直原地踏步停滞不前。据说,周扬在延安讲演时,每当提到鲁迅,总是要骂胡风。⑬既如此,他对冯雪峰又会采取怎样的态度?毛泽东自1937年以后在感情上对冯雪峰的渐渐疏远,周扬也有可能起了一定的作用。

中华人民共和国成立以后,周扬与冯雪峰的地位更是发生了翻天覆地的变化。此时的周扬已成为文艺界的领袖人物,担任人民文学出版社社长兼总编辑的冯雪峰,则是在他的直接领导之下。由于冯雪峰的革命资格老,再加周恩来等人对他的特殊关照,周扬也没有明显故意地跟冯雪峰过不去。不过,20世纪30年代的恩恩怨怨,使他们之间始终存在着难以逾越的隔阂。冯雪峰进京走马上任时对胡愈之所说的那些牢骚话,自然是冲着周扬来的。而周扬一方面虽然对人民文学出版社的工作不怎么管,另一方面却到处说对冯雪峰"管不了"。⑭由此可以证明,他们之间的积怨一直深埋在各自的心头。只是出于种种顾虑,彼此之间暂时相安无事罢了。

此时的冯雪峰,为了更好地做好工作,已决定不与周扬公开对立。因此,当周扬要在《文艺报》转载《关于〈红楼梦简论〉及其他》一文时,他毫无保留地服从了安排,岂料却给自己酿下了一杯苦酒。

平心而论,在这场运动刚刚开始的时候,周扬并没有挟嫌报复冯雪峰。这并不是因为他感到自己有负于冯雪峰,更重要的是毛泽东在指挥文化大军明批冯雪峰的同时,也在暗中打击着周扬。批判的矛头刺在冯雪峰身上,同时也刺在周扬的心头。更令周扬感到难过的是,他明明知道毛泽东的用意,却又不得不在公开场合带头批判冯雪峰。这几乎是让他自己在抽自己的嘴巴。

周扬何时得知毛泽东要公开批判冯雪峰,因无相关史料佐证,不得而知。但起码在10月24日召开"《红楼梦》研究问题座谈会"时,他就应该知道毛泽东的这一战略部署了。⑮即使如此,当10月28日袁水拍的《质问〈文艺报〉编者》发表以后,周扬仍然感到震怒,说明他对如此处理冯雪峰及《文艺报》是有意见的。

1954年12月8日,在中国文联主席团和中国作协主席团联合召开的第八次联席扩大会议上,冯雪峰被解除了《文艺报》主编职务。直到此时,已经摆脱了困境的周扬也没有对冯雪峰说过很过激的言辞。"《文艺报》主编冯雪峰同志已在《人民日报》上发表了检讨文章。我想我们现在所需要的正是大家严正的批评,而决不是任何虚伪同情的眼泪"。这是周扬在发言中提到冯雪峰的名字时所说的一句话,与针对胡风的那些裹挟着浓烈火药味的言辞相比,自有和风细雨与狂风暴雨之别。

相比而言,倒是胡风对冯雪峰的批判更为激烈一些,这无疑让冯雪峰感到心冷。在11月7日和11月11日的两次大会发言中,胡风在猛烈抨击周扬、袁水拍、何其芳等人的同时,也毫不留情地对冯雪峰进行了激烈的批评。他的这种做法,招致了袁水拍、周扬等人的有力反击,也导致自己过早地被彻底整倒。

袁水拍、周扬等人可以进行反击,但陷入困境难以自拔的冯雪峰,只有老老实实被动挨打的份儿。

对于胡风和冯雪峰由朋友而成为"敌人"的原因,李辉在《文坛悲歌》中曾做过很好的概括:

……1949年后,胡风被冷落的同时,冯雪峰一直担任文艺界领导职务,也是几年来《文艺报》的主编,那些批评胡风和朋友们的文章,便是发表在《文艺报》上。

怨恨《文艺报》,自然怨恨当年的友人冯雪峰。在和友人的通信中便写到:"冯是小人,得了势就玩手段,内里空虚得很。去看他,一方面使他觉得是你示弱,但另一方面,也可能觉得有拉拢之可能,得些安慰。"

其实,胡风误解了冯雪峰。冯雪峰虽是《文艺报》主编,但许多文章的发表却不是他能说了算的。《文艺报》对《关于〈红楼梦简论〉及其他》一文的转载,即是证明。倘若鲁迅九泉有知,不知道会对胡风、冯雪峰等人此时的表现作何感想。

如果说在"《红楼梦》研究批判运动"前期,周扬并没有有意识地对冯雪峰挟嫌报复,但是,在由此而引发的"胡风案件"和"丁、陈事件"中,情况就发生了变化,他开始对冯雪峰展开了有意识的打击。当然,周扬之所以敢这样做,也与毛泽东对冯雪峰的态度有关。在对冯雪峰的报复性行动中,周扬既有主动的一面,也有被动的一面。前者主要由20世纪30年代的恩怨促成,后者却是要按照毛泽东的指示办事。若无毛泽东的首肯或默许,周扬恐怕还没有那个胆量。

在批判"胡风反革命集团"时,周扬等人已有"胡风是雪峰派"或"雪峰是胡风派"的说法,将冯雪峰扯进"胡风反革命集团"的意图十分明显。好在毛泽东此时尚没有要将冯雪峰彻底整倒的打算,所以冯雪峰侥幸暂时逃过一劫。但饶使如此,由于当年与胡风的密切关系,他还是在党内做了检查。

暂时渡过难关并不等于彻底摆脱困境,当年与胡风的特殊关系,是冯雪峰永远撕扯不清的一笔糊涂账。两年后,他将还是被列为胡风的同伙,受尽了磨难。

实际上,自1955年夏开始,周扬等人已在借批胡风之名,对冯雪峰行报复之实了。该年《文艺报》第14、15两期连载的《胡风反革命理论的前前后后》一文,应该看做周扬等人对冯雪峰进行清算的开始。该文认为,"民族革命战争的大众文学"这一口号,是"抗拒党的抗日民族统一战线的政策",蓄意"制造进步文艺界的分裂和纠纷","破坏当时已经走向开展的文艺界的抗日大团结",是"与国民党奸细、托洛茨基分子里应外合",是对"国防文学"口号的"猛烈的、超'左'的攻击"。过了二十个年头,周扬等人终于等到了清算历史旧账的机会。

1955年,对冯雪峰来说是一个多事之秋。继打倒"胡风反革命集团"之后不久,同年夏又揪出了所谓"丁玲、陈企霞反党小集团"。《文艺报》的两位前任主编被一网打尽,现任主编冯雪峰也顺理成章地再次被划入了该集团。

"丁、陈事件"发生在1955年夏,此后经过多次说"反"说"不反"的反反复复,至1957年年底最终升级定性为"右派反党集团"。"从1957年6月6日开始的中国作协党组扩大会议,前三次会议本是为1955年作协党组所定'丁陈反党小集团'平反的,说明'丁陈'不反党;7月29日第四次会议,周扬忽然重申过去对'丁陈'的批判没错,丁陈忽又'反党'了,要继续批判。7月30日的会议即开始把冯雪峰扯在一起,但所扯的也是一些鸡毛蒜皮的小事。8月4日第十一次会议,他作了一次没有准备发言稿的即席检查,在当时舆论的压力下,他不得不承认:'我过去认为我只是反对周扬而不是反党,这在认识上是错误的,反对周扬其实就是反对党。'"⑯随着地位的不断巩固和提高,周扬居然已经成了党的化身,成了丁玲所讽刺的"文艺界的沙皇"。"反对周扬其实就是反对党",这句话听起来虽然觉得刺耳,但却真实地反映了当时的实际情况。一个人可以代表一个组织、一个党派甚至一个国家,乃是特定的政治体制在特定历史时期的一种权力的"异化"。

1957年,随着"反右"斗争的不断扩大,冯雪峰又与丁玲捆绑在一起,被定为"丁(玲)、冯(雪峰)右派反党集团"。

1957年8月27日,《人民日报》头版发表了以《丁陈集团参加者 胡风思想同路人》为正标题、以《冯雪峰是文艺界反党分子》为副标题的长文,使对冯雪峰的公开批判达到了前所未有的高潮。该文共列以下五个分标题,依次是:《丁陈反党集团的支持者和参加者》、《人民文学出版社右派分子的青天》、《30年来一贯反对党的领导》、《反马克思主义的文艺思想和胡风一致》、《反动的社会思想》。至此,冯雪峰已被这一顶顶的大帽子压得喘不过气来。

然而,这远未到达悲剧的顶点,更为沉重的打击还在等待着他。

"1958年1月15日,文化部出版局整风领导小组给部领导小组报告,将冯雪峰列为'极右分子',但未见批复。1958年3月21日,文化部整风领导小组办公室行文,宣告组织处理结论:'右派分子冯雪峰的处分已经中央国家机关党委批准:撤销人民文学出版社社长兼总编辑、作协副主席、全国文学艺术界联合会常务委员、全国人民代表大会代表等职务,保留全国文学艺术界联合会委员、作协理事,由文艺一级降至四级。'"⑰在几乎被一撸到底后,接着又被开除了党籍。

在胡风锒铛入狱两年多以后,冯雪峰也彻底倒下了。鲁迅晚年这两个关系最为密切的人,在由"《红楼梦》研究批判运动"引发的一系列案件中相继被打倒,历史跟鲁迅开了一个天大的玩笑!

鲁迅的旗帜此时仍在神州大地上高高飘扬,但他与冯雪峰、胡风当年共同"欠"下的这笔旧账,却要他们两人来偿还了。

自1955年夏季直至"文革"初期周扬被打倒,周扬等人对冯雪峰清算旧账的焦点,主要集中在1936年的"两个口号论争"的问题上。而"勾结胡风,蒙蔽鲁迅,打击周扬、夏衍,分裂左翼文艺界",则是他们就这一问题对冯雪峰所做出的最后结论。

有道是"三十年河东,三十年河西"。"文化大革命"爆发后不久,周扬亦踏着胡风的足迹,被公安机关押进了秦城监狱,可谓从"河东"转到了"河西"。然而,十余年来一直受他迫害的冯雪峰,却仍没有转到"河东"。他依旧被关在牛棚劳动改造,仍然接受着"造反派"们一次又一次的批判。

当周扬被扣上"文艺黑帮头目"、"文艺黑线的祖师爷"、"叛徒"、"特务"、"反革命两面派"等等大帽子并被批倒批臭的时候,根据他当年与鲁迅之间的恩恩怨怨,再给他加上一顶"反对鲁迅"的帽子也不为过。然而,政治运动的可笑就在于:自"《红楼梦》研究批判运动"时起就一直整治胡风、丁玲和冯雪峰的周扬,罪名中居然还有"包庇丁玲、胡风、冯雪峰"一条!

长达九年的监禁使周扬有了充分的时间对自己的过去进行深刻地反思。出狱后,他一有机会便向被他整治过的人道歉,这其中包括丁玲和冯雪峰。在冯雪峰病重期间,他甚至还到冯雪峰家看望过他。经历了人生的种种磨难,冯雪峰觉醒了,周扬也觉醒了。而历史却早已在他们的心灵上刻下了永远难以磨灭的创伤。

流逝的时光可以改变历史,可以改变人生,也可以化解人与人之间的恩恩怨怨。然而"四条汉子"中的另外一条汉子,在经历了人生的磨难以后,对当年的仇恨却始终难以忘怀。这个人便是夏衍。

"1976年1月30日,冯雪峰由于肺癌晚期,又患肺炎并发症,导致心力衰竭,经抢救无效,于31日(农历丙辰年元旦)上午十一点逝世。弥留之际,他的家属在组织和父执面前,代他又一次表示了要回到党内来的愿望。2月7日下午,他的亲属和不足十人的生前友好,默默地向他的遗体告别。""2月16日,在姚文元下令'不见报,不致悼词,一百至二百人的规模'的情况下,草草地默默地开了一个追悼会。"1979年"4月4日,中共中央组织部正式批准《关于冯雪峰同志右派问题的改正决定》,恢复党籍,恢复名誉。""由于社内同志和社会各界的要求,1979年11月17日为他补开了正式的追悼会"。然而,"为冯雪峰恢复名誉,夏衍是很有保留的。1979年,人民文学出版社和国家出版局两级党委通过的《冯雪峰悼词》,去征求他的意见。他见到了《悼词》,就从北京医院的病床上跳了起来,激动地说:'人死了,说几句好话是可以的。'接着他着重就《悼词》中的两句话发了一通牢骚:'说他"沟通了鲁迅同党的关系",恰恰是他破坏了党同鲁迅的关系!''说他"在总理领导下工作",我也不能同意。'去听意见的人抖抖索索退出了病房。本来这次追悼会是这年4月就准备开的,主要由于夏衍的态度,拖到11月才开成。"[18]

死者已矣,生者何为?历四十余年尚难消心头之恨,其结怨之深,于此可见一斑。

## 二 批判运动中的胡风

与周扬有恩怨纠缠并在这场运动中受到冲击的另一个人,是中国现代史上很有代表性的悲剧人物胡风。在"《红楼梦》研究批判运动"中,胡风以他独特的个性,写下了一幕发人深思的人生悲剧。在这里,我们有必要简略回顾一下他与周扬之间由朋友、同志、战友而互相结怨以至化为仇敌的过程。[19]

1933年,早已开始了文学生涯并于1931年就已加入中国左翼作家联盟东京支部的胡风,因在日本组织宣传抗日的"新兴文化研究会"而被捕。拘留三个月后,又与聂绀弩、周颖等十人一同被驱逐回国。胡风一到上海,时任左联党团书记的周扬便陪同鲁迅前来看望他。不久,胡风接到周扬通知,出任"左联"宣传部长;茅盾辞去左联书记后,胡风又接任了这一职务。从此以后,胡风在与周扬合作共事的同时,也开始了与鲁迅的密切交往。

遗憾的是,胡风与鲁迅的交往终因鲁迅的过早去世而未能长久,而与周扬的合作则更为短暂。导致他们产生矛盾并因此分手的直接原因,是因为被国民党逮捕后又释放回来的穆木天指称胡风是"内奸",胡风因而愤然辞去了左联工作。在此需要说明一点,倘若当时周扬与胡风合作愉快且彼此信任,即使有人从中挑拨也不至于导致他们的决裂,深层的原因,恐怕还是他们在短暂的合作中早已有了矛盾,穆木天的"诬告",只不过使双方既有的矛盾找到了一个喷发口而已。

辞去"左联"职务的胡风,于1936年春与周扬就典型问题发生了一次理论上的公开论战。这次论争,首先发表文章的虽是胡风,但前来挑战的却是周扬。当时,胡风发表了《什么是"典型"和"类型"》一文,就阿Q这一文学形象来谈文学的典型问题。半年之后,周扬针对胡风的文章,发表了《现实主义试论》一文,与胡风进行商榷。好辩的胡风,接着便发表了《现实主义底"修正"》一文,应战周扬。周扬很快又发表了《典型与个性》一文,继续与胡风论战。不久,胡风又发表了《典型论底混乱》一文,反驳周扬。周扬沉默了,没有就此再发表任何文章。这次论战,先以胡风的文章开始,又以胡风的文章宣告结束。表面上看,虽然这只是一次学术性的论争,但在学术性论争的表象下,恐怕难免掺杂着私人间的恩恩怨怨。

此后不久,胡风与周扬之间再度发生公开冲突。其影响范围之大,甚至将鲁迅、冯雪峰乃至上海的"左联"成员都牵扯了进来。这便是中国现代文学史上著名的"两个口号"的论争。[20]

这一次,冲突的双方互相换了位置:首先提出问题的是周扬,而挑起论战的却是胡风。

1936年春,为了适应国内日益高涨的抗日爱国热情,周扬等人提出了"国防文学"的口号,倡导国防文学创作,并于同年6月成立文艺家协会,当时在上海的著名作家诸如郭沫若、茅盾、郁达夫、叶圣陶、郑振铎、徐懋庸等都签字参加。

对周扬等人提出的"国防文学"这一口号,胡风持有不同意见。正巧此时冯雪峰来到了上海,亦觉得"国防文学"的口号不太妥当,便提出了"民族革命战争的大众文学"这一口号。于是,在征得鲁迅同意后,遂由胡风执笔,写了《人民大众向文学要求什么?》一文,于同年6月在《文学丛报》上发表,正式拉开了这次论战的序幕。

不知内情的左联成员们被激怒了。他们纷纷发表文章,开始了对胡风的口诛笔伐。徐懋庸认为,"胡风他们的行动,显然是出于私心的,极端的宗派运动",是"从他们的野心出发的分离运动"。

面对接踵而来的攻击,好辩的胡风虽然按照冯雪峰的指示没有参与论战,但鲁迅却发表了《答徐懋庸并关于抗日统一战线问题》一文,替胡风答辩。就在这封著名的信中,鲁迅提出了"四条汉子"这一将对周扬等人的人生道路产生极大影响的称号。

这次论争,以鲁迅的去世而暂告停止,但却给论战的双方都留下了隐患。此后不久,周扬离开上海投奔延安,开始领导根据地的文艺运动;而胡风则仍留在上海。抗日战争全面爆发后,又辗转武汉、重庆等地,继续从事文学生涯。

这次冲突因鲁迅的介入,性质也发生了根本的变化。当时的鲁迅,被毛泽东及中国共产党奉为"文化革命的旗手",这对在边区从事无产阶级革命文艺运动的周扬来说,无疑会产生一种无形的巨大压力。据说,周扬在延安讲演时,每当提到鲁迅,总是要骂胡风。[21]这表明他对胡风已到了恨之入骨的地步。

十二年后,胡风与周扬在北京重逢,二人的身份、地位此时已发生了根本的变化。周扬已成为中国文艺界的领导人,而胡风却只是一个普普通通的文艺工作者。此后,在工作安排、文章发表等方面,胡风及其朋友们都遇到了重重困难,因此,胡风认定这是周扬出于报复心理在压制、打击自己,二人间的仇怨愈结愈深。就在"《红楼梦》研究批判运动"爆发之前,周扬借文艺整风运动之机,还组织文艺界的一些人对胡风的文艺思想进行了批判,这就更加重了胡风的抵触情绪。对此,胡风虽然忍无可忍,但由于双方在实力上相差太远,他只能在消极对抗中忍受着。后来,胡风终于想出了办法,于1954年的夏季写成了三十万言书,托人转交给毛泽东、刘少奇、周恩来,希望借助中央主要领导人的力量,对周扬进行反击。

接着就是漫长的等待。三个多月后,一个令胡风振奋的时机终于伴随着凉爽的秋风一起到来。胡风具有很强的政治嗅觉,《红楼梦》研究批判运动"一爆发,他敏锐地感觉到,这次运动的来头不小,并且绝对是冲着周扬等文化界领导人来的。但是,由于他不知道事情的内幕,不知道江青在这一事件中起了举足轻重的作用,还误认为自己的三十万言上书产生了影响。于是,他和他的朋友们都积极地行动起来,精神抖擞地投入了战斗。对于胡风来说,这是一个千载难逢的机会,他要利用这个机会,借运动的强大冲击力击败自己的对手,使自己和朋友们摆脱目前的困境,同时也彻底改变当前中国文艺界的状况。

自10月31日始,中国文联主席团和中国作家协会主席团在青年宫连续召开批判《文艺报》的联席会议。《文艺报》主编冯雪峰、副主编陈企霞先后做了检讨,此后就由代表们发言。11月7日,一直将会场视为战场的胡风,终于得到了发言的机会。这一天,他本来想就四个问题发表意见,但因为时间关系,只讲了"《文艺报》现在所犯的错误是有历史根源和思想根源的"这个问题的一半。在发言中,《文艺报》一、二两卷是他批判的主要依据,《文艺报》对朱光潜的态度被作为向资产阶级唯心论投降的主要证据提了出来。他说:"朱光潜,是国民党(或三青团)的中委,是第一个以名教授和名学者的身份自愿到蒋介石中央训练团去受训,起了'带头'作用,是蒋介石《中央周刊》的经常撰稿人,强烈地表现了污蔑革命的'思想',他抗战前和抗战后主编过《文学》杂志,坚守资产阶级文学的阵地,到抗日胜利蒋介石发动内战的时候,他是胡适所倡导的'和比战难'主张底支持者,到解放前蒋介石政权快要完蛋的时候,他又是所谓'新的第三方面'底主要策动者之一。但朱光潜又是名'学者',大约二十年以来,他出版了《给青年的十二封信》、《谈美》、《文艺心理学》、《诗学》等,在读者里面发生了极其广泛的影响。他用资产阶级唯心论深入到美学这个领域,'开辟'了广大的战场,在单纯的青年们和文学教授中间起了极其危害的作用。他是胡适派的旗帜之一,在胡适派学阀里面是一个大台柱。他是在这样基础上一成不变地为蒋介石服务的。所以,朱光潜是为蒋介石法西斯思想服务,单纯地当作资产阶级思想都是掩盖了问题的"。然而,当一位读者向《文艺报》提出"朱光潜是用美学理论的手段来达到替资产阶级服务的目的"这一问题时,《文艺报》却发表了蔡仪的文章,"对于朱光潜替资产阶级服务的问题没有一个字提到,只是谈了一通美感理论……这不但不能碰伤朱光潜,反而要使读者迷惑,更增加了朱光潜底影响"。更令人感到"奇怪的是《编者按》……不但也一字不提替资产阶级服务的问题,反而当作纯理论问题看待……这难道不是把思想战线上的敌我关系当作进步阵营里面的意见不同,平等看待吗?这不就已经是向朱光潜投降了吗?我们编辑部的阶级感情到哪里去了?"不仅如此,"到第八期,朱光潜来了,他公开地向马克思主义挑战。他以纯学者自命,要别人对他的理论'还它一个历史的本来面目',骂别人'执今则古',要'染了毒'的读者担负缺乏批判的责任,骂别人不该把他的理论'全盘打到九层地狱中去',而且宣称他的学说'并不一定不能与马列主义的观点相融洽',示威地说:'请马列主义者们想一想'。这不是挑战是什么?"对此,《文艺报》又发表了两篇文章,其中蔡仪的文章不仅仍然"不接触历史内容",反而"向朱光潜求和"、"求饶",这"不能不是使人非常奇怪的事情"。

在谈到压制新生力量的问题时,胡风更加控制不住自己的情绪。他以自己的朋友阿垅为例,说阿垅批判胡适及胡适派代表人物朱光潜的美学,却遭到了《文艺报》、《人民日报》、《人民文艺》、《光明日报》、《读书与出版》、《文艺月报》等的无情打击和压制。在此,胡风不仅超出并扩大了指定的批判范围,而且还将批判的矛头直接指向了正处于困境中的周扬,尤其是指向了刚刚按照毛泽东指示精神发表《质问〈文艺报〉编者》一文的袁水拍,说他在阿垅文章的问题上,同样犯了压制新生力量的严重错误。

接下来,胡风又特别强调指出:"《文艺报》在批判工作上……庸俗社会学观点占着支配的地位。"为了说明问题,他以对《红旗歌》的批评为例,不仅点名批评了萧殷,而且再次点到了周扬。他说,对于萧殷对《红旗歌》所采取的庸俗社会学的批评,周扬虽然"写了一篇文章,把这个问题翻了案。但是,五年以来,周扬同志仅仅只对这一篇批评做了翻案,其余的都没有管,不晓得是什么原因"。并且,"周扬同志这篇批评在对于文艺底基本特征的理解上也是庸俗社会学的,这就不但不能够真正对作者起启发作用,鼓励作用,对读者起教育作用,反而在这一点上帮助了庸俗社会学"。

感情的闸门一旦打开,便再也难以控制。胡风继续以激烈的言辞,毫无策略地批评着所有他认为应该受到批评的人:"庸俗社会学表现在美学上的特征之一是形式主义",而《文艺报》第十二期上发表的"关于诗的《笔谈》……就提倡了形式主义",并且,这个《笔谈》的"影响五年来支配了一些编辑部和批评家,今年春天作家协会还举行了讨论。因为陷入了形式主义,失去了从内容出发的保证,也就弄得向资产阶级美学投降了"。他举例批评袁水拍、田间等人。说袁水拍"是和俞平伯先生底美学见解志同道合了",认为田间"去继承徐志摩等人底美学理想了",并强调指出:"俞平伯、徐志摩、朱湘,都是属于胡适那个系统的。和那以后的流行理论以及实践情况联系起来看,简直可以说是树起了形式主义的旗子。"

随着批评范围的不断扩大,胡风连当年的朋友、战友、同志冯雪峰也没有放过,只是因为时间已到,所以他不得不匆忙地点了一句:"我觉得,《文艺报》底这个基本倾向,雪峰同志主持以后,反而在更'漂亮'的形式上使它更加发展了,使我们感到了深切

20世纪50年代的胡风

的失望。"

由于要说的话实在太多,胡风发言虽然长达一个多小时,却只讲了一个问题的一半。

11月11日,他再次得到了发言的机会。他的朋友路翎,也有幸参加会议并发了言。决意借机背水一战的两个人,俨然成了这次会议的主角。

因有人提醒过胡风,说他上次发言太激动。为了掩饰自己的真实感情,他在这次发言时便对自己上次的感情失控做了解释:"先说一点我的心情。《文艺报》的问题发生以后,我个人的心情是沉重的。因为,无论如何,这是我们战线上的失败。失败是我们大家共同的,所以心情是很沉重的。有的同志说我上次发言很激动,是的,我是很激动的,这是从失败感来的,我没有能够控制自己。"这一番话,可说是半真半假。"从失败感来的"虽是肺腑之言,但这种失败却不是"大家共同的",而是他与朋友们的"战线上的失败"。

在做了必要的解释和掩饰之后,他表示"希望这次的发言不要再过于激动了",然而,积久的感情仍如决堤的洪水,无论如何也控制不住。这一次,他的言辞更为激烈,问题的实质也被他提到了一个新的高度:"从一、二两卷中提出的对朱光潜的态度和对阿垅同志的态度,和今天对俞平伯先生的态度和对李希凡、蓝翎同志的态度,可以看出一个问题:对马克思主义的态度问题。"并且认为,"对于马克思主义,有两种态度":"一个是学院派的态度,另一个是实践者的态度。"前者"虽然承认马克思主义是客观真理,但以为它是高深得很的学问,只有少数有'资格'的'权威'才能理解,才能应用……于是就轻视青年和小人物……这是把马克思主义学院化了、神秘化了,把马克思主义当作少数人专利的东西";后者是说"马克思主义是客观真理,所以它更是斗争的武器,我们要艰苦地学习……在实践过程中、斗争过程中,一步一步地学习;要从斗争的要求出发去学习,斗争和学习基本上是同一意义的"。《文艺报》等"对李希凡、蓝翎同志底批评文章的错误的处理","正是由于采取了前一种态度,而否定了后一种态度所产生的"。而何其芳的发言、《文艺报》和《文学遗产》的《编者按》等等,则都"是脱离实践要求去看马克思主义的学院派的和官僚主义态度"。

胡风的两次发言,虽然主要将矛头对准《文艺报》,但他在发言的过程中,却一直在有意识地扩大着攻击范围。当他谈到《文艺报》为了对付不同意自己意见的读者而特意办了一个《通讯员内部通报》时,便夹枪带棒皮里阳秋地说了这样一句话:"这《内部通报》是一个地下刊物,也许文联和作协的主席和副主席们看得到,我们这些委员理事是看不到的。"这就等于将郭沫若、茅盾、周扬等文联、作协的所有领导人一并纳入了自己的攻击范围之内。

这次发言仍然长达一小时,也只讲了前一个问题的后一半。胡风万万没有料到,从此以后,他将再也没有公开发言的机会和权利了。

此时的周扬,正处于被动状态。对于胡风的攻击,他暂时还无力还手。但随着时光的飞速流逝,他将很快摆脱困境,并巧施手段,借力打力,一举将胡风彻底击败。

不过周扬当时虽无力反击,但其他人却保留着反批评的权利。继胡风之后发言的康濯,则肯定了《文艺报》几年来的成绩,并点名批评了路翎和阿垅,还对胡风的发言提出了异议。这很明显是冲着路翎和胡风的发言来的。只是康濯发言的语气比较和缓。在点到路翎和阿垅的名字时,都使用了"同志"一词,证明双方的冲突尚未升级。

11月17日,屡屡受到胡风攻击的袁水拍真正开始了反击,他在发言时说:"由于前两次会上胡风先生批评《文艺报》的时候,以莫须有的严重指摘,攻击了我,而且连带到《人民日报》,因此《人民日报》编辑部决定要我来作这个发言。"话一出口,措辞即相当尖锐,且称"先生"而不称"同志",表明矛盾的性质已发生了变化。袁水拍公开声明他这次对胡风的反击不仅代表自己,而且还代表《人民日报》编辑部,证明参与反攻的已不只是个别人,而是一个集体。实际上,《人民日报》编辑部之所以做出这一重大决定,恐怕还有更大的来头和更为复杂的历史背景。

在发言中,袁水拍首先公开承认《质问〈文艺报〉编者》一文是"受到党的指示而写的",因为"党看到了当前阻碍文艺工作的发展严重障碍是思想斗争的懈怠,作家、批评家的战斗精神不足,资产阶级作风在文艺界的蔓延,认为《人民日报》有责任向文艺界敲起警钟"。因此,这篇文章"决不只是代表""个人的见解"。

他接着严正声明:"《人民日报》是党报,是在党的领导下按照党的原则工作的,特别是在重大的问题上,包括文艺工作的重大问题在内,它必须在党的具体指示下执行自己的任务,在这里决没有什么个人私事。如果有人竟致把《人民日报》所进行的这些工作,认为是个人私事,或者掺杂着个人私事的色彩,或者认为党容许我们工作人员这样来做工作,那么,这种设想是完全错误的,没有根据的。"

针对胡风对《文艺报》等的批评,袁水拍反驳说,《文艺报》"编辑部对文化、文艺界存在的资产阶级思想做了一些斗争,但有时也犯过错误",然而,"我们在这里讨论的问题只是思想问题,目的决不在于反对某一个人","在这里,胡风先生的观点是和我们不同的",他"是在利用对俞平伯和《文艺报》的错误的批判,而贩卖他的否认文学形式的意义、特别是否认文学的民族形式的意义的错误理论"。

当谈到胡风在发言中指责"一九五一年三月《人民日报》对阿垅先生的批评"是对新生力量的"打击、压制、敌视"时,袁水拍将问题的实质提到了一个新的高度:"阿垅先生一九五〇年发表的《论倾向性》、《论正面人物与反面人物》"两篇文章的错误,"是引用翻译错了马克思、恩格斯的话来发挥他自己的错误文艺理论,而对马克思主义作了歪曲。歪曲马克思主义,把非马克思主义的思想说成是马克思主义,在群众中散布,这是不是一个原则性的问题呢?"并且,"阿垅先生的两篇文章的错误决不仅仅在于引用马克思、恩格斯的错误的译文上,而是在文章中的一系列的文艺论点上"。他的观点,"只能适合资产阶级贵族老爷的利益,而决不能适合工人阶级和劳动人民的利益"。他的观点,"并不是什么正确的思想,而是错误的思想;并不是什么马克思主义思想,而是非马克思主义思想。只有资产阶级贵族老爷才会出来坚持和保护这种错误的非马克思主义的思想""在这里,胡风先生的说法已经发展到直接反对马克思主义、反对社会主义现实主义、认为保卫社会主义现实主义反而是罪恶的地步了"。㉒

袁水拍的这次发言,措辞严厉而又不容置疑,与后来周扬的发言几乎是一个腔调,表明其来头非同一般,决不仅仅是代表了他个人以及《人民日报》编辑部的意见。这等于给胡风敲了一次警钟,只可惜当时的胡风被假象蒙上了眼睛,并没有意识到事态的严重性。直到12月8日,他被郭沫若、茅盾、周扬拿来开刀祭旗时,方才如梦初醒。

1954年12月8日,对于周扬和胡风来说,都是一个值得纪念的日子。在这一天的联席扩大会议上,本来一直掌握着主动权的胡风突然成了被动挨打的对象,而陷入困境中的周扬却联合"前线总指挥部"的另外两个总指挥,以迅雷不及掩耳之势主动出击,并一举将胡风、路翎、阿垅等所谓"胡风小集团"彻底击败。

郭沫若在讲话时,不点名地批评了胡风、路翎等人,他说:"我们说'可以允许少数人坚持不同的意见',但并不是说'恭维少数人坚持错误的意见'。一个人要坚持自己的错误意见,当然也有他的自由,但那是和真正的马克思主义者没有关系的。""在我们的讨论会上,我感觉着已经有了这种偏差的萌芽了。有的朋友在发言中透露了这样的意见:只要对于青年的批评,那就是压制新生力量。我看这是不正确的……这是把问题作了片面的理解"。"假使说既要扶植新生力量,那就连不良的青年或青年的不良倾向也不能矫正了,那应该说是相当大的错误"。

茅盾在发言中引用了郭沫若这一番话,然后特意强调指出:"郭主席这些话,我们应当深切铭记,奉为行动的指针。"

真正使胡风感到震慑的是周扬的发言。他讲稿的第三部分,题目就是《胡风先生的观点和我们的观点之间的分歧》,开篇立意,已将问题直接挑明。与袁水拍一样,周扬也称胡风"先生"而不再称"同志"。周扬的发言,处处针对胡风两次发言的内容,可见他已做了充分的准备。周扬在发言中明确指出:胡风的"许多观点和我们的观点是有根本的分歧的,不管是对《红楼梦》的评价上,在对马克思主义的看法上或是在对《文艺报》的批评上"。由于"胡风先生是以'马克思主义者'自命的,有些人也是这样的看他,因此就有特别的必要来说明他和我们之间的分歧"。

对于《红楼梦》的评价问题，周扬先对胡风做了小小的肯定："胡风先生在会上给了《红楼梦》一个在他说来是很高的评价，这是一个值得欢迎的进步。"接着话锋一转，却又给胡风扣上了一顶吓人的大帽子："我们知道胡风先生对于民族文化遗产历来也是采取虚无主义的态度的。"这等于将胡风同胡适、俞平伯等人划上了等号。然而，就是这一点小的可怜的进步，却也是"由于大家的讨论"。并且，胡风的这一点进步，"对《红楼梦》仍然没有做出正确的评价"。胡风认为《红楼梦》超越前人的地方"就在它对于女性的态度，把女人当人、社会人来描写"，"这种说法，实际上仍然是贬低《红楼梦》的积极意义，仍然是表现了对祖国文学遗产的极端轻视的观点"。言外之意不点自明，"进步"了的胡风，与胡适、俞平伯等人仍是一丘之貉。

针对胡风在发言中批评"某些人不把马克思主义当作斗争武器的'学究式的态度'"，周扬义正词严地指出："胡风先生实际上是在反对'学究式的态度'的口号之下来反对马克思主义理论的学习和宣传。我们知道，他从来都是片面地强调甚么'主观战斗精神'，而轻视马克思主义的世界观和马克思主义的理论的。目前，在人民群众，特别是知识界当中系统地学习和宣传马克思主义不是太多，而是太少。在这种状况下，胡风先生的轻视马克思主义理论的态度就具有特别的危险性。"

接下来，周扬开始对胡风清算旧账："十年前胡风先生在他所主编的刊物《希望》上发表过舒芜先生的有名的《论主观》——这是一篇狂热地宣传唯心论和主观主义的纲领式的论文，胡风先生在编后记中特别推荐了这篇文章……在一九四二年中国共产党在毛泽东同志领导下发动了具有伟大历史意义的全党整风运动，着重地进行了反对主观主义的斗争。正是在这个运动之后，胡风先生推荐了《论主观》这篇实际上是提倡主观主义的文章。从此，他就以他的主要锋芒来攻击当时文艺界他所谓的'客观主义'"。"而当解放以后舒芜表示愿意抛弃他过去的错误思想，愿意站到马克思主义方面来的时候，党对他的这种进步是表示欢迎的，而胡风先生却表现了狂热的仇视。这就是胡风先生对于共产党和马克思主义的最典型的态度"。

周扬特意指出："表面看来，在反对对资产阶级思想的投降主义问题上，在反对对新生力量的压制态度的问题上,胡风先生是和我们一致的,而且特别地激昂慷慨,但是谁要看看这个外表的背后,谁就可以看到,胡风先生的计划却是藉此解除马克思主义的武装!"一语定乾坤,胡风的悲剧命运已成定局。

这一天,大会主席团特意将阿垅从天津召来,让他与参加会议的路翎一起陪着胡风走向祭坛。郭沫若不点名地说阿垅是"不良的青年"或"青年当中"的"坏的成分";周扬则毫不掩饰地指责阿垅"歪曲马克思主义","曲解恩格斯关于巴尔扎克的现实主义伟大成就的评价,借强调现实主义之名而贬低马克思主义世界观的作用","要在文艺创造中为其他阶级来与工农阶级争'主角的资格'"。

对路翎,周扬倒是相对客气一点。他承认"路翎是一个有才能的而又努力的作家",不过他认为,"对于一个作家重要的还不只是他的'才能',而且是他的创作的倾向,他的才能发展的方向。胡风的错误理论在他的创作上有长期的不良的影响"。

最后,周扬一如既往地用激昂慷慨的号召性言辞,结束了他的讲话:"为着保卫和发展马克思主义,为着保卫和发展社会主义现实主义,为着发展科学事业和学术事业,为着经过社会主义革命将我国建设成为一个伟大的社会主义国家,我们必须战斗!"

形势顿时急转直下,胡风的心碎了,陪绑的路翎和阿垅也被眼前这无情的现实彻底击垮了。他们三人,是所谓"胡风反党集团"中被"失败感"击倒的第一批人。

1954年10月至1955年5月,在这短短半年多的时间里,对《文艺报》、俞平伯、胡适、胡风等进行的几个相互关联而又各自独立的批判运动在高度压缩后时空中密集上演,令人目不暇接眼花缭乱。而由周扬等人组成的"前敌总指挥部"则严格按照最高指挥的最高指示办事,率领着浩浩荡荡的文化大军,以战无不胜的理论武器——马克思列宁主义与毛泽东思想,向思想界、文化界的所有敌人开战。随着运动的不断深入,在胡风及其"反党集团"的成员们锒铛入狱之后,周扬的其他敌对者们诸如冯雪峰、陈企霞、丁玲等人相继成了另一个"反党集团"的主要成员。

---

① 此据胡愈之《我所知道的冯雪峰》一文。转引自胡平、晓山编《名人与冤案——中国文坛档案实录》,群众出版社1998年11月第1版。另外,该书中还收有胡风的《深切的怀念》一文,其中谈到冯雪峰离去的原因时,却说是"和王明意见不合,一怒之下就回到家乡去了"。姑录于此,以备参考。

② 胡愈之《我所知道的冯雪峰》,转引自胡平、晓山编《名人与冤案——中国文坛档案实录》,群众出版社1998年11月第1版。

③ 李辉《文坛悲歌》,花城出版社1998年1月第1版。

④ 蓝翎《龙卷风·四十年间半部书》,上海远东出版社1995年3月第1版。

⑤ 《关于〈红楼梦简论〉及其他》一文,是在《文艺报》1954年第18期转载的。袁水拍在文章中说成是第19期,可能行文有误。特此注明。

⑥ 李希凡《红楼梦艺术世界·"岂好辩哉?予不得已也"——关于蓝翎〈四十年间半部书〉一文的辩证》,文化艺术出版社1997年2月北京第2版。

⑦ 参见蓝翎《龙卷风·四十年间半部书》。另,李希凡在《毛泽东与〈红楼梦〉》等文章中也多次提到冯雪峰"非常平易近人",陈翔鹤"也很和蔼"。关于冯雪峰要给他们雇三轮车一事,目前一些回忆文章与李希凡、蓝翎所说不太一致。史索、万家骥《在政治大批判旋涡中的冯雪峰》一文中转引了丁玲的《悼雪峰》一文,其中有云:"据当时在《文艺报》的两位目击者说:冯雪峰'非常热情地接待了李希凡、蓝翎这两位青年文艺工作者,而且送到大门外,替他们叫三轮车,还付了车钱……"笔者在看到蓝翎《龙卷风》及史索、万家骥的文章后,发现二者所说不太一致,特意去找李希凡核实此事。李希凡证实说:"冯雪峰确实要替我们雇三轮车,但我们没有让他叫。"说到这里,李希凡还特意强调说:"我们哪里好意思哪!"

⑧ 笔者为了核实两者在文字上的异同,曾经将《文史哲》1954年9月号和《文艺报》1954年第18期对勘三遍,结果共花费了近二十个小时。证明冯雪峰当日修改此文时所花时间也不会太少,更何况他还核对了李希凡、蓝翎文章中所引《红楼梦》、俞平伯文章及毛泽东著作等的原文。为方便读者,今将笔者对勘的结果,按先后次序列一简表。"序号"即代表先后次序;《文史哲》代表1954年9月号所发表的《关于〈红楼梦简论〉及其他》一文;《文艺报》则代表1954年第18期上转载的这篇文章;后

边列一"说明",点明改动之处。十分明显的地方,一般不再说明:

| 序号 | 《文史哲》 | 《文艺报》 | 说　明 |
| --- | --- | --- | --- |
| 1 | 无疑问的 | 无疑问地 | 将"的"改为"地" |
| 2 | 正确的去学习它 | 正确地去学习它 | 将"的"改为"地" |
| 3 | 才能有力的击中…… | 才能有力地击中…… | 将"的"改为"地" |
| 4 | 较之他的《红楼梦研究》一书跨进了一步 | 较之他的《红楼梦研究》一书向前跨进了一步 | 在"一书"后加了"向前"二字 |
| 5 | 真实的暴露出来 | 真实地暴露出来 | 将"的"改为"地" |
| 6 | 封建统治阶级的悲剧命运 | 封建统治阶级的历史命运 | 将"悲剧"改为"历史" |
| 7 | 要正确的评价红楼梦 | 要正确地评价红楼梦 | 将"的"改为"地" |
| 8 | 不能单纯的 | 不能单纯地 | 将"的"改为"地" |
| 9 | 和他的宇宙观很不相称 | 和他的世界观很不相称 | 将"宇宙观"改为"世界观" |
| 10 | 特别的说出 | 特别地说出 | 将"的"改为"地" |
| 11 | 甚至没有明显的站在那一边 | 甚至没有明显地站在哪一边 | 将"的"改为"地",将"那"改为"哪" |
| 12 | 未能从现实主义的原则去探讨…… | 未能从现实生活的发展规律去探讨…… | 将"现实主义的原则"改为"现实生活的发展规律" |
| 13 | 《红楼梦的风格》 | 《红楼梦底风格》 | 改"的"为"底"。俞平伯原文为"底" |
| 14 | 因此"物稀为贵"就成了俞先生最高的文艺标准 | | 《文艺报》删去了这句话 |
| 15 | 无疑问的 | 无疑问地 | 将"的"改为"地" |
| 16 | 深刻的暴露了 | 深刻地暴露了 | 将"的"改为"地" |
| 17 | 文艺批评有两种标准 | 文艺批评有两个标准 | 将"种"改为"个" |
| 18 | 无产阶级对待过去…… | 无产阶级对于过去…… | 将"待"改为"于" |
| 19 | 对待人民的态度 | 对待人民的态度如何 | 加了"如何"二字 |
| 20 | 本末倒置的 | 本末倒置地 | 将"的"改为"地" |
| 21 | 很明白的确认过的 | 很明白地确认过的 | 将"的"改为"地" |
| 22 | 生旦净末丑脚所表演的一出戏 | 生旦净末丑脚色所表演的一出戏 | 加一"色"字 |
| 23 | 明显的表现出了…… | 明显地表现出了…… | 将"的"改为"地" |
| 24 | 不能简单化的…… | 不能简单化地…… | 将"的"改为"地" |
| 25 | 俞平伯先生恰恰相反 | 俞平伯先生的结论恰恰相反 | 加了"的结论"三字 |
| 26 | 这说法实际上是…… | 这说法实际上也是…… | 在"是"前加一"也" |

| 序号 | 《文史哲》 | 《文艺报》 | 说　明 |
| --- | --- | --- | --- |
| 27 | 依照红楼梦十四支曲，这首是曲引子来推断 | 依照冠于红楼梦十四支曲之首的《红楼梦引子》来推断 | |
| 28 | 清楚的说明了 | 清楚地说明了 | 将"的"改为"地" |
| 29 | 轻轻的 | 轻轻地 | 将"的"改为"地" |
| 30 | 左黛右钗 | 右黛左钗 | "左"、"右"二字颠倒 |
| 31 | 这却是不容否认事实 | 这却是不容否认的事实 | "事实"前加一"的" |
| 32 | 无疑的 | 无疑地 | 将"的"改为"地" |
| 33 | "我早和他生分了！"……（第三十二回） | "我早和他生分了！"（第三十二回） | 删去了省略号 |
| 34 | 明显的看出 | 明显地看出 | 将"的"改为"地" |
| 35 | 逐条的加以分析一下 | 逐条地加以分析一下 | 将"的"改为"地" |
| 36 | 承继了抽象的"色空观念" | 继承了抽象的"色空观念" | "承继"改为"继承" |
| 37 | 这种荒谬绝伦的奇谈，对红楼梦…… | 这对红楼梦…… | 删去"种荒谬绝伦的奇谈"及逗号 |
| 38 | 红楼梦五二、二六、二三诸回 | 红楼梦二三、二六、四九诸回 | 数字由小到大，且将"五二"换成了"四九" |
| 39 | 但是那一节也不足以说明…… | 但是哪一节也不足以说明…… | "那"改为"哪" |
| 40 | 更深的向读者揭露…… | 更深地向读者揭露…… | 将"的"改为"地" |
| 41 | 很像似的人 | 很相似的人 | "像"改为"相" |
| 42 | 明代最伟大的小说金瓶梅 | 明代伟大的小说金瓶梅 | 删去"最"字 |
| 43 | 深刻的揭示出 | 深刻地揭示出 | 将"的"改为"地" |
| 44 | 真实的描写了 | 真实地描写了 | 将"的"改为"地" |
| 45 | 这些生活形象本身 | 这些揭露和批判的本身 | 将"生活形象"改为"揭露和批判的" |
| 46 | 显然的 | 显然地 | 将"的"改为"地" |
| 47 | 而不是从其世界观与创作方法的矛盾去分析红楼梦客观的人民性 | 而不是从其世界观与创作方法的矛盾及其相互影响作用去分析红楼梦客观的人民性 | 加了"及其相互影响作用"几个字 |
| 48 | 红楼梦所具人民性的传统 | 红楼梦人民性的传统 | 删去"所具"二字 |
| 49 | 他准备给黛玉以死亡的下场 | 他准备按照现实生活发展的规律，给黛玉以死亡的下场 | 加了"按照现实生活发展的规律"一语及一逗号 |
| 50 | 表面上虽然是斥责高鹗续书笔法的拙劣 | 表面上虽然是斥责高鹗续书笔法的拙劣 | 删去一逗号 |

| 序号 | 《文史哲》 | 《文艺报》 | 说　明 |
|---|---|---|---|
| 51 | "……贾瑞之照风月鉴"这是…… | "……贾瑞之照风月鉴"。这是…… | 在"风月鉴"后加一句号 |
| 52 | 倔强的反抗一切的束缚 | 倔强地反抗一切的束缚 | 将"的"改为"地" |
| 53 | 还魂记之主人公 | 《还魂记》的主人公 | 加书名号,并将"之"改为"的" |
| 54 | 对这类典型的传统性 | 对这类典的传统性 | 漏掉一"型"字 |
| 55 | 从奥涅金、彼丘林、奥勃洛摩夫、罗亭、巴札洛夫、克里·萨姆金等形象中 | 从奥涅金、彼巧林、罗亭、奥勃洛摩夫、克里·萨姆金等形象中 | |
| 56 | 这启示了我们,说红楼梦的肯定典型有历史的连续性是不会有错的。红楼梦在创造历史的连续人物典型时,的确继承了古典文学的传统,肯定典型创造的愈完美充实,它的人民性就愈强 | 这启示了我们,红楼梦在创造历史的连续人物典型时,的确继承了古典文学的传统,肯定典型创造得愈完美充实,它的人民性就愈强 | 删去"说红楼梦的肯定典型有历史的连续性是不会有错的"一句话及一句号,并将"的"改为"得" |
| 57 | 作者对现实主义创作方法的忠实 | 作者坚持现实主义的态度上面 | |
| 58 | 明显的说出了这一点 | 明显地说出了这一点 | 将"的"改为"地" |
| 59 | 不比那谋虚逐妄。我师意谓如何 | 不比那谋虚逐妄了。我师以为如何 | "逐妄"后加一"了"字,并改"意谓"为"以为" |
| 60 | 如实的从本质上客观的反映出来 | 如实地从本质上客观地反映出来 | 将"的"改为"地" |
| 61 | 单纯的 | 单纯地 | 将"的"改为"地" |
| 62 | 俞先生研究红楼梦的方法 | 俞先生研究红楼梦的观点与方法 | 加"观点与"三字 |
| 63 | 基本上仍旧是因袭着旧红学家们的考证观点 | 基本上没有脱离旧红学家们的窠臼 | |
| 64 | 更进一步的加以发挥 | 更进一步地加以发挥 | 将"的"改为"地" |

⑨　目前一些有关胡风的论著在谈到胡风与周扬的关系时,一般都认为他们是自1934年秋开始发生矛盾的。而实际上,自从胡风担任"左联"宣传部长之后不久,他们之间便产生了摩擦。胡风在《深切的怀念》一文中说:他与冯雪峰的"这种友谊,已成了被误解的因子",尽管他"十分小心,还是不得不辞去了左联的职务"。愚以为,胡风与冯雪峰的友谊,固然是导致这种矛盾的重要因素,但相比而言,恐怕他与

周扬个人性格方面的因素更多一些。

⑩⑪⑫ 冯雪峰《有关一九三六年周扬等人的行动以及鲁迅提出"民族革命战争的大众文学"口号的经过》，转引自胡平、晓山编《名人与冤案——中国文坛档案实录》，群众出版社1998年11月第1版。

⑬㉑ 李辉《文坛悲歌》，花城出版社1998年1月第1版。

⑭⑯⑰⑱ 史索、万家骥《在政治大批判旋涡中的冯雪峰》，转引自胡平、晓山编《名人与冤案——中国文坛档案实录》，群众出版社1998年11月第1版。

⑮ 据李希凡在《红楼梦艺术世界·毛泽东与〈红楼梦〉》一文中回忆说："记得一位文艺界的一位领导同志曾问我对冯雪峰的谈话有什么感想，我说：印象很好。他有点像鲁迅，很关心青年人的成长。这位领导同志立刻批评我，说：你真糊涂，这是假象，他惯会这样做。譬如他说党给鲁迅以力量，实际上是标榜他自己给鲁迅以力量。"2000年3月16日，笔者去找李希凡询问："这位领导同志是什么时候对您说这番话的？"李希凡回答说："就在1954年10月24日召开的那次'《红楼梦》研究问题座谈会'上。"接着，他笑着说："那是我第一次与他见面，他却像老熟人似地那样跟我说话。""这位领导同志"当时是中宣部的一位领导，既然他知道了，周扬自然也会知道。另，当笔者向李希凡询问能否告知"这位领导同志"的名字时，又承他坦诚相告。但当笔者再问"可不可以在有关论著中透露这位领导同志的名字"时，李希凡低头沉思片刻，然后以商量的口气说："还是不要透露罢。"好在相似的记载在其他人的著作中也能找到，笔者可以无憾地对读者透露这位"领导同志的名字"。蓝翎在《龙卷风·沉沧海》中，给我们透露了相似的信息："尽管一九五四年因为《文艺报》事件冯雪峰受到严厉批评，而我对他的尊重仍始终如一。因此，尽管别人在大会上如何揭发批判他的'反党'言行，但要我也说他如何反党，实在难以启口，不是不接受别人提供的情况，不是思想认识跟不上，而是感情上通不过。林默涵指定李希凡写一个发言稿，让他代表我们两人到大会上批判冯雪峰。这是对我们的政治考验。李希凡起草得很艰难，不仅没有火力，甚至还提到我们曾从他身上感受有鲁迅先生的作风，以示认识不清。我看了草稿，只签了名，未改动。林默涵看后不满意，认为是不懂政治斗争，退了回来，取消发言计划。"

⑲ 关于胡风冤案，李辉在《文坛悲歌》（花城出版社1998年1月第1版）中已有详细论述，可以参看。笔者有关胡风的文字，亦参考了这部专著，在此谨向李辉表示感谢。

⑳ 关于"两个口号"的论争，至今人们仍在纷纷评说：有人认为是书生意气；有

人认为是年少气盛;有人认为是宗派主义在作怪;有人认为是受了当时遍及苏联、东欧及日本的左倾思潮的影响……愚以为,无论什么原因,这次论争的发生都是不应该的。当时日本军队继占领东北全境后,又进而侵占了华北。国难当头,同属一个战壕里的战友们却为此等小事而发生不必要的争议,甚至文章措辞之激烈,直将论战的对方当成了不共戴天的仇敌!这不禁令人想起历史上的大宋王朝。当年,宋太祖赵匡胤因自己使用武力夺取了政权,遂对武将们产生了不必要的怀疑情绪。为了保住自己的子孙们千秋万代拥有江山,宋朝皇帝们一直重用文人,而对武将们却采取了养尊处优的闲置政策,因而导致了在外敌入侵时的被动挨打局面。"宋人争议未休,金兵已渡河。"正是宋王朝执政文人的真实写照。统观北、南两宋的历史,在外敌面前的被动挨打与王朝内部的和、战之争,可说是这个王朝的最大特点。发生在20世纪30年代的"两个口号"的论争虽然对民族存亡没有那么大的影响,但在性质上却是相同的,都是文人间的意气之争。

㉒ 后来,袁水拍的这篇发言稿在《文艺报》第22期上发表时,他自己特意加了一则《附带的说明》。其中有云:"今天《文艺报》编辑部给我打电话,说要把胡风先生和我的发言以及其他发言,同时一起刊登;并告诉我,胡风先生已经把他的发言作了修改。编辑部问我的发言要不要也跟着修改。由于我的发言中引用了胡风先生发言中的话,如果他改而我不改,也不加以说明,我的发言就失掉了根据。因此我请求《文艺报》编辑部给我看一下胡风先生的修改后的稿子。他们给我看了。我发现不少重要的地方,胡风先生都改动了。他原来在会上攻击我在诗歌问题上'投降俞平伯的资产阶级形式主义',以及另一个攻击,使阿垅先生背'特务'罪名,戴'特务'帽子等等,现在都已经改掉;原来指摘《人民日报》的话,现在也改了,变成集中攻击我个人。我想,胡风先生要修改他的发言,自然有他的自由,可是他原来攻击我和指摘《人民日报》的话,确实是他在那天会上向全体到会者讲的,有会议记录可查。我就是根据他的指摘作答复的。我认为我没有义务来替他修改他自己说过的话。但为了不致使读者误以为我是无的放矢,误以为我是无中生有地编造或者故意夸大他的说话,我有必要在我的发言后面附带作这样一个说明,以使读者了解真相……"由此可以看出,胡风当日在会议上的发言,比后来在《文艺报》上登出的更为激烈。说明在得到这个机会以后,他对于压制自己的人,进行了不遗余力的攻击。而受到攻击的人们,自然也会全力以赴地进行反击。笔者在本章所引胡风、康濯、袁水拍等人的发言,均据《文艺报》第22期《对〈文艺报〉的批评》。

# 第五章 《文艺报》成了替罪羊

继"两个小人物"向胡适派资产阶级唯心论打响"可贵的第一枪"后,毛泽东又暗中指挥着自己的先头部队,连续朝俞平伯、胡适开了三枪。①当被惊呆了的人们还没回过味来的时候,这支先头部队却突然改变了进攻方向,以更加猛烈的炮火对准《文艺报》狂轰滥炸起来。

## 一 "替罪羊"罪有应得

1949年3月25日的《人民日报》上,发表过这样的一条短讯:

> 为适应全国革命形势与革命任务的需要,团结解放区与国民党统治区一切进步文艺力量,建立新的全国性的文艺组织,中华全国文艺协会在京的总会理事监事及华北文协理事,特于22日在北京饭店举行联席会议,决定召开中华全国文学艺术工作者代表大会,当场推选筹委会,并于24日举行第一次筹委会议。当选筹委为:郭沫若、茅盾、田汉、洪深、郑振铎、叶圣陶、周扬、萧三、沙可夫、丁玲、曹靖华、曹禺、徐悲鸿、柳亚子、俞平伯、胡风、贺绿汀、程砚秋、李广田、叶浅予、赵树理、柯仲平、吕骥、古元、袁牧之、艾青、欧阳山、荒煤、李伯钊、马彦祥、宋之的、刘白羽、盛家伦等三十七人,并选举郭沫若为筹委会主任,茅盾、周扬为副主任。关于代表大会代表产生问题,会上决定华北、东北、西北、华东、中原五大解放区文协理事及中华全国文协总会及各分会理监事为代表

大会当然代表,此外由筹委会酌情邀请若干文艺界人士参加代表大会。

《文艺报》的创刊便正是在这次会上被提上日程的。

当时并未计划设主编,但却推举了三名编委,即:胡风、茅盾和厂民(严辰)。然而,由于胡风与周扬之间的恩恩怨怨,胡风拒绝担任这一职务。

从《文艺报》酝酿创刊的那一刻起,就已埋下了矛盾的种子。也正因为如此,所以在1954年大批判运动爆发之初,胡风便义无反顾地对《文艺报》发动了最为猛烈的攻击。

当然,胡风对《文艺报》的批判,原因并不止于此。他对以周扬为首的文艺界领导人及当前文艺现状的强烈不满,也是促使他破釜沉舟背水一战的重要因素。

同年7月2日,中华全国文学艺术工作者代表大会在北京隆重召开。19日会议结束后,《文艺报》也应运而生。这份"以宣传和捍卫马克思列宁主义文艺思想、积极开展文艺批评为主要任务"的文艺刊物,给人们留下的印象是左得厉害。②

就在《文艺报》创刊不久,1950年4月19日,中共中央做出了《关于报纸刊物上展开批评和自我批评的决定》,一个新的批评高潮应运而生。

《文艺报》、《人民文学》等中国作家协会的刊物率先响应,各自发表编辑部的自我检讨,批评自己的办刊、工作错误等等。随后,《长江文艺》、《湖北文艺》、《说说唱唱》、《文艺学习》、《人民美术》、《人民戏剧》、《河北文艺》等文艺刊物也纷纷效仿,争先恐后地刊登起自我批评的文章来。

在"自我批评"之后,接踵而来的便是针对别人的"批评"。为此,《文艺报》特意设立了"批评与检讨"专栏,对作家、作品展开批评。"仅以《文艺报》一年间的批评统计,从1950年5月到1951年4月,先后发表的批评与自我批评的文章,就涉及到三十几位作家(作者)。"③

"批评与自我批评"的原则并没有错,问题只在一个度的把握上。当"批评"变成"批判"或"批斗"、"自我批评"化作"检讨"时,性质就发生了改变。而对人严对己宽的"批评"态度,也很自然地"引起了群众的强烈不满"。

当然,这只是问题的表面现象,是大批判运动中《文艺报》受到批判的一个重要因素。还有一些原因,却是摆不到桌面上来的,这就是人与人之间的恩恩怨怨。

《文艺报》创刊后不久,曾安排丁玲任主编,陈企霞任副主编。因陈企霞对这一安排有点意见,丁玲向周扬反映了这一情况并征得其同意,两人遂并列主编。④1951年2月,冯雪峰接替丁玲兼任《文艺报》主编,陈企霞又退居到副主编的位置上。这三个人与周扬之间,都有或深或浅的恩恩怨怨:冯雪峰与周扬的矛盾始于20世纪30年代;丁玲始于20世纪40年代;而陈企霞则是在建国初期刚刚与周扬结怨。

1954年,当《文艺报》受到冲击后,许多人自然而然地将这笔账记到了周扬头上,他们首先想到的,就是人与人之间的恩恩怨怨。这其中也包括最重要的当事人冯雪峰、陈企霞等人在内。

《文艺报》被"整顿",冯雪峰认为这是"城门失火,殃及池鱼"⑤;陈企霞则说"是'杀鸡给猴子看',是'吴三桂借兵'"。⑥

两个重要的当事人,虽然说得都有一定道理,但他们却都只说对了问题的一半。而"一半"加"一半",也还是一半。

冯雪峰所谓的"池鱼",显然是代指《文艺报》。但《文艺报》之遭受批判,实质上却不是因受谁之牵连。"城门失火"只是借口,矛头指向乃在"池鱼"。救不救"城门"之火并不重要,最主要的还是要整治"池"中之鱼。

至于陈企霞所说"吴三桂借兵",其隐义也很明显,所谓"兵"乃影射胡风;而受到攻击的《文艺报》,则处在"李自成"的地位。问题是,这"借兵"者又是何人?从陈企霞的《陈述书》来看,其意明显是指周扬。

此外,陈企霞所谓"杀鸡给猴子看",倒是点到了问题的实质。只是"杀鸡"之人是谁,他仍然没弄清楚。

早已辞去《文艺报》主编职务的丁玲,居然也从她与周扬之间的个人恩怨出发,"认为检查《文艺报》就是整她"。⑦

文人毕竟是文人,他们永远不理解"政治"的实质,总是将探寻的目光停留在私人间的恩恩怨怨上。

几十年后,黎之一语道出了问题的实质:"当时,周扬知道,批判丁玲、冯雪峰这些毛泽东熟悉的人物,他是无权决定的。"⑧

通过《人民日报》与《文艺报》在转载李希凡、蓝翎文章时的不积极配合,毛泽东再一次清醒地认识到了文艺界的不听指挥及思想混乱,并由此引发了他对文艺界尤其是文艺界领导人的强烈不满。他之所以没有集中力量批判胡适和俞平伯,却首先冲着《文艺报》大动干戈,其最终目的,还是要对新闻媒介进行一番彻底的整顿,以便为这场思想批判运动的广泛开展铺平道路。从这个意义上来说,《文艺报》的遭受批判,也可以说是"罪有应得"。

弄清楚了以上事实,也就清楚了毛泽东为什么对《文艺报》所加那则《编者按》有那么大的火气,明白了"《红楼梦》事件"爆发的真正原因,同时也就找到了《文艺报》遭受批判的真正答案。

## 二 万炮齐轰《文艺报》

袁水拍奉命撰写的《质问〈文艺报〉编者》一文,可以视为毛泽东授意制造的一颗"炮弹"。它不仅具有极大的杀伤力,而且还起到了积极的号召作用。该文于1954年10月28日在《人民日报》发表后,不仅令周扬、冯雪峰等人感到惊恐,而且对全国所有报刊的编辑部,也产生了不小的震撼作用。

这篇文章,在明批冯雪峰及《文艺报》暗批周扬的同时,也为新闻媒体定下了两大批判的对象:一是"对于'权威学者'的资产阶级思想表示委曲求全"、对于资产阶级唯心论观点"容忍依从甚至歌颂赞扬";二是"对于生气勃勃的马克思主义和宣传马克思主义的新生力量摆出贵族老爷态度"。

就在《质问〈文艺报〉编者》一文发表后不久,全国各地的社科类报刊都不约而同地迅速行动了起来。他们纷纷发表文章,在批判《文艺报》的同时,也对自己编辑部内存在的"资产阶级贵族老爷式态度",进行了毫不留情的自我批评。

四年前,《文艺报》起着模范带头作用,带动全国的刊物开展了轰轰烈烈

的"批评与自我批评"运动;四年后,《文艺报》再度领先,展开了更加严厉的"自我批评",表面看来,似乎仍然起着"领头羊"的作用。但两相对比,实质却发生了变化。上次是"积极主动"地"批评与自我批评",这一次却是"被动"地"自我批评",并且失去了批评别人的权利。

此后,全国所有的刊物,都在略作"自我批评"后,迅速地将重点批评的矛头指向了《文艺报》,使它陷入惨遭"万炮齐轰"的被动局面。

1954年10月28日《人民日报》

1954年11月10日,《人民日报》发表署名"黎之"的文章,题目是:《〈文艺报〉编者应该彻底检查资产阶级作风》。这是批判运动中继袁水拍文章之后对《文艺报》进行全面批评的一篇文章。格调也与袁水拍的《质问〈文艺报〉编者》大致相同。

黎之认为,"《文艺报》编者对古典文学研究中的资产阶级唯心论观点表示容忍、依从甚至加以颂扬的错误倾向","以及他们忽视新生力量、对青年作者加以阻拦和压抑的贵族老爷式的态度"并不是"偶然的","只要翻阅一下几年来的《文艺报》,就可以看出《文艺报》的这种错误是有根源的"。

接下来,黎之便对《文艺报》创刊五年来的"错误根源"进行了挖掘:"《文艺报》创刊已经五年了。几年来,《文艺报》是做了一些工作,得到了一些成绩的,因此,也受到了一些读者的欢迎,可是,《文艺报》编者并没有因此而感到责任的重大,需要用谦虚、严肃的态度来努力改进自己的工作,相反地,这一点点成绩却成了《文艺报》编者的包袱,使他们滋长了一种骄傲自满情绪。这种情绪最明显的表现,是这个以文艺批评为主要任务的刊物,它本身却简直没有自我批评的精神。在《文艺报》创刊以来的一百二十多期中,只在一九五〇年五月十日出版的那一期上发表过一篇编辑部的'检讨',虽然那篇'检讨'还不深刻,仍然得到了读者的欢迎。可是,《文艺报》的编者却错误地把读者对于自我批评的欢迎,看成是对于编者的赞扬。就在那个'检讨'发表以后,只隔了一期,《文艺报》编者又赶快发表了一批《读者来信》,把这个'检讨'和编者大大的赞扬了一通。从那时起,四年多以来,《文艺报》就再没有发表任何自我批评的文章了。"

应该承认,黎之的文章,并不是空洞无物地进行批判,而是列举了一些具体的事例。

事例之一,"自从一九五二年春天,苏联文艺界提出反对戏剧创作中极端有害的'无冲突论'以后,《文艺报》就立刻出来批评中国的'无冲突论'……可是,当《文艺报》编者以正确理论捍卫者的姿态,出来批评别人的'无冲突论'的时候,却偏偏忘记了正是《文艺报》自己,是这个错误理论的提倡者和鼓吹者。在一九五一年第五卷第三期《文艺报》上发表的《评〈葡萄熟了的时候〉》一文,就是一个宣传'无冲突论'的标本。"

事例之二,"自从文艺界提出'反对公式化概念化'的口号以后,《文艺报》就又以这个口号的捍卫者的姿态出现了"。可是,"《文艺报》编者在愤慨地指责公式化概念化的倾向时,又恰恰忘记了正是《文艺报》刊载了不少实际上是提倡公式化概念化的文章。一九五二年第六号上发表的《试评小说〈火车头〉》一文,就是提倡公式化概念化的典型例子"。

黎之所举的这两个例子,都是事实。然而,翻阅当时的文艺刊物,哪个不是如此?

黎之总结说:"像这样的例子是可以举出好些来的。显然地,这些错误对于文艺创作所造成的损害,是不可过低估计的……《文艺报》既然有错误和缺点,为什么从来不进行自我批评?也从来不发表对那些错误批评的反批评?这只能有一个解释,就是《文艺报》是碰不得的'权威'。'权威'永远是'正确'的,就是错了,也仍然是'正确'的。"

接下来，黎之吐出了当时许多作家的心声："文艺批评是一件细致的工作，它的目的是帮助创作的发展，帮助作家更好地进行创作。因此，我们既要反对互相捧场，也要反对粗暴打击。应该指出，《文艺报》上发表的某些批评，是不符合这种精神的。有些文章迹近捧场，而更多的是粗暴打击。它们用一种盛气凌人的审判式的指责来进行批评，不是与人为善地帮助作者分析他的错误的原因，指出改正错误的道路，却是不管三七二十一给被批评者一顿辱骂和打击。有些批评甚至把作家的错误夸大为有意识的恶行，骂作家'不知羞耻'等等。有时《文艺报》简直用批评代替法院的判决，说这本书应该禁止出版，那个戏不能再上演。这种批评是妨碍创作的发展的，自去年全国文学艺术工作者第二次代表大会以后，这种粗暴的批评是略见减少了，但又出现了一些不痛不痒的批评文章，或者对应该批评的现象也采取了错误的沉默的态度。"

这一番批评，仍然切中了《文艺报》的要害，应该批评。只不过当时文艺批评的风气普遍如此，单单指责《文艺报》一家，似乎也欠公平。

下面的批评，仍然是在讲事实，摆道理，甚至点了副主编陈企霞的名字："一九五一年五月十日出版的《文艺报》上"，"发表了一篇由编辑部自己整理出来的文章，叫作《读者对第三卷〈文艺报〉的意见》。这篇文章集中了读者来信中对《文艺报》的赞美的词句，却没有提到任何缺点和错误。通篇除了赞扬《文艺报》在读者当中所起的巨大作用之外，大部分是为编者捧场的话。全文不过两页，而编者企霞的名字就出现了三次……他们是完全陶醉在恭维中，为了让别人知道他们的陶醉，还把那些给自己捧场、向自己'致敬''感谢'的话发表出来。这种广告式的自吹自擂，是最庸俗的资产阶级作风。"

这种现象固然应该批评，但它到底是不是"资产阶级作风"？

在对上述事例进行分析批判后，黎之又回到了《质问〈文艺报〉编者》一文所设定的轨道上来，上纲上线地将《文艺报》批评了一通："上面所讲的事例，虽然有不少是几年以前的事情了，但正由此可以看出《文艺报》错误的形成和发展是有它历史根源的……正是这种骄傲自满的情绪，使《文艺报》逐渐地脱离实际,脱离群众,对新鲜事物越来越失去了感觉。对李希凡、蓝翎文章的错误态度,只是这种错误思想错误作风的具体暴露。《文艺报》的编者既然自满地戴上桂冠躺在真空管里睡觉,他们当然就看不见需要反对什么,需要支持什么了。他们放弃了跟资产阶级错误思想斗争的任务,在许多地方对资产阶级错误思想容忍、顺从,实际上成了资产阶级思想的俘虏。"

黎之对《文艺报》的批评,可谓面面俱到。甚至连"编排形式"都提到了:"《文艺报》编者的骄傲自大的情绪,也表现在这个刊物的老大的作风上面。几年来的《文艺报》不仅内容方面有不少错误和缺点,连编排形式也很少改进。在《文艺报》上写文章的作者的圈子越来越狭小,生动活泼的文章很少出现,许多文章虽然题目和署名不同,却是千篇一律的八股滥调。《文艺报》编者大概以为'我这个刊物别人是非看不可的',因此,用不着做什么改进。但是,读者并不是盲目的,近几个月来,《文艺报》的销路大减,就明确地表示了读者对于这个刊物的不满和失望。"

毛泽东阅读了黎之的文章后,在报纸上写下了六条批注:

一、黎之说:"它(指《文艺报》)本身却简直没有自我批评的精神。"毛泽东在这句话旁划了竖线,打了一个问号,然后批道:"首先不是有没有自我批〔评〕的问题,而是是否犯了错误的问题。"由此不难看出,此时毛泽东早已下定"整顿"《文艺报》的决心,所以做不做"自我批评"已无关紧要,重要的是要让《文艺报》编者们承认自己犯了错误,以便展开批判运动。这一句话,无疑表达了毛泽东的心声。

二、1951年第5卷第3期《文艺报》上,曾经发表过一篇评论文章,题目是:《评〈葡萄熟了的时候〉》。其中有云:"现在的中国,已经不是蒋介石匪帮统治的中国……在新的生产关系中,人们的思想意识以及他们的品格只会一天比一天提高,不管他们发展变化的程度如何不一致,但他们在新社会影响与教育下,都具有与旧社会人物性格根本不同的特点,却是无疑的了。"黎之在文章中列举并批评了这一说法:"原来蒋介石匪帮被赶出大陆不过两年,中国就没有滋长旧意识的社会基础了。"毛泽东又在这一段话旁批注说:"不但几年,永远都是有冲突的。"

三、1951年5月10日出版的《文艺报》,曾经发表过编辑部自己整理的《读者对第三卷〈文艺报〉的意见》。该文"集中了读者来信中对《文艺报》的赞美的词句,却没有提到任何缺点和错误"。黎之以此为例,批评《文艺报》编者"是完全陶醉在恭维中了",并且认为,"读者的意见是真诚的"。毛泽东在这句话旁批注说:"读者不明情况,说错了话。"

四、黎之在文章中批评《文艺报》:"正是这种骄傲自满的情绪,使《文艺报》逐渐地脱离实际,脱离群众,对新鲜事物越来越失去了感觉。"毛泽东却针锋相对地批注说:"不是骄傲的问题,而是编辑部被资产阶级思想统治了的问题。""骄傲自满"只是态度或作风问题,但"被资产阶级思想统治了"却是政治上的大是大非问题。毛泽东决意要把问题提到这样的高度。

五、黎之说:"在许多问题上,表现出《文艺报》编者已丧失对当前重大政治问题的敏锐感觉。"毛泽东却反驳说:"不是丧失锐敏感觉,而是具有反马克思主义的极锐敏的感觉。"将问题进一步提到"反马克思主义"的高度,似比"被资产阶级思想统治了"的罪行还要严重。

六、黎之批评说:"《文艺报》编者的骄傲自大的情绪,也表现在这个刊物的老大的作风上面。"毛泽东在"骄傲自大"和"老大的作风"旁划了竖线,纠正说:"不是这些问题,而是他们的资产阶级反马克思主义的立场观点问题。"⑨显然,毛泽东认为黎之的批评没有分量,没有点到问题的实质。"骄傲自大"也罢,"老大的作风"也好,这些问题都不值得一提,也不值得批判。从上面我们引述的黎之文章来看,他的用词,基本还都是本着批评的态度,但毛泽东的意图却很明显,他就是要对《文艺报》进行彻底的批判。这就必须把问题提到"反马克思主义"的高度上来。毛泽东对冯雪峰《检讨我在〈文艺报〉所犯的错误》一文所写的批注,也是一再强调要把冯雪峰的错误定性为"反马克思主义的问题"。

1954年12月8日的《大公报》上,发表了署名寿颐的《"权威"和"权威"崇拜》一文,以杂文的笔法,将俞平伯和《文艺报》狠狠地讽刺挖苦了一通。寿颐说:"俞先生花费了三十年,从版本到人物身世,作过一番功夫。研究《红楼梦》者有几人?以三十年精力从事《红楼梦》研究者又有几人?物以稀为贵,他就是'红学权威'了。那么,关于《红楼梦》的问题,都得请教'权威'。于是'权威'大写文章,编辑以为'权威',就信任地发表了,读者以为'权威',就信任地接受了,即使有人有意见,也不敢轻易地碰'权威'。可是问题不仅于此,俞先生两年前以他的三十年前的陈货《红楼梦辨》冒牌新货《红楼梦研究》出版时,早已有'权威'崇拜者为它扫清了道路,撰文介绍,让它扬长而去,'权威'崇拜者大大支持了俞平伯的新红学,他们不懂《红楼梦》,也不愿意下苦工夫去研究,唯一能做的就是形式地看准了三十年的研究。三十年的研究,权威!于是高捧'权威',于是眼中只见'权威',于是……'权威'与'权威'崇拜者在资产阶级思想形式主义这一点上碰了头,一见如故。'权威'只有得到崇拜者做它的爪子才能横行,'权威'失去崇拜者,那便是没脚蟹,不能横行了。"

1954年12月21日,钟敬文在《光明日报》发表《〈文艺报〉刊载〈红楼梦研究〉介绍文所犯的错误》一文。这篇文章,是作者根据11月11日在中国文联主席团和中国作协主席团召开的联席扩大会议上的发言稿,稍加改动而成的。其矛头所向,从标题就可看出,乃是针对《文艺报》介绍《红楼梦研究》的那篇短文的。针对这篇不到三百字的短文,钟敬文却写了一篇将近五千字的批评文章。

钟敬文说,如果"把那一则短短的介绍文检查一下",居然从中"可以发见许多惊人的错误"。

那么,这篇"介绍文"中的"惊人的错误"到底有哪些呢?钟敬文说:"首先,我们以为像《红楼梦研究》这样一本书,根本就不应该加以介绍",因为"这种文学批评,跟马克思列宁主义的文艺理论,跟毛主席的文艺思想,不但是风马牛不相及的,而且正是像水和火一样不能相容的"。然而,"像这样一本书,居然在一九五二年的新中国出版界中印行了。它出版后没有受到文艺界的一点批评,一路风平浪静。这已经够叫人惊奇了!而更加可怪的,却是《文艺报》登载了对它的推荐文字!我们知道,《文艺报》是全国文学艺术界联合会的机关杂志,它的任务是用马克思列宁主义去指导全国文艺界的文艺活动和文艺批评。这是何等重大而又光辉的任务!但是,它对于像

《红楼梦研究》这样的书,不但没有给以应有的严正批评,反而刊载了颂扬的介绍文。这不能不说是远远地离开了自己的立场、放弃了自己的责任的!"

意思表达得非常清楚,一切远离马克思主义的或者反马克思主义的书籍,一概不能出版。即使出版了,也不能在报纸上向读者宣传介绍。不过,钟敬文还是没有把话说得那么绝对,所以,他接着说:"退一百步来说,《文艺报》为着帮助读者学习古典文学作品,为着加强出版界这方面的活泼空气,有一定必要来介绍这类书籍,那么,那介绍文字,首先必须严肃地指出这本书中不能容忍的思想毒素,对于书中那些有点用处的部分,也必须一面具体指出它的作用所在,同时说明那种作用的限制性,这才是忠实于刊物所秉持的原则的做法,像《文艺报》所刊登的那种介绍文,只是向敌对的文学思想投降的一种表现而已。"

如果说《红楼梦研究》真像批判者们所说的那样,是一株"大毒草",那么,钟敬文的这两段话,仔细琢磨起来,倒也说得不无道理。问题是,在"两个小人物"撰文批评《红楼梦研究》之前,整个中国的文艺界,除了另一个"不走运的小人物"白盾之外⑩,居然没有一个人"指出"《红楼梦研究》"这本书中不能容忍的思想毒素",岂料批判运动爆发后,他们却都成了明白人,个个争先恐后地批评《文艺报》编者们不该"这样",不该"那样"。这种现象,才真"够叫人惊奇了"呢!

钟敬文认为,"《文艺报》刊登那则介绍文所犯的错误","除了失掉立场之外,在论述上还有许多荒唐的地方":"第一,介绍者诬蔑了过去的某些红学家","对于过去一切《红楼梦》的评论者,都骂做捕风捉影的人,这是何等诬蔑前人呢!""其次,介绍者所称赞的俞先生的功劳是捏造的。我们且不管俞先生对于旧红学的见解到底怎样,单就事实说,《红楼梦研究》介绍者称赞俞先生'扫除了过去"红学"的一切梦呓'的功劳的话,是毫无根据的。"总之,"那篇介绍文,不但没有捉住《红楼梦研究》的本质,不但没有认真考虑它在今天可能产生的现实作用,甚至连它的表面现象也没有摸着。因此,弄得那样牛头不对马嘴的。这种介绍工作,即使在旧时代的学术界也要算是很拙劣的,何况拿到今天我们这个具有高度要求的学术界中来呢?"

上举数例,是报刊上发表的几篇较有代表性的文章。当时,除了在报刊上发表文章,另外一种卓有成效的批判方式便是召开大大小小的各类会议。小的且不说,仅大规模的会议,就开了十余次。这其中,自1954年10月31日起,中国文联主席团和中国作协主席团联合召开的八次扩大会议,是这次批判运动中最著名也是最有代表性的。会议期间,与会者纷纷发言,"对俞平伯《红楼梦》研究的错误观点及《文艺报》几年来的错误展开了热烈的批评和讨论"。这些发言的代表们,都是我们很熟悉的人物,比如臧克家、刘白羽、胡风⑪、康濯、袁水拍、老舍等等。

袁水拍的发言,显然点到了这次运动的实质:"我们说《文艺报》的问题决不单是《文艺报》的问题,而是许多报刊、机关或多或少地存在的问题,这是事实。""我们也认为今天我们在这里讨论的问题只是思想问题,目的决不在于反对某一个人。"⑫

老舍的发言很短,不但没有批评《文艺报》,且有替俞平伯开脱的意思。其中的几句话,发人深思:"因为是群众团体,我们就必须鼓励自由讨论。这几天暴露出来的问题,正是没有这么办的结果。批评这个武器若只拿在部分人的手里,他们便会专制。""因为是群众团体,所以教育作家与干部也是不可忽视的。平日,我们并没有很好地帮助俞平伯先生。"平和的话语,表现出老舍一贯与人为善的品格。

臧克家的发言也很短,既没有上

周扬(右)、丁玲(中)、老舍(左)20世纪50年代在苏联

143

纲上线,语气也比较平和。他说:"像《文艺报》这样一个领导全国文艺思想的刊物,它的责任是重大的。实际上,它距离读者的要求很远。每期,可有可无的文章多,真正重要的能提出问题或解决问题的则很少。所以声誉越来越低落,销路越来越减少……外边许多人传说,《文艺报》是一个小圈子,别人打不进去。""有些人说,《文艺报》不依靠群众,也不组织外人写稿,许多文章都是他们自己圈子里的人写的。""雪峰、企霞同志不大肯听群众的意见,看问题有些片面。他们的领导作风也就影响了整个《文艺报》的编辑思想和作风。雪峰同志自信力过强,看问题时有发生偏差……企霞同志的批评文章又是一个极端。他,偏激、讽刺、挖苦,不像对同志的态度。举例来说,碧野的小说《我们的力量是无敌的》,张立云同志的批评比企霞同志的还严格,但使人觉得'严而正',企霞同志的文章看了却叫人不服气。"

相比而言,刘白羽的发言就不那么客气了,仔细琢磨,其中似乎也有一股浓烈的火药味:"《文艺报》在今年内,对新生力量连续地采取了打击和压制的态度。一次是表现在对李准的小说《不能走那一条路》的批评上,一次表现在对李希凡、蓝翎批评俞平伯的资产阶级唯心论的论文的态度上"。随后,他从四个方面对《文艺报》提出了批评:"第一,《文艺报》是怎样对待群众的"。关于这一点,刘白羽也举1951年5月10日出版的《文艺报》第四卷第二期为例,认为《文艺报》编者"当群众一旦表示了真诚欢迎时","立刻就利用这种真诚欢迎来抬高自己、吹嘘自己,在这一点上","充分暴露出它自己的真正立场和作风";"第二,《文艺报》批评别人的态度与对待别人批评自己的态度"。他说:"人们对于《文艺报》批评别人时所采取的粗暴、谩骂、盛气凌人的态度早就不可容忍了。请翻开《文艺报》看一看,这种粗暴、谩骂的句子如像:'他还是一个最坏的小资产阶级分子!''那么,简直能够把他评为敌对阶级了','不知羞耻'等等真正是数不胜数的……这种粗暴的骂倒一切,横扫一切,并不等于马克思主义者的高度警惕和准确的战斗,也不等于真正锐利地、彻底地粉碎那种有毒害的思想。只要想一想凶凶狠狠的《文艺报》,为什么对俞平伯那样腐朽的资产阶级唯心论却发出甜蜜的赞颂就很明白了。但……用粗暴与谩骂来对待旁人的人,当别人批评到他的时候,他的态度又怎样呢？他是不是很冷静、很虚心、很严格地考虑过别人的意见呢？……在这里，一方面表现出对自己的《文艺报》是绝对不许别人来碰的，另一方面表现出对别人却是老爷式的命令态度"；"第三，《文艺报》的权威思想"。"由于对群众采取了不正确的态度，由于对别人粗暴、谩骂，对自己则不允许任何批评，《文艺报》发展起来一种浓厚的权威思想"，"只有《文艺报》说的就是对的，只有《文艺报》说的就是结论"，"在《文艺报》编辑部里是弥漫着浓厚的骄傲自满的空气的"，"《文艺报》在最近三四个月内就跌了一万四千多份"，正因为《文艺报》"脱离了群众，脱离了实际，也就必然脱离马克思主义，而沾染资产阶级的庸俗作风，并且成为资产阶级思想的俘虏"；"最后，我们从《文艺报》的错误中汲取教训，也不能不谈到领导的责任和我们每一个人的责任。《文艺报》是文学艺术工作方面负有思想领导责任的刊物，《文艺报》是不是尊重领导是一个问题（据我所知《文艺报》是不够尊重领导的，《文艺报》在这方面应有深刻的检讨），但作为全国文联的机关刊物，全国文联主席团有没有领导呢？如果说检查过，那么检查的结果是什么呢？如果说《文艺报》所犯的错误是不可容忍的，那么为什么又容忍了呢？我觉得这不是简单地追究责任的问题，而是整个文艺界汲取教训、改变作风的问题。比如第二次文代大会上已经明确地提出作品竞赛和展开自由争论，可是文艺界领导方面，怎样根据这个方针，在自己的刊物上做出具体计划，想出具体办法来'展开自由争论'，以纠正过去那种'妨害自由争论'的严重错误呢？……我们应当学习苏联从对《星》和《列宁格勒》两杂志批判以来所展开的批评与自我批评的高度原则精神，只有展开自由争论，只有以马克思主义，以真理为准则地进行严格的批评与自我批评，才是思想工作领域中健康的、正常的现象。"

刘白羽不愧是搞创作的，说出来的话都是内行。他对《文艺报》的批评也是击中了要害的。问题在于，他不应该把这些错误都推到《文艺报》或者陈企霞身上。《文艺报》与陈企霞固然都有这些错误，但造成这一错误的原因却有诸多的因素。

康濯在发言中对《文艺报》有肯定也有批评，但从总体上来说是肯定少而批评多。他首先说了"《文艺报》在文艺批评上的一些问题"，接着又点名批评了冯雪峰、陈企霞:"雪峰同志提到考虑是不是发表一个作者对批评不同意的反批评的时候,当时有些顾虑。顾虑什么?为什么顾虑?老同志,未必不相信党的原则吗?""企霞同志说,他一方面是软弱,另一方面又粗暴。就用这样的说法罢,软弱,向谁,向什么软弱?粗暴,向谁,向什么粗暴?为什么?是什么性质?我觉得,应该进一步去研究问题"。康濯也点到了《文艺报》在批评方面的粗暴、"对资产阶级投降"等问题。但他还是认为:"《文艺报》办了五年",还"是作过一些好的工作"的。

康濯与黎之一样,也认为"《文艺报》错误的根源","就是它的骄傲自满与没有自我批评"。

1954年12月8日,是这次批判运动中具有里程碑意义的一个日子。这一天,中国文联主席团和中国作协主席团,召开了第八次扩大联席会议。对俞平伯的问题、《文艺报》的问题,做了一个小小的总结,与此同时,也吹响了向"胡适思想"进军的号角。

当天,周扬的发言题为《我们必须战斗》,充满了浓浓的火药味。其发言的第二部分为《〈文艺报〉的错误》,可以看做是对《文艺报》的判决。周扬说:"《文艺报》的主要错误就是对资产阶级思想容忍和投降,对马克思主义和宣传马克思主义的新生力量采取资产阶级贵族老爷式的压制态度。"这本来是袁水拍在《质问〈文艺报〉编者》一文中就已定了性的。这一判决,也是贯彻了毛泽东的指示。

周扬分析说:"《人民日报》的文章中曾指出《文艺报》同资产阶级思想和资产阶级名人有联系,而同马克思主义和宣传马克思主义的新生力量则疏远得很。这里所指的联系,当然首先是思想上的联系,这就挖到了《文艺报》以及我们一切工作中的错误的根子。《文艺报》编者们的思想中严重地存在着资产阶级唯心论和个人主义,他们的'权威'思想和骄傲自满情绪,就正是资产阶级个人主义作风的突出的表现。他们脱离了实际斗争,脱离了群众,失去了对新鲜事物的感觉,这就使他们自然而然地和腐朽的资产阶级思想情投意合,而和新生力量就自然而然地疏远起来,甚至对新生力量采取排斥、打击、压制的罪恶态度。"周扬毕竟是周扬,他对毛泽东的指示做如此淋漓尽致的发挥,居然一点都没走样。"毛泽东思想的权威阐释者",确实与众不同。

但是,这还不能彻底解决问题。因为《文艺报》是在他的领导之下,这次之所以"犯了严重的错误",主要还是因为周扬"公然抗拒毛主席的指示"而导致的。因此,周扬的首要任务,还是要从根本上解脱自己,所以,他"必须指出":"《文艺报》对去年十月第二次全国文艺工作者代表大会所决定的方针,不但没有坚决地执行,而且采取了消极的抗拒的态度。"

"全国文艺工作者代表大会所决定的方针",正是以周扬为首的文艺界领导人制定的。《文艺报》"不但没有坚决地执行,而且采取了消极的抗拒的态度",这自然要"犯严重的错误"。寥寥数语,便将自己的责任推卸得一干二净。

接下来,周扬又以具体的事例,点名批评了陈企霞:"《文艺报》曾经发表过不少粗暴的'判决'式的批评,陈企霞同志就是这种批评的主要作者之一⋯⋯第二次文代大会以后,批评的粗暴作风似乎是稍稍敛迹了,但《文艺报》编者并没有真正从思想上解决问题,他们只是采取了消极抵抗的态度,特别是陈企霞同志,从那时以来就表现了作为一个共产党员是不可容许的消极态度,同时一有机会,粗暴批评仍然会'脱颖而出'地表现出来。今年一月间《文艺报》上李琮对于李准的《不能走那一条路》的批评就是一个例子。"

不提已被整倒了的《文艺报》主编冯雪峰,却两次提到与《红楼梦》事件"毫无关系的副主编陈企霞,陈企霞命运也就可想而知了。

下面的批判,更进一步地挖掘了《文艺报》编者们"犯错误"的另一根源:"《文艺报》的错误还由于编者们在工作上违背了集体领导同批评与自我批评的原则。编者们的'权威'思想和骄傲自满情绪发展到了完全拒绝别人批评,也从不进行自我批评的地步。""正是由于这些错误,《文艺报》愈来愈脱离党的领导,同群众和文艺界的联系愈来愈疏远,因而也就愈来愈失去了群众和文艺界的支持。"

在对《文艺报》编者的错误做了总结性的批判后,周扬又对《文艺报》几年来的成绩予以肯定。很明显,这只是一个转折,是对胡风的进攻进行反击前的必要铺垫。接下来，周扬就要掉转枪口对准胡风，打他一个措手不及。周扬说："我们批评《文艺报》，并不是认为它过去的一切都错了。必须肯定，几年来，《文艺报》作了不少有益于人民的工作，并且获得了一定的成绩。它宣传了文艺为工农兵服务的方向，宣传了马克思主义文艺理论和社会主义现实主义的创作原则，对文艺作品的批评也有不少是正确的，对于青年作家也不是一概压制的。"

如果说周扬的发言是对批判俞平伯、批判《文艺报》的一个小结，那么，这次会议通过的《关于〈文艺报〉的决议》，则是针对《文艺报》的一个具体的"判决"。《决议》说："中国文学艺术界联合会主席团和中国作家协会主席团从十月三十一日起联合召开了几次扩大会议，检查了《文艺报》的工作。在会议上，文艺界的许多同志进一步揭发了《文艺报》在思想上和作风上的许多错误。这些错误主要是：对于文艺上的资产阶级错误思想的容忍和投降；对于马克思主义新生力量的轻视和压制；在文艺批评上的粗暴、武断和压制自由讨论的恶劣作风。这些错误的性质是严重的，是违背了马克思主义的立场和党的文艺方针的。""俞平伯所著的《红楼梦研究》和他近年来所发表的一些关于《红楼梦》的文章，是宣传胡适派资产阶级唯心论观点的错误著作。这些著作对我国古典文学作了严重的歪曲，在群众中间散布了毒素。对于这些著作，《文艺报》不仅没有加以批评，反而在该刊一九五三年第九期上发表了推荐《红楼梦研究》的文章；而在这前后，《文艺报》编辑部对于白盾、李希凡、蓝翎等用马克思

1954年12月9日《人民日报》刊发了《关于〈文艺报〉的决议》

主义观点批评俞平伯错误论点的文章，则拒绝刊登和不加理睬。直到李希凡、蓝翎的文章在《文史哲》杂志上发表后，由于读者的建议，才在该刊转载。转载时，编者又加上了贬抑这个批评的重大意义的错误按语。这些事实，说明了《文艺报》在《红楼梦》问题上所犯的错误决不是偶然的。《文艺报》编者们忘记了《文艺报》是一个宣传马克思主义文艺思想的刊物；它有责任去同一切反马克思主义的错误的文艺思想进行斗争，相反地，却甘心拜倒在资产阶级思想前面，甘心去颂扬和袒护反马克思主义的文艺思想。这是不可容忍的。""《文艺报》编者既然成了资产阶级思想的俘虏，就必然会和马克思主义的新生力量疏远起来，以至于对他们采取资产阶级贵族老爷式的轻视和压制态度。《文艺报》对待青年作家和批评家的态度是傲慢的，缺乏热情的。《文艺报》编辑部在这次检查工作中，发现过去退回的稿件有不少是不该退回的。这些稿子被退回的理由，往往是因为它们批评了某一个'权威'或大名人，而那些写稿者则是'小人物'。因此，《文艺报》上刊登的青年作家和批评家的作品和读者来稿越来越少。对于一些为群众所欢迎的、带有新生气息的青年作家的作品，《文艺报》很少给予热情的鼓励和支持；在批评这些作品时，常常忽视了这些作品的总的倾向，却动辄用简单的方法和粗暴的态度去挑剔缺点，轻率地否定别人的劳动成果。《文艺报》对白盾、李希凡、蓝翎的态度和今年一月间对李准的小说《不能走那一条路》所采取的冷酷的批评态度，就是最突出的例子。""《文艺报》一方面向资产阶级错误思想投降，另一方面对于具有进步倾向的文艺作品的批评，又往往采取了粗暴、武断和压制自由讨论的态度。《文艺报》在批评工作上，长期以来存在一种自以为是的'权威'思想和否定一切的虚无主义观点，既缺乏实事求是的精神，又缺乏与人为善的同志态度，常常用教条主义的简单公式去批评一篇作品，却不容许别人进行反批评。对于那些基本倾向正确而尚有缺点的作品，不是在热情鼓励帮助作者克服缺点，而是用吹毛求疵的老爷式的挑剔加以打击。这种粗暴的、武断的批评已给文艺创作带来极大的损害。《文艺报》也曾经宣传过不少错误的理论（如'无冲突论'等），但他们却从来没有对自己发表过和宣传过的错误理论加以批评和纠正。文艺界和读者早已对《文艺报》有意见，但《文艺报》编者们却不正视自己的错误,不重视别人对自己错误的批评,而是采取拒绝批评的态度。他们以为只有他们有批评别人的权利,却没有倾听别人批评的义务。他们错误地以为对自己的缺点和错误公开进行自我批评或接受批评,会有损于刊物的'威信'。这种自以为是的'权威'态度,堵塞了文艺工作上批评和自我批评的空气,阻碍了文艺界自由讨论的健全展开,使《文艺报》丧失了思想斗争的积极组织者的作用,而成为脱离群众的高高在上的官僚主义的刊物了。""《文艺报》曾经设立过编辑委员会,但许多编辑委员没有能发挥作用,主编对他们缺乏应有的尊重,许多重大问题不和编辑委员们商量,重要稿件也不给编辑委员们看,使编辑委员成了形同虚设的东西。后来就由主编提议干脆取消编委会了。""上述一切事实,表明《文艺报》违背了马克思主义的立场和党的文艺方针,违背了集体领导和批评与自我批评的原则。近一年来,《文艺报》所宣传的思想和所采取的做法,有不少是同中国文学艺术工作者第二次代表大会决议的精神相违背的。""中国文联主席团和中国作家协会主席团认为:《文艺报》所以产生这些错误,是由于在《文艺报》的编者们身上严重地存在着资产阶级的思想和资产阶级的作风。这是《文艺报》一切错误的主要根源。正是这种资产阶级思想和资产阶级作风,使《文艺报》编者乐于去袒护反马克思主义的文艺思想和资产阶级名人,却经常用贵族老爷式的态度抹杀和压制马克思主义新生力量。""应该指出,《文艺报》自创刊以来,是做了不少有益于人民的工作,取得了一定的成绩的。但是,《文艺报》编者却把那些成绩看成是他们个人的东西,因此,滋长了一种极端骄傲自满的情绪和腐朽的'权威'思想,这就使《文艺报》更加脱离实际,脱离群众,而群众对《文艺报》的不满也越来越大了。"

《决议》中对《文艺报》的批评,可以说是运动开始两个多月以来所有对《文艺报》的批判的总结,堪称"集体智慧的结晶"。其中提到"李希凡、蓝翎的文章在《文史哲》杂志上发表后,由于读者的建议,才在该刊转载"一说,值得我们仔细回味。这里所谓的"读者"究竟是什么人?如果这个提"建议"的"读者"是一个或一群普通人,那么《文艺报》能否接受这个"建议"?若编者能够在"读者"的"建议"下转载李希凡、蓝翎的文章,岂不正好说明《文艺报》

特别尊重群众的意见？这种自相矛盾的说法出现在文联和作协的《决议》中,不禁令人废然长叹。

在对《文艺报》提出全面批评后,大会最后做出了六条处理决定：

一、改组《文艺报》的编辑机构,重新成立编辑委员会,实施集体领导的原则。

二、责成《文艺报》新的编辑委员会提出办法,坚决克服本决议所指出的错误,端正刊物的编辑方针。使《文艺报》成为具有明确战斗方向和切实作风的刊物,内容应以文艺批评为主,同时对人民的文化艺术生活发表评论和介绍,力求扩大和密切文艺与广大人民生活的联系。

三、中国文联主席团责成中国作家协会主席团改进对《文艺报》的领导工作。《文艺报》在工作上应与中华人民共和国文化部建立密切联系。

四、责成《人民文学》及中国作家协会领导的其他刊物及其地方分会的刊物加强文艺批评工作,并提出开展文艺批评和自由讨论的具体计划。

五、责成中国作家协会、中国戏剧家协会、中国音乐家协会、中国美术家协会和所属各地分会的机关刊物以及各省市文联所属机关刊物的编辑机构根据本决议的方针进行工作的检查并改进工作。

六、中国作家协会主席团应在一九五五年春季召开中国作家协会第二次理事会,来讨论改进作家协会的领导工作。

其中的第四、五两条,表明了这次批判《文艺报》的真正目的,就是要大规模地整顿全国各地的报刊。如果抛开江青与周扬、冯雪峰等人之间的恩恩怨怨,从大局着眼,诚如陈企霞所说,就"是杀鸡给猴子看"。

会议结束后的第二天,亦即1954年10月10日,中国作家协会主席团单独召开会议,首先具体落实了《决议》的第一条,即"改组《文艺报》的编辑机构,重新成立编辑委员会,实施集体领导的原则"。结果主编冯雪峰、副主编陈企霞均被撤销了职务。

1954年12月30日出刊的《文艺报》第23、24期合刊上，除刊载了《关于〈文艺报〉的决议》外，还刊登了一则《本刊重要启事》。该《启事》说："根据1954年12月8日中国文学艺术界联合会主席团、中国作家协会主席团扩大联席会议通过的《关于〈文艺报〉的决议》，本刊的编辑机构应予改组。兹经1954年12月10日中国作家协会主席团会议决议：由康濯、侯金镜、秦兆阳、冯雪峰、刘白羽、王瑶等七人组成编辑委员会，以康濯、侯金镜、秦兆阳为常务编辑委员；并责成编辑委员会在两星期内拟出新的编辑方针和改进工作的具体方案。编辑委员会将从1955年1月起开始工作。本刊12月份23、24期合刊暂由原编辑部负责编辑。"

冯雪峰由主编降为普通编委，陈企霞则干脆被排除在编委之外。

## 三  自相戕戮自张罗

自从1954年10月24日袁水拍的《质问〈文艺报〉编者》一文发表后，针对《文艺报》的各种形式的批判随即全面展开。面对强大的批判攻势，《文艺报》编辑部也不得不做出表示。他们充分利用自己的阵地，既刊载自我批评的文章，又发表或者转载别人对自己的批判。唯一的遗憾，是他们只能被动挨打或自我批判，却没有权利反击、批判别人。《脂砚斋重评石头记》中的"自执金矛又执戈，自相戕戮自张罗"两句诗，成了《文艺报》此时处境的最好写照。

《文艺报》1954年第21期以编辑部的名义发表了《热烈地、诚恳地欢迎对〈文艺报〉进行严厉的批评》一文。文章开篇伊始，便首先对袁水拍在《质问〈文艺报〉编者》一文中对《文艺报》的批评表示了"拥护赞扬"的态度。他们不仅承认"这一批评是完全正确的"，而且还认为"使我们编辑部获得了一次高度原则性的教育"。其重大的现实意义就是，"它督促我们迅速地进行深刻的思考和反省"。因此，觉悟了的《文艺报》编辑部，"衷心地愿意从这一富有现实意义的教训中，积极地吸取营养，开始全面地、细致地检查我们编辑部的工作"。

由于有袁水拍的文章做参照,所以《文艺报》编辑部可以毫不费力地根据这篇文章定下的基调,对"《文艺报》创刊五年以来"的错误做"彻底的"自我批评。他们首先承认,"《文艺报》创刊五年以来","在开展文艺批评方面,多少做了一些工作",然而,这些小小的成绩,他们却不敢据为己有,而是归功于"党和政府亲切的关注","全国文联和作家协会的领导","文艺界和广大读者的帮助"。

在说了该说的套话以后,便开始进入了主题:"因为在编辑部工作中,存在着很多问题,所以就不断地产生了很多错误。特别是近一二年来,刊物的战斗性不强,思想性薄弱,很多文章内容十分空虚,刊物的群众路线在执行中日趋松弛,刊物与文艺界的联系也显得非常薄弱,因此,使刊物日益脱离实际。在作为刊物中心任务的文艺批评工作方面,忽左忽右,或是粗暴或是软弱,有时急躁狂热,有时麻痹退缩。这一切,发展到了最近,就出现了……对资产阶级错误思想竟采取了'容忍依从'的态度……对于'马克思主义和宣扬马克思主义的新生力量',却采取了'资产阶级贵族老爷式的态度'……从《文艺报》这样一个刊物所担负的任务来说,这是完全不能容忍的严重错误。"

在"文艺批评工作方面,忽左忽右,或是粗暴或是软弱,有时急躁狂热,有时麻痹退缩"这一现象,《文艺报》确实是存在的,并非言过其实。但在当时,这一现象岂止存在于《文艺报》?翻阅当时所有的文艺类刊物,哪个不是如此?若将《文艺报》所犯下的这些"罪行"随便安到当时任何一家报刊的头上,也都不会冤枉了它们。到底什么原因造成了这一现象的存在?难道不是与当时的"大气候"息息相关?可为什么偏偏要让《文艺报》来负这个罪责?

《文艺报》的编者们其实并不是不明白这些道理,但在特定的情境下,他们却找不到地方去讲理。他们虽然心里不服,表面上却不得不做深刻的检讨,不得不对别人的批评采取"容忍依从"甚至"歌颂赞扬"的态度。不仅如此,他们还要"热烈地、诚恳地欢迎文化界、文艺界同志,广大的读者同志,以及所有关心《文艺报》的各方面同志",对自己"进行严厉的批评"。他们之所以这样做,乃是因为"编辑部现在已经深切地认识到:刊物在编辑工作中所发生过的错误,有很多是极为严重的。但更其严重的是,编辑部面对自己的这些错误,一贯缺乏公开进行自我批评的勇气。一个以开展文艺批评为主要任务的刊物,自己没有自我批评的精神,而竟想要把刊物办好,这完全是不可思议的"。

虽然发出了希望社会各界对自己"进行严厉的批评"的呼吁,但远水毕竟解不了近渴。于是,《文艺报》编辑部便"迫不及待地"将一年来对《文艺报》提出批评意见的《读者来信》加以整理,在1954年第22期的《文艺报》上刊登了出来。在这篇题为《一年来读者对〈文艺报〉的批评》的文章前,他们还特意加了一个《编者按》。在这个《编者按》中,他们不仅继续深刻地检讨自己所犯的错误,而且还"希望有更多的读者能进一步"地对《文艺报》"进行严厉的批评"。该《编者按》说:"《文艺报》从创刊以来,广大读者就经常来信对它的缺点和错误提出严格的批评。他们充满了热情和高度的责任感,有时从原则上提出忠告,有时对某一篇文章、某一个问题提出意见。这些批评对我们的工作有极大帮助。仅仅以今年的读者对我们的批评来说,他们有很多的意见正是针对着我们的错误的实质来说的。这些意见,都是在《红楼梦》研究问题发生以前寄来的,这说明编辑部虽然经常受到读者的批评,却一直加以忽视,在这里,也就更可以看出《文艺报》所犯的错误,并不是偶然的。我们现在发表这些批评,目的是为了检查我们不能倾听群众意见的严重错误,同时,也希望有更多的读者能进一步对我们进行严厉的批评。"

"并不是偶然的"这句话,在这次批判运动中的使用率很高。许多文章,经常莫名其妙地冒出这句话来。似乎不使用这样的句子,便显得文章没有分量似的。《文艺报》既然要做"自我批评",自然也要唱唱这个"高调"。

该《编者按》归纳说:由于"《文艺报》是以文艺评论为主要内容的刊物,读者对这方面的内容要求最迫切",所以"对于这方面的缺点提出的批评也最多",他们把"这些意见总括起来,就其重要的讲",《文艺报》的错误就"有这样几点":"一、批评思想混乱";"二、批评中的权威思想";"三、批评文章粗暴、简单化";"四、批评文章内容空泛";"五、未能及时地对当前重要的问题进行评论"。

《文艺报》的"诚意"果然打动了"关心《文艺报》的各方面同志",对它"进行严厉批评"的信件如雪片一般从全国各地纷纷飞来。因来信太多,篇幅有限,所以只能有选择地摘取部分《读者来信》,由编辑部加以整理后,于1954年12月30日出刊的《文艺报》第23、24期合刊上发表出来。这篇以《对〈文艺报〉的批评》为题的读者来信,也加了一个《编者按》,其中有云:"自从《人民日报》发表了袁水拍同志的《质问〈文艺报〉编者》一文后,广大读者对我们的工作展开了尖锐的、热烈的批评;到目前为止,编辑部已收到各方面批评的来稿、来信一百五十余件。这些批评使我们更深刻地认识到了我们的错误的严重,对于改正我们的错误有很大的帮助。因限于篇幅,我们只能将其中的一部分陆续发表。"

这次发表的《读者来信》,对《文艺报》的批评与上次的大致相同。反正都有已发表的文章和各种会议发言作为参照系,好事的读者们完全可以随着这些现成的东西表现一番。当然,其中也不乏真正"关心《文艺报》的"人,本着爱护刊物的原则给它提意见。

《文艺报》带头检讨后,全国的报刊纷纷响应,再度掀起了一个自我批评的高潮。不同之处是:上次《文艺报》的检讨是主动的,其中也带有几分虔诚。而这次却是被动的,违心的。

至此,这场针对《文艺报》的批判总算画上了一个小小的句号。

然而,事情至此并没有结束。以后的叙述,将把我们带进一个人事纠纷的怪圈中去。

## 四 "丁、陈事件"的导火索

在《文艺报》遭到万炮轰击时,继冯雪峰之后的另一个悲剧人物出现在了我们面前。这就是后来的"丁、陈反党小集团"的重要成员、时任《文艺报》副主编的陈企霞。

陈企霞,浙江鄞县人。1913年生。早年因家境贫寒,初中未毕业即出外谋生。1932年在上海结识叶紫等人,并共同创办"无名文艺社",编辑出版《旬刊》、《月刊》等刊物,后加入中国左翼作家联盟。1933年加入中国共产党。1934年、1935年曾两度被捕入狱。1940年奔赴延安,先后在中共中央青年运动委员会宣传部及中共中央机关报《解放日报》工作。1945年参加华北文艺工作团,后任华北联合大学文学系主任,并参与《北方文化》、《华北文艺》等刊物的编辑工作。1949年秋,与丁玲创办《文艺报》,先后担任主编(并列)、副主编等职。

20世纪50年代初《文艺报》编辑部同仁。前排中为陈企霞,其左侧为丁玲

如果说对丁玲、冯雪峰的冲击主要是来自毛泽东,那么陈企霞所遭受的一系列打击则更多地来自周扬。当年批斗陈企霞时,刘白羽等人给他列举的一大罪状,就说他"是一贯反领导的"。[13]而陈企霞所"反"的这位"领导",也就是"党在文艺界的化身"周扬。陈企霞"反领导"的最典型的例子,便是"经常被人们提到的两次和周扬同志所谓'吵架'的事件"。陈企霞在被隔离审查后所写的《陈述书》中,曾对此事以及所谓"反领导内容"做过这样的解释:

> 人们说我拍桌子,其实两次的桌子都是他拍的。第一次就发生在文代大会结束后。整个第一次文代大会从3月到8、9月结束,我在周扬和沙可夫同志领导下,并没有什么不正常的事情,周扬同志对我也没提过什么意见。我除了工作中的问题以外,对他本来也没有什么意见。

在文代大会结束的一次党组会议上(当时我是党组秘书),周扬同志严肃地责备我不帮马少波找房子,认为是故意违抗他的命令,并说我对马彦祥发脾气,我稍稍声辩了一声,他拍桌子骂我:"你这算什么共产党员!"我觉得受了侮辱当即回答:"你这算什么领导。"这就闹僵了。周扬同志向在座的三四十个文艺界负责同志说:"你们大家说说,这太不像话。"当时并无任何人发言,后来周扬同志只好说:"沙可夫同志,开了会同企霞谈谈吧。"事后,沙可夫同志同我谈了一次不关痛痒的话,也就算了。

……

第二次争吵,桌子也是周扬同志拍的,那就是讨论李琮的时候……这些事情,周扬同志在会议上,以及别的同志也常常提到,但是,我想,即使我有什么错误,周扬同志的胸怀和他的工作岗位相称,这些事一经说明白,我相信他自己也会哑然失笑的。又何必严重得提到反领导的高度,使人承受不起呢。

另一个事例也是周扬自己以及别的同志在会上常提到的,就是说,周扬同志找我谈话,我抗而不去,这也不是事实……李琮问题以后那一次,会上说过他要找我谈一次话,我天天等着,过了很久,有一次他的女秘书来电话说周扬同志要我今晚上去谈话。那天晚上,我们已决定开党小组会,我在电话中向秘书同志说,是否可以改一改期,因为要开党的会议,她去问了一下后说可以。后来不知是第二天还是第三天谈了的。那次谈话,情况是良好的,我想周扬同志也该记得。

所谓反领导另一个事件的内容是一篇我所写的文章《关于文艺批评》的审阅问题。这问题也是周扬同志自己在会上提到的。这篇文章本来是批评上海文汇报罗石(现已知是胡风分子)和北京光明日报文学评论王淑明所写两篇文章的,这两篇文章谩骂了当时的文艺批评,完全是错误的。编辑部决定我写这篇文章,写好以后,大家的意见这问题较大,应当请乔木同志审阅一下(当时乔木同志经常对文艺报有所指示),我把来稿寄给乔木同志后,就想到也应当请周扬同志审查,所以接着也送了一份请周扬同志审查。乔木同志很快就把文章寄回来了,改了很多。不久,周扬同志的审阅稿也退回来了,也改了一些。当时因为付印很急,我又仔细看了一下他们两人改的并无矛盾之处,就综合两人所改的,完全没有损害他们所修改的,付印了。刊物出版以后,乔木和周扬两同志都并未提出别的意见。但事隔一二年后,周扬同志却提出这也是反领导内容之一。这问题使我一直不懂。

本来都是鸡毛蒜皮的小事,但由于个性的差异,导致了二人之间的积怨越来越深,最终发展到不可调和的"敌我矛盾",一场悲剧也就不可避免地发生了。

1954年夏陈企霞一家在北海公园

从现存陈企霞的文章来看,他的性格具有相当粗犷的一面。说得好听一点是刚正不阿,说得难听一些是言辞尖刻。就连隔离审查后所写的《陈述书》中,陈企霞都敢写出这样的句子:"人们用这样的方法审查我的历史,这真是很有意思,世界上只有天才和疯子,才能从我的历史上做出'犯法'的结论来。我自己也知道这样解释是不对的,人们并没有发疯,大概也不至于有人故意长期要和我为难,但是除此以外,我总无法解释一连串的事实,这是我最苦恼的事。"当时陈企霞莫名其妙地被隔离审查长达九个多月,愤激之下说出这样的话来固然情有可原,但由此亦可见其性格之一斑。

陈企霞这种个性,是导致他与周扬之间一系列矛盾冲突的重要原因之一。不过,借整顿《文艺报》之机整治陈企霞,将他先打成"反党小集团"的成员再接着打成右派,对陈企霞来说,却是堪致"六月飞雪"的千古奇冤。

以上所述,只是陈企霞与周扬之间的一些积怨。悲剧的真正开始,还是起因于"《红楼梦》事件"。

李希凡、蓝翎的文章在《文艺报》转载一事,本来与陈企霞毫无关系。当时,陈企霞正与戈扬、艾青等人在浙江沿海一带体验生活。批判运动甫一爆发,刚到上海第二天的陈企霞便收到了周扬的电报,命他立刻赶回北京。[14]

陈企霞风尘仆仆地回到北京后,当天就参加了由中国文联主席团和中国作协主席团联合召开的扩大会议,这是文联和作协主席团联合召开的八次扩大会议中的第一次会议。

陈企霞匆匆忙忙地赶到会场,许多人便提出让他在大会上陪冯雪峰做检讨,本来与此事毫无关系的陈企霞,自然对这一无理要求提出了异议。他的理由是,"《红楼梦》问题,我并没有直接的责任问题",而且,陈企霞也"还没有认识自己有多少错误,有哪种性质上的错误"。然而,形禁势格,出于强大的压力,陈企霞不得不"做了敷衍了事的检讨"。在后来的另一次联席扩大会议上,陈企霞依然"做了敷衍了事的检讨"。[15]

他实在不知道自己有什么错误,又如何能做深刻的检讨呢?

据陈企霞在《陈述书》中说,自此开始,他便"一起开着四种会议,在中宣部由周扬同志主持的检查文艺报的会议,作协支部讨论我处分的会议,文联召开的从讨论红楼梦问题,批评文艺报问题,批评胡风问题,编辑部内部检查工作会议。这些都是交叉着开的"。在这些会议上,陈企霞除在文联和作协召开的两次会议上"做了敷衍了事的检讨"外,还"在中宣部会上和支部大会上做了比较深入的检讨,在编辑部会上也做了检讨"。"这些会议,一直开到第二年1月"。[16]

在这大大小小各种各样的会议上,陈企霞吃尽了"批评与自我批评"这两个武器的苦头。在此需要说明的是,在许多场合,"批评与自我批评"的性质已完全改变。"批评"化作了"声讨","自我批评"也成了"检讨"。

159

如果说,本章前面曾经引述过的臧克家、刘白羽、康濯等人的发言及黎之文章中对陈企霞的批评意见,还能算得上是批评的话,那么,"骄傲自大"、"反党"、"反中央"、"反领导"、"独立王国"、"文艺界的高岗"等等[17],则已经上升为性质极为严重的政治问题了。

这期间,陈企霞与周扬之间的矛盾也更加尖锐,因为陈企霞认定周扬是在借机公报私仇,周扬的所作所为又未必没有这样的成分。

陈企霞因受牵连而挨批,他一直不肯接受对自己的处分。"胡风事件"发生后,文艺界许多人纷纷传说要开除陈企霞的党籍。周扬在中宣部的一次会上说,要斗争胡风,"攘外必先安内"。早已陷入痛苦境地的陈企霞认为,"'攘外'是指的胡风之类,'安内'自然是指我了"。[18]在这种情况下,不得不勉强接受了处分。

受到处分的陈企霞,精神上受到的打击很大。他怀着无比沉重的心情,于1955年3月20日左右离开北京,到梅山去体验生活,实际上是下放劳动。事情至此本来应该结束了,岂料窝了一肚子无名火的陈企霞,却给中央写了一封匿名信,为《文艺报》鸣冤叫屈。不料因此又引发了更大的一桩冤案,不仅陈企霞本人,甚至"接二连三,牵五挂四"地把丁玲、冯雪峰、李又然、艾青、罗峰等人都牵扯了进去。

陈企霞在匿名信中说,1954年"中央对《文艺报》压制新生力量所进行的批评,是文艺界的领导'推卸责任','嫁祸于《文艺报》',同时,也是中央'偏听偏信'的结果"。[19]

陈企霞写这封匿名信的目的很简单,他不过是想向中央诉说"冤情",希望恢复自己及《文艺报》的名誉,并假手中央整治周扬,以便出一出自己蓄积在心中的恶气。然而,陈企霞万万没有想到,这封匿名信竟然落到了周扬手里,并成为他被打成"反党集团"成员的一个直接的导火索。

1955年的初夏季节,一场追查匿名信的行动,在作家协会内部大张旗鼓地展开了。

此时,"胡风事件"已经达到白热化的程度。5月13日,《人民日报》刊登了《关于胡风小集团的一些材料》。在前面的《编者按》中,胡风等人已被定性为"反党集团",其中还有这么一句话,"假检讨是不行的"。正在外地体验生活的陈企霞,看到这句话时惊"出了一身冷汗",他首先想到的是,"我觉得我的勉强接受处分与应付式的检讨,何尝不是一种虚假"。[20]

然而,"勉强接受处分与应付式的检讨"这一"罪行",对于此时的陈企霞来说,已经不重要了。在北京,还有性质更为严重的"罪状"在等着他。

因为是匿名信,所以追查起来牵连必多。可能是由于陈企霞在外地,所以刚开始时这件事并没有追查到他的头上。直到查过沙欧、李又然、严辰等人之后,这才开始查陈企霞。[21]

实际上,即使不查,周扬也早就认定这封匿名信就是陈企霞写的。但令人百思不得其解的是,如何又牵扯上了丁玲?

整治陈企霞,周扬或许有这个能力。但"批判丁玲、冯雪峰这些毛泽东熟悉的人物",却正如黎之所说的那样,周扬"是

20世纪50年代初陈企霞(右一)、丁玲(右三)、葛文(左二)、田间(左一)与丁玲母亲在颐和园

无权决定的"。冯雪峰因得罪了江青和毛泽东,可以另当别论。丁玲又是怎么回事呢?她在延安时就颇受毛泽东的赏识,这是众所周知的事实。建国以后,也依然很受重用,为什么到了这个时候,反而要连带着批判她?因为至今还没发现相关的史料,所以此事仍是一个谜。

总之,在1955年的7月中旬,丁玲与陈企霞、冯雪峰等人,都已注定了被批判的命运。

为了便于论述,兹将黎之在《回忆与思考——整风·鸣放·反右》一文中的有关文字转录如下:

> 1955年6月底关于胡风的第三批材料公布不久,作协一位党组副书记和党总支书记共同署名向中央宣传部写报告"揭发"丁玲、陈企霞等人的问题,并附了有关丁玲、陈企霞等人的材料。7月下旬,陆定一署名向中央写了《中共中央宣传部关于中国作家协会党组准备对丁玲、陈企霞等人的错误思想作风进行批判》的报告。
>
> 报告认为:"在反对胡风反革命集团的斗争中,暴露出文艺界的党员干部以至一些负责干部中严重的存在着自由主义、个人主义的思想行为,影响了文艺界的团结,给暗藏反革命分子的活动造成了便利条件,使党的文艺受到损害。作家协会×××、×××两同志给中宣部的报告中,反映了这种严重的情况。他们根据一些同志所揭发的事实和从胡风反革命集团分子的口供中发现的一部分材料,认为丁玲同志自由主义、个人主义的思想作风是极严重的。""去年检查《文艺报》的错误时,虽然对她进行了批评,但很不彻底,而丁玲同志实际上并不接受批评,相反的,却表示极大不满,认为'检查《文艺报》就是整她。'"
>
> "在文艺界负责的党员干部中,冯雪峰也有严重的自由主义、个人主义的思想,这表现为他长期对党不满,骄傲自大,和党关系极不正常。近年来,特别是在学习四中全会文件和检查《文艺报》的错误后,冯雪峰同志是有进步的,他的自由主义、个人主义的思想作风已较前有所克服。但他的文艺思想中,则一直存在着许多唯心主义的观点,许多地

方跟胡风思想相同,而冯雪峰同志在读者中是有一定影响的,又是文艺方面的领导同志之一,因此,对他的文艺思想作一次检查和批判,是十分必要的。"

至此,《文艺报》创刊以来的三个主编,都将一起被打成"反党集团"的重要成员。而此时,陈企霞仍在外地体验生活。

跟上次一样,陈企霞又被电报从外地追了回来。这次给他发电报的,除周扬之外,还有刘白羽。

接到电报后,陈企霞于"1955年8月1日前夜""按照来电的要求抵达北京,1日晚即参加了党组扩大会上关于匿名信问题的讨论"。"第一次会主要是文艺报几个同志的发言,他们一致认为信"是陈企霞"写的",会后,陈企霞对周扬说,"不能把很多不明白的事情,强加在我头上"。然而,周扬却不听他的分辩。[22]

据黎辛回忆说,整风运动时,"休会一个半月的党组扩大会,忽然掉转炮筒,又朝丁、陈开火。""丁、陈在第四次到第九次会议上都不发言。到第十次会议时,首先宣布由陈企霞作坦白交代。""陈企霞说,反对检查《文艺报》的匿名信是他起草,然后请人抄写后发出去的,匿名信不止一封,共有三封。"[23]

陈企霞写匿名信是否合法?追查到他头上时他应该不应该承认?周扬利用手中的权力兴师动众地追查写匿名信的人是否应该?诸如此类的问题,我们似乎都无权评判。[24]但有一点可以肯定,这一事件却无疑导致引发了"丁、陈案件"。

当作协为此又召开第二次党组扩大会时,"空气愈来愈紧张,所有揭露的问题",已使陈企霞难以辩白。他"向组织上写了一次书面报告后,就再也不让参加这样的会了"。8月19日晚,陈企霞被逮捕,虽然是公安部的人去逮捕的他,并出示了逮捕证,"但始终未宣布是犯的什么罪"。从此,陈企霞便被"隔离审查",直"到1956年5月22日止,共计9个月零3天"。[25]

虽然逮捕陈企霞时没有对他宣布罪名,但别人却都知道他的"罪行":"与托派关系极深,有严重的反革命嫌疑"。[26]

163

与陈企霞同时被"隔离审查"的,还有李又然,他的罪名也是"有托派嫌疑"。[27]

陈企霞被逮捕后,批判他和丁玲的会议仍在作协内部紧锣密鼓地进行着。既然已经"整倒"了陈企霞,下面的战斗,自然主要是冲着丁玲了。据知情者回忆说,从8月3日到9月6日,作协一共召开了十六次会议。[28]

据黎辛回忆说:陈企霞被逮捕后,在8月末召开的"这次会议内容严肃,批判的语言尖锐","会议还揭发了丁玲、陈企霞的关系不正常,说丁玲'自封'陈企霞为《文艺报》主编,丁、陈在《文艺报》搞独立王国。并揭发丁玲的另一个独立王国是文学讲习所","会议批判康濯、陈企霞是丁玲的'文臣武将','得力的左右手'。会议还揭发丁玲与胡风的关系密切,说丁玲对批判胡风反革命集团一直持旁观消极的态度。"[29]

丁玲转眼间成了两个"独立王国"的女王,而不久前还积极地批判《文艺报》的康濯,居然也与陈企霞共同成了丁玲的"文臣武将"。政治风云的变化莫测,委实令人难以琢磨。

当时"胡风集团"的成员均已被逮捕,将丁玲与胡风拉扯在一起,自然是对她实施打击的最佳借口。

据黎辛回忆说,9月3日的第十六次会议,是这次行动中的最后一次会议,周扬在会议总结时说,"丁玲和陈企霞的错误已形成'反党小集团','康濯同志在一个时候也曾参加过这个小集团的活动,但他在斗争中是表现积极的','他在会前就自动向党提供了丁玲的材料,在会上对自己的错误作了严肃的自我批评',所以不列入反党小集团。"

1955年9月30日,作协党组将《中国作家协会党组关于丁玲、陈企霞等进行反党小集团活动及对他们的处理意见的报告》提交中宣部部务会议讨论。该《报告》指出,丁玲、陈企霞等人的"反党活动"共有四个方面:"一、拒绝党的领导和监督,违抗党的方针、政策和指示;二、违反党的原则,进行感情拉拢以扩大反党小集团的势力;三、玩弄两面手法,挑拨离间,破坏党的团结;四、制造个人崇拜,散播资产阶级个人主义思想"《报告》中还指出,要审查丁玲被捕的那段历史。"对她反党的错误要看她对错误认识的态度再作处理"。此外,《报告》还提出了对陈企霞和李又然的处理意见:"根据会议的提议开除他们两人的党籍,并立即审查他们的政治、历史问题(两人在历史上都与托派关系极深,有严重的反革命嫌疑)"。㉚

会后,作协党组将这一《报告》正式呈报中央。

1955年12月,中共中央批发了作协党组的这一《报告》。至此,因"匿名信事件"而导致的"丁、陈反党小集团"案件,几乎已成定案。虽然后来随着国家政治风云的变幻,这一案件又出现了几次反复。但1957年"反右斗争"开始后,最终还是成了"铁案"。"丁玲、冯雪峰、陈企霞右派反党集团"的七名成员,丁玲被划为极右分子;冯雪峰被划为极右或右派分子;陈企霞等五人被划为右派分子。受他们牵连被划为右派或受党纪处分的,将近六十个人。㉛

1958年,丁玲遭到"再批判",并被开除党籍,发往北大荒劳动改造。"文化大革命"爆发后,又被逮捕入狱,监禁长达五年之久。十一届三中全会以后,方才得到平反。

陈企霞被打成右派后,下放到唐山某农场劳动改造。1979年平反。

---

① 如果按照钟洛文章所言,李希凡、蓝翎合写的《关于〈红楼梦简论〉及其他》与《评〈红楼梦研究〉》两文是"可贵的第一枪",那么钟洛的《应该重视对〈红楼梦〉研究中的错误观点的批判》一文当可算是第二枪,李希凡、蓝翎的《走什么样的路——再评俞平伯先生关于〈红楼梦〉研究的错误观点》就应算作第三枪,而于1954年10月24日召开的"《红楼梦》研究问题座谈会",就理所当然地算是第四枪了。

② 李辉《往事苍老·与唐达成谈周扬》中有这样一段对话:

李:你到《文艺报》时杂志刚刚创刊不久,是不是还是丁玲当主编?

唐:丁玲主编,陈企霞副主编。那时左得也够厉害的。我一到那里,杂志几乎成天都在批评作家。批萧也牧的《我们夫妇之间》,杨朔的《三千里江山》,碧野的《我们的力量是无敌的》,甚至孙犁的《风云初记》也被批评,等等。我有这个印象,好像对国统区来的作家都有个思想改造和转变的需要,否则作品是写不好的。

③ 李辉《文坛悲歌》,花城出版社1998年1月第1版。

④　陈企霞在《陈述书》(胡平、晓山编《名人与冤案——中国文坛档案实录》,群众出版社1998年11月第1版)中说:"文艺报初办的时候,编者并未署名,决定了丁、陈、萧三人编文艺报,并有一个编委会,我并未参与。编了不久,有一次丁玲同志说,她已同周扬同志商量过,决定编者署名,由丁玲主编,我和萧殷副主编,我当时根本没有考虑这问题,随便说了一句,署名不署名没有关系,主编还有什么副的。丁玲同志迟疑了一下,她说那么慢一点发表吧,再商量一下,大概又隔了一二期,丁玲同志才说她、周扬同志的意见,可以署三人主编。"此事后来给丁玲、陈企霞带来的罪名是"搞独立王国"、"自封主编"。

⑤　史索、万家骥《在政治大批判旋涡中的冯雪峰》(胡平、晓山编《名人与冤案——中国文坛档案实录》,群众出版社1998年11月第1版)一文中说:冯雪峰认为《文艺报》受到批判,乃是"有苦说不出,低头挨闷棍","1957年揭发他的'右派言行'录中就有一条:'对批判《文艺报》不满,说那是'城门失火,殃及池鱼'。"

⑥　李辉《文坛悲歌》(花城出版社1998年1月第1版)一书中说:"1957年反右运动中,有文章批判陈企霞,其中提到陈企霞在1954年时曾说过,中央检查《文艺报》的工作,是'杀鸡给猴子看',是'吴三桂借兵',即借胡风之手整《文艺报》。"

⑦⑧　黎之《回忆与思考——整风·鸣放·反右》(胡平、晓山编《名人与冤案——中国文坛档案实录》,群众出版社1998年11月第1版)。

⑨　以上六条批注,均据《建国以来毛泽东文稿》,中央文献出版社,1990年9月第1版。

⑩　1953年1月,俞平伯的《红楼梦研究》刚刚出版两个多月,白盾便写了《〈红楼梦〉是"怨而不怒"的吗?》一文,批驳俞平伯的观点。白盾当时将该文投寄《文艺报》,结果遭到退稿。《红楼梦》研究批判运动爆发后,此事被揭露出来,在为《文艺报》"压制小人物"的"罪行"再添一大"罪证"的同时,白盾也成了第一个被《文艺报》"压制"过的"小人物",他的文章,也于1954年11月12日在《人民日报》发表了出来。不过,白盾的文章之所以被《文艺报》退回,未必就是观点的问题,更不能说是《文艺报》压制"小人物"。以理度之,当还是因为水平问题。数十年后,就连白盾自己也不讳言这一点,也认为自己的这篇文章是"幼稚的、粗糙的、大批判式的"。(见白盾主编《红楼梦研究史论》,天津人民出版社1997年7月第1版。)

⑪　胡风的发言,对《文艺报》的批判最为激烈,因本书第四章已有详细的引述,此不赘。

⑫　袁水拍的发言,主要是针对胡风来的。详见本书第四章。

⑬⑮⑯⑱⑳㉒㉕　陈企霞《陈述书》(胡平、晓山编《名人与冤案——中国文坛档案实录》,群众出版社1998年11月第1版)。

⑭　参见陈企霞《陈述书》。在此需要说明的是,陈企霞在《陈述书》中说,他"一直到9月初,才和戈扬、艾青一起到浙江沿海阵地去。刚到上海第二天,就收到了周扬同志的电报,命我立刻回京"。还说"关于李、蓝的文章,我正在休假期中,在我未离京前已在会议上听过一些传达"。此处陈企霞所说,明显是记忆有误。他"9月初"离开北京的时候,李希凡、蓝翎的文章刚刚在《文史哲》上发表出来。直到9月底,才在《文艺报》上转载。"9月初"就已离京的陈企霞如何能在"未离京前已在会议上听过一些传达"? 以理度之,此处的"9月初",应是"10月初"之误。

⑰　陈企霞在《陈述书》中说:"这些会议,已把我的问题提到反党、反中央、反领导,独立王国,骄傲自大这一类范围上了。""在中宣部会上,其实并无什么根据,竟有人说我是文艺界的高岗"。

⑲　黎辛在《我也说说〈不该发生的故事〉》(胡平、晓山编《名人与冤案——中国文坛档案实录》,群众出版社1998年11月第1版)一文中说:1955年8月末,作协党组召开扩大会议,批判丁玲和陈企霞,"这次会议是从追查一封匿名信开始的。这封匿名信向中央反映:54年中央对《文艺报》压制新生力量所进行的批评,是文艺界的领导'推卸责任','嫁祸于《文艺报》',同时,也是中央'偏听偏信'的结果。当时有人认为匿名信是陈企霞写的。"

㉑　李辉《往事苍老·与李纳谈周扬》:"李纳:陈企霞写了一封匿名信给刘少奇,反映作协的问题,于是引起很大的震动。从语气中推测是陈写的。问陈,坚决不承认。有人反映说陈对周扬有意见,对周扬不服,经常顶撞。为追查这封信,开了一夏天的会,批判了沙欧、李又然、严辰,后来发展的陈企霞,由陈企霞又发展到丁玲,开会由刘白羽主持,名叫'党组扩大会',每次都有中宣部的人来参加。"需要辨明的是,在这里,李纳在讲述该事件时颠倒了一下顺序。如果把"为追查这封信,开了一夏天的会,批判了沙欧、李又然、严辰,后来发展的陈企霞,由陈企霞又发展到丁玲"一段话移到"从语气中推测是陈写的"这段话前面,就会看得一目了然了。因为李纳在此已经说明"后来发展的陈企霞"。由此看来,当时周扬必定先列出了一批怀疑对象,然后一个个地进行审查。陈企霞当然应该是重点怀疑的对象,但因为他在外地,所以直到把其他在京的怀疑对象尽皆查过之后,这才把陈企霞从外地追回。

㉓㉙㉚　黎辛《我也说说〈不该发生的故事〉》。(胡平、晓山编《名人与冤案——中国文坛档案实录》,群众出版社1998年11月第1版。)

㉔　黎辛在《我也说说〈不该发生的故事〉》一文中曾对此事提出了这样的看法:"对于匿名信,一般是不追查的,开大会追查匿名信,这种做法很难查出结果,且是闻所未闻的。我猜想,是从追查匿名信来找突破口,追查已被逮捕的胡风日记里说的丁玲是'可以合作'的'实力派',从而深入和扩展反对'胡风反革命集团'的运动。"姑录于此,聊备一说。

㉖　黎辛在《我也说说〈不该发生的故事〉》一文中说,1955年8月末,作协党组召开扩大会议,批判丁玲和陈企霞,"这次会议是从追查一封匿名信开始的……当时有人认为匿名信是陈企霞写的。而陈企霞因'与托派关系极深,有严重的反革命嫌疑',已被逮捕,进行隔离审查,这时的会议已不准他参加了"。

㉗　李之琏在《不该发生的故事》(胡平、晓山编《名人与冤案——中国文坛档案实录》,群众出版社1998年11月第1版)一文中说:"1955年在机关肃反运动中,作协党组要求对陈企霞、李又然实行'隔离审查',说他们有托派嫌疑。"此外,黎辛在《我也说说〈不该发生的故事〉》一文中也说:"《中国作家协会党组关于丁玲、陈企霞等进行反党小集团活动及对他们的处理意见的报告》……对陈企霞和李又然'根据会议的提议开除他们两人的党籍,并立即审查他们的政治、历史问题(两人在历史上都与托派关系极深,有严重的反革命嫌疑)。'"

㉘　黎之在《回忆与思考——整风·鸣放·反右》一文中说:"从8月3日到9月6日作协召开了十六次会议,批判丁玲、陈企霞。9月30日,作协党组向中宣部并中央写了《中国作家协会党组关于丁玲、陈企霞等进行反党小集团活动及对他们的处理意见的报告》。12月15日中共中央批发了这个报告。"另外,李之琏《不该发生的故事》一文中,对这一事件也有详细的回忆,今节录于此,以备参考:"1955年中央直属机关开展了一系列的政治运动。在肃反运动中,中国作家协会党组确定要'整顿党的文艺队伍',以'克服在领导干部中长期存在的严重的自由主义、个人主义的思想和行为'为由开展了对丁玲等的批判。从追查一封向中央反映检查《文艺报》问题的匿名信开始,认为是陈企霞所写,牵连到陈与丁玲的关系。约七十人参加,共举行了十六次党组扩大会,最后向中央写出'关于丁玲、陈企霞等进行反党小集团活动及对他们的处理意见的报告'。"

㉛　关于"丁、陈案件",李之琏、黎辛等人已在回忆文章中做了详尽的叙述。为

便于读者参看,兹将他们的两篇文章略加引述:

一、李之琏《不该发生的故事》:

1955年12月,中央批发了作协党组的这个报告,并指示要审查丁玲当年被捕的这段历史。为此,1956年春夏,中宣部成立了专门审查小组。审查小组"作了大量的调查","没有发现丁玲被捕后有叛变或自首、变节对党不利的行为"。

"在小组进行调查核实时,陈企霞已从作协机关'隔离审查'中释放出来。他要求和中宣部机关党委谈话,申诉他受的委屈。"

"1957年6月,作协党组大多数同志意识到,根据整风精神和作协机关群众的要求,如果不首先处理好'丁、陈反党小集团'的问题,机关的整风便不好开展。于是,在6月6日再次召开党组扩大会,讨论'丁、陈问题'的处理。周扬和党组几个领导人首先讲话,都主动表示1955年对丁玲的批判是不应该的,'反党小集团'的结论是站不住的,并向丁玲表示歉意。"

"几位领导人发言以后,出席会议的同志发言踊跃,一致认为,1955年的错误批判和结论应该撤销,应该清除这一批判所造成的后果,肃清影响并进一步总结教训,避免今后重犯。有些同志情绪激动,不免说了些很刺耳的话。丁玲本人也提出质问:为什么会发生这样的错误?陈企霞从被'隔离'释放后即认为这是'政治迫害',这时自然讲话就更尖锐。领导者们对所提出的问题无法解答,但又不愿意接受大家的批评。会议因此出现僵局,宣布暂时休会。"

"但是,谁也没有料到,休会期间,整风形势发生根本的变化。原来是发动群众向党提意见,帮助党纠正错误的整风运动,突然变成了党向对党提出尖锐批评意见的人进行反击的'反右运动'……而作协党组在重新研究、讨论丁玲反党问题的党组扩大会如何继续时,正是由于对领导批评的意见很多,会开不下去,寻找出路而不得的时候。'反右'斗争的开展就提供了一个机会,于是借以进一步批判丁玲等向党的新'进攻'似乎就有了根据。"

"接着,作协党组扩大会在休会多天后,于7月25日复会。主要是批判丁玲等'向党进攻',指责'反党小集团'要翻案等等。会议主持者的调门同6月上旬会议开始时的认错、向丁玲表示道歉的态度完全相反,恢复并大大发展了1955年批判时的作法。在会上积极鼓动揭发丁玲等的'反党'活动;在会外则从多方面搜罗材料,拼凑罪行,作为'反击'的根据。"

"7月25日,作协党组扩大会复会是在文联礼堂召开的。先安排陈企霞作'坦白交代'并揭发丁玲。会议进行中有一些人愤怒指责,一些人高呼'打倒反党分子丁玲'的口号。气氛紧张,声势凶猛。在此情况下,把丁玲推到台前作交代。丁玲站在讲台前,面对人们的提问、追究、指责和口号,无以答对。她低着头,欲哭无泪,要讲难言,后来索性将头伏在讲桌上,呜咽起来……"

"会场上一阵混乱。有些人仍斥责丁玲,有些人高声叫喊,有些人在窃窃议论,有些人沉默不语。"

"1957年9月16日周扬在大会上作总结发言时,在题名《文艺战线上的一场大辩论》的讲话中,除肯定丁玲等是'资产阶级右派反党集团'外,还宣布丁玲'是一个彻头彻尾的个人主义者,一个一贯对党不忠的人';还说,她'早在1933年在南京向国民党自首''背叛了共产党和工人阶级'。这篇讲话还点名批判了十多名知名的作家、艺术家、诗人和戏剧家,把他们都说成是修正主义的文艺工作者。"

"这次的结论比1955年的结论,政治上更加重了,在所谓反党集团的人数上更增多了。1955年定的'反党小集团'只有丁玲、陈企霞两人。这次被定为资产阶级右派反党集团成员扩大了几倍,包括冯雪峰、艾青等在国内外有影响、对中国革命文学有重大贡献的人。这是一个震动世界的事件。这以后,又对丁玲等的作品继续组织了'再批判',打倒了一批有成就的作家,否定了一批有好评的作品。"


二、黎辛《我也说说〈不该发生的故事〉》:

"隔离审查陈企霞时,给他看过逮捕证。到解除隔离时,告诉他'停止停职反省',中央肃反领导小组1956年5月11日批示解除隔离反省,5月22日执行。陈企霞对前阶段处理不服,约中宣部党委谈话,经张际春同意,5月24日'由李之琏主持,并有作协的刘白羽、阮章竞、杨雨民等同志参加,听取了陈企霞的申诉。'陈企霞说,把他隔离审查和说他反党,是没有根据的、错误的,是对他进行'政治迫害'。听取申诉的人,要陈企霞把申诉意见写成书面材料。5月31日陈企霞交出文字的《陈述书》,这便是所谓'陈企霞翻案'。"

"在这之前,3月份丁玲向中宣部党委提出要看作协党组向中央所作关于丁、陈反党小集团的报告,并表示她不同意党组的意见,她说看完以后她写书面意见,这是所谓'丁玲翻案'。"

整风运动时,"休会一个半月的党组扩大会,忽然掉转炮筒,又朝丁、陈开火。"
"丁、陈在第四次到第九次会议上都不发言。到第十次会议时,首先宣布由陈企霞作坦白交代。""陈企霞说,反对检查《文艺报》的匿名信是他起草,然后请人抄写后发出去的,匿名信不止一封,共有三封。他还交代了生活问题,交代了申诉以后,与丁玲的丈夫陈明有联系,共谋'翻案'。""近年听陈企霞的妻子说,当年陈企霞那次坦白交代,是领导人动员的,领导人表示只要他坦白交代,可以从宽处理,不划为右派分子。"

"8月7日,《人民日报》以《文艺界反右斗争的重大进展,攻破了丁玲、陈企霞反党集团》为题,公开报道了1955年作协党组向中央报告的丁、陈反党集团的四条错误,把丁、陈1956年的申诉活动称为'利用国际反共浪潮,配合右派的猖狂进攻','里应外合的向党实行攻击',丁、陈向党进攻的第一件罪行就是翻1955年反党小集团的案。《文艺报》8月11日又以《文艺界反右斗争深入开展,丁玲、陈企霞反党集团阴谋败露》为题,也作了报道,如此,原先重新处理丁、陈问题,否定丁、陈反党小集团的会议,变成了反击右派进攻,和肯定丁、陈反党小集团的会议。"

"当时扩大会议结束,丁玲、冯雪峰、陈企霞反党集团的七人,丁玲被划为极右分子,冯雪峰被划为极右分子或右派分子,其余被划为右派分子,受他们牵连被划为右派和受党纪处分的近60人。"

注:1958年5月,由"丁玲、陈企霞案件"又引发了"李之琏、张海、崔毅、黎辛"反党集团。他们都是当年复查"丁、陈案件"的主要成员。——笔者

# 第六章 风暴中心的俞平伯

"风乍起",既吹皱了俞平伯的眉头,也吹冷了他的心头。面对这场飞来横祸,俞平伯既惊且怒更惶恐。他不知道此事发生的内幕和背景,但从《人民日报》带头上阵这一点来判断,这场风暴应该是大有来头的。俞平伯万万没有想到,他所衷心拥护的新政权,会将批判的烈火烧到他的身上。

## 一 "红极一时"反招祸

俞平伯虽是一介书生,但却并非"两耳不闻窗外事"。作为一个经历过"五四运动"的"新潮人",他不可能对政治漠不关心。

倘若抛开参加"新潮社"、"北大平民教育讲演团"这类学生组织不算,俞平伯的参与政治,应该始于1919年的"五四运动"。在这次著名的学生运动中,他的同窗好友傅斯年、罗家伦、许德珩等,都是名震一时的学运领袖。作为一个热血青年,处身于当时的客观环境中,在时代大潮的感召下,俞平伯自也不能置身事外,无动于衷。

当然,衡量一个人是否关心政治,还需要有一个评判的标尺。

谭嗣同杀身成仁是关心政治,陶渊明辞官隐居也是关心政治。前者的关心是参与,后者的关心是逃避。参与者是想改变现实,逃避者却是看不惯现实。

"学而优则仕"的圣训,乃是中国传统文人的奋斗目标。但僧多粥少的冷酷现实,却又使绝大多数文人终生潦倒。因此,"舌耕"与"笔耕",也就成了中国文人用来谋生的主要方式。

当政治清明时,失意者在得以温饱的前提下,可以吟吟诗,作作赋,消愁解闷,附庸风雅;得意者则在政务之余,歌歌功,颂颂圣,升平歌舞,粉饰太平。

但当朝政腐败时,面对残酷的现实,面对皇权的专制,得意者固然活得战战兢兢,伴君如伴虎;失意者却也噤若寒蝉,睡梦魂亦惊。当此时,无论得意还是失意,文人们能够选择的最佳方式应该就是逃避。

逃避虽是消极的,但也是一种变相的积极进取。不与无道的统治者合作,这本身就是一种变相的反抗。

1911年以后,中国进入了一个天崩地解、风云变幻的时代。辛亥革命的爆发,结束了中国两千多年的封建君主专制;资产阶级革命的不彻底性,却又导致了军阀混战的局面。烽火连天,生灵涂炭。枪炮声中,造就了无数的英雄豪杰,却也使数以万计的无辜者成了冤魂。

面对这无法改变的现实,许多文人都选择了逃避。

同样都是逃避,但逃避的方式也不尽相同。辛亥革命后掀起的出国留学热潮,从积极方面来说,是热血青年们在努力寻求救国之道;但从消极方面来说,却也可以说是一种逃避。俞平伯也选择了这种方式。

回国后的俞平伯,在黑暗的现实面前,依然选择了逃避。这次他没有逃向国外,而是随着胡适、顾颉刚逃到了故纸堆里。

然而,发黄的故纸堆,并没有挡住强权政治的风风雨雨;美妙的《红楼梦》,也没能使他"破愁消闷"。三十年后,俞平伯藉以躲避风雨的"红房子",突然间却变成了一场政治风暴的发源地,疾风暴雨不仅无情地摧毁了俞平伯的"老巢",也使他陷入了这场风暴的中心。

日军侵占华北后,北大、清华、南开等三所高校迁往云南等地组成西南联大。国难中的去与留,成为考验俞平伯的一大难关。"俞平伯适值全薪休假期间,又因父母亲年高多病,未能随同南迁"。①

不得不留在北平的俞平伯,虽然生活十分困难,但却多次拒绝了日伪政

173

权的招聘。面对残酷的现实,他再一次采取了消极的不合作态度。"若不是他的老师周作人从中周旋,他很有进班房的可能"。②

自"五四运动"至抗日战争结束后近三十年的时间里,俞平伯对于政治,基本上是采取了消极抵抗的态度,说得直白一点,也就是逃避。但自抗日战争结束后至1954年"《红楼梦》研究批判运动"爆发前的近十年间,俞平伯却是积极参与并乐此不疲。尤其是中华人民共和国成立前后的那几年间,他简直成了一个学者型的社会活动家,在许许多多重要的政治活动中,我们总能看到俞平伯那异常活跃的身影。

当然,俞平伯的政治活动,仍然偏重于文化学术方面。虽是社会活动,却透着一股浓浓的文化气息。

1945年年底,经老同学许德珩介绍,俞平伯加入了九三学社。这可以说是俞平伯参与政治的真正开端。

1947年2月,北平政府发动警宪夜入民宅,以清查户口为名,肆行搜捕。22日,俞平伯与朱自清、许德珩、汤用彤、向达等十三位九三学社同仁,就此事联名向北平政府提出抗议,并拟定《保障人权宣言》,发表在同年3月8日《观察》第2卷第2期上。③自1946年6月起,国、共和谈彻底破裂后,内战全面爆发。饱受战乱之苦的中国人民,再次陷入了灾难的深渊。隆隆的炮火声中,随之而来的是空前的饥饿。中共中央鉴于这一形势,于1947年2月28日发出《在白区对国民党的对策》,提出"力求从为生存而斗争的基础上,建立反卖国、反内战、反独裁与反特务恐怖的广大阵线"。由于中国共产党的因势利导,在全国范围内掀起了反饥饿、反内战、反迫害的学生运动。至同年5月20日,这一运动达到高潮。据统计,在这一天参加游行的有:"南京、上海、苏州、杭州等十六所专科以上学校的学生五千多人;天津四所大专学校的学生一千多人;北平十二所大专学校、六所中学的学生一万五千人。南京、天津的国民党政府对游行的学生进行了武力镇压,结果造成了流血惨案。"④这一暴行,自然激起了全国人民的义愤。

5月22日,俞平伯毅然决然地"与国立北京大学三十一名教授联合发出《北京大学教授宣言》,对各地青年学生反内战、反饥饿以及要求教育改革的运动,表示同情和支持"。"五月三十日,北京大学、清华大学两校教授一百零二人签名,在上海《大公报》发表《告学生与政府书》,对大、中学学生反饥饿反内战的运动表示同情。俞平伯是签名者之一"。

1948年6月29日,俞平伯"与北平各院校一百零四位著名教授联名在报刊发表宣言,抗议国民党轰炸开封古城,严正斥责国民党大打内战的罪行"。⑤

这一时期,俞平伯的参与政治,虽然只是知识分子所常用的联名抗议形式,但他已经从消极的逃避转为积极的参政。不过,文人们所用的这种反抗形式,只能对尚有良心或惧怕群众的政府产生作用。执政者倘若还能听取人们的正义呼声,证明这个政府还是有希望的。但对一个腐败透顶的政府,任你多少"教授"发出多高的抗议或呼吁,在他们听来,也是"万言不值一杯水,犹如东风射马耳",甚至一怒之下动用武力残酷镇压。当此时,"教授"们的抗议就不啻于海啸时一个弱小生命的哀鸣。

在这段风雨飘摇、时局动荡不安的日子里,俞平伯表现出前所未有的忧国忧民之情。1948年7月20日,他在《中建》半月刊第3卷第4号发表《随笔二则》,提出在国家多难的时日,"我们得正视这悲壮且有点儿悲惨的定命。我们对于先民,对于来者又应感有一种沉沉的负荷,类似所谓责任心者"。同年7月23日,他在参加《中建》半月刊召开的"知识分子今天的任务"座谈会上,强调指出,"知识分子今天的任务"当有时代意义,即所谓"天下兴亡,匹夫有责"。他认为,古代知识分子的这种"气节",虽然是一种封建的遗留,但还是可以保留的。⑥

1948年8月21日,俞平伯与孙楷第、闻家驷、袁翰青、许德珩等五十六人联名写了《北平北大师院二校教授对于当局拘传学生抗议书》,对政府"不依照正当法律程序,而随便包围学校、搜捕学生"的做法,提出强烈抗议。

同年10月24日,北京大学八十二名教授发表停教宣言,并于25日至27日停教三天,抗议因改革币制而冻结薪给,要求借薪金两月,以维持家人的生活。俞平伯参加了这一斗争。

同年11月4日,北平各院校教授四十七人联名在《新民报》上发表《我们

175

对于政府压迫民盟的看法》,反对"政府突然宣布民主同盟为非法团体",准备用"'处置后方共党临时办法'加以处理"的做法。俞平伯又是签名者之一。

知识分子们这种书生气很浓的联名抗议方式,既可看做中国古代知识分子"气节"的表现,亦可视为知识分子基于良心的"不平之鸣"。他们虽然没有明显倾向于共产党一边,但他们一次又一次的"联名抗议",实际上已经具有反对国民党政府的性质。

1949年年初,中国共产党虽然尚未占领全中国,但已然锁定了胜利的大局。为了迎接北平的和平解放,俞平伯以他那前所未有的热情,积极地参与了种种政治活动,并旗帜鲜明地站在了共产党一边。

1月25日上午,俞平伯到府学胡同参加北大沙滩区教授联谊会干事会,会后商议发表宣言,表明对全面和平的意见。

和平,是全国人民的共同心愿。但俞平伯等人的和平意见,无疑具有鲜明的倾向性。

1月26日,俞平伯与北京大学、北京师范学院等校教授三十二人对全面和平的书面意见发表宣言,一致拥护中国共产党主席毛泽东于当月14日提出的和平八项主张。

此时,北平城已被共产党军队围得铁桶一般。虽然国民党军队仍在剑拔弩张地与共产党军队相对峙,但历史发展的总趋势已昭然若揭。和平解放在即。

1月31日,北平宣布和平解放。受此鼓舞,俞平伯从此更加忙碌。兹据孙玉蓉的《俞平伯年谱(简编)》,将俞平伯这一时期的"政治活动"略作勾勒:

2月20日下午,至北京饭店,出席中共领导对文教同人的宴请。

2月27日下午,应邀前往女子文理学院,参加中共要员谭政、陶铸召开的大中学校同人座谈会,商讨东北野战军招收的南下工作团事。

3月3日下午,应邀至北京饭店,参加华北政府文化艺术委员会华北文艺界协会召开的座谈会,到会者百余人。座谈会上,听周扬介绍了解放区的文艺运动状况。俞平伯也做了简短的发言。

3月22日,至北京饭店,出席华北解放区和国统区的进步作家、艺术家联席会议,商讨召开中华全国文学艺术工作者代表大会的筹备工作。会上组成了由郭沫若任主任、茅盾和周扬任副主任的三十七人筹委会,俞平伯被推选为全国文艺工作者代表大会筹委会成员。

请注意,当"《红楼梦》研究批判运动"爆发以后,为了组织力量集中批判"胡适思想",也曾组成了由郭沫若任主任、茅盾和周扬任副主任的临时委员会。

3月24日、4月6日,俞平伯两次出席了中华全国文学艺术工作者代表大会筹委会召开的第一、二次会议。

4月8日,北平文化界三百余人联名发表宣言,声讨南京国民党政府盗运文物。俞平伯为签名者之一。同日,这三百余人还联名发表宣言,响应召开世界拥护和平大会。

6月30日,中华全国文学艺术工作者代表大会举行预备会议,通过了由九十九人组成的大会主席团,俞平伯为主席团成员。

7月2日至19日,中华全国文学艺术工作者代表大会在北平召开,俞平伯作为"平津代表第二团"成员出席大会。会议期间,他与胡风、艾青、李广田、柳亚子、柯仲平、田间、冯乃超、何其芳、臧克家、冯至等十五人任文艺作品评选委员会诗歌组委员。

会议期间,还安排了许多节目;7月6日,在中华全国文学艺术工作者代表大会第五天的会议上,听到周恩来长达五个小时的报告和毛泽东的讲话;7月7日下午,全体代表参加"七七"纪念大会;7月16日,俞平伯作为发起人之一,出席中苏友好协会发起人大会;7月19日,中华全国文学艺术界联合会正式成立。俞平伯当选为中华全国文学艺术界联合会全国委员会委员;7月21日下午,至北京饭店,出席中共中央委员会、中国人民革命军事委员会联合招待文代会全体代表的宴会。朱德、周恩来、陆定一、聂荣臻到会并祝贺大会胜利成功。

7月23日至24日,中华全国文学工作者协会在中法大学大礼堂召开成立大会,俞平伯当选为中华全国文学工作者协会全国委员会委员,并在闭幕式上发言。

7月24日,中华全国文学工作者协会诗歌工作者联谊会在北平成立,俞平伯当选为候补理事。

7月,俞平伯当选为中华全国文学工作者协会全国委员会常务委员会委员。

短短的半年时间,俞平伯便参与了如此繁多的政治活动。我们只将他的这些活动以流水账的方式略作排比,便会产生眼花缭乱应接不暇的感觉。更何况这些活动的精彩之处不在流水账上,而是具有相当充实丰富的内容!

1954年8月13日至20日,浙江省召开第一届人民代表大会,选出全国人民代表大会代表三十五人,俞平伯名列其中。⑦9月15日至28日,作为浙江省人民代表参加第一届全国人民代表大会第一次会议。

历史的吊诡就在于,在针对俞平伯的这场批判运动即将被引发的日子里,这位"胡适派资产阶级唯心论的代表人物",却正以人大代表的身份,行使着"人民"赋予他的权力;当这场运动已然在暗中紧锣密鼓地筹备着的时候,他却正在接受国家交给的光荣任务,兴致勃勃地与外国友人大谈《红楼梦》。

历史总给我们留下了一些啼笑皆非的细节。

像当时许许多多的知识分子一样,对于刚刚建立的新政权,俞平伯是完全衷心拥护的。这期间,他不仅积极参与各种政治活动,而且对中国共产党的各项措施还热情地加以讴歌:1949年5月3日,为纪念"五四运动"三十周年,俞平伯接受了《人民日报》记者柏生的采访。5月4日,他的专题文章《回顾与前瞻》在《人民日报》发表。他认为:"五四运动"和全国获得解放,"这两个划时代的转变,实只是一桩事情的延长引伸","五四"时期所倡导的科学与民主、新民主主义以至共产主义,"现在被中共同志们艰苦卓绝地给做成了"。今后"革命的前途,犹艰难而遥远",但是,"光明在前,咱们从今不怕再迷失路途了"。

1949年7月1日晚,俞平伯冒雨在先农坛体育场参加中国共产党建党二十八周年庆祝集会,聆听了朱德的致辞和毛泽东的讲话,观看了丰富多彩的文艺节目,至凌晨两点方散会。会后,俞平伯怀着万分激动的心情,于7月6日写了新诗《七月一日红旗的雨》。露天活动时最为恼人的风风雨雨,在他的眼里居然也成了吉祥物。7月9日,在全国文代会第八天的会议上,俞平伯满怀激情地朗诵了这首诗,以代替发言。7月11日,该诗在《人民日报》公开发表。

1950年1月1日,俞平伯填词《浪淘沙令》,热情讴歌建国后的第一个新年:"开国古幽燕,佳景空前。红灯绛帜影翩跹,亿兆人民同仰看,圆月新年。　　回首井冈山,革命艰难。海东残寇尚冥顽。大陆春生欧亚共,晴雪新年。"1月16日,该词在《人民日报》公开发表。

同年9月16日,在中华人民共和国建国一周年前夕撰写了《一年来的感想》,发表在本年10月1日新华书店发行的庆祝中华人民共和国开国一周年联合特刊《胜利一周年》中。

1951年3月2日,赞颂抗美援朝的诗《度辽》发表在《光明日报》。

1954年4月,拟作《道情词》四首,其中之一,热情地歌颂了抗美援朝的胜利:"好男儿,志气强,背田园,赴战场,抗美援朝威名扬。万古烟烬无馀瓦,千里青山变了黄。终教胜利归吾党。锦乾坤和平飞鸽,挽银河洗净刀枪。"满腔的热情,化作了滚烫的句子,由衷地讴歌着中国共产党的领导。

积极的表现,事业的成功,政治的走红,再加那顶"红学家"的桂冠,使俞平伯成了一个"红极一时"的"大红人"。

然而,接踵而来的一场批判风暴,却将使俞平伯由"红"变"黑"。待到运动爆发后,俞平伯方才明白,在学术研究方面,他仍然在走"胡适派资产阶级唯心主义的道路"。

## 二　一次奇特的座谈会

钟洛的文章,正式拉开了批判俞平伯的序幕。1954年10月24日《人民日报》发表的李希凡、蓝翎合写的第三篇文章,以及这一天在中国作家协会礼堂召开的会议,使对俞平伯的批判,掀起了一个小小的高潮。

这次会议,是面对面地对俞平伯进行批判的开始,会议定名为"《红楼梦》研究座谈会"。会场上,既有浓浓的批判色彩,也有一丝自由讨论的气氛。在会上发言的十九个人,心态各异,具体的表现也大不相同。因此,会议的主旨虽是批判俞平伯,但却没有出现一边倒的现象。⑧

不知是有意还是无意,会议甫一开始,主持会议的郑振铎就扩大了批判的范围,从而也无形中减缓了对俞平伯的冲击。郑振铎说:"几年来我们的思想改造是不彻底的,因此经常出毛病,好像狐狸的尾巴,老是割得不干净、不彻底。思想改造必须彻底的忍痛的割掉过去的尾巴,彻底的批判自己,对自己的过去重新估价;用马克思——列宁的立场、观点来批判自己的过去,以及人家的过去工作。凡是不合于这个立场、观点的,也就是说具有资产阶级唯心论观点的、特别是胡适的实验主义新红学派的观点的人,全应该彻底的严肃的批判自己。"

讲话中使用"我们"一词而不说"俞平伯",并一再强调"彻底的批判自己","批判自己的过去","对自己的过去重新估价",重心已然落到了"自我批评"方面。可能鉴于在座的大都是古典文学研究者,并且许多人也都"具有资产阶级唯心论观点",所以郑振铎最后发出这样的号召:"凡是不合于这个立场、观点的,也就是说具有资产阶级唯心论观点的、特别是胡适的实验主义新红学派的观点的人,全应该彻底的严肃的批判自己。""凡是"二字,无疑已将许多人包括在其中了。

郑振铎是俞平伯的老朋友,他们的交往,起码始于1921年年初。其后来往密切,关系非同一般。即使郑振铎再有原则性,对于朋友,他也不可能像胡适搞考证那样"搁下感情"。

继郑振铎之后,首先发言的是"批判对象"俞平伯,接着便是他的助手王佩璋。在他们的发言之后,批判俞平伯的戏才算正式开场。

在这次会议上发言的一共只有十九个人。除主持会议的郑振铎和当事人俞平伯、王佩璋、蓝翎之外,一共还有十五个人。这其中吴恩裕的发言虽

然表面上是在批判胡适、俞平伯,但主旨却是在替自己的考证作辩解。其余的十四个人,又大致可以分成以下几类:

一、与钟洛文章保持一致,既高度赞扬、肯定"两个小人物"的文章,又对俞平伯、胡适进行批判或批评的人有:钟敬文、王昆仑、黄药眠、何其芳、周扬。

二、不提"两个小人物",只批判或批评胡适、俞平伯的人有:舒芜、聂绀弩、老舍。

三、既肯定、批评俞平伯,也批评、肯定"两个小人物":吴组缃、启功。

四、虽然批评俞平伯,但却明显是在替俞平伯说好话的:杨晦、浦江清。

五、根本不提胡适、俞平伯和李希凡、蓝翎的名字,却把目前学术界的弊端批评一通的:冯至。

六、不批评俞平伯,反而批评"两个小人物"的:范宁。

在10月24日会议上,每一类中的发言却也不尽相同,并且在语气上也是千差万别的。比如老舍、王昆仑的发言,用词就很柔和,而钟敬文和聂绀弩的发言,重点则是在批判胡适。钟敬文在发言中,根本没点俞平伯的名字,需要提到时,也以胡适的"追随者们"代替,黄药眠虽然批评俞平伯,但也强调自己对俞平伯"很尊重",且进行了自我批评,等等。

第一、二类发言,虽然也是在"批",但与后来的批判文章相比,明显缺乏应有的火药味,可以略而不提。另外的四类是很奇特的,在后来的批判文章中十分罕见,所以我们有必要重点谈谈。

我们先看第三类。

那天,第一个登台亮相的"批判者"是吴组缃。但他既没有把"小人物"的文章捧上天堂,也没有把俞平伯的研究打入地狱。而是对二者都有肯定也都有批评。虽然对俞平伯批评得多,对"小人物"批评得少,但也应该算是"各打五十大板"。

吴组缃说:"俞先生的研究工作,目的和方向都不明确,只是'逢场作戏',闹着好玩。这一倾向贯串在俞先生每篇文章中。不仅每篇选题如此着眼,许多立论也是如此。有无'趣味'或'风趣',是他评论的标准。""俞先生的研究总是着眼于极琐屑的问题","总是割裂情节,割裂人物,割裂主题,把一部有生命的基本完整的作品,零肉细剐,脔割的零零碎碎;总是从'笔法','章法','穿插','伏脉'等去看,从一句诗一句话的暗示去猜;讲究什么文笔曲折,文情摇荡,文章变化。""由于孤立地、琐屑地看问题,使他愈钻愈迷惑,文章中的论点就总是三翻四覆,前后矛盾,混乱无比,无法自圆……这样,俞先生自己昏头昏脑,也把读者们弄得昏头昏脑。""俞先生研究工作的基本观点,主要是撇开作品的丰富深刻的现实内容和社会意义,作纯艺术的'观照'或'鉴赏'"。"俞先生所持完全是主观唯心论的观点,受了胡适派引人钻牛角尖的考证方法的影响"。

吴组缃在对俞平伯批评一番后,接着又做出了肯定:"但俞先生的研究态度也有一些好处。他不大固执己见,肯接受不同的意见,这在他文章中也有例可举。当然也是从他自己的见地去接受,是有所取舍的。正因为如此,所以论点才随时变化。《红楼梦研究》的序文中,还批判了自己许多错误……最近的文章还说要进一步用马克思列宁主义的文艺理论来研究,可见他不肯固步自封要求进步的精神。"

常言道,"文似看山不喜平",吴组缃的发言也有这个特点。他在给予俞平伯一定的肯定后,又转回头来批判起来:"但我也得在这里提个意见。俞先生最近的文章,如前面已经指出过,不是愈来愈走近马克思、列宁主义,相反,错误的观点方法是愈来愈发展得凶了,牛角尖是愈钻愈深了。比如对'脂批',近年就钻了进去,钻得入了迷,有点忘其所以了。俞先生在《红楼梦研究》序文中说,《红楼梦》是中国文坛上一个'梦魇',愈研究愈糊涂。我觉得这话说的很有意思。其实,不是《红楼梦》这部书是个'梦魇',是俞先生资产阶级观点方法把你带进梦魇中去了;而且你的著作还会带许多读者进'梦魇'。"

在当时,这一番批判应该说是够尖锐的,但说俞平伯"不是愈来愈走近马克思、列宁主义",尚未将问题提到"反马克思主义"的高度,应该依然属于"人民内部矛盾"。

吴组缃在对俞平伯进行批评的同时,也对李、蓝的文章提出了不同的意

见：李希凡、蓝翎的文章"说俞先生的研究是自然主义观点，这我看不出来"。李、蓝的"《评〈红楼梦研究〉》"一文中有些地方引原文，只引了上半句，就未免误解。说贾府败落原因的那一段和注子，我也不很同意……对曹雪芹的文艺观也未免评价过高"。

顾颉刚（左）、俞平伯（中）、吴组缃（右）

与吴组缃相比，启功的发言明显要柔和得多，并且往往是以谦虚的态度重在自我批评。

有无"自我批评"，这是启功与吴组缃的最大区别。且看："我对《红楼梦》没有研究，从前只是当故事看。自己做过一些关于语言和清代生活习惯的注解，比起考证来更下一层。"

这天的会议，矛头主要批判"考证"，但启功却说自己的工作"比起考证来更下一层"，这是很有意思的。接着，启功又说："自己对于马克思主义和文艺理论的学习、研究不够。以前虽对俞平伯先生的文章感到不妥当，对《红楼梦研究》也有些地方不同意，但自己都说不出所以然的原因来，这完全说明我个人水平的低下。"

说过这些话后,自觉"水平低下"的启功,开始了对俞平伯的批评:"在《红楼梦简论》中看到常用几句对话如柳湘莲、焦大等的话来代表曹雪芹的整个的现实主义思想,当然这些也是作者思想的表现,但不免支离破碎……至于说俞先生是不是专作了考证工作呢?我觉得也并不是,而常是从趣味出发,信笔一挥,逻辑性薄弱,想到什么就写什么,所以论据前后矛盾。这是俞先生思想的杂乱破碎,也就是立场观点不正确,不能够触到中心问题,有人说俞先生用的术语不恰当,这正是对术语的概念不明确。我通过李、蓝、钟洛的文章,才晓得这些现象是资产阶级思想的反映。俞先生把曹雪芹看成神秘的天才,也正是这种思想体系所产生的结果。"

对于"两个小人物"的文章,启功也在肯定的大前提下提出了批评。他说:"这一次李、蓝同志的文章对俞先生的思想是一个很好的纠正,对我个人来说,也是得到一次启发教育。尽管李、蓝的文章如有些同志提到的不免还有些粗糙缺点,但指出应该这样走的方向,是非常正确的、有意义的。"

杨晦与浦江清的发言,虽然也在批评俞平伯,替他开脱的意思却非常明显。我们先看杨晦是如何说的:"解放后有一个时期我和俞先生在一起工作。这个会不是对某一个人的批判,也不是狭隘的读《红楼梦》的问题。今天对俞先生及蓝、李同志的文章都有人提出了批评和意见。在学校特别是北大曾批判过胡适的资产阶级思想,但当时只是从政治上划清了界限,至于在学术思想上,批判是不够的。在解放初,俞先生对于学习马克思列宁主义曾经自认是二元论者:他相信马克思列宁主义,但是否能用到文艺上,他怀疑。'三反'时他最初是抗拒的,因为不了解'三反'的意义,他坚决的不肯接受批评。但在经过帮助,他明了了运动的意义后,他提高的很快。他检讨的很好,最后收获也很大,体会得比较深。他说:'他不懂马克思列宁主义,就不搞假马克思列宁主义。'"

这一番话,可以看出几个意思:首先强调不是对某一个人的批判;其次是唯恐别人将俞平伯与胡适划为同类,所以赶紧声明当年批判胡适时在"学术思想上,批判是不够的",所以杨晦特别强调,俞平伯"相信马克思列宁主义,但是否能用到文艺上,他怀疑"。接着再举出'三反'时的实例,目的不是揭俞平伯的老底,而是表明这样一层意思:这次如果好好帮助他,他的思想觉悟也会"提高的很快"的。至于俞平伯说自己"不懂马克思列宁主义,就不搞假马克思列宁主义",既显示了他倔强耿直的一面,也说出了当时许多知识分子的心里话。只可惜,当时像俞平伯这种敢说真话的人也太少了。

接下来,杨晦又说:"'三反'后他对党有了不少认识,但对教书没有信心了,想做研究工作。但是他的《红楼梦研究》,并没有提高而且自认为越搞越糊涂,这实在是极严重的资产阶级唯心论观点,显然还是胡适那一套,陷在考证的泥潭里拔不出来。"

在说场面话时,杨晦也说出了实话。既然俞平伯"对党有了不少认识"了,却为何又"对教书没有信心"了?这不正好说明,俞平伯还是有抵触情绪的吗?⑨

看来,杨晦也是一个很老实的"书呆子",说话时总是吐露当时知识分子们的心声,他说:"'三反'中批判胡适的学阀主义比较多,而对其在学术上文史哲各方面的思想影响没有接触到。胡适说:'发明一个字的古义,与发现一颗恒星,都是一大功绩。'这种影响到现在还是很大。至少没有明确地被批评掉。资产阶级学术思想不能说一点功劳没有,但基本立场、方法是与我们对立的。胡适很早提倡多研究些问题,少谈些主义,这对于好多人的只重视资料,认为马克思列宁主义不一定能解决自己所要钻研的问题上,还是影响很大。对文学研究是从考据、资料来着手呢?还是从马克思列宁主义的观点、方法来着手呢?到现在还是一个很大的问题。"

在大批胡适、大批资产阶级唯心论的时代,杨晦还敢说出"资产阶级学术思想不能说一点功劳没有"的话,也实在"迂腐"得可爱。幸亏当时还没到"文革"那么猖狂的地步,不然的话,非有人当场给他戴上一顶大帽子不可。另外,他还说出了令当时的许多知识分子都感到困惑的一个问题:"对文学研究是从考据、资料来着手呢?还是从马克思列宁主义的观点、方法来着手呢?到现在还是一个很大的问题。"

接下来,杨晦又开始替俞平伯说好话了:"俞先生在《红楼梦》研究的一些文章里,术语用的不妥当,是不应该的。但在他,我看是进了一步,他过去根本不用马克思列宁主义术语。现在开始想用新的观点去研究问题了,所以才用。俞先生,如果肯下功夫去学习马克思列宁主义,解放到现在已经五年多了,在这样长的时间里,他研究古典文学,应该比李、蓝同志成绩更多。这一点过去大家做的也是不够的……"他强调指出没有"掌握"马克思列宁主义的,也不仅仅是俞平伯一个人。

对于李希凡和蓝翎,杨晦说:"李、蓝两同志的文章也许不是很成熟的,但这没有妨碍,这是一个开端,马克思列宁主义能解决问题,从他们的文章中得到证明。考据与马克思列宁主义应当互相配合。有人说我们对古典文学的研究可分三种:(一)封建的;(二)资产阶级的;(三)马克思列宁主义的。我看俞先生想向马克思列宁主义迈进一步是肯定的,但他的看法是有问题的。如他谈独创性、传统性就是。他对现实性有误解,他认为有多少真人真事就是现实性。俞先生作学问从个人兴趣出发是不对的,应该对人民负责。我们应该肃清胡适的影响。俞先生的考据有若干东西还是可用的,我们应该批判他的不好的,希望他从此与资产阶级的思想绝缘,积极的学习马克思列宁主义理论去研究古典文学,这会发生很大作用。"

委婉地对李希凡、蓝翎的文章提出意见,然后加以鼓励,仍可看出杨晦为人的厚道。

在这次会议上,另一个替俞平伯说话的是浦江清。他首先承认自己与俞平伯的关系:"俞先生与我认识很久",接着又强调:"我尊重他是专家。"仅仅这一句话,就令人生发无限感慨。后来批判俞平伯的文章,已经把"专家"与"资产阶级"等同起来肆意辱骂了。

接下来,浦江清就进入了正题:"可是《红楼梦简论》有许多错误观点;我同意李、蓝两位同志的意见。《红楼梦简论》是写得太简单了。他有几十年研究,从他那里我们还是可以学习一些东西,应该尊重他的劳动。从俞先生的文章里可以看出他除了有资产阶级思想,还有封建主义的东西。这一点我是了解的。因为在传统上文学批评的标准就是把'怨而不怒'作为美好的文学批评用语,这社会根源是值得文学批评史研究的,俞先生说《红楼梦》继承中国小说好的传统,发展到最高峰是对的,但文章写得太简单。俞先生认为《红楼梦》受《西厢记》《金瓶梅》《离骚》等影响,只是寻章摘句,点滴片面的说法;忽略了《西厢记》《金瓶梅》的思想性和艺术性来谈的。实际上他所举例也都是古典现实主义的优秀作品,不过没有指出这个现实主义的传统。那样的举例也是形式主义的。应该深入研究。"

一再强调"应该尊重他的劳动",这与全盘否定论者形成了鲜明的对照。并且,浦江清所说俞平伯的文章里"除了有资产阶级思想,还有封建主义的东西",这也是符合实情的。当时的老一代知识分子,哪个不是如此?在发言中,浦江清虽然批评俞平伯,但却没有上纲上线,只是就学术观点而提出不同意见,所以,关于俞平伯与"两人小人物"对《红楼梦》后四十回的不同看法,浦江清也认为只是学术观点的不同:"俞先生不承认高鹗而肯定曹雪芹,李、蓝同志是把全书作了分析的,这是两种看法的不同。"

对于李希凡、蓝翎的文章,浦江清也提出了不同意见:"李、蓝文章我同意,也纠正了我们对古典文学一些不正确的看法。关于贾宝玉的出家是有积极意义的,不过李、蓝同志认为如把他看成在贫穷以后出家就成为市侩,不能成为鲜明的英雄形象的,我觉得也不一定,因为这件事也并不妨碍其成为鲜明的形象。"

在这次会议上,冯至的发言最值得注意,也最发人深思。他既没有批判俞平伯,也没有评价李希凡、蓝翎的文章,更没有大谈马列主义及对唯心论的批判那一套,而是对当时古典文学研究的现状,从几个方面进行了批评:"第一、很多文章是公式化的,以为把下边这套公式在一个作家或一部作品上一套,便可以解决问题。(一)作者生平;(二)作品内容;(三)作品的人民性(从书中找出一两段描写劳动人民的,便算是人民性);(四)现实主义精神,(有时把描写逼真就认为是现实主义精神);(五)结论。如果作品中有什么落后思想,不加分析,只说是'受时代的限制'。把这样一套公式到处去套,是不解决问题的。""第二、考据问题"。"支离的考据对研究本身也不会有什么好处"。"第三、态度问题"。"另外,研究古典文学要实事求是,该肯定的就肯定,该批判的就批判,对古人不必做过分的颂扬"。

冯至的批评，切中了当时古典文学研究界的要害，可惜这种现象后来不仅没有得到纠正，反而愈演愈烈，至"文革"时期，许多研究文章更是入了魔道。

也许是为了应景，直到发言临结束时，冯至才说了一句："近来读李希凡、蓝翎批判俞平伯先生关于《红楼梦》研究的文章，这是给古典文学研究者敲起了一声警钟。"仍然没有褒贬，但通过他的发言便不难看出，他对李希凡、蓝翎的文章是持保留意见的。

在这次会议上，最"不识时务"的一个人是范宁。他既没有大谈马克思列宁主义，也没有谈大批资产阶级唯心论，更没有一处点到胡适或俞平伯，只是在简略地谈了自己对考据的看法之后，接着便对李希凡和蓝翎的文章提出了不同意见。范宁说："李、蓝两位的文章说曹家是封建官僚地主家庭，说他家'单依靠农民索取地租已不能维持'豪华享受，而'唯一的出路只有大量的借高利贷'。我想，既然是官僚地主就应该和普通地主不同，他们的经济来源不能完全是一样的，至少他还有薪俸，不提薪俸而直接就推出了'唯一的出路'，怕就不能'唯一'了。这在逻辑推理上是不严格的。可见因逻辑性不强而可能发生错误，又不是考据所特有的现象，这点我也搞不清楚，似乎值得注意。"

这次会议上的发言，还有一个很大的特点，这就是对马克思列宁主义理解的机械性和教条主义，甚至把马克思主义绝对化，以至成了万能的法宝。这种做法，从常识上来说，本身就是违反马克思主义的。⑩试看以下几条发言：

吴组缃批评俞平伯说：你"若是学习着用马克思列宁主义文艺理论来从事研究，有什么问题研究不明白呢？"

我们不禁要问：马克思列宁主义就能把什么问题都研究明白？这种把马克思列宁主义绝对化的说法，本身就与马克思主义的基本原理唱了反调。

舒芜说："今天指导我们思想的是马克思主义思想，用马克思主义的观点研究作品中的人民性和现实性是有利的条件。俞先生如果解放以后思想很明确的话，决不至愈研究愈糊涂。"

马克思主义的观点和方法确实是一个很好的武器,但要看怎么掌握和使用,而且还要看是否能够掌握。连大才子郭沫若尚且在发言中感叹说:"我感觉着我们许多上了年纪的人,脑子实在有问题。我们的大脑皮层质,就像一个世界旅行家的手提箧一样,全面都巴满了各个码头上的旅馆商标。这样的人,那真可以说是一塌糊涂,很少有接受新鲜事物的余地了。所以尽管学习马克思列宁主义已经有五年的历史,但总是学不到家。"⑪当时俞平伯也已经五十四岁了,舒芜安知他还能"学到家"?

钟敬文说:"李、蓝两位同志的批评文章,英勇地把马克思、列宁主义的立场、观点和方法引入古典文学研究的园地","单就方法方面说,考据也不是最高级的、最重要的方法。它跟马克思主义的辩证方法是不能比拟的。一个学者在对古典文学的研究上,如果要得到正确的结论,他首先必须具有马克思、列宁主义的立场和世界观,必须能掌握科学的辩证方法。没有这些,他的工作的结果就要落到错误的陷阱里去。"李、蓝"两位同志勇敢地使用无敌的批判武器所获得的思想战绩,是我们新学术史上一道永不能掩没的光辉"。

何其芳说:"俞平伯先生缺乏""马克思列宁主义"的观点,"所以在研究《红楼梦》的书中就产生了一系列的错误;李、蓝两位同志用这些观点来研究《红楼梦》和俞平伯先生的著作,所以就达到了许多基本问题都正确的结论。""这次讨论的目的,就是为的使马克思列宁主义观点在古典文学研究领域内确立起来,使古典文学的普及工作不至于引导青年走上错误的道路"。

这种说法本来不错,但要看用什么标准来衡量。在当时,李希凡、蓝翎的观点确实是"正确的结论",而俞平伯的书中也确实存在着"一系列的错误",然而,时过境迁,评判的标准一旦改变,究竟谁的正确还未可知呢!

当然,在这次会议上,许多人对于马克思列宁主义的看法还是比较客观的:

杨晦说:"在文学研究方面清除资产阶级思想原很困难。像用马克思列宁主义理论如何与具体问题结合,考据到底起些什么作用,都是不很容易解决的问题。当然,掌握马克思列宁主义不掌握确实的资料也是一个问题,过去许多人在考据上下过功夫,假使他们掌握了马克思列宁主义,那么,他们的考据就会更有价值。"

浦江清也说:"研究《红楼梦》有许多困难,我们掌握马克思列宁主义的文艺理论不够,马克思列宁主义的理论与实际如何结合是困难的。"

厚道人总是说老实话。倘若知识分子们都像他们那样,也许就会避免一场又一场的运动。起码,也不会折腾得那么凶。良知,永远是衡量人的一个标准。

会议临结束时,周扬以领导人的身份号召说:"批判俞平伯先生,当然只是批判他的错误观点而不是要打倒他这个人。""这几年学术界的自由讨论的空气太缺少了,这大大影响了学术的发展和思想的前进。这次《红楼梦》的讨论,是学术界对资产阶级的思想斗争,同时也是自由讨论的开始。我们提倡学术上的公开的、自由的讨论。""对于俞平伯先生的资产阶级思想的批判可以在一定时间告一段落,而对于《红楼梦》本身的研究就是一个较长期的工作。"

然而,这场运动很快就失去了控制,当大批判进入高潮后,"只是批判他的错误观点"已然成了一句空话,进行人身攻击甚至肆意辱骂的文章屡见不鲜。"对于俞平伯先生的资产阶级思想的批判可以在一定时间告一段落"的许诺确实曾经兑现过,但"文革"爆发后,"造反派"们却旧事重提,《红楼梦》研究的问题再次成为俞平伯的一大罪状。说"这次《红楼梦》的讨论,是学术界对资产阶级的思想斗争,同时也是自由讨论的开始",但一边倒的批判阵势却只有"斗争"而没了"讨论","自由"二字倒是体现出来了,只可惜这一条只对批判者们发生作用,俞平伯根本就失去了辩驳的权利。主观的愿望与客观效果产生如此的背离,恐怕连发动运动的人也是始料不及的。

## 三 他陷入了风暴的中心

时令进入11月,批判运动也达到了高潮,各类报刊共发表了数百篇批判文章。仅1955年作家出版社出版的《红楼梦问题讨论集》中,就收入了

129篇文章,近100万字。再加上大量未结集的零散文章,总字数当在200万字以上。

兹节录部分批判文章的段落,以略见一斑:

禾子在《略谈〈红楼梦〉》[12]一文中说:"俞平伯的观点否定了《红楼梦》所曾起的积极作用,抹煞了它的伟大价值。这种观点是唯心主义的,又是虚无主义的。"短短两句话,大大的两项帽子。也许出于对胡适"少谈些主义"的一种逆反心理,当时的文章,往往开口闭口都大谈"主义"。

聂绀弩的文章,一开始就将俞平伯的问题提到了一个相当的高度,甚至俞平伯之"罪恶",已然超越了"罪大恶极"的胡适,且看:"俞平伯承接了封建文人的思想,并且又追随胡适的资产阶级唯心论,他的《红楼梦研究》所必然达到的效果就是取消《红楼梦》的战斗性。""俞平伯的自传说比胡适的具体得多。胡适的自传说是空洞无物的,俞平伯的则有'感叹身世'、'忏悔情孽'等许多'道理',甚至发出了既不切合贾宝玉、又不切合曹雪芹的'年近半百,才出了家'的奇谈……其中'忏悔情孽'一项,特别是'宝玉之走,即由于黛玉之死,这是极平常的套话'一语,意[13]把黛玉之死、宝玉出家都说成不是由于封建家庭的迫害,而是由于他们自己的'情孽';宝玉之走,又不是因为黛玉之死而引起的悲愤和对封建家庭的反抗,却是与之相反的'忏悔'!胡适的自传说还只是避免接触《红楼梦》的内容,使人漠置那内容;俞平伯的'忏悔'论要恶毒得多,直接否定了内容的积极性,而为封建制度的罪恶洗刷!""削弱或取消《红楼梦》的积极内容的办法,最突出的,还是俞平伯抓住了脂批庚辰本中关于原始材料的一句话,建立了他的钗黛合一论……俞平伯得到那一条脂批的'新观点'之后,就像独得天下之秘,大刀阔斧挞伐那些和他的见解不同的人们……不但挞伐那些认为作者对书中人物有所褒贬,主要的是右黛左钗的人,凡是认为书中人物可以褒贬的,乃至认为事物有'相反的对照'的,他都不宽恕……在他看来,《红楼梦》对钗黛本来没有褒贬,《红楼梦》中人物本来无可褒贬,历史和社会上没有什么'忠臣'和'奸臣'、'好人'和'坏人'的分别,世上本来没有什么'相反的对照',而是'社会上一般人'在那里无中生有强作解人,分什么黛玉与宝钗,晴雯与袭人,岳飞与秦桧,林冲与高俅!这些'不值一笑'的'不安分'的家伙们,有什么'读书程度',又有什么阅世程度,几时考究过历史或社会的事物来;'且书中钗黛每每并提,若两峰对峙,双水分流,各极其妙,不能相下'……你们'社会上一般人'看得懂么!这里,我们算瞻仰了'举世皆醉我独醒','正人心息邪说','万物皆备于我'的俞平伯先生的妙相庄严!""钗黛合一论和'忏悔'论一样,是直接、干脆、全部、彻底地否定《红楼梦》的……既是《红楼梦》中人物都是无分上下,无可褒贬的。那就无所谓封建和封建叛徒,无所谓吃人与被吃,作者也无所肯定或否定,并未站在任何一边。那么《红楼梦》的倾向性、人民性、战斗性,也都一齐落空了"。"俞平伯还不肯以不问是非或混淆是非为满足,他还给我们一把'理解'《红楼梦》的钥匙:反照风月宝鉴,——从和所表现出来的东西相反的意思去理解《红楼梦》",若如此,"那么,《红楼梦》岂但不反封建,简直倒是反人民。这是颠倒是非,比起钗黛合一论的不问是非或混淆是非来,是更恶毒了。但颠倒是非也正是不问是非的发展,所谓一不做二不休,箭在弦上不得不发"。⑭

在这段文章里,一个个惊叹号简直就像一颗颗手榴弹,带有无坚不摧的巨大威力。说"俞平伯的'忏悔'论"比胡适"要恶毒得多",则把"中了胡适毒"的俞平伯推向了深渊,让人觉得俞平伯比胡适还要"坏"。而通过俞平伯的文学观点,引申出"历史和社会上没有什么'忠臣'和'奸臣','好人'和'坏人'的分别,世上本来没有什么'相反的对照',而是'社会上一般人'在那里无中生有强作解人,分什么黛玉与宝钗,晴雯与袭人,岳飞与秦桧,林冲与高俅"这一番话,似乎能让人提前嗅出"文革"时"大字报"的浓浓气味。

严敦易说:"从《红楼梦辨》到《红楼梦简论》,以及到《辑录脂砚斋本红楼梦评注的经过》一文,也许是俞先生的确已在开始感觉到他的考证方法的此路不通,走入了'迷魂阵',因此便感到'碰壁',才'越觉胡涂','望洋兴叹'的。他的'不可知'论正是他用这种思想方法研究下去的必然结果!事实是最好的证明,他的绝望的'自暴自弃'的叹息,就等于他自己否定了三十年来他的一切辛劳。也就是那种错误的考据方法的彻底破产。如果俞先生的最近的'不可知'论,竟不是从这个原因出发的,那么,他之所以要说'碰壁'、

'胡涂'、'望洋兴叹'等等的话,并又非常强调它,他或许是别有用意的。他自己也说《红楼梦》是要'进一步用马克思列宁主义的文艺理论来分析批判'了,他的意见,或者是在暗示着《红楼梦》是不容易或不可能用马克思列宁主义的思想方法去研究的;《红楼梦》的领地,是在现实主义的文艺理论所能涉及的范畴之外的;它是梦魇,不容易说明白的;'三十年的研究','而还没有起头','根本的难题悬着';他实际上是用这些玄妙的惝怳卖弄的词儿,夸张困难,暗喻无望,拒绝、怀疑和无视这一条新的研究道路,而企图用这种障眼法,为其资产阶级的、唯心的、庸俗的思想方法做掩护,以退为进的。"⑮

先说俞平伯"或许是别有用意的",然后再拐弯抹角地进行一番分析,接着就得出俞平伯"是在暗示着《红楼梦》是不容易或不可能用马克思列宁主义的思想方法去研究的"。如此一来,俞平伯也就跟胡适一样,是在反对或者"抵制马克思主义"。如此牵强附会的引申,堪称"文革"期间大字报的"祖先"。有道是"文人以笔杀人",即此便是。

何家槐说:"俞先生的著作和讲演(当然主要还是著作)对于青年人的毒害,大体是表现在以下几个方面:首先是在思想生活方面。"俞平伯"通过他的著作和讲演,通过他的教学工作和研究工作,向青年人宣传资产阶级的主观唯心论和不可知论,宣传《红楼梦》的'色''空'观念及其作者的虚无主义思想。以致有的青年人看了《红楼梦》以后感到幻灭,觉得人生实在虚无,还不如像林黛玉那样死掉和贾宝玉那样出家的好;有的青年则以为自己是失意的才子或薄命的佳人,终日愁眉苦脸,长吁短叹。白天睡觉,晚上夜游,或临风洒泪,或对月伤怀,不但专门欣赏像'侬今葬花人笑痴,他年葬侬知是谁?'或'春蚕到死丝方尽,蜡炬成灰泪始干'一类诗词,而且自己还经常写些感伤的无病呻吟的东西……像这样的现象,实在是很严重的,因为这种消极悲观的思想情绪和浪漫颓废的生活作风,显然是没落的剥削阶级的东西,容易使青年人意气消沉,精神萎靡,不问政治,脱离实际,由堕落而至于毁灭。"⑯

李荒说:"俞平伯以三十年的精力从事考证,结果'越研究越糊涂',抱怨'这部书是文坛的梦魇',正代表着胡适实验主义的破产,而李希凡、蓝翎两同志由于掌握了马克思列宁主义的理论武器,就能像苏联神话《三头凶龙》中的年青勇士一样,一举击中镇压宝洞妖魔的要害,找到打开宝库的钥匙,这是马克思列宁主义在我国研究古典文学领域中的首次胜利。从这里更可以看到马克思列宁主义战无不胜的威力。"[17]

沙鸥说:"俞平伯先生抱着唯心主义的世界观和实验主义的方法论,一只脚站在地主阶级的立场上,一只脚又站在资产阶级的立场上,来进行对红楼梦的研究,只能走入绝路了!"[18]这个比喻非常形象,也非常生动。俞平伯既然"脚踩两只船",风暴一来,岂不"船翻人亡"? 所以说他走入"绝路"云云,倒也不算过分。汉语的丰富多彩,于此可见一斑。"文革"爆发后,什么"跟阶级敌人坐到一条板凳上","与阶级敌人同穿一条裤子"等等形象化的比喻,都应该归功于批判运动中的"重大发明和创造"。[19]

这类以形象生动的比喻来写批判文章的,可说比比皆是,石灵的《对〈红楼梦研究〉的一点看法》[20]一文,便是如此。他说:俞平伯"抓住毛发,当作脑髓,而且把它扩大开来,加以穿凿附会,使一幅巨大的缭绕着珠光宝气的辉煌画面,变成了一片黯淡无光缺乏生气支离破碎的涂抹,使难于理解地方更加面目模糊,易生误会的地方更多了岔路的出口。这样的研究,对《红楼梦》是歪曲,对《红楼梦》作者是污蔑,对想借研究文章增加正确了解的读者,将把他们引入歧途"。

姚雪垠说:"俞平伯在胡适所建立的'新红学'底基础上从事《红楼梦》的研究工作,到现在已经有三十多年,但是他同胡适一样,不仅对这部伟大的古典现实主义作品底不朽意义毫未理解,反而给它硬加上许多歪曲解释和评价。在《红楼梦研究》一书中,不仅暴露了俞平伯底考证工作是不严肃的、无聊的,错误的,尤其使我们不能容忍的是他的美学思想。这是一种反现实主义的、腐朽和反动的美学思想,是没落的资产阶级美学思想与封建地主阶级美学思想底混血儿。在许多地方,封建底色彩特别浓厚。"[21]

既然是政治运动,批判者们自然要紧跟形势。当时第一届全国人民代表大会第一次会议刚刚结束不久,徐嘉瑞便及时地引用了毛泽东在开幕词中的两段话及刘少奇在《关于中华人民共和国宪法草案的报告》中的话,然

后按谱填词,给俞平伯罗列了几条罪状:"(一)抹煞现实";"(二)抹煞阶级";"(三)取消斗争";"(四)麻醉读者"。㉒

在这里,俞平伯的思想方法、立场观点等等已不再重要,其"险恶用心"及其所产生的不良后果,却都成了批判的主要目标。以后的文章,更是如此,试看:

吕一说:"俞平伯的研究目的是为了把《红楼梦》从旧红学家的偏见中解脱出来,再重新纳入他自己的偏见或'窠臼'中去;是为了取消《红楼梦》的显著的社会政治影响;是为了歪曲、诬蔑我们祖国的古典文学。他的研究工作实际上起了抹煞祖国现实主义的文学传统,传播封建地主阶级的道德观,传播资产阶级的哲学思想、人生观与艺术观的不良作用。"㉓

毕克说:"人民对于文艺作品中的典型人物历来都有着极其鲜明的爱与憎。但俞平伯先生在《红楼梦研究》与《红楼梦简论》中,却一再谩骂与攻击人民对典型人物这一明显的态度。"㉔

批判烈火的蔓延,自然会造成株连现象。与胡适一样,因俞平伯而惨遭批判烈火焚烧的,既有古人,又有今人;既有外国人,又有中国人。如庄子、金圣叹、王国维、周作人、叔本华、康德等等。这方面的文章为数不少,首先值得一提的是陈汝惠的《向〈红楼梦〉研究中的颓废主义作斗争——兼评俞平伯先生在〈红楼梦〉研究中的错误》㉕一文。在这篇文章中,作者以广博的知识,丰富的联想,联系着俞平伯的资产阶级唯心论思想,追根寻源地批判了德国的唯心主义哲学家叔本华、康德,中国的王国维,法国自然主义文学家福楼拜、龚古尔兄弟、左拉、象征派诗人魏仑,英国的唯美主义作家王尔德,以及精神分析学派等等。诚可谓"上下五千年,纵横十万里"。古今中外,无所不包。

林焕平的《俞平伯的红楼梦研究错误在哪里》㉖控诉说:"胡适对《红楼梦》的反动观点,不仅是毒害了俞平伯先生,直至如今,还毒害着我们无数人",然后他具体地点名说:"一九五三年年底国家出版机关'作家出版社'重印《红楼梦》,编辑部在书前写了一篇《关于本书的作者》,里面说:'《红楼梦》原是自传性的小说。八十回以前,基本上可以看作曹家一败涂地以前的雪芹的自传。'我们看,我们的编辑同志竟亦忘记了现实主义的典型论,而和胡适在《红楼梦考证》的说法完全一致了"。"巴人同志在最近出版的《文学论稿》中,也说:'贾宝玉,爱在姊妹里厮混;还泪债的林黛玉,就爱葬花写下诗来哭,临死还焚去诗稿,表示断了痴情。'巴人同志认为这是他们的嗜好,脾气,反映了他们的性格。这是雷同于贾氏诸人的说法,而抹煞了宝玉黛玉二人积极的一面了"。还有"山东师范学院中国语文系一九五四年八月编印的《中国古典文学参考资料》第一辑里,也仍然把俞平伯的《红楼梦简论》当重要文章收在里面,在各高等师范学校里传播"。

詹安泰认为,除胡适思想之外,"在哲学思想方面,如庄子的主观认识论、魏晋的玄学,以及宋明的心性之学之类;在文学批评方面,如司空图的注重味外之旨,严羽的主张禅悟,以及晚明一些颓废派的强调韵趣之类,都在俞先生的著作里起了相当大的作用"。[27]

作者不愧为古典文学研究大家,看得确实非常深透。但如果拿这些标准去衡量,肯定还能给俞平伯找出许许多多的"思想根源"来。

张啸虎也说:"俞平伯先生研究红楼梦的立场、观点、方法,除了直接受了以胡适为代表的买办资产阶级思想的深刻影响以外,同时在其一切基本方面也继承和发展了以被胡适称为所谓'大怪杰'的金圣叹为代表的封建士大夫阶级意识的严重影响。这就是说:俞平伯先生的红楼梦研究的理论和实践,是买办资产阶级意识和封建士大夫阶级意识相结合的产物。按其思想本质来说,这是'外国帝国主义的奴化思想和中国封建主义的复古思想的反动同盟',在古典文学研究领域中向马克思列宁主义思想进攻的一种具体表现。"[28]

陈友琴说:"很多人说俞平伯先生是用的胡适派的资产阶级立场、观点、方法做了许多琐碎的考据,其实俞先生不止受了胡适的影响,他还受了周作人的影响。他的思想体系原是胡适、周作人的双承。当然,俞平伯先生在学术思想上与他们的这种联系和他们在政治上的反动完全是两回事。"[29]

虽然又给俞平伯找出一个"思想根源",但特意点明"俞平伯先生在学术思想上与他们的这种联系和他们在政治上的反动完全是两回事",可见陈友琴还是分得清思想批判与政治陷害是大有区别的。

　　阵容强大的"批判大军",拥挤在一块狭小的"阵地"上,面对着几块共同的靶子,必然感到拥挤,也造成许多人的无所事事,因此,"将士们"自觉地扩大攻击范围,也就成为一种必然。于是,一些人便自觉地将批判的矛头,深入到"敌人"的各个方面。顾学颉的《评俞平伯在词的研究方面的唯心论思想》[30]一文,堪称这方面的代表作。他一针见血地指出:"俞平伯的资产阶级唯心论的文艺思想,不仅表现在《红楼梦》的研究上,同时,也表现在对词学的研究、解说上。……他所著的《读词偶得》、《清真词释》等书,对社会的影响,对青年的毒害,和《红楼梦辨》或《红楼梦研究》一样,也是很大的。"所以,顾学颉便按照人们批判俞平伯《红楼梦》研究的固定模式,对俞平伯表现在"对词学的研究、解说上"的"资产阶级唯心论的文艺思想",进行了深入的分析和批判。

　　如果说,顾学颉还只是在学术领域里扩大"攻击范围",还能算是"学术批判"的话,那么,黄素秋等人的文章则明显就是另一种性质的问题了。

　　当然,从另一个角度来说,黄素秋之所以这样做,本意也许是为了要使自己的文章区别于那些人云亦云的"文抄公"们,因而另辟蹊径以示区别。只可惜这种另辟蹊径却更加远离了"学术研究"的轨道,发展为一种人身攻击的"恶劣作风"。

　　黄素秋的文章,发表在1954年10月31日的《人民日报》上,题目是:《反对对古典文学珍贵资料垄断居奇的恶劣作风》。在文章中,黄素秋愤怒地指出:"胡适之派的'新红学家'们的资产阶级唯心主义观点仍然在古典文学研究工作中占统治地位,而长期以来,文艺界对此却视若无睹"。"和这个问题有联系的另一个问题,即把古典文学资料垄断起来、秘而不宣的恶劣作风,目前还没有人揭发出来。而古典文学的研究资料,有不少是所谓'海内孤本',一经垄断,即成了少数人的'奇货',他们固然可以根据这些资料写文章,当'专家',而更多的古典文学研究工作者,特别是一些年青的研究工作者,和这些资料却无缘相见,这就大大限制了、妨碍了这些珍贵资料发挥它的更大效用,这难道不也是一种地地道道的资产阶级作风吗?"

将所有的"恶"的东西,全都推到"资产阶级"身上,这是当时的一大潮流。黄素秋将这一问题与"资产阶级作风"联系起来,问题已经提到了一个相当的高度。然后,他举出了具体的事例:"我愿趁着这个机会,把我所知道的这种恶劣作风的事例揭发出来,以利于古典文学研究工作的开展"。那么,这种"恶劣的""具体的事例"究竟是什么呢? 黄素秋说:"据我所知,俞平伯先生就是有这种恶劣作风的一个……大约在去年年底,俞平伯先生居然还写信,经过北京大学文学研究所,向北京大学图书馆提出,不应该把红楼梦的脂砚斋评本借给别人看"。"这说明什么呢? 这说明了俞平伯等人一直认为,某些珍贵的资料,似乎只容许一些具有特权的人物来阅读,而青年研究者是无权借阅的。这种思想,难道不是和偷走了《水经注》、秘藏一部红楼梦的乾隆甲戌年脂砚斋重评本、居为奇货的胡适之的思想有着明显的相通之处吗?"

《水经注》和"甲戌本"都是胡适自己买的,属于私人财产,"秘藏"还是"公开",都是他自己的自由,扣上"偷走"的大帽子,则未免"量刑过重"。更何况胡适并没有"秘藏"。㉛黄素秋将俞平伯与胡适联系在一起,认为这是"垄断居奇",是"一种地地道道的资产阶级作风"。别说俞平伯没有这种事,就算有,难道珍本图书不应该好好保护? 现在的图书馆不也是这样吗? 难道也应该斥之为"一种地地道道的资产阶级作风"?

当然,黄素秋还是明白这个道理的,他也承认,"对珍本古籍是应该极力爱护的"。然而,既然明白这个道理,为什么还要以此为据批判俞平伯? 这就不能不令人深思了。

俞平伯究竟做没做过这样的事? 这可以找到反证材料。当俞平伯陷入批判大潮的汪洋大海之中时,已然失去了反驳的权利。然而,他在《坚决与反动的胡适思想划清界限——关于有关个人〈红楼梦〉研究的初步检讨》㉜一文中,却独对此事提出了反驳:"有人说我将古典文学珍贵资料垄断居奇,却是没有的事。"

1956年5月26日,陆定一在关于《百花齐放,百家争鸣》的报告中,认为在反对资产阶级唯心主义思想和开展学术批评的工作中,"基本是做得对的,在分寸的掌握上也大体是对的。但错误和缺点还是有的"。并以俞平伯为例,承认俞平伯"政治上是好人,只是犯了在文艺工作中学术思想上的错误。对他在学术思想上的错误加以批判是必要的,当时确有一些批判俞先生的文章是写得好的。但是有一些文章则写得差一些,缺乏充分的说服力量,语调也过分激烈了一些"。在这篇报告中,陆定一还特意点出并否认了俞平伯对"古典文学珍贵资料垄断居奇"一事。

据李希凡说,黄素秋这篇文章发表后,"立刻引起了上级领导的注意,并马上通知《人民日报》社,要求停止发表这类文章"。㉝这也证实了笔者的一贯看法:毛泽东当时发动这场思想运动,本来就是对事不对人的。

然而,火势一旦蔓延,自然不会很快被控制住。黄素秋的文章发表后,立刻引起了很大的反响。一些找不到靶子进行批判的人,在看到黄素秋的文章后,终于找到了口实。梁彦的《"幽居"和"垄断"》㉞一文,便是在这方面很有代表性的一篇文章。该文只有一千余字,开篇第一段即引用斯大林《在克里姆林宫招待高级学校工作人员时的演说》中的"我所说的科学是不让自己那些公认的老的领导者们自满自足地闭门幽居……"一段话,然后引申说:"现在以俞平伯《红楼梦研究》为代表的在学术上宣扬资产阶级观点问题的发现,说明我们是让俞平伯这样的研究《红楼梦》的'专家'自满自足地闭门幽居,俞平伯不是连写文章都请人代笔了吗?"接着又引用吴组缃文章中的"俞先生最近的文章,不是愈来愈走近马列主义……"一段话,然后发挥说:"这不就是科学术士了吗?"然后又依据黄素秋《反对对古典文学珍贵资料垄断居奇的恶劣作风》一文,批判说:"据说俞平伯的'脂批'孤本也不愿意借给别人","这不又是以科学垄断家自居了吗?"

在这篇文章中,梁彦除了引用"名人名言",便是以别人的证据为证据。更为令人发笑的是,他连黄素秋的文章都没看懂,居然将"北京大学图书馆"收藏的"庚辰本"看成了"俞平伯的'脂批'孤本"。既如此,俞平伯自己的东西,他不愿意外借又有何罪?

梁彦连引带抄东拼西凑地用别人的东西将俞平伯批判了一通,文章也已经过了一半,然后才开始强词夺理地说自己的话:"应该说,抱有这种研究态度的人,就会使自己的学术研究停滞不前。""一切古典文学研究者们,不应该满足于'原封不动',但现在学术界却有这样的现象:有的人唯恐自己的思想比不上年轻人进步快,反而以旧考据炫耀,幽居待访;不应单纯追求琐碎的材料积累而找些僻书抄本,但现在学术界却有这样的现象:有些人对于自己政治思想水平不高永远挂在口头上,在研究工作上则仍然争论一个作家的生死年代、亲戚朋友和版本校勘,新进的年轻人一听如此麻烦,就只能望而生畏了;不应该研究这一部门和研究那一部门的人彼此不相过问,但现在的学术界却有这样的现象:为了维持彼此的尊严,有些人常常互相说:'您是××专家,我不懂'这样的话。为什么腐朽的资产阶级观点方法还能得到'培养'和'发展'？不正是这种彼此'奉承'漠不关心的原故吗？某些科学研究部门或大学教研组死气沉沉,展不开批评与自我批评,不也是这个原故吗？"

欧小牧的《从"孤本秘笈"谈起》㉟一文,专门就黄素秋所揭发的俞平伯"垄断居奇"的"恶劣作风"进行了批判。他说:"俞平伯在解放以前,就是一个专恃'孤本秘笈',手持'脂砚斋'批本《红楼梦》数册,专作'争论生日、邻猫生子'的考据'学者'。解放之后,俞先生虽参加了一系列的民主改革运动,在研究《红楼梦》的观点上也似乎进步甚少,仍是死抱着那几本'脂砚斋'批本《红楼梦》及那几条'批语',当做研究《红楼梦》的唯一法宝。更专横到向北大图书馆提出,不应该把'脂砚斋'批本《红楼梦》借给别人看。视北大图书馆藏书,为俞氏'春在堂'私产。他这种'治学'方法,对待祖国文化遗产和青年一代的态度,是十分错误的！"

看来,这位作者根本就不了解俞平伯的历史！俞平伯搞《红楼梦》研究时,"脂砚斋批本"《红楼梦》还没有发现,他怎能"专恃'孤本秘笈'"？至于说俞平伯"专横到向北大图书馆提出,不应该把'脂砚斋'批本《红楼梦》借给别人看。视北大图书馆藏书,为俞氏'春在堂'私产",则更是根据黄素秋的文章肆意发挥！

欧小牧庄严宣告:"想以'孤本秘笈'霸占一切的时代,已经一去不复返了,谁要仍旧抱着这样的态度,他就不可能受到人民的尊敬,而他也将一事无成。"并且,"做考据,也同别的一切学问一样,是必定要'一边倒'的。"

他在这里说的"一边倒",可不是指大批判运动中的"一边倒",而是一个阶级立场问题。试看:"即以'邻猫生子'来说吧,是地主太太的猫呢?还是贫雇农的猫?首先要考个清楚,这里涉及是非爱憎的问题,其中出进颇大,决无含糊的余地。"

连小动物都要分个阶级的人,其革命的坚决性和彻底性当然"毋庸置疑"!那么,他当然就有资格批判俞平伯了:"俞平伯先生一贯是标榜清高,自命空灵的,在对《红楼梦》的'研究'中,尤其表现得一无所为,只是'闹着玩'的样子;但是,从他三十年来的实践效果检查,俞先生是执着得很,分明企图拉着曹雪芹向'一边倒',倒向封建大家庭那边去;而俞先生自己呢,也以《红楼梦研究》一书,充分告白了自己的'欲洁何曾洁、云空未必空',掉进胡适臭名昭著的哲学思想的污泥塘里,而不能自拔。""如果思想立场不对头,任是再出奇的'孤本秘笈',也救不了一个人的错误"。

不知道这位作者是否清楚曹雪芹是什么"出身",若按照建国后阶级成分的划分标准,曾经生长在江宁织造府的曹雪芹,肯定会在被"镇压"之列。他本来就出身于封建大家庭,作者却怪俞平伯"企图拉着曹雪芹向'一边倒',倒向封建大家庭那边去"。看他的意思,好像曹雪芹原来是贫雇农,所以俞平伯才拉他"倒向封建大家庭那边去"的。

可能因为俞平伯曾经"犯下这样的罪行",所以欧小牧严正声明:俞平伯"在地主阶级已被彻底打垮的今天,还在做着'红楼残梦',唱着哀悼封建社会的挽歌,在国家工业化大力开展的现在,还在以'孤本秘笈',作为个人垄断学术的奇货,只会招致人民的厌弃,而不会得到同情"。

对于这样"不知悔改""顽抗到底"的俞平伯,欧小牧以不容置疑的口气,宣判了他的罪行:"由于俞先生长期脱离现实,以'新红学'权威自命,不肯作思想的根本改造,不肯同胡适划清界限;……到了今天,还在抓住'脂砚斋'批本《红楼梦》不放,作个人居奇的活动;将旧作改头换面,作投机的倾销;这一系列错误的思想行为,表面虽然顽强,骨子里十分腐朽,不过在给我们说明旧事物总是不肯甘心自己的死亡,自行退出历史舞台,于垂死之际,总要抓住什么东西,作最后的挣扎,而'脂砚斋'批本《红楼梦》,恰就是俞平伯先生随手抓到的一把草,就没有这些本书,他还是要抓别样东西,来对抗新事物的。""由于俞先生长期遵奉着胡适的奴才家法,以唯利是图的实用哲学为指导思想,结果,在政治上阻碍了自己的进步,在学术上成为胡适的代言人,对待祖国文化遗产的态度上,则堕落到成为一个囤积居奇的市侩;对待青年一代的态度上,则成为侵占他人劳动的剥削者,或是横拦在路上的绊脚石;而他这三十年来所谓的'考据'活动,几乎全部白费,而且还传布了极不好的影响,客观上起了欺骗群众、毒害群众的作用。"

批判运动爆发以后,曾经受俞平伯"欺骗""毒害"的那些革命群众,当然也不干了。他们在知识分子们的感召下,也纷纷给报刊写信,控诉俞平伯对青年一代的"毒害":

11月12日《辽宁日报》载有五六个青年来信,说被俞平伯的《红楼梦研究》引入了歧途。

11月29日《人民日报》说收到了三百七十三封读者来信,都向俞平伯提出控诉,说《红楼梦研究》一书"害了我"。

……

"革命大批判,烈火遍地烧"。觉醒了的人民群众已经积极行动起来,资产阶级唯心论的思想根源,在中国将被"彻底铲除掉"了。

1955年1月17日,李希凡、蓝翎在《人民日报》发表题为《"新红学派"的功过在哪里?》一文,对"新红学派"尤其是俞平伯的历史"功过"做了总结。

关于"功",他们指出了"三点小小的功绩":一、"胡适和俞平伯,共同地将'旧红学'分为猜谜派与消闲派,批评了他们的牵强附会或藉以聊资谈助的不严肃的态度,以及那些想入非非的庸俗无聊的欣慕大观园风月繁华的人""在客观上也指出了确确实实某些'旧红学家'的胡闹。这批评多少是有些益处的,这可说是'新红学派'的第一点小小的功绩";二、"所谓'新红学派'对某些历史事实真像的考证,实际上仅仅是将前人已经发现的问题发掘出来,加以进一步地说明而已,而且往往在新添进去的一些自己考证出的材料中都带有很浓厚的主观主义色彩,不能认为是十分可信的论据,尤其是俞平伯的所谓考证上的成绩,实质上都是胡适唾余的扩大和充实,自己并没有提出任何新的问题来"。"如关于后四十回续书的问题。胡适从俞樾的《小浮梅闲话》中'红楼梦八十回以后,俱兰墅所补'一句话找出了续书的线索,俞平伯又从内容的对比上给以证实,使这个问题更加明确起来"。这"对于认识全部红楼梦多少是有些益处的。这可说是'新红学派'第二点小小的功绩";三、"胡适和俞平伯根据脂批和其他材料,校勘出前八十回原稿的残缺情形,使读者较易于辨别哪些不是曹雪芹的原作。他们又根据脂批对证出八十回后还有曹雪芹未写完而迷失了的原稿",他们"能在这一问题上提出了一些线索,仍可说是'新红学派'第三点小小的功绩"。

无论李希凡、蓝翎对"新红学派"的总结有着多么浓厚的主观色彩,也不管他们的评判是否符合实际,但他们没有像其他批判文章那样,对"新红学"作"全盘否定",这已经是很难能可贵了,也可以说是他们在这场批判运动中的"一点小小的功绩"。

李希凡、蓝翎在有保留地列举了"新红学派"这三点"小小的功绩"之后,又"着重说明":"'新红学派'、尤其是俞平伯的这些成绩,并不是自觉地作出的,而是在不正确的观点指导下,为了达到企图歪曲并进而否定红楼梦的目的而客观上不自觉地形成的。所以,他们都没有能够在这基础上得出任何积极的结论。因此,肯定他们的成绩并不等于肯定其研究方法的正确。'新红学派'歪曲红楼梦最重要的武器就是庸俗的、琐细的'实验主义'的考证方法。如果把这两个问题混淆起来,不可避免地会引起思想上的混乱,不能识别'新红学派'的特点。"

他们所罗列的"新红学派"的"过"是:"他们利用了红楼梦不是一人所写成的空子,利用了红楼梦中消极落后的一面,用'实验主义'的烦琐的考证方法来代替文学批评,歪曲和否定红楼梦的现实主义成就,宣传反动的唯心论的观点、方法,把读者引到俞平伯所制造的'太虚幻境'中去,直接地抵制了马克思列宁主义在古典文学研究领域中的传播和运用,他们的全部罪过就在这里。这是伟大的古典作家曹雪芹的不幸,是伟大的古典杰作红楼梦的不幸,是祖国优秀的古典文学遗产的不幸,是广大读者的不幸,因此'新红学派'的些微成绩是不能与它的过失相抵消的。清算'新红学家'、尤其是俞平伯的反动观点,就是保护祖国的文学遗产。如果把这样一个严肃的思想斗争与他个别的点滴的成绩混淆起来是完全错误的。"

在这篇文章中,一个明显的变化就是,李希凡、蓝翎对于俞平伯已经不再称"先生",而是跟对待胡适一样直呼其名,这说明他们已将俞平伯当成了"敌人",这从他们具体的论述中,亦可看得出来。

为了弥补以前的"过失",李希凡、蓝翎特意在文后加了一个注:"在我们的《评〈红楼梦研究〉》一文中,曾经对俞平伯关于红楼梦后四十回的研究,部分地作了错误的评价,在肯定他微小的成绩时,并没有发现他否定后四十回的目的,对于这种烦琐的考证方法,失掉了敏锐的感觉,这种错误是原则性的,我们已另外写了文章(见人民大学校刊《教学与研究》一九五四年第十一号)加以纠正。——笔者"

看来,经过批判运动的洗礼,他们的思想觉悟又有了"进一步的提高"。

1954年12月8日,对俞平伯来说,是一个很不平凡的日子。这一天,中国文联主席团和中国作协主席团联合召开的扩大会议,既对俞平伯、《文艺报》的批判做出了"总结性判决",也发出了向胡风及"胡适思想"进军的号令。

会上,"前线总指挥"周扬,宣读了对俞平伯的"判决":"我们正在进行的对俞平伯在《红楼梦研究》及其他著作中所表现的胡适派资产阶级唯心论观点的批判,是又一次反对资产阶级思想的严重斗争,同时也是反对对资产阶级思想的可耻的投降主义的斗争"。"假如说电影《武训传》的批判关涉到如何正确地对待中国人民的革命传统的问题,那末,对俞平伯的《红楼梦研究》的批判就关涉到如何正确地对待中国人民的文化遗产的问题"。"俞平伯先生是胡适派资产阶级唯心论在《红楼梦》研究方面的一个代表者",与胡适一样,"俞平伯的考证和评价《红楼梦》,也是有引导读者逃避革命的政治目的",他的"文学见解不但是资产阶级的,而且是封建的",他对于我们国家的优秀的文化遗产,采取了"反爱国主义的虚无主义的态度"。因此,我们既不

"容许资产阶级学者、作家用反人民的、反爱国主义的观点来歪曲和抹杀"中国人民革命的传统,也"决不能容忍资产阶级学者、作家用唯心论的观点来曲解和贬低我们祖国文学遗产的真正价值以及对这些遗产采取诽谤的虚无主义的立场"。㊱

与10月24日会议上的发言相比,周扬的态度,已有了一个很大的改变。"俞平伯的考证和评价《红楼梦》,也是有引导读者逃避革命的政治目的",他对于我们国家的优秀的文化遗产,采取了"反爱国主义的虚无主义的态度"等等,"罪名"已然相当严重。

在此我们需要指出,在众多的批判文章中,有两篇文章很值得注意:一是陆侃如的《严厉地肃清胡适反动思想在新中国学术界里残存的毒害》㊲;二是吴组缃的《评俞平伯先生的〈红楼梦〉研究工作并略谈〈红楼梦〉》。㊳

陆侃如的这篇文章,从题目来看非常严厉,但实际上却是一篇自我批评式的文章。他说:"近来在文史哲、文艺报、光明日报、人民日报上,接连读到几篇讨论红楼梦的文章。对于我来说,正像敲起了振聋发聩的警钟一样。因为我自己在古典文学的研究上,和俞平伯先生同样的受过胡适反动思想较深的影响,搞过钻牛角尖的小考据,写过主观主义的、形式主义的研究文字。虽然解放前也浏览过一些左翼文艺理论书籍,可是在我思想上、方法上却仍然原封未动。直到解放后才初步认识到过去的错误,才开始了轻微的改变。但胡适反动思想的遗毒却远远没有清除干净。李希凡和蓝翎两位都是我的学生,他们的文章在几个月前我已经从文史哲编委会那里看到,但并没有引起足够的重视,后来到北京出席中国文联的全国委员会,听到朋友们谈起红楼梦的问题,才促起我的注意。最近读到钟洛同志的文章,更提醒了我,感到应该检查一下自己。"

无论这些话是违心的还是虔诚的,起码陆侃如没有像其他人那样忙着批判俞平伯,而是把自己与俞平伯相提并论,开始认真地先"检查自己":"回想三十年前我第一次读到胡适的《红楼梦考证》的时候,我和一切出身于剥削阶级而又饱受封建主义与资本主义教育的青年们一样,真是五体投地地佩服。"

陆侃如的这种做法，无疑也是在替俞平伯说话，"三十年"来，有几个"出身于剥削阶级而又饱受封建主义与资本主义教育的青年"人，不对胡适"五体投地地佩服"？

陆侃如还说："这次关于红楼梦的讨论是有极其重大的意义的。对于李希凡与蓝翎两位所提出的与俞先生不同的看法，值得俞先生考虑，也值得一切专门研究古典文学的老教授与专家们考虑。"

说是"不同的看法"，自然还界定在学术的范畴内，但即使如此，这些问题，也不仅仅值得俞平伯一个人"考虑"，而且"也值得一切专门研究古典文学的老教授与专家们考虑"。

这一句话，无疑包含着两层意思：不仅俞平伯受了胡适的影响，"一切专门研究古典文学的老教授与专家们"，也莫不如此。要批判别人，就首先"应该检查一下自己"。

令人遗憾的是，陆侃如无权无势，也只是一个普通的名教授，他说的话，自然没人理睬。因而，大批判运动既起，许多"专门研究古典文学的老教授与专家们"，还是奋勇争先地批判了俞平伯，却很少有人"检查一下自己"。

接下来，陆侃如又将自己与俞平伯捆绑在一起，一方面替俞平伯说好话，一方面又来"检查自己"："我细读俞先生一年来所写的文章，觉得俞先生也开始了转变，也初步认识到红楼梦所激起的对于封建制度的憎恨，也提到了红楼梦的'高度的现实主义成就'。我自己也这样，解放后才开始从现实主义的角度来估计这部杰作。但是转变才刚刚开始，认识还很肤浅，对于现实主义的基本精神还没有能够很好地掌握，尤其在思想上所受胡适的毒素没有根本清除，因而在研究方法上就必然会存在着严重的主观唯心论的错误，我愿意和俞先生及所有研究古典文学的朋友们一道努力，虚心接受这次讨论的深刻教育，严格地检查自己，改正错误，使文学遗产中的民主性的精华能够在祖国社会主义建设中发挥应有的作用。"

在这场批判运动中，这样的文章实在罕见。可与之媲美者，恐怕也只有在10月24日会议上杨晦与浦江清的发言了。

不过，我们在此必须说明，陆侃如批判胡适的文章，却又是另一种风格。产生这种明显的反差,有一个原因值得考虑,这就是,胡适跟着蒋介石跑了,在政治上是"敌人",是"战犯",而俞平伯在政治上却站在共产党一边。正因为陆侃如将政治与学术、思想问题分开,所以他对胡适和俞平伯的态度也截然不同。

在二百万字的批判文章中,值得一提的另一篇文章便是吴组缃的《评俞平伯先生的〈红楼梦〉研究工作并略谈〈红楼梦〉》一文。这篇文章,是吴组缃根据10月24日会议上的发言写成的,内容基本没有多大改变。在那次会议上,吴组缃虽然也替俞平伯说了好话,但批评的言辞却是很尖锐的。然而,当批判运动轰轰烈烈地展开以后,这篇文章却明显替俞平伯说了好话。当许多人都指责俞平伯"污蔑、歪曲《红楼梦》"、"具有引导读者逃避革命的政治目的",甚至骂俞平伯"恶毒"、"恶劣"等等,吴组缃却在文章中一再强调:俞平伯的"'辨伪存真'的考证工作,是从个人癖好出发的。若问他的研究有何目的,方向何在,我想除了说是'游戏'、'消遣'、'逢场作戏'而外,很难找到其他回答"。"有无'趣味'或'风趣',是否'杀风景',就是他评论的标准"。

"很难找到其他回答"这句话,自可视为对那些无限上纲上线批判俞平伯的人们的一个回答。吴组缃说这番话,也是他对俞平伯文章的真实看法,是心里话。他开始就这么认为,到后来还是这么认为。

俞平伯为什么会受到批判?如果抛开那些偶然性因素,郭沫若的一段话,倒是准确地回答了这个问题:"俞平伯先生在三十年前要用资产阶级唯心论的方法来研究《红楼梦》,本来是不足怪的事情。三十年前,像我们这样年辈而研究古典文学的人们,懂得马克思主义的,真要算是凤毛麟角了。俞平伯先生的研究之所以成为了问题的,是他三十年来,特别是自解放以来,在思想、立场和方法上,都没有什么改变。"㊴

郭沫若所说一点不错。如果在"三十年前",或者说是在1949年以前,俞平伯写这类书,那当然不会有人来批判他。然而,"三十年"后,也就是在中华人民共和国成立以后,他还拿"三十年前"的书来改头换面地出版,这就是不识时务了。他的著作,与当时的时代大潮是格格不入的。"他三十年来,特别是自解放以来,在思想、立场和方法上,都没有什么改变",所以,他的研究也就"成为了问题"。

建国后,毛泽东在思想文化领域掀起的对"资产阶级唯心论"及"胡适思想"的批判,以及"知识分子思想改造运动"等等,都是为了在中国普及马克思主义所做出的努力。

然而,毛泽东也发现,仅仅进行这种缺乏具体内容的空洞的思想改造运动,是很难将运动深入持久地开展起来的。因此,寻找并打开一个突破口,以便开展对以胡适为代表的资产阶级唯心论的批判,就自然而然地成了当务之急。⑩

由此不难想见,当时即使不抓俞平伯做典型,也会抓住另一个"有代表性的人物",以便将对"胡适派资产阶级唯心论的批判"轰轰烈烈地开展起来。"打不着阎王整小鬼",整小鬼还是为了打阎王。

俞平伯很不幸,历史偏偏选中了他。

1954年的这个秋天,俞平伯经历了他有生以来最痛苦的一段时光。

## 四 风暴中的孤独者

在这段雨急风骤的日子里,陷入风暴中心的俞平伯在做什么?

第一件不得不做的事情,就是参加大大小小的会议并接受批判。

此时,大字报这一威力无穷的武器尚未发明出来,"炮击敌人"主要还是用两种方式:一是在报刊上发表文章进行笔伐;二是通过开会加以口诛。

相比而言,第二种方式更令被批判者感到难堪。对于批判文章,不愿意生气就可以不看,但面对开会批判的方式,被批判者却难以遁逃。他不仅需要老老实实地听别人对自己的愤怒声讨,而且还必须装出一副虔诚的样子做违心的检讨。⑪

在俞平伯遭受批判的1954年,他没有留下日记。他一共参加了多少次批判会,似乎也很难说准确。好在孙玉蓉的《俞平伯年谱》已经出版,我们不妨利用这一份现成的资料,将俞平伯的会议日程作一大致的勾勒:

10月24日,俞平伯参加了中国作家协会古典文学部召开的"《红楼梦》

研究座谈会",并在会上做了发言。

10月31日至12月8日,中国文联主席团和中国作家协会主席团连续召开了八次联席扩大会议,俞平伯无会不与,并做发言。

这期间,还有一些小型会议在穿插进行着:

"11月21日,参加九三学社北京市分社沙滩支社举行的关于开展学术界对资产阶级思想的批判问题座谈会,并在会上首先发言,从立场、观点、方法三方面分析了自己在《红楼梦》研究中的错误。"同时,接受了同志们的批评帮助。

11月25日,参加北京大学文学研究所召开的《红楼梦》研究问题座谈会,并检讨了自己在《红楼梦》研究工作上所犯的错误。

11月29日,参加由中国科学院和中国作家协会联合召开的"《红楼梦》的人民性和艺术成就"的专题讨论会。

1955年1月,俞平伯先后三次参加九三学社北京分社沙滩支社支委会会议,讨论他的《检讨》提纲和底稿。

虽然都是开会,但形式各有不同。大型的会议叫"大会"或"批判大会";小型的会议一般都叫"座谈会"。前者比后者更可怕,这不仅仅是因为参与的人多,更重要的还是那种形式和气势:主持会议的人坐在台上,接受批判的人站在台上,上台作批判发言的人一般也都站在台上,但二者的身份是截然不同的。面对台下的"革命群众",面对成千上万只炯炯有神的眼睛,主持人威风凛凛,批判者义愤填膺,被批判者却只能老老实实地"低头认罪"。

1954年,不知道俞平伯是否尝过这种滋味,但冯雪峰、陈企霞等人却都经受过。

大概当时还没有发明群众高呼口号的"高招"。在批判大会上,这一招也相当可怕。领头喊口号的人振臂一呼,台下"愤怒的革命群众"随即高举起千万只"革命的铁拳",雷鸣般的呼声同时发出,那气势,那声势,胆小的人非被活活吓死不可。

1954年,俞平伯主要还是参加小型会议。既然定名为"座谈会",虽然也像开大会那样与"批判者们"面对面,但被批判者也还是可以"坐着谈"。

"面对面",这个名词很温馨,听起来就像是"对面聊天"、"促膝谈心"一样,但对被批判者来说,却无异于公堂上被拷问的罪犯。

1954年10月24日召开的那次会议,是俞平伯与批判者们的第一次"面对面"。

当主持人郑振铎刚刚说完话,俞平伯便抢先发了言。他的第一句话是:"今天的会是很盛大的。"

在这种场合说出这种话来,不知其内心究竟作何感想。"盛大"一词用在这里,总觉得有点不伦不类。曾经见过大场面的俞平伯㊷,面对着连记者编辑在内的六十九个人,却使用了"盛大"这个词,证明此事大大出乎他的意料之外。

俞平伯应该想到,即使当时他不知道事情的内幕㊸,但通过《人民日报》带头上阵这一点来看,他也应该猜到这次运动的来头是不小的。

由于面对面地"座谈",空气也没有后来那么紧张,所以俞平伯抢先发言的目的,也是要赶"在讨论以前","简单地谈一些事"。那么,到底是什么事呢?俞平伯并没有认真地做检讨,却重点强调了《红楼梦简论》、《红楼梦的思想性和艺术性》两文的写作及发表过程:"我本来在北京大学文学研究所,做研究整理《红楼梦》的工作,因为自己知道政治思想水平太差,原不想马上发表文章。去年秋天《人民中国》要我写一篇对国外介绍《红楼梦》的文章,我接受了这个任务,写成了《红楼梦简论》。因对外发表,为郑重起见,请朋友看,承他提出新的观点嘱我改写。我因工作繁忙,懒于再写,又因为这是介绍百二十回本的跟我平常的看法有些不同,就把这建设性的意见交给我的助理王佩璋同志,请她代写,我稍修改寄给《人民中国》,他们嫌它太长,没有采用这稿,后来用我的名义发表在《东北文学》。隔了些时,新建设杂志又来要稿,我又把旧稿《红楼梦简论》给了它。"

俞平伯特意强调说:"因《思想性和艺术性》一文发表在先,《简论》发表在后,好像我的思想在往后退。事实却不是那样。我自己承认思想上有很多的毛病,为真理斗争性不强,但却是倾向于要往前进的。今年春夏间,我还在各处作了几次关于红楼梦的讲演,这都可以说明我最近的思想情况。"

在检讨中,俞平伯只承认自己:"叫王佩璋代写文章,这种封建的师徒关系的作风是很不好的","我是从趣味出发的,没有针对红楼梦的政治性和思想性,用历史唯物观点来研究,敷衍搪塞,写了些不大负责任的文章,用不正确的意见去影响读者。"

对于针对自己的批判文章,俞平伯也表了态:"现在报上发表批评我的文章,我很感谢。"但到底批判得对不对,他却没有评判。

寒流乍来,往往让人感到难以忍受,几天过后,就会慢慢适应。以后的会议,俞平伯恐怕要冷静许多。这不仅仅因为他已经适应了寒冷的天气,更重要的是,在他的身边又增加了几个"难友"。10月28日袁水拍的一声"号炮",将《文艺报》编辑部及《文学遗产》编辑部统统打入了俞平伯的"战壕"。这一来,暴风雨中的孤独者俞平伯,也有了几个做伴的,虽然依旧感到寒冷,但多少也会削减一份寂寞。

以常情度之,俞平伯在不了解批判内幕的前提下,对《文艺报》和《文学遗产》这帮"难友"们,恐怕只有仇恨而不会有任何同情。从表面来看,似乎正是因为《文艺报》转载李希凡、蓝翎的《关于〈红楼梦〉简论及其他》,以及《文学遗产》刊登《评〈红楼梦研究〉》,才引发了这场批判运动的。[44]

《文学遗产》只是被捎带着刺了一枪,后来没有再追究他们。这可能一来是因为毛泽东不想扩大打击范围,二是他派人去检查《文学遗产》编辑部的工作时,并没有抓住什么把柄,这才放了他们一马。[45]

如此一来,俞平伯的"难友"便只剩下了《文艺报》编辑部的冯雪峰和陈企霞等人。中国文联主席团和中国作协主席团联合召开的几次会议,主要矛头都是冲着《文艺报》来的,所以俞平伯倒是没有尝到大会批判的滋味。

后来的几次小会,九三学社的人主要是真心实意地帮助他改写《检讨》[46],在本单位开会时,单位的人也都很好,所以俞平伯也不会多么难堪,只是心里窝着无名火而已。

面对这些大大小小的会议和铺天盖地的批判文章,俞平伯是怎样一种心态呢?简单的回答是:开始时他口不服心也不服,到后来经过别人的帮助和劝说,他口服了但心里却仍然没有服。

俞平伯是很耿直也是很倔强的。他的这种个性,在许多场合都表现了出来。1954年10月24日的那次会议上,他第一次面对面地接受批判,但也是第一次表现了他的不服。虽然他在发言中曾经声明:"很虚心地听取大家的意见。"但上午的会议刚刚开完,中午他便拂袖而去,没有参加下午的会议。㊼由此可以看出,他对这种批判,绝对是心不服口也不服的。

陈徒手在《旧时月色下的俞平伯》一文中有几条史料,可以帮助我们更好地看清俞平伯的这种抵制态度:

> 俞平伯教授没有服气,自我解嘲地说:"我的书,这一来就一抢而光了。塞翁失马,安知非福!"……(《北京日报》办公室一九五四年十一月五日编印《北大教授对红楼梦问题的反应》)
>
> ……
>
> 俞平伯本人此刻还在消极抵抗中,情绪当然是很激动、不安的,他说:"我豁出去了。"这即是说一切都听天由命。(陈翔鹤《关于〈红楼梦〉座谈会的报告》)
>
> ……
>
> 中国社科院文学所研究员曹道衡当年是《文学遗产》编委会秘书,他形容那时涌到编辑部的批判稿件如挡不住的潮水:"稿子两三天就是一堆……俞先生去反驳不大可能,但一些问题依然想不通,譬如,'你们说贾宝玉是新人的萌芽,他踢丫环一脚,这怎么算新人?''说我是不可知论,可这里面就是有些弄不懂。'……"

上述俞平伯的言行,已经足以说明他的态度,也可从中看出他的个性。然而,在朋友们的劝说下,俞平伯还是不得不在表面上低下了他那高傲的头颅。在小型会议上,他也开始做检讨了,虽然这种检讨是违心的,但为了"过关",表面文章还是得做一做的。因此,自1954年11月中旬起,俞平伯开始了纠正错误的努力。

据孙玉蓉《俞平伯年谱》载,自11月起,俞平伯与文艺界领导人周扬一共通了三次信,内容都是向周扬做出愿意改正错误的具体表示:

1954年11月11日,"致周扬信,并附拟修订出版的《红楼梦研究》新版目录一份,请其备览。信中说:'《红楼梦研究》于一九五三年年底,即嘱出版方面修订,删去《作者底态度》、《〈红楼梦〉底风格》两文》,改用考证性文字两篇。因出版方面机构变动,尚未出书。'"㊽

至此,俞平伯仍然没有真正明白,他的问题,并不仅仅出在《红楼梦研究》上,李希凡、蓝翎的第一篇文章,就是冲着他的《红楼梦简论》来的,而正是在这篇文章中,俞平伯提出了要进一步用"马克思列宁主义的文艺理论来分析批判"《红楼梦》。对于他们这一代知识分子来说,要学习马列主义文艺理论,无论真的还是假的,又谈何容易!

1954年11月16日,俞平伯又给周扬寄去了一封信,"并将拟在北京大学文学研究所《红楼梦》研究问题座谈会上的发言稿送审。此前,俞平伯已经得到周扬的'宝贵正确富有积极性的指示',他表示'愿意诚恳地接受,不仅仅是感谢'。他说想将此前在文联会上的发言和拟在文研所的发言,两稿合并补充写成文章,请示周扬可否。他说:'我近来逐渐认识了我的错误所在,心情比较愉快。'愿意听从周扬'随时用电话约谈'。俞平伯的这份送审稿,后曾按照周扬的意见作了修改。"㊾

同年11月25日,俞平伯再"致周扬信,并附寄由人民大学中语系整理出来的俞平伯在本年6月讲演的《〈红楼梦〉的现实性》,请其备览。他说:'其中自然还有些错误的,不过可以看见我较晚的见解而已。'"㊿

无论从哪个角度来说,俞平伯写这三封信给周扬,周扬还给予他"宝贵正确富有积极性的指示",说明周扬还是帮了俞平伯的忙的。

其实,帮俞平伯忙的人并不在少数。俞平伯于1955年1月完成的关于《红楼梦》研究的书面检讨的初稿,就凝聚了许多人的心血:

除周扬之外,还有许德珩及九三学社北京分社沙滩支社的支委会会员们。他们曾经三次开会,帮助俞平伯写好这份能够使他顺利"过关"的检讨:"一次讨论了他的检讨提纲,一次讨论了他的检讨底稿;最后一次对他检讨中的几个基本观点提出了具体修改意见。"

同年2月,俞平伯又接受他的另一个老朋友叶圣陶的帮助,"向他汇报

213

书面检讨修改的情况"。

1955年2月,俞平伯终于写出了一份凝聚着许多人心血的检讨书,并很快发表在《文艺报》1955年第5期上。这篇检讨,题为《坚决与反动的胡适思想划清界限》,副题是《关于有关个人〈红楼梦〉研究的初步检讨》。㊶

俞平伯在《检讨书》中说:"近四个月来,各方面通过对《红楼梦》研究的批判,热烈地展开了反对资产阶级唯心论的斗争。我认为这是必要的、及时的。因为这不仅是我们学术界、文艺界的一件大事;作为刈除并粉碎敌对阶级的错误思想的滋蔓及其影响,这是完全切合于过渡时期向社会主义迈进的历史要求的。对《红楼梦》研究工作的批判,不能局限地意味着这只是对某一特定文学名著的理解的分歧,而应该明确地认识到:这是社会主义思想体系对非社会主义思想体系的斗争。这个有着重大意义的思想斗争必须胜利,也必然会得到胜利的。我们必须在广阔的学术界、文艺界建立并扩大马克思列宁主义的思想阵地。"

说完了该说的场面话,接着便进入了实质性的检讨:"这次批评是从我的《红楼梦》研究而引起的:对我说来自不能不感到痛苦,因为我曾是错误思想的传播者,我应该对过去的坏影响负责。另一方面,由于错误得到渐次廓清的机会,个人的自我改造得到一次新的发轫,我应当客观地检查在研究《红楼梦》思想上的种种错误,我有责任严格地做出公开的自我批评……我们对待自己的错误,不允许包庇或躲闪,必须彻底地通过自己的认识,予以不断的揭发。但我限于马克思列宁主义理论水平很低,对自己错误认识的发掘自然是会很不够的,我愿意虚心地接受同志们继续的指正。"

一句"对我说来自不能不感到痛苦",包含着多少难言的辛酸!但说造成这种痛苦的原因是"因为我曾是错误思想的传播者",却未必是发自肺腑的由衷之言。若问俞平伯的痛苦来自何处,应该来自对他的批判。

"我进行《红楼梦》的所谓'研究'工作,前后断续地经过三十年,主要的错误在于沿用了资产阶级唯心论的思想方法,这种思想方法的形式是多端的,无论是属于大胆的假设也好,猜谜式的梦呓也好,繁琐的所谓考据也好,所谓趣味性的演绎也好……基本上只是主观主义在作祟。这样才不可避免地引出种种迷惑的看法,种种不正确的结论,以自误而误人。我出身于封建家庭,带有封建统治阶级的思想和感情,于五四前后又沾染了资产阶级的思想;因而在学术方面、文艺方面并没有从客观现实出发,而只由个人的兴趣去考虑,我个人的兴趣,其实质乃是半封建半殖民地的、封建遗留与资产阶级相结合的阶级趣味。这样发展下去,以致我的一切有关著作不仅跟劳动人民的需要背道而驰,而且,在不觉中把读者引导到脱离政治斗争的迷雾中去,我的研究方法在客观上是替旧中国的统治阶级服务的,所以错误是严重的。"

在"研究"二字上打了引号,无疑是对自己过去的研究做了全盘否定。其中的苦处,又岂是用语言文字所能表达的!这一番检讨,到底是他自己的认识,还是把别人强加在他头上的罪名不得不接受下来?俞平伯自己当然明白。然而,迫于强大的政治压力,为了能够顺利"过关",他又不得不说这样的违心之言。至于他在说这些话的时候,其内心到底有多痛苦,恐怕也只有他自己知道了。

接下来,俞平伯便将自己"过去的研究工作,分为前后两个段落来谈":

"第一段的作品是《红楼梦辨》和《红楼梦研究》……这两书共同的主要内容是'考证',采用胡适的作者自传说加以发挥,抽掉了《红楼梦》应有的社会的和政治的思想意义,而以我主观的看法,如情场忏悔、怨而不怒等等来代替它,我不但不曾积极地发掘《红楼梦》内涵丰富的反封建的意义,相反的却明显地歪曲了这意义。这是《红楼梦研究》一书的主要错误。"

"第二段的作品是《红楼梦简论》、《读红楼梦随笔》和一九五四年春夏间在各处的讲演稿。自传说的成分虽渐次减少了,却另外加上许多新的说法,所谓'真假''反正''微言大义'(应该说是微词曲笔)。这实际上是索隐派的精神,考证派的面貌。我也从早年的无褒贬的说法一变而为主张褒贬了。但旧的错误没改好,又发生了新的歪曲,这叫做'换汤不换药'。我继续用主观的唯心论的方法企图证明《红楼梦》是一部现实主义的作品,这真像古语所谓'缘木求鱼'、'钻冰取火'了。"

承认自己对《红楼梦》的"歪曲",承认自己是"用主观的唯心论的方法",也都是不得不说的违心之言。但说自己是"企图证明《红楼梦》是一部现实主义的作品",动机却是很正确的。这样的话,恐怕俞平伯这种书呆子是很难说出来的。集体智慧的结晶,果然非同一般。

在1954年12月24日的会议上,俞平伯曾说自己"是倾向于要往前进的",但在这里却又不得不承认自己"从《红楼梦研究》到《红楼梦简论》虽有所改变,却不曾向好的方面去,有些地方也许更坏了一些"。可见在别人的"批评"帮助下,他的思想确实发生了很大的变化。

反正有别人的现成的东西在那里摆着,人家说自己错在哪里,就承认自己错在哪里,因此,在说到脂评时,俞平伯也承认:"'脂评'当不失为研究《红楼梦》的材料之一,作为试探作者的主观意图(自然这是次要的)也还值得参考。但正因为我的观点本末倒置,局限于对作者主观意图的探求上,而不能从最根本的最主要的方面——作者的、作品的客观思想及其效果去考虑,这样便被'脂评'迷住了,反而更加重了旧的毛病……我掌握了这些材料,因而产生好奇炫耀的心理,不仅在《简论》中,在《红楼梦随笔》的琐细的校勘中,更加显著地流露出来了。又因为我过信'脂评',就打算流通它,以备公众的参考,去年春间曾辑过'脂评'。这工作做得是否合宜是另一问题,但有人说我将古典文学珍贵资料垄断居奇,却是没有的事。"

虽然已经没有了反驳别人的权利,但在检讨书中,却仍然没有忘记反驳黄素秋的文章,可见此事给他带来多大的痛苦和创伤。

既然这次的主攻对象是胡适,大势所趋,俞平伯在这篇文章中,自然也不能不批判胡适。所以,他也只好学着别人的腔调,对胡适及"实验主义"批判一番:"胡适本来是拿'脂评'当作宝贝来迷惑青年读者的,我的过信'脂评'无形中又做了胡适的俘虏,传播了他的'自传说'。说到我的封建趣味非但不妨碍资产阶级唯心论,两个杂揉在一起,反而帮助它发展了。至于结论或彼或此,并不能因而推论我和胡适有什么不同,正可以用来说明实验主义的研究方法绝不可能认识客观的真理,只能得到一些主观的解释。所谓'大胆假设,小心求证',事实上只是替自己先肯定了一个主观的假设,然后多方地企图去说明它,'小心'二字是自欺欺人的话,'大胆'倒是实供。证据变成了奴役,呼之使来,呵之即去,岂能不服从主观的假设?'小心求证'事实上是任随自己惬意地'选择证据'……实验主义在旧中国学术界所以能得流行,是和剥削阶级的不劳而获的反动观点相结合的。"

俞平伯在对胡适略作批判之后,重心还得回到对自己的批判上来:"我研究《红楼梦》,最严重的错误,自其基本性质来说,便是不能掌握历史唯物主义的观点方法全面地分析作品,相反地以资产阶级唯心论的观点方法来追求作者的企图。""我根据个人的趣味,最先着眼于《红楼梦》,即注意它的枝节现象,而不从其主要的方面,即它多方面地深刻地批判了当时的必然走向灭亡的封建社会这一思想内容去估计这部伟大的作品。《红楼梦》是一部批判性的现实主义的名著,主要的倾向性是很明确的。自然它不能没有它历史的局限性;而我所看到的每是它局限性所在的片面。它的局限的部分又是比较深微隐曲的,我因此轻率地采取了主观的猜想。"

那么,俞平伯在这方面的"错误"主要有哪些呢？他自己认为:"从片面的看法来分析,有三重的错误:(一)从片面看,而不从整体看,本是错误的;(二)只看到它的局限性加以主观地揣想,当然也是错误的;(三)强调自己落后的片面的看法以影响读者,更是错误的。"

此外,俞平伯觉得,自己"还有一个错误,这就是不注重小说中的人物形象的分析。即偶有讲到,不免穿凿,不能得到小说是通过形象来表现社会现实的这个正当的看法……这样造成了对书中人物形象分析一系列的歪曲"。

在找出自己的错误之后,还必须寻找产生这些错误的根源,他认为:"这些错误的根源当然应从立场观点方法去找。我虽然在政治上认识了由新民主主义到社会主义的总路线,而在学术上并没有建立马克思列宁主义的观点,我对文艺理论学习得很差。对于一般文学研究,论作品的思想性,每不能从历史的、社会的因素去估计;论作品的艺术性,又不能用正确的美学观点去衡量。这些缺点都表现在《红楼梦》的研究里。我不仅不曾彻底批判胡适,不仅继续走了胡适研究《红楼梦》的道路,而且扩展了它,在社会上替胡适的反动思想散布毒素,这个错误是十分严重的。"

透过违心的检查,有时也能看到一些真实的成分,下面的一段话,便是如此。俞平伯说:"对我来说还有一点也很严重的,就是我的不自觉性。我的认识是逐步的。我最初几乎不认识这错误,那时我把我的主观认识当做符合客观的真实的,自己方以为面对真理实事求是。后来得到批评,经过思想检查,才认为这是学术脱离政治的错误,却认为还不怎么严重,到最近我才认识到这错误的严重性。决不可能脱离了正当的立场观点方法,还会有面对真理实事求是的看法,我每每形式地看问题,主观地想解决,在不自觉之中已把马克思列宁主义和客观的真实分开来看了。这是原则性的错误。我要不否定过去,就不能建设将来;我留恋着过去,也必定妨碍了将来。"

错误检讨完毕,表一表决心也是十分必要的,更何况还需要为自己留下一条退路,以免别人还说自己的检讨不彻底:"我初步检查我过去的研究有这么多的毛病,我又从各方面知道我的研究作品发生很大的危害性:这都是我过去没有想到的。我必须加强马克思主义文艺理论的学习,而具体地应用到古典文学的作品上去,将来才能够做好这样的研究工作。""以我现有的理论水平和认识,我这篇写得枝枝节节的检讨性的文章,可能在许多方面仍然继续了过去的错误。正确的认识并非单凭主观的热情所能取得。我将在同志们不断的帮助下,加强我的思想认识,我要虚心地、实事求是地端正我的研究态度。我坚决地要和胡适的及一切反动的敌对思想划清界限"。"我珍重这次学习的机会,我拥护这次由《红楼梦》的研究所引起的反对资产阶级唯心论的斗争,我必须明确表示我的态度——我的心情是兴奋的"。

心情是否兴奋,也只有他自己知道,面对汹涌而至的批判狂潮,俞平伯又能如何?

"文革"爆发后,有人揭露这份检讨是别人代写的[52],这倒是实情。倘若没有那么多好心人的帮助,以俞平伯的个性而言,他是写不出这么好的检讨文章的。

这又让我们感到了另一重悲凉:俞平伯是文学家,研究、创作方面都颇有造诣,写这么一份检讨,怎么还要别人帮助或代笔?看来写这种违心的文章,对于一个有良知的文人来说,实在是很难办的一件事。由此我们也不能不想到,当时那些写批判文章的人,难道说的都是真心话?

写了书面检讨,在会上也做了检讨,俞平伯真的心服口服了吗?我们不妨再看看王平凡的一段回忆:

> 解放后在北大经过几次思想改造,大家变得很谨慎……五八年拔白旗,批郑振铎、批钱钟书《宋诗选》等……就在运动中,俞先生他们校勘的《红楼梦》大量出版了,到一九六二年《红楼梦》印数有十四万部。俞先生那时说了这话:早先批判我考据烦琐,现在有些考据比我走得还远。这或许就是他对以前那些牵强附会的大批判文章的一种回答。㉝

王平凡分析得很有道理,俞平伯的这一番话,正是"他对以前那些牵强附会的大批判文章的一种回答",甚至可以说是反驳。在"反右"斗争以后,政治形势的发展越来越脱离正常的轨道。在这种情况下,俞平伯敢于说出这样的话来,还是颇有勇气的,也证明他心里根本就没有服气过。

此外,韦奈在接受陈徒手采访时也直言不讳地说:"《红楼梦》的事情把外公搞伤了,从学术角度讲,他对大批判一事心里肯定不服气。"㉞

这场运动给俞平伯造成了多大的痛苦和心灵创伤?这恐怕是我们局外人无法体会到的。韦奈在《我的外祖父俞平伯》一书中曾经有这样一段话:"在一次与外祖母闲谈中,她偶尔提到当年的情况,说:'那时我和你外公都很慌,也很紧张,不知道发生了什么事,连往日的朋友都很少走动。我很为他担心。但总算还好,过去了。'"短短数语,包含着多少无法用语言表达的复杂情感!

1958年8月12日,俞平伯在上交的一份自述中有这样一句话:"五四年秋发生对《〈红楼梦〉研究》的批判,这事对我影响很大,同时使我进步很多……"㉟

这影响到底有多大,也只能以常情度之。因缺乏相应的史料,我们也就不必妄加揣测了。

## 五　严寒中的一丝温暖

俞平伯并没有陷入绝境。他还有一批至亲好友,都在以各种各样的方式,温暖着他那颗受伤的心灵。

身陷于风暴中心的俞平伯,如果当时稍加留意,对于前面我们提到过的杨晦、浦江清、许德珩、叶圣陶、郑振铎、陆侃如等人的言行和文章,就不能不生出万分的感激之情。

人在孤立无援的处境中,最需要友情和亲情。哪怕只是淡淡的一句话,也能使孤独者倍感亲切,有时甚至能够挽救一个绝望的生命。

在关怀俞平伯的这些亲友中,有一个人尤不能不提。这就是俞平伯的老同事、老朋友王伯祥。

王伯祥,名锺麒,字伯祥,号容庵。江苏苏州人。1890年2月27日生。文史学家。王伯祥自20世纪50年代初起,即在北京大学文学研究所工作,与俞平伯共事二十余年,并结下了深厚的友谊。据王伯祥之子王湜华说,王伯祥与俞平伯、章元善、叶圣陶、顾颉刚五人,因祖籍都是苏州,且五人之间的交谊非同一般,因而别人将他们合称"苏州五老"。

时序进入1954年11月,批判的烈火烧得正旺,这对自幼没有经历过多少磨难的俞平伯来说,无疑陷入了灭顶之灾。据说,在大批判运动爆发后的这一段日子里,往日的朋友都很少上门,就连至亲,唯一的办法也只能是劝俞平伯好好检讨[56],当时俞平伯处境如何,可想而知。

就在孤寂的心灵需要友情温暖的时候,王伯祥来了。他不仅带着俞平伯到北海公园去赏菊,而且还请俞平伯到烤肉季去饮酒。这一天,王伯祥究竟对俞平伯说了些什么? 不得而知。但以常情度之,想必不外乎"劝"、"慰"二字。劝的内容不过只能像许德珩那样,怕俞平伯"思想不通,怕他的对立情绪招来更激烈的围攻",或者像许宝骙那样,"只劝其深自检讨而已"。至于"慰",内容与方式则要丰富得多。其实王伯祥用不着多说什么,我们也用不着耗神费力地去推测他对俞平伯说了些什么。王伯祥有这样的举动,就已经足够了。

1954年11月9日,这应该是值得俞平伯永远记住的一个日子。这一天,王伯祥让他体会到了什么才是真正的友谊。

这一次的相会,内容一定很丰富,场面也一定很感人。只可惜没有更详细的史料记录下这份历史的真实。然而,这些已经不重要了,重要的是王伯祥来了——在俞家门可罗雀的时候,在俞平伯最需要关心的时候,王伯祥以他的实际行动,表达了他对落难挚友的关怀之情。

通过《俞平伯全集》我们可以看到,在1954年遭受批判的这些日子里,俞平伯不但没有写日记,当然更没有闲心作赋吟诗,然而,这一天,自什刹海归来后,他却动情地写下了二首题为《赠王伯祥兄》的诗,不仅表达了他此时的处境和孤寂的心情,也充满了对王伯祥这一份深情厚谊的感激之情。兹将这两首诗及诗序一并转录于此:

> 容庵吾兄惠顾荒斋,遂偕游海子看菊,步至银锭桥,兼承市楼招饮,燔炙犹毡酪遗风,归后偶占俚句,即录以吟教。甲午立冬后一日,弟平生识于京华:
>
> 交游寥落似晨星,过客残晖又凤城。
> 借得临河楼小坐,悠然尊酒慰平生。
>
> 门巷萧萧落叶深,跫然客至快披襟。
> 凡情何似秋云暖,珍重天寒日暮心。

字不多,但内容却非常丰富。诗意很浅显,也用不着多加分析。细读一遍,即可发现其中包含着多么丰富的"情感信息"。

对于王伯祥的这份深情厚谊,俞平伯是万分感激的。但在当时,有些人对他的隐隐约约的关心,他却未必能感觉到。当我们今天重新回顾这段历史时,却能够从中发现一些十分微妙的东西。

那么,在这场批判运动中,一直在关心着俞平伯的人到底是谁呢? 这就是"前线总指挥部"三大总指挥之一的茅盾。

茅盾,原名沈德鸿,字雁冰,笔名茅盾。浙江桐乡人。1890年生。茅盾与俞平伯的交谊,应该始于1921年。此后二人间虽然不能说交往密切,但却一直保持着那份友谊。中华人民共和国成立后,茅盾的具体职务是文化部部长兼作协主席。由于特殊的身份,在批判运动中他被任命为临时委员会的副主任。

身为副主任的茅盾本该成为这次运动的活跃分子,诸如像郭沫若那样接受记者采访,或者像周扬那样召集大大小小的会议,但他却没有这样做,而是自始至终保持着沉默,既没有发表文章,也没有发表讲话。直到1954年12月8日,作为"前线总指挥"之一的茅盾,在不得不做大会发言时,他也没有像郭沫若、周扬那样,事先写好讲稿,还请毛泽东过目并提出修改意见。从茅盾在这次大会上的发言来看,他的讲话是即席性的,并且是在有选择地发挥周扬和郭沫若的讲话:他们大批胡适、俞平伯的地方茅盾就回避,说到马克思列宁主义不容易掌握或者做出自我批评时就附和,而且还特意发挥一番。对别人的批判既很少,即使点到胡适时也是更多地强调自己也曾"中了胡适的毒"——这样的自我批评不可小觑,它所起到的客观作用,无疑是在证明:从那个时代过来的知识分子们,不受胡适影响的并不多,又岂止一个俞平伯! 更为令人深思的是,他在这次大会上的讲话中,居然一次都没有点俞平伯的名字。其回护与同情之心,是显而易见的。

另外还有一点值得注意:郭沫若、周扬与俞平伯虽然熟识,但却谈不上有什么交情。然而,他们对俞平伯似乎也有一丝同情。虽然他们在公开场合下不得不按照毛泽东的旨意大批俞平伯,但周扬能够和俞平伯联系且对他下达"宝贵正确富有积极性的指示",不能不令人怀疑是否茅盾起到了什么作用? 至于郭沫若,恐怕也是如此。他在12月8日的大会发言中能够说出"俞先生已经承认了自己的错误,并决心进行新我对旧我的斗争。我们希望俞先生的新我能够获得斗争的胜利"这句话来,应该承认他的态度还是比较友好的。

当然，这也只是一种猜测，并无任何证据予以支撑。或许茅盾是一个原则性很强的人，他根本就不会有这样的举动。但无论如何，我们通过他的具体表现，还是可以看出他对俞平伯是很有感情的。只是因为当时他的特殊身份，又让他担任"批判大军"的"总指挥"，实际上他已处于一种十分尴尬的境地。因此，他能够做到的，也就是保证自己不对俞平伯进行批判而已。

另外一个身份特殊且比茅盾更为难堪的人，便是文学所的负责人何其芳。早在大批判运动尚未爆发之时，何其芳因曾经与周扬等人共同抵制在《人民日报》转载《关于〈红楼梦简论〉及其他》一文，激怒了江青和毛泽东，他也随之卷入了矛盾的旋涡。后来，虽然他也不得不在公开场合批判俞平伯，甚至还写了批判文章，但作为俞平伯的领导，他却一直都在关心着俞平伯。就在10月24日的那次大会上，当时尚未摆脱困境的何其芳，在发言中更多的成分是自我批评或者说是检讨。但就在这种自顾不暇的境况下，他仍然对一些人的刺耳的发言当场进行了反驳。对于那些大讲马克思列宁主义如何如何的人，何其芳虽然不能表态，但对于为考据辩护的吴恩裕，何其芳却毫不客气地反击了一枪："吴恩裕先生刚才的说法，好像说胡适做了第一步工作，我们来做第二步工作就行了，把他的考据，把他的反动的实验主义指导之下的考据全部肯定了，好像那种考据的方法可以和马克思列宁主义并存不悖，或者全部包括在马克思列宁主义里一样，我觉得是不对的。"

这一天，吴恩裕在发言中，实际上是在大批胡适、俞平伯的"迷惑人、毒害人的考证"，并对自己的考证进行辩护。何其芳对他的指责，看起来似是无中生有，但仔细琢磨，却也很有道理。因为吴恩裕无论如何划分，考据只能就是考据，就算在前面冠以"唯心主义"、"唯物主义"等定语，吴恩裕的考据，仍然与胡适的"资产阶级实验主义"的考证方法是一脉相承的。

实际上，我们应该明白，何其芳之所以反驳吴恩裕，并不是冲着考证来的。在这次会议上，范宁也谈了考据，并且还批评了"两个小人物"，何其芳为什么不反驳他？吴恩裕为"色空"说辩护，性质应该说更严重，何其芳为什么也不予以反驳？却偏偏在考证方面大做文章？问题的症结就在于：吴恩裕不应该在为自己辩护的同时，将俞平伯与胡适打入了同一个"监牢"。

要印证这一判断,还需要看看其他旁证。陈徒手在采访王平凡时,王平凡曾经说过这样一番话:

> 所长郑振铎当时有些紧张:"俞先生是我请来的,哎呀,没问题吗?"副所长何其芳请全所同志看俞先生的著作,看看究竟错在哪里?所里调子起得不高,不像外面那么凶。何其芳在会上还说:"我们还没成他(俞)的俘虏,投降还说不上……批判俞先生的人,艺术鉴赏还不如俞。《红楼梦》后四十回让俞先生来续的话,比高鹗要好。"㊼

通过这一条史料的印证,再联系何其芳的种种言行,证明他对批判俞平伯,自始至终都是持保留态度的。只是鉴于当时的形势,鉴于他在处理这个问题时曾经"犯下的错误",所以他只能在公开批判俞平伯的同时,在心里保留着自己的意见。这其中既有学术观点的不同,也有愤懑不平之气。一旦找到一个突破口,他就会不顾一切地将自己的这种情绪发泄出来。

然而,此时此刻,他还必须扮演一个积极的批判者的角色。

1954年11月20日,何其芳的批判文章《没有批评,就不能前进》在《人民日报》刊登。这篇文章,批判的语气不可谓不重,但他在批判俞平伯的时候,往往注意强调以下两点:一是俞平伯在治学方法和观点上是"受了胡适的影响";二是"胡适在政治上的反动"与俞平伯在政治上的进步截然不同。

1956年,中国知识分子迎来了一个心情舒畅的"美好春天",何其芳的保留意见也终于找到了一个爆发点,于是,在这一年当中,他为俞平伯做了两件事:

第一件,是借着风势为俞平伯辩诬或者说是"平反"。

刘世德在《文章千古事,品德万人钦》㊽一文中说:"1957年,当时的中宣部部长陆定一同志要作一篇关于百花齐放、百家争鸣的报告。事先,报告的征求意见送到了何其芳同志手里。他提起笔,加上了几句,大意是:有人说俞平伯先生垄断资料,那是不符合事实的。""原来在1954年前后,平老曾写过一封信给某图书馆,指出该馆收藏的某部《红楼梦》抄本有珍贵价值,应作为特殊善本对待,细心爱护,不宜出借,以防损坏云云。这原是从爱护祖国文物的心理出发的,本无丝毫的恶意。孰料被外单位的一位编辑同志探知后,竟在《人民日报》上发表文章,添枝加叶,大肆渲染,扣上'垄断资料'的大帽子,对平老开了一炮。""陆定一同志接受了何其芳先生的意见。报告后来正式发表了,何其芳先生添加的一段话赫然在内,替当时处于困难境地的平老作了重要辩白。"

第二件,是将俞平伯评为一级研究员。刘世德在《文章千古事,品德万人钦》一文中也曾讲过:"文学研究所的研究员很多,但一级研究员只有三位。除了钱钟书先生和何其芳先生,还有一位就是平老,都在我们古代组。而这是1956年之间确定下来的,以后没有变动过,也没有增添过。""评定职称和级别的时间,离1954年'批判'之日并不算远。平老作为那场'批判'运动的重点对象,挨受了那么严重的火力攻击,如果身在其他的工作单位,他还能不能荣受这样的待遇,殊堪怀疑。我不能不佩服何其芳先生的胆力。"[59]

还有一件事,应该也与这场批判运动有着直接的关系:1956年,何其芳写成了长篇文章《论红楼梦》,对李希凡、蓝翎在1954年提出的一系列观点予以反驳。何其芳的这一举动,当可视为他的"保留意见"的一次总爆发。

为了充分说明问题,何其芳特意考察了黄宗羲、顾炎武、王夫之、戴震等清初思想家,认为他们的思想具有浓厚的封建性,根本不能代表当时新兴的市民阶层。他说:"用市民说来解释清初的思想家和《红楼梦》,其实也是一种教条主义的表现。"这种"搬运欧洲的历史的某些结论来解释中国的思想史和文学史"乃至解释《红楼梦》的做法,实际上是"老的牵强附会再加上新的教条主义"。[60]

虽是一篇学术商榷文章,但批评的措辞却相当严厉。可以看做是何其芳在代替俞平伯对李希凡、蓝翎的一次总的反击。

另外需要说明的是,1954年,俞平伯虽然遭到了无情的批判,心灵受到很大的创伤,但他的政治地位和社会地位却基本没有改变。他依然是人大代表,依然在搞研究,这种注重思想批判的运动,虽然后来越来越离谱,但尚未发展到"文革"时对批判者进行身心迫害的疯狂地步,所以他在肉体上也没有受什么"苦罪"。俞平伯真正的受苦受难,还要等到进入"文革"之后。

尤为值得一提的是,除了朋友们的关心,俞平伯还有一个同甘共苦、相濡以沫的贤妻许宝驯。融融的夫妻之情,温暖了他那即将寒透了的心灵。俞平伯很幸运,外面的风暴虽然甚疾,但他却还有一处令人欣慰的"精神避难所"。

许宝驯,字长环,出嫁后因俞平伯觉得有"长管丫环"之病,遂改为莹环,晚年自号耐圃,祖籍杭州,生长于北京,乃俞平伯舅父许引之之女。许宝驯自幼受到良好的家庭教育,善度曲,酷爱昆曲,于琴棋书画四项中独不善弈。"中年以后学打'桥'牌,甚好之,至老不衰。以'桥'代棋,仍补足清闺四雅。"[61]

俞平伯与许宝驯的婚姻很传统也很封建,缺乏"五四"时期知识界青年男女的那种浪漫情调。他们不但是传统的亲上

俞平伯与夫人许宝驯

加亲,而且还是封建的父母包办。俞陛云之所以给俞平伯聘定一个比他大四岁的表姐做媳妇,当是出于对儿子无微不至的呵护和缜密周到的考虑。

还有一点需要说明,许宝驯虽然不是俞陛云亲眼看着长大的,但他对她却十分了解。就在俞平伯刚刚出生那年,公元1900年,为避"庚子之乱",年仅四岁的许宝驯随全家来到苏州,就寄住在俞平伯家中。许宝驯十岁那年,再度来到俞家,跟着俞陛云的女儿俞珷、俞珉学琴。后因渐有神经衰弱之象,经常失眠,父母怜惜之,遂令辍琴。

以后的事实证明,俞陛云的这一选择是非常正确的。只可惜人算不如天算。在轰轰烈烈的批判运动中,任你有多大的保护伞,也难以抵挡疾风暴雨的侵袭。作为一个贤惠的妻子,许宝驯也只能尽最大努力和俞平伯一起站在风雨中,以自己特有的关心、体贴、理解,去温暖俞平伯那颗受伤的心灵。

对于俞平伯这个新潮青年来说,俞陛云的抉择不仅没有引起他的反抗,而且他对这门亲事非常满意。从他当年为许宝驯写下的许多首诗中,我们可以看到他那份真挚的情感。[62]

1917年10月31日(农历9月16日),俞平伯与许宝驯在北京东华门箭杆胡同寓所拜堂成亲。"老顽固"教授黄侃带着傅斯年、许德珩等一群"新潮"青年,前来参加了他们的婚礼。从此以后,俞平伯和许宝驯,就一直长相厮守,终生不曾有过长时间的分离。

回顾俞平伯的一生,他与许宝驯结婚以后,只有三次短暂的分离:第一次是1920年俞平伯赴英留学,连去带回也不过只有短短的三个半月;第二次是1922年,俞平伯赴美考察,自7月7日离开杭州,至同年11月19日回国,共有四个多月时间——这是他们一生中最长的一次分离;第三次是1974年3月,许宝驯因病住院,约两个月,因俞平伯中风后行动不便,没有陪同。然而,就在这三次短暂的分离期间,俞平伯每次都给许宝驯写下了大量的诗和书信。从那一行行滚烫的字句中,我们便不难看出,俞平伯和许宝驯之间,是一种怎样真挚的感情!

韦奈说,1974年3月许宝驯住院期间,俞平伯因中风后行动不便,不能常去医院探望,便只好靠书信互相问讯。"从3月中旬到4月初不足一个月的时间内,他竟写了22封信!他的信,从询问病情,到家中吃饭、来客等琐事,无所不谈,但更多的是'悄悄话'"。㉓

在俞平伯的一生中,他有三件事可说基本上是专为许宝驯而做的:一是唱昆曲;二是打桥牌;三是写日记。

昆曲虽与俞平伯夫妇结下了不解之缘,但俞平伯却有一先天遗憾,他"歌喉不亮",甚至可说是"五音不全",然而,就是这么一个不该与歌曲有缘的人,却在昆曲界留下了许多佳话,究其原因,当然还是与许宝驯有关。据许宝骙说,许宝驯幼年除学弹琴外,还学唱昆曲,从而打下了深厚的功底。许宝驯的这一爱好,深深地感染了俞平伯。自1925年以后,俞平伯便开始"度曲",并"延聘曲师笛工,每周两次",在家中演唱昆曲。1935年,正在清华任教的俞平伯又发起成立了"谷音社",社名乃取"空谷足音"之义。当时社友有浦江清、华粹深、汪健君等人。㉔

1956年,在俞平伯的倡议下,又成立了"北京昆曲研习社",俞平伯出任社长。"作为一个民间组织,它集结了在北京的众多曲友,且与上海、苏州等地的昆曲界有广泛的交流"。俞平伯"并不擅演唱,除司鼓外,他更多的时间是欣赏,高兴起来,便唱上一曲,虽有点儿'五音不全',但味道却很浓。1959年10月,为庆祝建国十周年,这个业余班子竟在'长安大戏院'公演了全本《牡丹亭》,成为昆曲界佳话"。俞平伯对昆曲如此投入,他的外孙韦奈看到了其中的真正原因:"外祖父之所以喜爱昆曲,很重要的一个原因是为着我的外祖母。她有一副好嗓子,演唱起来字正腔圆,很有功底。她非但能唱,且能谱曲……夫人的喜好,自然也是他的喜好,这里或许要把'夫唱妇随'改为'妇唱夫随'了。这无疑寄寓着他对夫人的尊重和爱。"也正因为如此,所以,到1982年许宝驯去世后,俞平伯家便再也"听不到唱昆曲的声音了"。㉕

在俞平伯家,必不可少的另一业余爱好是打桥牌。据韦奈说,俞平伯夫妇打桥牌的历史,应该始于"三十年代",但自许宝驯逝世以后,俞平伯也"就不再打桥牌"了。究竟是什么原因,韦奈分析说:"打'桥'要有好搭档,他失去了最好的搭档——一生相依为命的伴侣,那种心情是完全可以理解的。"㉖

实际上,"搭档"好坏倒在其次,重要的是许宝驯的去世,已然带走了他的兴趣,也使他不忍再去玩此游戏——"物是人非","睹物伤情",其情感之寄托,尽在其中。

1982年2月6日至4月6日,在许宝驯病重、去世期间,俞平伯记有《壬戌两月日记》。通过4月7日他作的《壬戌两月日记·跋》,我们才知道,俞平伯写日记,原来也是为了许宝驯。俞平伯写日记的宗旨是:"余不常作日记,外出或有事则书之",并且还是"独出有记"。对于这一宗旨,俞平伯做了这样的解释:他之所以"外出"时写日记,原来却是为了回家后"以示内子","期博归来之笑"。他举例说:"若初婚时,京津咫尺间有《别后日记》,余游欧美亦各有记是也,家居不记,大事之来则记之。"

"外出"很好理解,但"家居"之时什么大事他才记呢?俞平伯在《跋》中也举了一例:"如丙辰地震。"

1976年的大地震,闹得大半个中国人心惶惶,确是"大事"。1954年对他的批判,算不算大事?但在这一段最痛苦的日子里,他却偏偏没记日记,是不敢写?还是有其他什么原因?不得而知。是否在他的心目中,只有与许宝驯的生离死别,才算是"大事"?

《壬戌两月日记·跋》中,还有这样一段感人的文字:

> 壬戌上灯节,耐圃尚在,知疾已不可为,且有开正诗谶,遂起笔焉,却亦不料翌日下午即逝世,如此其速也。高龄久病事在意中,一朝永诀变生意外,余惊慌失措,欲哭无泪,形同木立。次晨即火葬,人去楼空,六十四年夫妻付之南柯一梦,畴昔戏称"古槐书屋"者,非即"槐安国"欤?
>
> 后此馀年未卜,六十日可见一斑。曩者出行辄记,期博归来之笑。今复如何。

以上叙述,似乎只是表述了俞平伯对许宝驯的真挚感情。其实不然,俞平伯的这种感情,明显来自于夫妻之间的感情沟通,来自于他们在风风雨雨中共同走过的生命历程。许宝驯只是一个普普通通的家庭妇女,她虽然也能写诗,但却不会像俞平伯那样通过文字表达自己的感情。作为妻子,她只要守在俞平伯身边与他同甘苦共患难就已经足够了,人世间最重要的,就是一种感情。"文革"时那些因受到批斗而走上绝路的人,许多都是因为缺少夫妻之间的这份感情。对于俞平伯,许宝驯的重要性堪称是他生命和灵魂的支柱,关于这一点,他的至亲们都看得很清楚。韦奈说:"'敌伪'时期的危险,五四年大批判的惶悚,'文革'期间的恐怖,一年干校的生活的艰辛,'地震'的慌乱……他能够顶住,能够坦然相对,都是因为有了她——赖以生存的支柱。"⑰许宝驯的弟弟许宝骙也说:"一九五四年平兄因其'红学'观点而横遭批判……余姐间接遭难,其心情沉重不亚于当事人。事后多年犹有余悸。"⑱俞平伯在解释许宝驯为何晚年自号"耐圃"时也说:"'圃',古称从事园艺的人,她喜爱园艺,尽管后因年龄和生活环境所限,她并没有做什么,但她是热爱劳动的。仅讲'圃'字还不够,更重要的是'耐',她身体不好,也没有什么能力,但她却有毅力,有韧性。没有她的那种耐力和她的支持,我很难说能经受得住'文化大革命'的冲击。其实在那时,我受的罪比她多,但正因为有了她,我才能坚持住。"⑲

在许多场合下,俞平伯独独不提1954年的这次批判运动。或许受到"文革"的冲击后,才知道什么是真正的大风大浪?

事实也确实如此,俞平伯真正的受苦受难,就是在"文化大革命"期间。韦奈在《我的外祖父俞平伯》一书中,为我们描绘了俞平伯家被抄时令人发指的一幕:

> 那晚,外祖父母被人围在院子里,被推押着接受批判。外祖母的头发早已被剪得乱七八糟。"红卫兵"要他们交代罪行,他们只得不停地说着:"我有罪。"有什么罪呢?却说不出。更为可怜的是:外祖父的母亲,我的太外祖母,"红卫兵"不仅毁掉了那近80岁老人留存的一口寿材,还把收在箱子里的寿衣翻出来,穿在她身上,并让外祖父母跪在她面前,令他们做出号哭的样子。侥幸的是他们没有像有些人那样,被活活打死。从此,他们终日提心吊胆,随时会有闯入的"红卫兵"揪斗。可贵

的是,在这样一种从未经历过的磨难中,外祖父母以一种同生死共患难的信念相互安慰、相互支撑着。他们之间的深厚感情,以及外祖父那豁达的个性,在此刻却起了决定性的作用。

一场史无前例的浩劫,演出了一幕幕人格与灵魂被肆意践踏、玷污的人间惨剧。在国家政治生活极不正常的情况下,人性中最原始、最丑恶的一面得到了充分暴露。"文革"期间,"红卫兵"的"聪明才智"更得到了淋漓尽致的发挥。

由孙玉蓉的《俞平伯年谱》可知,1966年8月下旬,在"'破四旧'的名义下,俞平伯即被街道红卫兵抄了家。家中藏书、著作几乎被洗劫一空","并由居住数十年的老君堂七十九号宅南院被撵到东跨院的两间破屋中居住。本人在工作单位也被当作牛鬼蛇神、资产阶级学术权威,揪出、批斗"。1969年7月起,几乎天天受到批斗。同年11月15日,又偕夫人许宝驯离开北京,随中国科学院文学所到河南"五七"干校参加劳动。

这一年,俞平伯六十九岁,许宝驯七十三岁。

许宝驯完全可以不离开北京,但俞平伯离不开她。这位年逾古稀的老太太,就这样陪着俞平伯来到了河南。

也正因为有她在身边,所以俞平伯才能平安度过那段艰难的岁月。

1986年1月20日,中国社会科学院文学研究所为俞平伯召开了"从事学术活动65周年庆祝会",院长胡绳在大会致词中,为俞平伯在1954年因《红楼梦》研究问题而受到的批判彻底平反。至此,一场轰动全国的"公案"才算有了了结。只可惜,早在1982年2月7日就已去世的许宝驯,却没有等到这一天。倘若人死之后真的有灵,相信她也会为此而含笑九泉。然而,三十二年的痛苦、磨难与损失,又有谁能替他们弥补呢?

--------

①⑤⑥ 孙玉蓉《俞平伯年谱》,《俞平伯全集》第十卷《附录》,花山文艺出版社1997年11月第1版。

②③⑤⑥⑥⑦⑨　韦奈《我的外祖父俞平伯》，上海书店出版社1993年9月第1版。

③　此据孙玉蓉《俞平伯年谱》。另，许宝騄在《重圆花烛歌·跋》(韦奈《我的外祖父俞平伯·附录三》)中，对此事有较为详细的记载，兹节录于此："抗战末期，平兄经余介绍参加中国革命同盟(即小民革)北方地下组织(同期先后参加者尚有张东荪先生及叶笃义兄)，是为平兄一生政治中之大事。抗战胜利之后三年革命战争期间，'小民革'在北平文教界展开民主运动，每次扩大征集签名，平兄无役不与。其中白色恐怖期间最著名之'十三教授人权宣言'，费仲南兄青与余实主其事，由平兄洽请朱自清先生领衔，由向觉民先生达邀请陈寅恪先生加入。文章一出，一言九鼎，冲破反动势力之乌云，民情为之大振。国民党市党部愕然震恐，说道：'什么人搞的，把个瞎子糟老头(指陈寅恪)都搬了出来！'其恼火之情溢于言表。"

④　《中国共产党历史大事记》，人民出版社1991年9月第1版。

⑦　舒云《批判〈红楼梦研究〉前后的文怀沙与俞平伯》(《炎黄春秋》1998年第4期)一文中说："棠棣出版社的书印出来了，俞平伯颇受广大读者注意。不仅经济上有了丰厚的收入，政治上也走了运。毛泽东喜欢《红楼梦》，说你们怎么搞的？俞平伯就是研究《红楼梦》的嘛。意思是你们怎么对俞平伯不重视，这样，把俞平伯补选为人大代表。"不知何所据而言。

⑧　陆定一在1954年10月27日《关于展开〈红楼梦〉研究问题的批判的报告》中所说："会上，一致认为李希凡、蓝翎二人关于《评〈红楼梦研究〉》和《红楼梦简论》的批评具有重要意义。"(《建国以来毛泽东文稿》，中央文献出版社1990年9月第1版)这一说法，是不符合实际情况的。

⑨　香港的赵聪，就敏锐地注意到了杨晦的这一番话，并加以引申说："从这段话里可以看出俞平伯对中共一贯抵抗的情形，及消沉生活意态。他根本怀疑马克思列宁主义是否可以用到文艺上，还不等于反对中共的文艺理论和政策吗？他抗拒三反，坚决不肯接受批评，根本不用马克思列宁主义术语，这样倔强，实在令人钦佩。虽然他'经过帮助'，'检讨的很好'，但他为什么仍然不懂马克思列宁主义？虽然'对党有了认识'，为什么对教书却又没有信心？又为什么对《红楼梦》有三十余年的研究历史，自己又'想做研究工作'，却越研究越胡涂起来？我们想俞平伯在大陆的处境，就是没有这次的斗争，已经够凄惨了。"(赵聪《俞平伯与〈红楼梦〉事件》，香港友联出版社1955年6月初版。)

⑩　我们并不反对或者否认马克思主义，我们只是反对教条的马克思主义或一

知半解的假马克思主义。标榜自己是马克思主义者,他可能是,但也可能不是。

⑪㊴ 郭沫若《三点建议》,《人民日报》1954年12月9日。

⑫ 《文艺报》1954年第20期。

⑬ 应为"竟",原文如此。——孙玉明注

⑭ 聂绀弩《论钗黛合一论的思想根源》,《文艺报》1954年第21期。

⑮ 严敦易《从〈红楼梦辨〉到〈红楼梦简论〉》,《文艺报》1954年第21期。

⑯ 何家槐《俞平伯的〈红楼梦〉研究给予青年的毒害》,《北京日报》1954年11月28日。

⑰ 李蕤《彻底清除胡适反动思想在文艺领域的遗毒》,《长江文艺》1954年12月号。

⑱ 沙鸥《俞平伯的方法论和世界观是什么?》,《文汇报》1954年12月17日。

⑲ 走笔至此,不禁想起一个笑话:批林批孔时,高音喇叭在人们的日常生活中发挥着重要作用。一日,几个老头在房前晒太阳,只听高音喇叭里说:"林彪,披着马克思主义的外衣。"张老头马上大发感慨:"你看看,林彪这人,真没出息!那么大的官儿,一人之下,万人之上,还偷人家马克思的大衣穿呢!"王老头马上附和道:"就是,就是,真没出息。"李老头却大不以为然,反驳说:"嘿,你们知道啥呢!别看林彪官儿很大,可他家里穷着呢。"张、王二老头马上问:"你怎么知道?"李老头一本正经地说:"我怎么知道?刚才高音喇叭里不是说了嘛!"张、王二老头又问:"怎么说的?"李老头说:"怎么说的?难道你们没有听见?那高音喇叭说:'林彪和孔老二穿着一条裤子'呢!你们想想,他如果不穷,还能和别人合穿一条裤子?"张、王二老头立刻叹气:"嗨,这么大的官儿,怎么这么穷呢!怪不得他要偷人家马克思的大衣穿呢!"

⑳ 《文艺月报》1955年2月号。

㉑ 姚雪垠《论俞平伯底美学思想底腐朽性及其根源》,《长江文艺》1955年1月号。

㉒ 徐嘉瑞《评俞平伯〈红楼梦研究〉中〈作者态度〉及〈风格〉的错误观点》,《云南日报》1954年12月25日。

㉓ 吕一《我对俞平伯在〈红楼梦〉研究中的错误观点的认识》,《新华日报》1955年1月6日。

㉔ 毕克《正确理解古典作品中的人物——评俞平伯对〈红楼梦〉人物的歪曲》,《甘肃日报》1955年1月9日。

㉕ 《厦门大学学报(社会科学版)》1955年第1期。

㉖ 《广西日报》1955年1月1日。

㉗ 詹安泰《进一步挖掘俞平伯研究〈红楼梦〉的错误思想的根源》,《南方日报》1955年1月9日。

㉘ 张啸虎《俞平伯研究红楼梦的错误的又一根源》,《人民日报》1954年12月8日。

㉙ 陈友琴《我参加〈红楼梦〉研究座谈会以后的感想》,《光明日报》1954年1月7日。

㉚ 《光明日报》1954年11月28日。

㉛ 1948年,胡适曾经将甲戌本借给周汝昌兄弟让他们过录;1951年,又在哥伦比亚大学做了三套"甲戌本"的缩微胶卷;1961年2月,又在台北将"甲戌本"影印出版了五百本。

㉜ 《文艺报》1955年第5期。

㉝ 笔者在采访李希凡时,他曾经多次提到此事。

㉞ 《大公报》1954年11月27日。

㉟ 《云南日报》1954年12月25日。

㊱ 周扬《我们必须战斗》,《人民日报》1954年12月10日。

㊲ 《光明日报》1954年10月31日。

㊳ 《光明日报》1954年12月5日。

㊵ 关于这一点,当时的中宣部文艺处处长林默涵在1954年11月5日内部大会上的讲话,可以作为注脚。其中有这么一段话:"胡适是资产阶级中惟一比较大的学者,中国资产阶级很可怜,没有多少学者,他是最有影响的。现在我们批判俞平伯,实际上是对他的老根胡适思想进行彻底的批判,对知识分子思想改造等都是很有意义……如果不找一个具体的对象,只是尖锐地提出问题,说有这种倾向、那种倾向,这样排列起来大家也不注意。现在具体提出《红楼梦》的研究来,斗争就可以展开了。"(转引自陈徒手《旧时月色下的俞平伯》,《读书》1999年第10期。)

㊶ 曾记"文革"时期,家乡的"造反派"不仅到处张贴大字报,而且还经常召开批斗大会。那时村里的"四类分子"也多,"造反派"总能找到批斗对象。只有一个耳聋眼花的"历史反革命",既看不清大字报,也听不见群众的愤怒声讨,所以"造反派"们也就不搭理他。后来不知哪一个"造反派"头头盯上了他,一定要把他拉出来批斗

一番,结果在批斗大会上,那耳聋眼花的"历史反革命"虽然也是有问必答,岂料却都是"问驴对马",弄得台下的革命群众哄堂大笑,无论如何也愤怒不起来。一场严肃的批斗大会,变成了令人捧腹的笑星晚会。从此以后,"造反派"再也没有批斗过他。真所谓"塞翁失马,安知非福!"耳聋眼花,反而落得耳根清净,"眼不见,心不烦"。岂不快哉!

㊷　就在建国后的这一段时间里,俞平伯就参加过许多次大型活动和会议,诸如1949年7月2日至19日在北京召开的中华全国文学艺术工作者代表大会;1949年10月1日在天安门广场举行的三十万人的开国庆典;1949年10月2日至3日在北京召开的中国人民保卫世界和平大会成立大会;1954年9月15日至28日在北京召开的全国人民代表大会第一次会议等等。

㊸　孙玉蓉在《俞平伯年谱》中说:"1967年5月27日,《人民日报》发表了毛泽东1954年10月16日写的《关于〈红楼梦〉研究问题的信》。俞平伯挨批十余年后,第一次读到这封信。"另,韦柰在《我的外祖父俞平伯》一书中也说:"1954年对《红楼梦》研究的批判,是极不公正的。它无端把学术问题与政治问题扯在一起,硬是把一顶'唯心主义'的帽子扣在他头上。那场批判来势凶猛,使'一心只读圣贤书'的他,有点儿'丈二和尚摸不着头脑'。且当时,他并不知有毛泽东那封《关于〈红楼梦〉研究的一封信》。直到'文革'后期,该信见诸报端,他才明白了那场批判有着怎样一个背景。"

㊹　《人民日报》文艺组《关于〈红楼梦研究〉批判的反映》第一号中有这样一段话,似乎可以反映出俞平伯当年的这种真实心态:"俞平伯看了《质问〈文艺报〉编者》一文后,认为错误重点不是在他一人身上,《文艺报》和《文学遗产》都犯了错误,他们也将要做检讨。据余冠英谈,俞平伯准备写检讨文章。"转引自陈徒手《旧时月色下的俞平伯》,《读书》1999年第10期。

㊺　据白鸿在《关于〈文学遗产〉的片断回忆》一文中说:"《文学遗产》虽然已经发表了李希凡、蓝翎《评〈红楼梦〉研究》的文章,但是毛主席还是派人到《文学遗产》编辑部进行调查,看看是否扣压过李、蓝的文章……后来翔鹤同志告诉我:听说那位同志回去如实地向毛主席作了汇报,毛主席也没有再批评我们。"《文学遗产纪念文集》,文化艺术出版社1998年8月北京第2版。

㊻　孙玉蓉《俞平伯年谱》"1955年条":"1月,完成关于《红楼梦》研究的书面检讨的初稿。在此期间,他得到了九三学社北京市分社沙滩支社三次支委会的帮助,

一次讨论了他的检讨提纲；一次讨论了他的检讨底稿；最后一次对他检讨中的几个基本观点提出了具体修改意见。”另，陈徒手在《旧时月色下的俞平伯》一文中有牟小东的一段话说：“许德珩一直把俞平伯看做小弟弟，觉得俞在平静生活中没遇到暴风骤雨，怕他思想不通，怕他的对立情绪招来更激烈的围攻。九三学舍沙滩支社基层成员大多是文化系统的人，开会帮助时希望俞平伯不要顶撞，要逆来顺受。”

㊼ 1954年10月27日，陆定一在《关于开展〈红楼梦〉研究问题的批判的报告》中说：“作家协会古典文学部于本月二十四日召开了关于《红楼梦》研究问题的讨论会，到会的有古典文学研究者、作家、文艺批评工作者和各报刊编辑六十多人，俞平伯在上午也到了会。”由此可知，俞平伯没有参加下午的会议。但他究竟是以什么借口离开的，则不得而知。

㊽㊾㊿ 孙玉蓉在脚注中说，她是“据徐庆全的《批判〈红楼梦研究〉时俞平伯给周扬的信》，载2000年《百年潮》第4期。”

(51)赵聪在《俞平伯与〈红楼梦〉事件》一书中说：“正题是编辑加的，原来的正题反而成了副题。”不知何所据而言。

(52)陈徒手《旧时月色下的俞平伯》一文中，在采访王平凡时，王平凡说过这样一段话：“俞先生的检查文章《坚决与反动的胡适思想划清界限》在《文艺报》发表，文革中有人说这篇文章是别人代笔，但俞先生对其内容是同意发表的。他承认自己是从旧社会来的，有旧思想的痕迹，也应有改造的任务。他没有反抗，接受这些也很自然。”

(53)(54)(55)(57) 陈徒手《旧时月色下的俞平伯》，《读书》1999年10期。

(56) 许宝骙在《重圆花烛歌·跋》中说：“一九五四年平兄因其‘红学’观点而横遭批判，余惶惑之余无以相慰，只劝其深自检讨而已。”

(58) 《文学遗产》1991年第1期。另，笔者在2000年6月9日采访刘世德时，他也曾经讲过这件事。在此需要说明的是，刘世德在文章中将陆定一的《报告》说成是1957年，是不对的，实际应该是1956年，可能是记忆或排印有误。

(59) 此外，陈徒手《旧时月色下的俞平伯》一文中，有对王平凡的一段采访，也谈到了这件事：“一九五六年评职称，所里与北大、清华、中国科学院专家教授平衡，内部一致同意给俞先生定为一级研究员。何其芳、毛星和我三人研究后，让我找俞先生谈话。俞先生听后，平淡地表示：‘我想，我是应该的。’何其芳向上面提出定级的两条理由，一是俞平伯有真才实学，二是有社会影响。陆定一、胡乔木、周扬、陈伯达对此表示同意,周总理也知道了。这两条意见使俞先生心里一些疑问解决了,在某种程度上也是对他学问的肯定。"

⑥　何其芳《论红楼梦》,人民文学出版社1958年第1版。

⑥⑥⑥　许宝骏《重圆花烛歌·跋》,韦奈《我的外祖父俞平伯》附录三。

⑥　在俞平伯的诗集《忆》中,有许多首诗,充分表达了他对许宝驯的真挚感情。兹节录几首,以证余说之不诬:

有一天,黄昏时,
流苏帽的她来我家。

又有一天的黄昏时候,
她却带着新嫁娘的面纱来了。

是她吧? 是的。——
只是我怎么不相信呢?
……
　　　　　　　　——《忆·第十》

亮汪汪的两根灯草的油盏,
摊开一本《礼记》,
且当它山歌般的唱。

乍听间壁又是说又是笑的,
"她来了吧?"
《礼记》中尽是些她了。
"娘! 我书已读熟了。"
　　　　　　　　——《忆·第二十二》

她底照片在一小抽屉里。
他们都会笑我的,

假如当着他们去看。
但是,背着他们不更好吗?
好笨的啊!

       ——《忆·第二十三》

近黄昏了,灯还没有上,
栀子又一阵阵的香。

不但近黄昏,且近夜了,
灯却还没有上。

已甚朦胧的中夏底薄晚上,
太朦胧的三两重的碧纱窗,
她,高高的个儿,银红的衫儿,
一瞥便去了。

可爱的匆匆,可爱的朦胧,
以她底可爱而皆可爱了。
唯痴绝的犹以为不足。

我若是个画家,
定就这朦胧且匆匆的景光,
将一件银红的衫儿鲜明地染了。
我若是个诗人,
定把那时所有的狂欢怨思,
随她底影儿微微一掠,
倾注于笔尖,融漾于歌喉了。
……

       ——《忆·第三十》

# 第七章 胡适与"新红学"

即使在风云变幻的20世纪上半叶,中国历史上的1921年,也是值得大书特书的一年,一个令历史永远无法忘怀的年份。只不过由于身份职业的不同,治史者们的着眼点也略有区别而已:治政治史者往往关注中国共产党的诞生;治文学史者每每乐道"文学研究会"及"创造社"的成立;而红学家们却总是对胡适以及"新红学"的功过争论不已。

胡适,这个具有特定含义的名字,在近八十年间的时光流逝过程中,总是随着时代政治风云的起伏变幻而受到人们形形色色的是非评判。然而,无论是某一个学人自以为客观公允的评说,还是政治家们发动举国之众对其进行彻底的批判①,似乎都难以动摇胡适在中国文化史上的特定地位。

自1917年1月1日在《新青年》第二卷第五号上发表《文学改良刍议》一文后,胡适的名字,便已深深地铸刻在中国的文化史上,虽屡经风雨侵蚀而永不磨灭。1921年,《红楼梦考证》一文的横空出世,更成为治红学史、思想史乃至文化史者均无法回避的永久性话题。

## 一 "新红学"产生的主、客观条件

1840年,英国人的洋枪洋炮无情地敲开了中国紧紧关闭了数千年的国门,同时也彻底敲醒了清王朝泱泱大国的"夜郎梦"。从自傲的峰巅跌入自卑深渊的中国人,痛定思痛之后,自觉地掀起了一场又一场救亡图存的爱国运动。

面对强大的西方文明,一些有识之士在号召国人努力学习西方近代科技,以图"以夷制夷"的同时,也对中国古老的传统文化进行了较为深入的反思。一些偏激之士对中国的传统文化甚至采取了全盘否定的态度,有人还提出了"废除汉字"的主张。②

当时正在美国留学的胡适,在时代的感召下,也开始重新审视传统文化及与之相关的一些问题。

悟性极高的胡适,终于发现了语言的"死"、"活"问题。他认为,"中国的文言是个'半死的语言'",而"语体(白话)是'活的语言'"。③于是,一场轰轰烈烈的"文学革命运动",便从此开始。

与好友任叔永、梅光迪等人你来我往的论战,将历来处事温和的胡适逼上了梁山,他不得不拿出更多的时间和精力来认真地思考这个问题,并最终提出了"对中国语文作废除死的古典语文、改取活的语体文"这一激进的改革方案。

经过数次针锋相对的论辩之后,1916年二三月间,胡适"对中国文学的问题发生了智慧上的变迁","终于得出一个概括的观念:原来一整部中国文学史,便是一部中国文学工具变迁史——一个文学或语言上的工具去替代另一个工具。中国文学史也就是一个文学上的语言工具变迁史"。与此同时,胡适又得出另外一个结论:"一部中国文学史也就是一部活文学逐渐代替死文学的历史。""一种文学的活力如何,要看这一文学能否充分利用活的工具去代替已死或垂死的工具。当一个工具活力逐渐消失或逐渐僵化了,就要换一个工具了。在这种嬗递的过程之中去接受一个活的工具,这就叫做'文学革命'。"④

今日看来,胡适的这一论断,不仅相当偏激,而且也有以偏概全之嫌,但在当时特定的情势下,却无疑具有振聋发聩的巨大作用。⑤

人们往往将胡适等人发起的那一场"文学革命运动"称作"新文化运动",但胡适却喜欢称它是"文艺复兴运动"。

说穿了,胡适只是用一种颇具活力的传统文学形式排斥另一种已然老化的传统文学形式而已。他所提出的言、文一致的主张,在精神实质上与黄遵宪所倡导的"我手写我口"的"诗界革命"是一脉相承的。

"无可否认的,中国文学之复苏,实得力于白话戏曲和白话小说之兴起"⑥,这是胡适"文学革命"的理论基础,也是他的"文学改良"方案的原动力。胡适的"文艺复兴",深深植根于中国传统文化的沃土中。他要用宋、元以来迅速崛起的白话文学,去占领中国的文学、教育等各个领域。

时至今日,许多治中国文学史乃至文化史者似乎都存在着一个误区——他们往往用极少数所谓正统文人对小说的评判,以偏概全地来替代国人的观点,从而得出中国文人历来鄙视小说尤其是白话小说的结论。然而,纵观中国的文学发展史,我们发现事实绝非如此。自宋元以来,话本、杂剧、传奇戏及白话小说迅速发展,不仅数量相当可观并取得了极高的成就,而且深为人民大众所喜闻乐见。任何文艺形式,其地位之高低并非依赖于某些文人或者统治者的提倡,而是看其实际的发展状况。受到人民大众欢迎的东西,自有其社会地位和价值!

更何况,在中国历史上,极力推崇小说并将之提升到"与传统的经学、史学平起平坐"地位的,胡适也不是第一人。自李卓吾、金圣叹、毛宗岗、张竹坡、王希廉到晚清的梁启超,都莫不如此。相比而言,金圣叹在小说评点和"推崇"方面所做出的努力和贡献,似乎比胡适更有过之而无不及。

历史总给人留下许多遗憾和值得深思的问题。对白话文学的推崇和宣传同样做出过巨大贡献的李卓吾、金圣叹,其下场却与胡适截然不同。"英雄造时势",时势也造英雄! 倘若他们与胡适易时而处,又会怎样?⑦

总而言之,在当时的中国,无论从哪个方面来看,"文学革命"的时机都已成熟,犹如已熟之瓜,蒂落只是早晚之事。用陈独秀的话来说,就是"文学革命之气运,酝酿已非一日"。但饶使如此,历来谨慎小心的胡适,却仍然以"温和而谦虚"的态度,写成了《文学改良刍议》一文,以"八条很温和的建议",小心翼翼地吹响了"文学革命"的号角。

得到启发的"老革命党人"陈独秀,则"甘冒全国学究之敌,高张'文学革命军'之大旗","拖四十二生的大炮",对准顽固守旧的"十八妖魔"狂轰滥炸起来。与此同时,另一位北京大学的教授钱玄同,也以更为激进的态度,挥动各种武器加入了战团。他在陈独秀提出以"十八妖魔"作为革命对象的同时,又杜撰出"选学妖孽"和"桐城谬种"这两个名词,集中力量重点打击胡适、陈独秀的三个清代老同乡。随着一批批激进勇士的纷纷加入,"文学革命"遂成烈火燎原之势。

1917年9月,自美国归来的"文学革命先锋"胡适来到了北京大学,当他所点燃的"文学革命"的烈火正在熊熊燃烧之时,他却一头钻进了故纸堆中,开始了"整理国故"的系统工程。对此,当时就有许多人表示难以理解,而在后来一次又一次的"批胡"运动中,人们也往往以此作为谴责胡适的口实,认为他"在'五四'前后搞'新'文学、'新'思想、'新'文化……最多不过六七年,他就不再'新'了。相反的,他却钻进'旧'书堆里去,大搞其国'故'来"。⑧殊不知,胡适的"整理国故",正是他所倡导的"文艺复兴运动"的继续和发展。他的"文学革命"理论,本来就植根于中国传统文化的沃土中;他的"文学革命"的原动力,就来源于宋元明清以来迅速发展起来的白话文学;他的"整理国故",主要便是整理中国的白话文学。他要利用这个取之不尽的"大蓄水池",为"文艺复兴运动"这条"奔流的大河"提供用之不竭的水源。因此,从这个意义上来说,胡适的"整理国故",不是目的而只是一种手段,其唯一的也是最终的目的,便是要推动自己所倡导的"文艺复兴运动"继续深入并向前发展。对此,胡适自己也坦然承认:"有系统和带批评性的'整理国故'——是'中国文艺复兴运动'中的一部门……所以我们这一文学革命运动,事实上是负责把这一大众所酷好的小说,升高到它们在中国活文学上应有的地位。我在中国文艺复兴运动初期,便不厌其详的指出这些小说的文学价值。但是只称赞它们的优点,不但不是给予这些名著〔应得〕的光荣的唯一的方式,同时也是个没有效应的方式。〔要给予它们在中国文学史上应有的地位,〕我们还应该采取更有实效的方式才对。我建议我们推崇这些名著的方式,就是对它们做一种合乎科学方法的批判与研究,〔也就是寓推崇于研究之中。〕"⑨

242

基于这样一种目的,自1920年开始,胡适与颇有远见的亚东图书馆老板汪原放合作,开始了中国古典白话小说的"系统整理"工作。为了更好地完成这一"系统工程",他们立下了三条在中国出版史上具有划时代意义的整理原则:"一、本文中一定要用标点符号;二、正文一定要分节分段;三、〔正文之前〕一定要有一篇对该书历史的导言。"⑩前两项工作由亚东图书馆来做,后一项任务则由胡适具体负责。而这一非同寻常的举动,则为《红楼梦考证》的问世创造了客观条件。

毫无疑问,此时索隐派红学的甚嚣尘上,尤其是学界泰斗蔡元培的加盟其中,客观上也为胡适下决心撰写《红楼梦考证》一文起了推动作用。

曹雪芹费尽十年辛苦,以一把辛酸泪,哭成一部"将真事隐去"的千古奇书。他的本意,原是要人们"当那醉淫饱卧之时,或避世去愁之际,把此一玩",以便"省些寿命筋力"。岂料此书一出,即风靡天下。一些痴迷的"把玩"者们,竟然费尽"寿命筋力"去索解小说背后所"隐去"的"真事"。结果乱纷纷你猜我索,竟形成了一个声势浩大的红学"索隐派"。什么"张侯家事说"、"和珅家事说"、"傅恒家事说"、"明珠家事说"等等,不一而足。有清以来直至乾隆年间曾经较有影响的贵族之家,几乎都被好事者们从《红楼梦》的"背后"拉了出来。

自乾隆年间《红楼梦》问世后的一个相当长的时期内,由于封建统治的严酷,人们索隐的对象还大都局限在公侯将相身上。但到鸦片战争以后,软弱无能的清王朝已成"死而不僵"的"百足之虫"。在专制者统治力减弱的情况下,人们索隐的目光,又投向了皇宫。据现有资料可知,第一个将《红楼梦》与清王朝历史相联系的人,是《栖霞阁野乘》的作者孙静庵。他在该书中说,"吾疑此书所隐,必系国朝第一大事,而非徒纪载私家故实。"其中"林、薛二人之争宝玉,当是康熙末允禩诸人夺嫡事。宝玉非人,寓言玉玺耳,著者故明言为一块顽石矣。"不特如此,"盖顺、康两朝八十年历史皆在其中。"

孙氏虽然仍恭称清朝为"国朝",但他敢于大胆地将清朝史事与小说联系起来作为谈资,表明清王朝的统治至此已成强弩之末。

1911年的辛亥革命,彻底摧垮了清王朝的封建统治。传播清宫的野史

243

轶闻,成为20世纪初期的时代风尚。在这风云变幻的特定时代,王梦阮、沈瓶庵的《红楼梦索隐》、蔡元培的《石头记索隐》以及邓狂言的《红楼梦释真》等三部自成体系的索隐派红学专著相继问世,将索隐派红学推向了高潮。

如果说,上举三部有影响的红学索隐派著作的相继问世,在客观上对于《红楼梦》的普及曾经起过一定作用的话,那么,它们的另一功绩,便是直接引发了胡适研究《红楼梦》的极大兴趣。可以毫不夸张地说,若非索隐派在社会上造成的巨大影响,胡适也许不会对《红楼梦》的研究倾注那么多的精力。

有了上述几大客观条件,胡适便利用北京国立学校"索薪罢课"的充裕时间,撰写了"新红学派"的奠基之作——《红楼梦考证》(初稿),对盛极一时的索隐派红学,予以迎头痛击。

## 二 破"旧"立"新"的《红楼梦考证》

王梦阮、沈瓶庵的《红楼梦索隐》,是中国红学史上第一部自成体系的索隐派红学专著。1914年,该书卷前的《〈红楼梦〉索隐提要》,曾在《中华小说界》1914年第6、7两期连载。1916年9月,又由上海中华书局正式出版。因索隐文字与《红楼梦》小说原文一同出版,因而全书共分二十卷,分订十册。书前另有彩色《清世祖五台山入定真相》一幅,以及署名"悟真道人"所作《序》、《例言》、《〈红楼梦〉索隐》等。其分回分段之索隐,则采取了传统的评点形式,夹写在一百二十回有关段落的正文之下。该书所赖以立论的全部基础,是清末民初流行于民间的两大传说:一是所谓清初四大疑案之一的"顺治出家"的传说;二是秦淮名妓董小宛入宫为妃并改姓董鄂氏的传说。下面的引文,便是《红楼梦索隐》一书的主要观点:

> 盖尝闻之京师故老云,是书全为清世祖与董鄂妃而作,兼及当时诸名王奇女子也。相传世祖临宇十八年,实未崩殂,因所眷董鄂妃卒,悼伤过甚,遁迹五台不返,卒以成佛。当时讳言其事,故为发丧……

至于董妃,实以汉人冒满姓……因汉人无入选之例,故伪称内大臣鄂硕女,姓董鄂氏,若妃之为满人也者,实则人人皆知为秦淮名妓董小琬也。小琬侍如皋辟疆冒公子襄九年,雅相爱重,适大兵下江南,辟疆举室避兵于浙之盐官,小琬艳名夙炽,为豫王所闻,意在必得,辟疆几频于危,小琬知不免,乃以计全辟疆使归,身随王北行。后经世祖纳之宫中,宠之专房,废后立后时,意本在妃,皇太后以妃出身贱,持不可,诸王亦尼之,遂不得为后,封贵妃,颁恩赦,旷典也。妃不得志,乃怏怏死,世祖痛妃切,至落发为僧,去之五台不返。诚千古未有之奇事。史不敢书,此《红楼梦》一书所由作也。

一个多么动人的爱情故事!动人的故事随附着动人的小说,其大行于天下自是必然之事。只可惜这个子虚乌有的"爱情故事",根本就经不住历史史料的检验。在《红楼梦考证》一文中,胡适首先利用孟森的《董小宛考》一文,彻底摧垮了王梦阮、沈瓶庵《红楼梦索隐》的立论基础:"孟先生在这篇《董小宛考》里证明董小宛生于明天启四年甲子,故清世祖生时,小宛已十五岁了;顺治元年,世祖方七岁,小宛已二十一岁了;顺治八年正月二日,小宛死,年二十八岁,而清世祖那时还是一个十四岁的小孩子。小宛比清世祖年长一倍,断无入宫邀宠之理。"

既然历史上并无董小宛与顺治皇帝的爱情故事,那么王梦阮、沈瓶庵赖以立论的基础也就彻底崩塌了。至于清世祖是否出家去了五台山,因无现成的史料,胡适也没有时间和精力去查阅这些史料,因而他也就弃而不顾了。不过,纯粹引用别人的文章,似乎还缺乏应有的分量。于是胡适便又在引用《董小宛考》一文的基础上,选择了"孟先生都不及指摘出来"的《红楼梦索隐》中的一些"绝无道理的附会",与史料相印证,进行了必要辩驳:

(1)第十六回明说二三十年前"太祖皇帝"南巡时的几次接驾;赵嬷嬷年长,故"亲眼看见"。我们如何能指定前者为康熙时的南巡而后者为乾隆时的南巡呢?(2)康熙帝二次南巡在二十八年(西历一六八九),到四十二年曹寅才做两淮巡盐御史。《索隐》说康熙帝二次南巡驻跸曹寅盐院署,是错的。(3)《索隐》说康熙帝二次南巡时,"曹雪芹以童年召对";又说雪芹成书在嘉庆时。嘉庆元年(西历一七九六),上距康熙二十八年,已隔百零七年了。曹雪芹成书时,他可不是一百二三十岁了吗?(4)《索隐》说《红楼梦》成书在乾嘉时代,又说是在嘉庆时所作:这一说最谬。《红楼梦》在乾隆时已风行,有当时版本可证(详考见后文)。况且袁枚在《随园诗话》里曾提起曹雪芹的《红楼梦》;袁枚死于嘉庆二年,诗话之作更早的多,如何能提到嘉庆时所作的《红楼梦》呢?

在利用孟森和自己的研究成果彻底摧垮了《红楼梦索隐》的谬说之后,胡适又将批判的矛头对准了自己的上司——当时的北大校长蔡元培。

蔡元培的《石头记索隐》,初版于1917年。在这部最有代表性的索隐派红学专著中,蔡元培明确提出《红楼梦》是一部政治小说的观点:"《石头记》者,清康熙朝政治小说也。作者持民族主义甚挚。书中本事在吊明之亡,揭清之失,而尤于汉族名士仕清者寓痛惜之意。"实际上,早在无名氏的《乘光舍笔记》中,就已提出"《红楼梦》为政治小说"的观点。蔡元培由此受到启发,在继承并发挥了清人陈康祺、徐柳泉等人的"宝钗影高澹人、妙玉影姜西溟"等说法的同时,又舍弃了他们的"明珠家事说",并将《红楼梦》的寓意扩大为康熙朝的政治小说。

然而,衡量一部著作,问题并不仅仅在它提出一种什么样的观点,更重要的是要看其中有无确凿可靠的证据支撑其观点,以及能否利用史料对自己的观点进行科学的论证,亦即胡适所谓的"有证据的探讨"。平心而论,蔡元培的《石头记索隐》,在"引书之多和用心之勤方面",在红学史上堪称前无古人。其最大的弊病,便是在具体的论证时仍然不可避免地陷入了牵强附会的泥沼。也正因为如此,所以胡适在对《石头记索隐》进行批驳时,并没有像反驳《红楼梦索隐》那样从立论基础上予以推破,而是更加注重从论证方法上入手。他一针见血地指出:"蔡先生这么多的心力都是白白的浪费了","他这部书到底还只是一种很牵强的附会"。"假使做《红楼梦》的人当日真个用王熙凤来影余国柱,真个想着'王即柱字偏旁之省,國字俗写作国,故熙凤之夫曰琏,言二王字相连也,'——假使他真如此思想,他岂不真成了一个大笨伯了吗?""假使一部《红楼梦》真是一串这么样的笨谜那就真不值得猜了!"

在早期红学索隐派诸说中,"明珠家事说"不仅出现最早影响最大,而且持续的时间也是最长的。至清末民初索隐派红学达到极盛时期,此说仍有很大的影响力。因此,在《红楼梦考证》中,胡适对刚刚出版的《红楼梦释真》未予理睬(也许他当时没有看到这部著作),却将"明珠家事说"列为索隐诸说中的第三派而予以痛击:"(1)纳兰成德生于顺治十一年(西历一六五四),死于康熙二十四年(一六八五),年三十一岁。他死时,他的父亲明珠正在极盛的时代(大学士加太子太傅,不久又晋太子太师),我们如何可说那眼见贾府兴亡的宝玉是指他呢?(2)俞樾引乾隆五十一年上谕说成德中举人时止十五岁,其实连那上谕都是错的。成德生于顺治十一年;康熙壬子,他中举人时,年十八;明年癸丑,他中进士,年十九。徐乾学做的《墓志铭》与韩菼做的《神道碑》,都如此说。""无论如何,我们不可用宝玉中举的年岁来附会成德。若宝玉中举的年岁可以附会成德,我们也可以用成德中进士和殿试的年岁来证明宝玉不是成德了!""(3)至于钱先生说的纳兰成德的夫人即是黛玉,似乎更不能成立。成德原配卢氏,为两广总督兴祖之女,续配官氏,生二子一女。卢氏早死,故《饮水词》中有几首悼亡的词。钱先生引他的悼亡词来附会黛玉,其实这种悼亡的诗词,在中国旧文学里,何止几千首?况且大致都是千篇一律的东西。若几首悼亡词可以附会林黛玉,林黛玉真要成'人尽可夫'了!(4)至于徐柳泉说的大观园里十二金钗都是纳兰成德所奉为上客的一班名士,这种附会法与《石头记索隐》的方法有同样的危险。即如徐柳泉说妙玉影姜宸英,那么,黛玉何以不可附会姜宸英?晴雯何以不可附会姜宸英?又如他说宝钗影高士奇,那么,袭人也可以影高士奇了,凤姐更可以影高士奇了……"

最后,胡适语重心长地指出:"我举这些例的用意是要说明这种附会完全是主观的,任意的,最靠不住的,最无益的。"并引用钱静方的话说:"要之,《红楼》一书,空中楼阁。作者第由其兴会所至,随手拈来,初无成意。即或

20世纪30年代的胡适

有心影射,亦不过若即若离,轻描淡写,如画师所绘之百像图,类似者固多,苟细按之,终觉貌是而神非也。"

胡适撰写《红楼梦考证》的主要目的不仅在于打破索隐派红学的种种谬说,更重要的是要用科学的态度、科学的精神和科学的方法,将《红楼梦》的研究引到正确的轨道上来,因此,只"破"不立,自然达不到预期的目的。孟森的《董小宛考》以及后来撰写的《世祖出家事考实》两文,都曾以翔实可靠的史料,严谨而又科学的论证方式,彻底摧垮了《红楼梦索隐》赖以立论的基础,然而,在中国红学史上,孟森却没有创立一个新的红学流派。虽然这两篇文章都是针对《红楼梦索隐》一书,而胡适的《红楼梦考证》也只是在孟森攻破王、沈的"清世祖与董鄂妃故事说"的基础上,又轻描淡写地驳斥了两说而已。因此,要彻底摧垮牵强附会的红学索隐派,就必须在"破旧"的前提下,再创立一种令人信服的"新"学说,才能使非科学的索隐派红学著作销声匿迹。

然而,在史料极度匮乏的情况下,欲立一种新说,又是何等的困难!完成于1921年3月27日的《红楼梦考证》初稿,可以说是只"破"未"立"。因此,自1921年4月初开始,胡适便在顾颉刚的无私帮助下,开始了艰苦的查找资料的工作,并最终利用所找到的史料,于1921年11月12日,写成了《红楼梦考证》的改定稿,从而为"新红学派"的诞生,打下了坚实的基础。

胡适与顾颉刚寻找史料并讨论《红楼梦》问题的通信,已全部收入《胡适红楼梦研究论述全编》一书中。时至今日,我们重读这些通信,不仅能够充分地感受到他们当日搜求时的艰辛和收获后的喜悦,而且还可体悟到他们严谨的治学态度和孜孜以求的科学精神。

《红楼梦》的"著者"究竟是谁?胡适从该书开卷第一回中"后因曹雪芹于悼红轩中,披阅十载,增删五次,纂成目录,分出章回,又题曰《金陵十二钗》……"一段话,推测《红楼梦》的作者是曹雪芹,然后又从袁枚的《随园诗话》卷二中,找到了一条有关曹雪芹的资料,再通过对这条"最早"的"关于《红楼梦》的材料"的分析,便得出了如下三条结论:

(一)我们因此知道乾隆时的文人承认《红楼梦》是曹雪芹做的。
(二)此条说曹雪芹是曹楝亭的儿子。(又《随园诗话》卷十六也说"雪芹者,曹楝亭织造之嗣君也"。……)
(三)此条说大观园即是后来的随园。

袁枚说曹雪芹是曹寅的儿子,"只跟着证据走"的胡适在《红楼梦考证》初稿中本来也相信了这话。但当他从杨钟羲的《雪桥诗话续集》中查到"雪芹为楝亭通政孙"这条重要的资料后,旋即推翻了原来的看法,并重新得出了另外三条结论:

(一)曹雪芹名霑;
(二)曹雪芹不是曹寅的儿子,而是他的孙子……
(三)清宗室敦诚的诗文集内必有关于曹雪芹的材料。

胡适下此断语,看似贸然,实际上对此问题他与顾颉刚是经过了一番讨论的。在1921年5月20日的日记中,他就曾经举出一条理由:"上回我已觉得曹雪芹的世次发生问题(日记页二二以下),故说曹寅五十四岁时尚无儿子。我因此断定雪芹生于康熙五十年(一七一一)以后,但我那时说'假定袁枚说雪芹是曹寅的儿子的话是不错的'。现在我这点怀疑果然证实了!"

顾颉刚收到胡适的信和日记后,在26日的回信中首先就这个问题提出了自己的疑虑:"接二十日来信,读到《雪桥诗话》一则,快极,但'楝亭通政孙'一语是杨钟羲的记载;不知他是否根据于《四松堂集》?还是就他的记忆而言?这是一件主要问题,如杨君尚在,顶好想法去问他一问……"

在5月30日的信中,胡适又开门见山地谈了这个问题:"《雪桥诗话》'通政孙'一句的来源,我七月间到上海时,当亲自设法一问。杨君似有《四松堂集》及《懋斋诗钞》。"

后来,胡适又在《红楼梦考证》(改定稿)中强调说:"我今年夏间到上海,写信去问杨钟羲先生,他回信说,曾有《四松堂集》,但辛亥乱后遗失了。"对于杨钟羲在辛亥乱后遗失了《四松堂集》之说,胡适深表怀疑。他在1922年4月19日的日记中,对此还耿耿于怀:"杨钟羲说他辛亥乱后失了此书刻本,似系托词。"不过,当时他虽然没有见到《四松堂集》,但却核实了杨钟羲"雪芹为楝亭通政孙"一语源本《四松堂集》的推断。因此,他在《红楼梦考证》(改定稿)中便毅然决然地推翻了袁枚的说法,并一再强调说:"杨先生编有《八旗文经》六十卷,又著有《雪桥诗话》三编,是一个最熟悉八旗文献掌故的人"。"杨先生既然根据《四松堂集》说曹雪芹是曹寅之孙,这话自然万无可疑。因为敦诚兄弟都是雪芹的好朋友,他们的证见自然是可信的。"

顾颉刚早在1921年6月23日的回信中,就指出了袁枚《随园诗话》的三大谬误:"《随园诗话》里,说雪芹是曹寅之子,是一误。说雪芹'距今已百余岁矣',是二误。《随园记》说隋氏为康熙时织造,是三误。"第一"误"等于没说,第二、第三两条却抓住了袁枚的要害。这两条证据充分地证明,袁枚不但不认识曹雪芹、曹寅,甚至连他们的底细都不清楚!

在《随园诗话》中,还有这样一段记载:

> 其子雪芹撰《红楼梦》一部,备记风月繁华之盛,中有所谓大观园者,即余之随园也。明我斋读而羡之。当时红楼中有某校书尤艳,我斋题云:
> 
> 病容憔悴胜桃花,午汗潮回热转加;犹恐意中人看出,强言今日较

差些。

威仪棣棣若山河,应把风流夺绮罗,不似小家拘束态,笑时偏少默时多。

袁枚所谓"明我斋"者,即清都统傅清之子明义,姓富察氏,号我斋,著有《绿烟琐窗集》,其中有《题〈红楼梦〉》诗二十首,主要吟咏《红楼梦》的具体情节和人物,乃目前所知最早的咏红诗。但凡读过《红楼梦》的人便不难看出,"病容憔悴"一诗,乃是吟咏林黛玉;"威仪棣棣"一诗则是吟咏薛宝钗。今查明义《绿烟琐窗集》,此二诗正是二十首咏红诗中的第十四、十五两首,不过与袁枚在《随园诗话》中所引在文字上略有出入而已。岂料袁枚却信口开河,妄言"红楼中有某校书尤艳",将小说人物林黛玉、薛宝钗当成了青楼中的妓女!这不仅表明袁枚根本就没有读过《红楼梦》⑪,而且也证明《随园诗话》中这条材料的不可信性。

令人遗憾的是,当时胡适与顾颉刚等人虽然没有发现明义的《绿烟琐窗集》,但只要与《红楼梦》中的情节或人物略加对比,袁枚《随园诗话》的这一谬误便不难发现。岂料他们却对此熟视无睹!

不过,这只是考证过程中的一个小小的疏漏。通过他们对曹雪芹究竟是曹寅之子还是曹寅之孙的论辩取舍,我们还是不得不佩服他们的治学态度和敏锐眼光。相比而言,袁枚虽与曹雪芹是同时代人,但他既不熟悉曹家又没读过《红楼梦》,其《随园诗话》中则更是谬误多多。而杨钟羲虽是民国年间人,但他既"是一个最熟悉八旗文献掌故的人",其资料又直接来自曹雪芹好友敦诚的诗集,究竟哪个更为可靠?答案当然是否定前者而肯定后者!在《红楼梦考证》(改定稿)的撰写过程中,对于其他问题的考证,诸如家世、版本、续书等方面,胡适与顾颉刚也莫不如此。

在《红楼梦考证》(改定稿)的第二部分,胡适就开门见山地指出:

我现在要忠告诸位爱读《红楼梦》的人:"我们若想真正了解《红楼梦》,必须先打破种种牵强附会的《红楼梦》谜学!"

其实做《红楼梦》的考证，尽可以不用那种附会的法子。我们只须根据可靠的版本与可靠的材料，考定这书的著者究竟是谁，著者的事迹家世，著者的时代，这书曾有何种不同的本子，这些本子的来历如何。这些问题乃是《红楼梦》考证的正当范围。

这一番话，既是《红楼梦考证》一文立论的基础，也是"新红学派"的纲领性宣言，更为该派中的一些主要干将划定了一个终身为之奋斗的"正当范围"。⑫

胡适的《红楼梦考证》，也正是紧紧围绕的"著者"与"本子"这两个问题而展开的。

由于曹寅与曹雪芹的特殊关系，又由于曹寅是曹家历史上最为"显赫"的一个人，资料较多，所以胡适在查考了《昭代名人尺牍》、《扬州画舫录》、《丙辰札记》、《陈鹏年传》、《江南通志》等有关史料后，首先得出了有关曹寅的四点结论："(1)曹寅是八旗的世家，几代都在江南做官。他的父亲曹玺做了二十一年的江宁织造；曹寅自己做了四年的苏州织造，做了二十一年的江宁织造，同时又兼做了四次的两淮巡盐御史。他死后，他的儿子曹颙接着做了三年的江宁织造，他的儿子曹𫖯接下去做了十三年的江宁织造。他家祖孙三代四个人总共做了五十八年的江宁织造。这个织造真成了他家的"世职"了。(2)当康熙帝南巡时，他家曾办过四次以上的接驾的差。(3)曹寅会写字，会做诗，有诗词集行世……他家中藏书极多，精本有三千二百八十七种之多(见他的《楝亭书目》，京师图书馆有钞本)，可见他的家庭富有文学美术的环境。(4)他生于顺治十五年，死于康熙五十一年(一六五八——一七一二)。"

对于曹寅的考证，实际上属于曹雪芹家世考证的一部分，而非有人所讽刺的"红外线"。家庭环境对于一个作家的影响是巨大的，这是无可否认的事实！

相对于曹寅而言，有关曹雪芹的材料更为匮乏。但胡适却又以《雪桥诗话》为线索，从《熙朝雅颂集》中找到了敦氏兄弟有关曹雪芹的四首诗，然后结合其家世及《红楼梦》本文，初步得出了《红楼梦》作者曹雪芹的六条结论：

(1)《红楼梦》的著者是曹雪芹。

(2)曹雪芹是汉军正白旗人,曹寅的孙子,曹頫的儿子,生于极富贵之家,身经极繁华绮丽的生活,又带有文学与美术的遗传与环境。他会做诗,也能画,与一班八旗名士往来。但他的生活非常贫苦,他因为不得志,故流为一种纵酒放浪的生活。

(3)曹寅死于康熙五十一年。曹雪芹大概即生于此时,或稍后。

(4)曹家极盛时,曾办过四次以上的接驾的阔差;但后来家渐衰败,大概因亏空得罪被抄没。

(5)《红楼梦》一书是曹雪芹破产倾家之后,在贫困之中做的。做书的年代大概当乾隆初年到乾隆三十年左右,书未完而曹雪芹死了。

(6)《红楼梦》是一部隐去真事的自叙:里面的甄贾两宝玉,即是曹雪芹自己的化身;甄贾两府即是当日曹家的影子。(故贾府在"长安"都中,而甄府始终在江南。)

"红学"发展到今天,景况已与胡适等人草创时大不相同。以上六条,基本上都曾遭到异议。尤其是第六条,可说是胡适《红楼梦考证》一文的核心和灵魂,因而受到的非议也最多。但平心而论,胡适在当年史料极度匮乏的情况下所做出的许多结论,到如今不仅没有被彻底推翻,反而还是诸多争论中最有说服力的一种见解。

在考定《红楼梦》的作者并对其家世生平做了大致勾勒后,胡适又接着对《红楼梦》的"本子"做了考证。

当时,胡适所能见到的"本子",只有三个系统,即,程甲本、程乙本和戚序本。通过对这三种版本的"仔细审察",胡适认为,"乙本远胜于甲本",但"程甲本"却是"外间各种《红楼梦》的底本"。至于有正书局出版的"戚本","封面上题着'国初钞本《红楼梦》',又在首页题着'原本《红楼梦》'。那'国初钞本'四个字自然是大错的。那'原本'两字也不妥当。这本已有总评,有夹评,有韵文的评赞,又往往有'题'诗,有时又将评语钞入正文(如第二回),可见已是很晚的钞本,决不是'原本'了。但自程氏两种百二十回本出版以后,八十回本已不可多见。戚本大概是乾隆时无数辗转传钞本之中幸而保存的一种,可以用来参校程本,故自有他的相当价值"。在此,胡适对于程甲、程乙两种"本子"的判断,基本符合实际情况,但说戚序本是"是很晚的钞本",却是大错特错的。不过,他在1927年买到"甲戌本"以后,很快便纠正了自己在此所犯的错误,认为自己在《红楼梦考证》一文中说了"很冒失的话",当时居然"没有想到《红楼梦》的早期本子都是有总评,有夹评,又有眉评的!"而"戚本更古于高本,那是无可疑的"。依据可靠的史料,对自己的观点及时进行修正,正是胡适所倡导的"科学态度"。

胡适对于《红楼梦》"本子"的研究,最主要的贡献是提出了"高鹗续书说"。他断定,"《红楼梦》最初只有八十回,直至乾隆五十六年以后始有百二十回的《红楼梦》"。而其中的"后四十回是高鹗补的"。胡适之所以下此断语,是因为他有如下几条证据:

第一,张问陶的诗及注,此为最明白的证据。

第二,俞樾举的"乡会试增五言八韵诗始乾隆朝,而书中叙科场事已有诗"一项。这一项不十分可靠,因为乡会试用律诗,起于乾隆二十二年,也许那时《红楼梦》前八十回还没有做成呢。

第三,程序说先得二十余卷,后又在鼓担上得十余卷。此话便是作伪的铁证,因为世间没有这样奇巧的事!

第四,高鹗自己的序,说的很含糊,字里行间都使人生疑。大概他不愿完全埋没他补作的苦心,故引言第六条说:"是书开卷略志数语,非云弁首,实因残缺有年,一旦颠末毕具,大快人心,欣然题名,聊以记成书之幸。"因为高鹗不讳他补作的事,故张船山赠诗直说他补作后四十回的事。

第一、第二两条证据,来自俞樾的《小浮梅闲话》。其中有云:"《船山诗草》有《赠高兰墅鹗同年》一首云：'艳情人自说"红楼"。'注云：'《红楼梦》八十回以后，俱兰墅所补。'然则此书非出一手。按乡会试增五言八韵诗，始乾隆朝。而书中叙科场事已有诗，则其为高君所补，可证矣。"对于第二条，胡适也认为"不十分可靠"，但第一条证据，却可以说是"铁证"。因为张问陶是高鹗的"同年"，他们于乾隆五十三年戊申一同参加了顺天乡试。其诗集《船山诗草》卷十六"辛癸集"有《赠高兰墅同年》一诗。诗云："无花无酒耐深秋，洒扫云房且唱酬。侠气君能空紫塞，艳情人自说《红楼》。逯迟把臂如今雨，得失关心此旧游。弹指十三年已去，朱衣帘外亦回头。"并在题下加注云："传奇《红楼梦》八十回以后，俱兰墅所补。"当然，后来不断有人对胡适的这一证据提出异议，主要就是对张问陶所说"补"字的理解有异。胡适认为是"续补"，而否定"高鹗续书说者"却理解为程伟元在《序》中所说的"截长补短"。无论对"补"字如何理解，时至今日，胡适的说法，仍然较有说服力。至于胡适所提出的第三、第四两条证据，则是出于对高鹗、程伟元《序》的理解。在此胡适认为程序说"先得二十余卷"，后又在鼓担上得十余卷"之言，"便是作伪的铁证"，似乎有点武断。

为了加强文章的说服力，胡适又从《红楼梦》中寻找出如下内证：

但这些证据固然重要，总不如内容的研究更可以证明后四十回与前八十回决不是一个人作的。我的朋友俞平伯先生曾举出三个理由来证明后四十回的回目也是高鹗补作的。他的三个理由是：(1)和第一回自叙的话都不合，(2)史湘云的丢开，(3)不合作文时的程序。这三层之中，第三层姑且不论。第一层是很明显的：《红楼梦》的开端明说"一技无成，半生潦倒"；明说"蓬牖茅椽，绳床瓦灶"；岂有到了末尾说宝玉出家成仙之理？第二层也很可注意。第三十一回的回目"因麒麟伏白首双星"确是可怪！依此句看来，史湘云后来似乎应该与宝玉做夫妇，不应该此话全无照应。以此看来，我们可以推想后四十回不是曹雪芹做的了。

其实何止史湘云一个人？即如小红，曹雪芹在前八十回里极力描

255

写这个攀高好胜的丫头;好容易他得着了凤姐的赏识,把他提拔上去了;但这样一个重要人才,岂可没有下场? 况且小红同贾芸的感情,前面即经曹雪芹那样郑重描写,岂有完全没有结果之理? 又如香菱的结果也决不是曹雪芹的本意。第五回的"十二钗副册"上写香菱的结局……明说香菱死于夏金桂之手,故第八十回说香菱"血分中有病,加以气怨伤肝,内外挫折不堪,竟酿成干血之症,日渐羸瘦,饮食懒进,请医服药无效"。可见八十回的作者明明的要香菱被金桂磨折死。后四十回里却是金桂死了,香菱扶正:这岂是作者的本意吗? 此外,又如第五回"十二钗"册上说凤姐的结局道:"一从二令三人木,哭向金陵事更哀。"……后四十回里写凤姐的下场竟完全与这"二令三人木"无关……此外,又如写和尚送玉一段,文字的笨拙,令人读了作呕。又如写贾宝玉忽然肯做八股文,忽然肯去考举人,也没有道理。高鹗补《红楼梦》时,正当他中举人之后,还没有中进士。如果他补《红楼梦》在乾隆六十年之后,贾宝玉大概非中进士不可了!

总之,胡适《红楼梦考证》一文的成就和深远意义是多方面的,它对于《红楼梦》的作者家世生平及版本和续书研究,基本上为新红学考证派划定了一个大致的研究范畴。

## 三 实事求是的治学方法

胡适与红学索隐派尤其是与蔡元培之间矛盾冲突的焦点,既不在观点也不在文学观念上,而是在论证问题的方法上,亦即"科学的考证"还是"牵强的附会"。

平心而论,无论以胡适为首的"新红学派"还是以蔡元培为代表的红学索隐派,实际上都在努力搜寻《红楼梦》背后所"隐去"的"真事"。只不过红学索隐派提出了"明珠家事说"、"张勇家事说",而胡适提出并力证了"曹雪芹家事说"罢了。因此,从这个意义上来说,胡适等人实际上也在"索隐"!

历来评价红学索隐派和新红学派的一些人，几乎都在不遗余力地批评他们混淆了生活原型与文学形象之间的区别。实际上，这又是一个未曾分辨的误区。如果说索隐派所谓的"影射"、"本事"，胡适所谓的"影子"、"化身"等等，还没有将两者区别对待的话，那么，"宝玉非人，寓言玉玺耳"的说法又当如何解释？不过，在此我们需要分清一点，无论红学索隐派还是新红学派，在具体的行文过程中，也确实存在着某种程度的混乱。导致这种现象出现的原因很多，非三言两语能说清楚。那么，既然红学索隐派与新红学派的矛盾焦点是在方法的应用方面，我们不妨先重点谈一谈这个问题。

胡适在《口述自传》中承认："我在《红楼梦》考证文章的结论上说，我的工作就是用现代的历史考证法，来处理这一部伟大小说。我同时也指出这个'考证法'并非舶来品。它原是传统学者们所习用的，这便叫做'考证学的方法'。"然而，他在1930年12月27日所写《介绍我自己的思想》一文中却说："《红楼梦考证》诸篇只是考证方法的一个实例……这不过是赫胥黎、杜威的思想方法的实际应用。"1949年以后，大陆文艺界对胡适的批判，也大都着眼于这一点。其实从本质上来说，胡适的治学方法，更多地来自中国传统的"朴学"。至于杜威等人对他的影响，也只是皮毛的东西而已。我们应该承认，胡适的治学方法，确确实实是"中西结合"的典范。但这种"结合"，仍然是"中"为主、"西"为辅的。

当年胡适为何故意标榜自己的治学方法姓"杜"而不姓"朴"？可能是为了抬高自己的身价，更为了投年轻人之所好，以便更好地将中国的"文艺复兴运动"引向深入。须知在20世纪初期，中国人崇洋媚外的心理绝不亚于今日。一些欧美的著名文人，如罗素、杜威等人，在中国知识界一些年轻人心目中，几被视为神明。流风所及，甚至一些姓罗、姓杜的中国的年轻文人，也几几乎要引以为荣！尤其是杜威，在中国当时的学术界影响更大。"1919年3月胡适（代表北京大学）与陶知行（代表南京高等师范）、黄炎培（代表江苏教育会）商决以三个单位名义，聘请正在日本讲学的杜威来华讲学。杜威应聘，偕夫人、女儿于5月1日抵达上海，是日胡适赴码头迎接。杜威在华讲学，历两年又两个月，到过中国内地的十一省，并同中国学术界、教育界上层人士建立了相当密切的关系。1921年7月11日——杜威离京回国的前一天——胡适在北京南河沿欧美同学会设宴为杜威饯行,以他个人名义邀请了许多学术界知名人士。座席间蔡元培颂扬杜威为中国的孔子,梁启超把杜威当作印度的释迦牟尼来颂扬,林长民则称颂杜威为中国的老子。杜威在这次宴会上竟取得了儒释道三教教主的殊荣,也可见出他当时在中国学界影响之深。"[13]身为杜威学生的胡适,以此为荣并借重其身价来宣传自己的治学方法,也是情理中事。更何况他的治学方法也多多少少沾了点"洋气"。

唐德刚曾说:"大凡一个思想家,他思想体系的建立,总跳不出他自己的民族文化传统,和他智慧成长期中的时代环境。这是他的根。其后枝叶茂盛,开花结果,都是从这个根里长出来的。"[14]胡适虽是大名鼎鼎的"洋博士",但其思想及治学方法却仍然是"中国式的"。谓余不信,我们不妨简要回顾一下在"文学革命"前胡适所走过的人生道路和治学道路。

生长在科举时代的胡适,自幼便受到了良好的中国式的传统教育。早在他"十几岁的时候,便已有好怀疑的倾向",并且"一有怀疑,也都要予以批判来证明或反证明"。[15]这种"好怀疑的倾向",固然由其天性所致,但传统文化中所谓的"在可疑而不疑者,不曾学;学则须疑"等等,无疑也对他起到了潜移默化的作用。而此时的胡适,恐怕还没听说过杜威的大名,更不知道什么是"实验主义"!

1910年,胡适与其他六十九名庚款留美学生一起来到美国,由于服从二哥胡绍之的决定,胡适首先进入康乃尔大学学习农科。这位出生在农村的贵公子,虽然不能说"五谷不分",但"四体不勤"却是不争的事实,当然也就不会对这个专业感兴趣。三个学期之后,他终于"作了重大牺牲,决定转入该校的文理学院,改习文科"。他在《口述自传》中除了提到苹果课的"实习"促使他改行的原因外,还举出了另外三条理由:一是他"对哲学、中国哲学和研究史学的兴趣";二是对中国"政治史所发生的兴趣";三是"对文学的兴趣"。[16]由此我们便不难看出,他的改学文科,主要还是基于他少年时所受的传统教育。用惯了毛笔装了一肚子中国墨汁的胡适,即使用上了美国的自来水笔,也难以改变自己业已形成的"思维定式"。

1915年9月,胡适转入哥伦比亚大学之后,又以夏德教授的两门汉学为副修课之一。这固然是因为难却夏德的一番盛情,但更重要的恐怕还是取决于他对传统文化的眷恋。而他跟随杜威学习哲学之后,选定的博士论文题目,便是《中国古代哲学方法之进化史》。

在跟随杜威学习期间,胡适惊异地发现,"我国近千年来——尤其是近三百年来——古典学术和史学家治学的方法,诸如'考据学'、'考证学'等等",居然与"现代的科学法则""在方法上有其共通之处"。这一发现,固然"得之于杜威有关思想的理论"[17],更证明了胡适是一个悟性极高的人。我们承认胡适的治学方法"沾有洋气",但这点儿"洋气"恐怕也就在中、西文化的共通性上。实际上,自从1911年直至1916年,胡适的治学方法和治学范围,以及他发动"文学革命"的原动力,始终都没有离开中国传统文化这一片沃土。所以,胡适自己也不得不承认:"我要指出我从何处学得了这些治学方法,实在是很不容易。我想比较妥当点的说法,是我从考证学方面着手逐渐地学会了校勘学和训诂学。由于长期钻研中国古代典籍,而逐渐的学会了这种治学方法。所以我要总结我的经验的话,我最早的资本或者就是由于我有怀疑的能力。"[18]唐德刚也曾一针见血地指出:胡适"所说的'治学方法',事实上是我国最传统的训诂学、校勘学和考据学的老方法。简言之便是版本真伪的比较,文法的分析,再加上他独具只眼的'历史的处理'"。[19]说白了,也就是来自中国传统的讲求"实事求是"的"朴学"。

"朴学"虽然大行于清代,而其历史渊源,却可以追溯到汉儒的古文学派。虽然二者之间有着很大的差别,但其承继关系却是十分明显的。虽然胡适并不承认自己是"古文家",但其治学方法,却无疑是继承了"古文家"尤其是"朴学家"的优良传统。[20]

如果说胡适的治学方法属于"古文家",那么红学索隐派的治学方法则恰恰来自"今文家"。他们要继承并发扬"今文家""学术为政治服务"的传统,也就自然而然地继承并发扬了"今文家"那种牵强附会的治学方法。因此,胡适与红学索隐派的冲突,实质上还是两种传统治学方法的冲突,亦即汉代"古文家"与"今文家"两大派别之间相互斗争的一种继续。前者是实事求是的"科学的考证",后者则是牵强附会地任意曲解。

胡适一再强调"方法",是一个不折不扣的方法论者。他在中国文化史上的一大贡献,便是将我国传统的治经学、史学的实事求是的"科学的"治学方法,首次应用到小说领域尤其是《红楼梦》的研究中来,从而把小说研究升格为一项正当的"学术主题",并将之纳入了"科学研究"的正确轨道,大大拓展了学术研究的领域。《红楼梦考证》一文的巨大贡献和深远意义,正在于此。

那么,胡适到底是如何"跟着证据走"的呢?在此我们仅以他对曹雪芹卒年的研究为例,看看他是如何做的。

1921年,胡适撰写《红楼梦考证》时,因手中缺乏翔实的史料,所以他只能推断"曹雪芹死于乾隆三十年左右(约一七六五)","当他死时,年约五十岁左右"。次年,胡适找到了曹雪芹好友敦诚的《四松堂集》,便立刻在《跋〈红楼梦考证〉》中将曹雪芹的卒年改为:"雪芹死在乾隆二十九年甲申(一七六四)",并"假定他死时四十五岁"。但当他在1927年夏买到"甲戌本"《脂砚斋重评石头记》以后,就在1928年撰写的《考证〈红楼梦〉的新材料》一文中,根据脂批"壬午除夕,书未成,芹为泪尽而逝"的批语,再次改"定雪芹死于壬午除夕"。至20世纪40年代,当周汝昌发现敦敏《懋斋诗钞》中的《小诗代简寄曹雪芹》一诗,并据此考定曹雪芹卒于"癸未除夕"时,胡适也曾表示有条件地接受这一说法。但当他一旦发现《懋斋诗钞》不像按年编次后,便又立刻返回"壬午除夕说"。这前后五次的变化,充分证明了胡适确确实实是"只认识事实,只跟着证据走"的。

## 四 "作茧自缚"的"自叙传说"

《红楼梦考证》一文的问世,不仅彻底摧垮了旧红学索隐派关于《红楼梦》"本事"的种种谬说,也为新红学的诞生,打下了坚实的基础。然而,作为该文核心观念的"自叙传说",历来却遭到了人们的种种非难和批判,甚至连

"新红学派"的另外两大创始人——顾颉刚与俞平伯,也屡屡为此感到困惑。之所以出现这种现象,首先与《红楼梦》开卷第一回的那段"作者自云"有关。为了说明问题,我们不妨将这段"自白"抄录如下:

此开卷第一回也。作者自云:"因曾历过一番梦幻之后,故将真事隐去,而借通灵之说,撰此《石头记》一书也。故曰甄士隐云云。"但书中所记何事何人?自又云:"今风尘碌碌,一事无成,忽念及当日所有之女子,一一细考较去,觉其行止见识,皆出于我之上。何我堂堂须眉,诚不若彼裙钗哉?实愧则有馀,悔又无益之大无可如何之日也。当此,则自欲将已往所赖天恩祖德,锦衣纨袴之时,饫甘餍肥之日,背父兄教育之恩,负师友规训之德,以至今日一技无成、半生潦倒之罪,编述一集,以告天下人。我之罪固不免,然闺阁中本自历历有人,万不可因我之不肖,自护己短,一并使其泯灭也。虽今日之茅椽蓬牖,瓦灶绳床,其晨风夕月,阶柳庭花,亦未有妨我之襟怀笔墨者。虽我未学,下笔无文,又何妨用假语村言,敷演出一段故事来,亦可使闺阁昭传,复可阅世之目,破人愁闷,不亦宜乎?"故曰贾雨村云云。更于篇中间用"梦"、"幻"等字,却是此书本旨,兼寓提醒阅者之意。

无论从行文还是语气上来看,这一段话都不是小说体语言,确切地说,它应该属于"脂评"范围。在此,我们虽然不能说评者在这里是"村姥姥信口开河",但索隐派诸人乃至考证派中持自传说的一些人,却偏偏都要做"寻根究底"的"情哥哥",将这段扑朔迷离的评语当成了作者的"自白",当成了索解《红楼梦》之谜的金钥匙。既然作品开篇便如此郑重声明"因曾历过一番梦幻之后,故将真事隐去",再"用假语村言,敷演出一段故事"来,而书中的甄士隐与贾雨村、甄府与贾府,又确实具有"真"与"假"的象征意义。尤其是"今风尘碌碌,一事无成……万不可因我之不肖,自护己短,一并使其泯灭也"这一段带有忏悔意味的话语,更像是作者在虔诚地回忆自己的往事,因此,循着"作者自云"所提供的这条"线索",利用汉人解经的附会方式,来索解《红楼梦》一书所"隐去"的"真事"究竟是什么,便形成了索隐派红学的鼎盛局面。也正因为当时的人们对《红楼梦》的本事抱有更大的兴趣,所以胡适在作《红楼梦考证》时也必须在这方面下功夫,因而他特别重视这段"作者自云",也就是顺理成章的了。因为,他只有找出《红楼梦》一书所"隐去"的"真事",才能彻底摧垮索隐派关于《红楼梦》"本事"的种种谬说,这应该是"自叙传说"产生的一个很重要的原因。

不过,胡适的"自叙传说"是建立在考证曹雪芹家事生平的基础上,而索隐派则是建立在对作品和历史史料的牵强附会上。其实,无论索隐派还是以胡适为代表的"新红学派",都没有混淆生活原型与文学形象之间的区别。胡适所说《红楼梦》是一部隐去真事的自叙:里面的甄、贾两宝玉,即是曹雪芹自己的化身;甄、贾两府即是当日曹家的影子。(故贾府在"长安"都中,而甄府始终在江南。)所谓"化身"、"影子"云云,即是指的生活原型。

在《红楼梦考证》中,胡适在考证了"曹雪芹的个人和他的家世的材料"后说:"我们看了这些材料,大概可以明白《红楼梦》这部书是曹雪芹的自叙传了。"为了证明自己的说法,他提出了以下五条理由:

第一,他在将《红楼梦》开卷第一回的那段"作者自云"略作节引后,便明确地提出:"这话说的何等明白!《红楼梦》明明是一部'将真事隐去'的自叙的书。若作者是曹雪芹,那么,曹雪芹即是《红楼梦》开端时那个深自忏悔的'我'!即是书里的甄贾(真假)两个宝玉的底本!懂得这个道理,便知书中的贾府与甄府都只是曹雪芹家的影子。"

第二,胡适引用《红楼梦》第一回中"石头"所说"我想历来野史的朝代……"及"更可厌者……"两段话后,又说:"他这样明白清楚的说'这书是我自己的事体情理','是我这半世亲见亲闻的';而我们偏要硬派这书是说顺治帝的,是说纳兰成德的!这岂不是作茧自缚吗?"

"第三,《红楼梦》第十六回有谈论南巡接驾的一大段"话,于是,胡适在引用《红楼梦》中王熙凤与赵嬷嬷的这一段对话后,又说:"此处说的甄家与贾家都是曹家。曹家几代在江南做官,故《红楼梦》里的贾家虽在'长安',而甄家始终在江南。……康熙帝南巡六次,曹寅当了四次接驾的差,皇帝就住在他的衙门里。《红楼梦》差不多全不提起历史上的事实,但此处却郑重的说起"太祖皇帝仿舜巡的故事",大概是因为曹家四次接驾乃是很不常见的盛事,故曹雪芹不知不觉的——或是有意的——把他家这桩最阔的大典说了出来。……一家接驾四五次,不是人人可以随便有的机会。……只有曹寅做了二十年的江宁织造,恰巧当了四次接驾的差。这不是很可靠的证据吗?"

"第四,《红楼梦》第二回叙荣国府的世次如下",在引用"自荣国公死后……"这一段文字后,胡适又"用曹家的世系"做了比较,然后说:"《红楼梦》里的贾政,也是次子,也是先不袭爵,也是员外郎。这三层都与曹𫖯相合。故我们可以认贾政即是曹𫖯;因此,贾宝玉即是曹雪芹,即是曹𫖯之子,这一层更容易明白了。"

"第五,最重要的证据自然还是曹雪芹自己的历史和他家的历史。《红楼梦》虽没有做完","但我们看了前八十回,也就可以断定:(1)贾家必致衰败,(2)宝玉必致沦落。《红楼梦》开端便说,'风尘碌碌,一事无成';又说,'一技无成,半生潦倒';又说,'当此蓬牖茅椽,绳床瓦灶'。这是明说此书的著者——即是书中的主人翁——当著书时,已在那穷愁不幸的境地",而通过"敦诚兄弟送曹雪芹的诗",可以断定"雪芹一生的历史如下:(1)他是做过繁华旧梦的人。(2)他有美术和文学的天才,能做诗,能绘画。(3)他晚年的境况非常贫穷潦倒"。接着,胡适便反问道:"这不是贾宝玉的历史吗?"

在概括总结了曹雪芹的生平家世后,胡适断然地说:"因为《红楼梦》是曹雪芹'将真事隐去'的自叙,故他不怕琐碎,再三再四的描写他家由富贵变成贫穷的情形。我们看曹寅一生的历史,决不像一个贪官污吏;他家所以后来衰败,他的儿子所以亏空破产,大概都是由于他一家都爱挥霍,爱摆阔架子;讲究吃喝,讲究场面;收藏精本的书,刻行精本的书,交结文人名士,交结贵族大官,招待皇帝,至于四次五次;他们又不会理财,又不肯节省;讲究挥霍惯了,收缩不回来;以致于亏空,以致于破产抄家。《红楼梦》只是老老实实的描写这一个'坐吃山空''树倒猢狲散'的自然趋势。因为如此,所以《红楼梦》是一部自然主义的杰作。"

胡适提出的第一条证据,仍然基于对"作者自云"的深信不疑。其中他所谓的"底本"、"影子"云云,应该就是我们所谓的"生活原型"。但他用两个"即是"将曹雪芹与《红楼梦》开端时那个深自忏悔的'我'",以及"书里的甄、贾两个宝玉的底本"划上等号时,就显得有点过于武断了。须知,作者在创作小说的过程中,确有将整个故事透过贾宝玉的经历、感受来表现创作的意图,但与此同时,也必然在塑造这个人物形象时,运用了自己的许多生活体验,这其中有直接的,也有间接的,但作者却并非完全照着自己来塑造贾宝玉的。宝玉的经历、性情、思想、为人处事等等,有许多根本就不属于作者。他只是曹雪芹在提炼生活素材后创造出来的一个全新的艺术形象。若想从历史上或现实生活中为贾宝玉寻找一个人物原型,恐怕谁也对不上号,或者说有许多人都能对上号,只不过前者是绝对的、全面的,而后者则是相对的只就一个或几个方面而言罢了。深知曹雪芹家世生平和创作过程的脂砚斋就曾经说:"按此书中写一宝玉,其宝玉之为人,是我辈于书中见而知有此人,……"(十九回脂评)"钗玉名虽两个,人却一身,此幻笔也……"(四十二回)至于胡适所谓"书中的贾府与甄府都只是曹雪芹家的影子"之说,道理也是相同的。《红楼梦》中虽然有许多东西取材于曹家,但却不能说都是曹家的事,那个时代的许多贵族家庭,也都是曹雪芹的取材对象。书中的贾府与甄府,是那个时代的贵族之家的一个概括性的缩影。

在第二条证据中,胡适特别强调作者"自己的事体情理""半世亲见亲闻的"等等,前者应该就是我们所谓的生活的真实与艺术的真实问题,这其中有一个对生活素材的提炼加工过程,并非照相式的照实直录。而所谓"亲见亲闻",也仍然只是强调自己的生活经验,其中也包括直接的和间接的两个方面。"所见"可能是直接的,但"所闻"却是间接的。

胡适的第三条证据,是从《红楼梦》第十六回中找出了王熙凤与赵嬷嬷谈论南巡接驾的一大段对话,认为"这是很可靠的证据"。确实,正如胡适所说:《红楼梦》差不多全不提起历史上的事实,但此处却郑重的说起"太祖皇帝仿舜巡的故事",大概是因为曹家四次接驾乃是很不常见的盛事,故曹雪芹不知不觉的——或是有意的——把他家这桩最阔的大典说了出来。……一家接驾四五次,不是人人可以随便有的机会。……只有曹寅做了二十年的江宁织造,恰巧当了四次接驾的差。"然而,这条"很可靠的证据",只能证明《红楼梦》的作者是曹雪芹,却不能证明曹雪芹就是贾宝玉,更不能证明甄、贾两府都是曹家。因为《红楼梦》虽然是在作者亲见亲闻、亲身经历的生活素材基础上创作的,但它决不是自传体小说,也不是小说化了的曹家的兴衰史,虽然小说中毫无疑问地融入了大量作者自身经历和自己家庭荣枯变化的种种可供其创作构思的素材。但作者从别处搜罗并加以提炼的素材来源和范围并不只限于曹氏一家,其取材来源要广泛得多,其目光和思想,更是整个现实社会和人生。《红楼梦》是现实生活基础上最大胆、最巧妙、最富有创造性和想象力的艺术虚构。所以它反映的现实,其涵盖面和社会意义是极其深广的。

胡适本来对《红楼梦》看得很清楚:"《红楼梦》差不多全不提起历史上的事实",但却又要拿"历史上的事实"与小说生硬比附,其结果自然是"求深反惑"。虽然小说中有曹家的事,但这并不等于《红楼梦》就是写了曹家的历史。沙子里有金子,但不能说所有的沙子都是金子。

胡适的第四条证据,应该说是最为荒谬的,历来受到的攻击也最多。他将《红楼梦》第二回所叙荣国府的世次与"曹家的世系"进行比较后,认为"《红楼梦》里的贾政,也是次子,也是先不袭爵,也是员外郎。这三层都与曹頫相合。故我们可以认贾政即是曹頫;因此,贾宝玉即是曹雪芹,即是曹頫之子"。将历史人物与小说人物做了机械性的类比,确确实实是"混淆了艺术形象与生活原型的关系"。蔡元培在《〈石头记索隐〉第六版自序》中就曾经反驳说:"胡先生以贾政为员外郎,适与员外郎曹頫相应,遂谓贾政即影曹頫。然《石头记》第三十七回有贾政任学差之说;第七十一回有贾政回京复命,因是学差,故不敢先到家中云云。曹頫固未闻曾放学差也。且使贾府果为曹家影子,而此书又为雪芹自写其家庭之状况,则措词当有分寸。今观第十七回,焦大之谩骂;第六十六回,柳湘莲道:'你们东府里,除了那两个石头狮子干净罢了。'似太不留余地"。反驳得相当有理有力,击中了"自叙传说"的要害。

胡适提出的第五条证据,所谓"贾家必致衰败","宝玉必致沦落",乃是根据《红楼梦》前八十回的伏笔推断出来的,有一定的道理。但他通过有关曹雪芹的零星史料在对曹雪芹的生平做了大致勾勒后,接着便反问道:"这不是贾宝玉的历史吗?"再次犯了将历史人物与艺术形象混为一谈的错误。

在《谈〈红楼梦〉作者的背景》一文中,胡适还说:"《红楼梦》写的是很富贵,很繁华的一个家庭。很多人都不相信《红楼梦》写的是真的事情,经过我的一点考据,我证明贾宝玉恐怕就是作者自己,带一点自传性质的一个小说,恐怕他写的那个家庭,就是所谓贾家,家庭就是曹雪芹的家,所以我们作了一点研究,才晓得我这话大概不是完全错的。……曹雪芹所写的极富贵,极繁华的这个贾家,宁国府,荣国府在极盛的时代的富贵繁华并不完全是假的。曹家的家庭实在是经过富贵繁华的家庭。懂得这一层,才晓得他里面所写的人物……懂得曹家这个背景,就可以晓得这部小说是个写实的小说,他写的人物,他写王凤姐,这个王凤姐一定是真的,他要是没有这样的观察,王凤姐是个了不得的一个女人,他一定写不出来王凤姐。比如他写薛宝钗,写林黛玉,他写的秦可卿,一定是他的的确确是认识的。所以懂得这一点,才晓得他这部小说,是一个'自传',至少带着自传性质的一个小说。"

无论如何,胡适都不肯放弃自己的"自叙传说"。他明明知道《红楼梦》"差不多全不提起历史上的事实",却一次又一次地将小说人物与曹家进行对比比附,结果到头来只能是作茧自缚。

更有甚者,他在《跋〈红楼梦考证〉》一文中,居然说出这样的话来:"曹雪芹死后,还有一个'飘零'的'新妇'。这是薛宝钗呢,还是史湘云呢?那就不容易猜想了。"如此的表述,受到人们的攻击和非难,也就不足为奇了。别说迄今为止对曹家的史料尤其是曹雪芹的史料所知甚少,就算有足够的史料,如果有人非要拿《红楼梦》中的人物与曹家人对号,那也是出力不讨好的事。艺术创作有许多是虚构的成分,而已"将真事隐去"的《红楼梦》,当然也不是曹家的信史,更不是曹雪芹的"行状"或传记,这是一般人都能明白的道理,可胡适却偏偏在那里犯糊涂。

实际上,胡适本来是很明白的。当俞平伯和顾颉刚在他影响之下为《红楼梦》的地点问题展开热烈讨论时,胡适在《考证〈红楼梦〉的新材料》一文中,却又很理智地为俞平伯、顾颉刚的拘泥过甚指点迷津:"平伯与颉刚对于这个地点问题曾有很长的讨论。他们的结论是:'说了半天还和没有说一样,我们究竟不知道《红楼梦》是在南或是在北'。我的答案是:'雪芹写的是北京,而他心里要写的是金陵:金陵是事实所在,而北京只是文学的背景。至于大观园的问题,我现在认为不成问题,贾妃本无其人,省亲也无其事,大观园也不过是雪芹的'秦淮残梦'的一境而已。"

看他说的多么清楚!可为何又经常在"自叙传说"的"迷魂阵"中犯迷糊呢?

胡适的缠夹不清,害苦了他的两个信奉者——顾颉刚与俞平伯。一开始,他们都是非常服膺并信奉"自传说"的。俞平伯在1921年4月27日给顾颉刚的信中说:"我想《红楼梦》作者所要说者,无非始于荣华,终于憔悴,感慨身世,追缅古欢,绮梦既阑,穷愁毕世。宝玉如是,雪芹亦如是。"在这里,俞平伯无疑在曹雪芹和贾宝玉之间画上了等号。

5月4日,俞平伯给顾颉刚的信中又说:"我们既相信《红楼梦》为作者自述生平之经历怀抱之作,而宝玉即为雪芹底影子,虽不必处处相符,(因为是做小说不是做行状)但也不能大不相符。如果真大相违远,我们就不能把宝玉当做作者底化身,并且开卷上所说'作者自云曾历过一番梦幻之后',此话更应当作何解说?"

虽然疑云满腹,但态度却仍然十分坚决:若非作者的自传,"更应当作何解说"?

5月13日,俞平伯在给顾颉刚的信中又说:"我想《栋亭别集》所谓珍儿,即是贾珠。'珍''珠'相连,故曰贾珠;所谓殇,亦未必孩婴也。看《红楼梦》上贾珠廿岁完娶生一子而死,死时亦不过廿几岁!正相符合。总之《红楼梦》实事居多,虚构为少,殆无可疑。"

通过字义的联系,将小说中人物与历史人物等同起来,已与索隐派相差无几。持"明珠家事说"者,就有人认为宝玉隐指明珠。

俞平伯5月21日给顾颉刚的信中说:"雪芹自己虽未必定做和尚,但他也许有想出家的念头;我们不能因雪芹没出家便武断宝玉也如此。况且雪芹事实我们几无所知"。

最后这一句话,倒是说到了问题的实质。对于曹雪芹的事实,确实"几无所知",用点滴的史料来与贾宝玉对比,自然是出力不讨好的事。退一步说,即使找到了一部曹雪芹撰写的《曹氏事迹实录》,也无法将曹家的人与《红楼梦》中的小说人物等同起来。因为小说就是小说,其中既有虚构的成分,当然就不能当历史看待!

然而,俞平伯在5月30日给顾颉刚的信中却仍然坚持说:"'雪芹即宝玉'这个观念……是读《红楼梦》底一个大线索。"

我们认为,若是坚持这个观念,最终只能在"自传说"的"迷魂阵"中到处碰壁。所谓"这里通了,那边又不通了"。结果"转"来"转"去,就会越"转"越糊涂。

7月20日,顾颉刚给俞平伯信中谈到自己发现的愿为明镜室主人(江顺怡)的《读红楼梦杂记》,其中有云:"盖《红楼梦》所纪之事,皆作者自道其生平……数十年之阅历,悔过不暇,自怨自艾,自忏自悔,而暇及人乎哉!所谓宝玉者,即'顽石'耳。"顾颉刚认为,这番话说得很有道理。他在信中称赞说:江氏此说,"在红学家里,实在是最近情理的"。但他同时又指出:"江君看《红楼梦》,断定他是一部自传。但他竟不敢明白说出作者即曹雪芹"。

在他们眼里,一直划着这样一个等式:《红楼梦》是作者曹雪芹的自传,书中的贾宝玉就是曹雪芹,曹家就是书中的贾府。

在肯定"雪芹即宝玉"的大前提下,胡适、顾颉刚、俞平伯三人,也将关注的目光处处都投射在搜寻"实事"上,忘记了小说的虚构成分,结果在一些问题上拘泥过甚,不仅使自己陷入了困境,也为索隐派的反击提供了口实。

尤其是俞平伯和顾颉刚对"大观园"在南在北的讨论,更显示了他们拘泥过甚的这种弊端。顾颉刚在给俞平伯的书信中困惑地说:"若说大观园在北方罢,何以有'竹'?若说大观园在南京罢,何以有'炕'?"真正陷入泥沼而不能自拔了。

然而,经过一段时间的困惑,慢慢觉醒的时候还是有的。早在4月12日,顾颉刚在给胡适的信中就说:"介泉说,'曹雪芹便是把贾宝玉写自己,但曹寅决不是贾政。曹寅何等潇洒豪爽,贾政却迂拘方严'。我对此说很表同情。我以为《红楼梦》固是写曹家,不是死写曹家,多少有些别家的成分。"

在这里,顾颉刚虽然仍将曹家视为贾府,但"不是死写曹家,多少有些别家的成分"这句话,却已点到了文学作品具有概括性的问题。那么,既然小说不是"死写",研究者难道还要继续"呆看"下去吗?

6月18日,俞平伯在给顾颉刚的信中说:"因为我们历史眼光太浓重了,不免拘儒之见。要知雪芹此书虽记实事,却也不全是信史。他明明说'真事隐去'、'假语村言'、'荒唐言',可见添饰点缀处亦是有的。从前人都是凌空猜谜,我们却反其道而行之,或者矫枉竟有些过正也未可知。"

俞平伯也即将从困惑中解脱出来。他注意到了《红楼梦》所说的"真事隐去"、"假语村言"、"荒唐言"等等,明白了《红楼梦》"不全是信史"的道理,所以自我反思所得到的一大收获就是:"从前人都是凌空猜谜,我们却反其道而行之,或者矫枉竟有些过正也未可知。"

其实早在6月9日,俞平伯就在信中说过:"《红楼梦》虽说是记实事,但究是部小说,穿插的地方必定也很多,所以他自己也说是'荒唐言'。如元妃省亲当然不必有这回事,里面材料大半是从南巡接驾拆下来运用的。我们固然不可把原书看得太缥缈了,也不可过于拘泥了,真当他一部信史看。"

"究是部小说",点到了《红楼梦》的实质,也成为俞平伯解脱困境的一个突破口。以后,随着时间的推移,随着他对《红楼梦》本文的深入研究,他将基于"《红楼梦》是一部小说"这一正确观点,彻底摆脱"自传说"的桎梏,成为"自叙"传说的第一个"叛逆者"。

俞平伯解脱了,顾颉刚则远离"红学"专搞了历史。作为"新红学"开山祖师的胡适,终其一生都忙忙碌碌地只顾开山立派,自也无暇再来顾及这类小问题。然而,随着"红学队伍"的不断壮大,随着红学爱好者的不断增多,他们提出并曾经一再论证过的"自叙传说",却越来越显示出它那巨大的影响力。而这种影响造成的直接后果,就是"糊涂阵"中的痴迷者越来越多。这支庞大的"自传说大军",具体的表现也各不相同。若粗略划分,大致可分为以下三类:

第一类,誓死捍卫"自传说"的忠诚战士:他们的具体表现,就是继续坚定不移地沿着胡适开辟的"自叙传说"的道路奋勇前进,既不回头,也不旁顾。握在手中的笔,铺在桌上的纸,唯一的作用就是在"曹家史实"和《红楼梦》之间画等号,而且还大画特画,画个不亦乐乎。心有思,口有讲,"江南曹家即贾府";写专著,作论文,"宝玉就是曹雪芹"!

第二类,打着"胡旗"反"胡旗":他们最突出的表现,便是否定曹雪芹的著作权。这一举动,表面看来是反胡适的,其实恰恰成了胡适派的"俘虏"。正因为他们也是首先坚定不移地信奉"自传说",所以便拿着考证派爬梳整理出来的一些曹家史料,与《红楼梦》中的人物对号入座。岂料对来对去,却是越对越困惑,困惑之余,又开始反思。结果想来思去,终于发现了"新大陆":他们依据一些并不确定的推测——主要是曹雪芹的生年,再从"自传说"的基点上出发,认为曹家被抄家时,曹雪芹年龄尚幼,根本赶不上曹家的繁华时代。于是,他们便赶紧抛开曹雪芹这个"没福气的穷小子",从他的长辈中寻找起那个"曾历过一番繁华旧梦"的作者来。如此一来,什么"舅舅"、"叔叔"找出来一大帮,结果依然帮不了他们的忙。

实际上,第一类也曾经发现并深入考虑过这个问题,只因他们是"自传说"的"忠诚战士",所以在发现胡适的这个大"漏洞"后,便赶紧"造出"曹家曾经再度繁华的说法来加以弥补,以便让曹雪芹过上几天贾宝玉那样的好日子,免得他写不出《红楼梦》来。仔细琢磨,这种说法也不能说是"造"出来的,《红楼梦》中不就有"家道复初"、"兰桂齐芳"吗?再说,曹雪芹辛辛苦苦写了一部《红楼梦》,多年来养活了那么多"红学家",总不能不让他过几天好日子吧?

第三类,以考证之名,行索隐之实:这一类的立足点也是"自传说"。他们先是相信了《红楼梦》是曹雪芹的自传这一说法,然后试图在曹家与贾府之间画等号。但严格的考证方法没掌握,纯粹利用考证手法也难以达到目的,所以灵机一动,便毫不费力地从索隐派"老前辈"那里借来了"很容易解决问题的各种武器"——诸如"影射"、"拆字"、"谐音"、"寓意"等等,练上几招,感觉甚好,等不得枪法纯熟,便迫不及待地挥戈上阵,披上考证派的铠甲,拿着索隐派的兵器,不顾一切地杀将出来。

以上三类,表现形式虽然不同,实质上却都是"自叙传说"这个大本营里的"兵"。随着《红楼梦》的继续普及,这支部队也将越来越壮大,以后还会派生出哪几类来,难以预料。但有一点却可以肯定:这些人,不管造成的客观效果如何,主观上却都是热爱曹雪芹、酷爱《红楼梦》的。若没有他们,"红学"也许不会这么热、这么"红"。

《红楼梦》中有许多难解之"谜",《红楼梦》是否曹雪芹的自传当然更是个值得"猜"的"大谜"。既然《红楼梦》"说不完",其中的"谜"当然也就"猜"不完。若问"自叙传说"的"迷魂阵"何时才能关闭,那就要等到《红楼梦》被"说完"的那一天。

----

① 国、共两党,都曾经对胡适发动过大规模的批判运动。

② 在20世纪,汉字起码出现过两次危机:20世纪初提出的"废除汉字,改用字母"的主张,其最终结果是导致了汉语拼音的诞生,不仅方便了人们对汉字的检索,而且也为汉语注入了生机,成为"洋为中用"的典范;20世纪末,由于家用电脑的迅速崛起,汉字再一次出现了危机。然而,正当人们面对以26个英文字母而设定的键盘感到束手无策之时,各种汉字的输入法却又如雨后春笋般地相继出现,再一次体现出汉字的生命力和中国人的聪明才智。

③④⑥⑧⑨⑩⑭⑮⑯⑰⑱⑲ 唐德刚译注《胡适口述自传》,华文出版社1992年8月第2版。

⑤ 任何一个国家的文学史,都不是纯粹的"文学工具变迁史"。胡适此论,只注意了文学的"形式"而忽视了其内容。但在当时汉字面临危机的情况下,"形式"的改革无疑是当务之急。

⑦ 胡适虽处于军阀割据战祸连年的动荡时代,但万恶的君主专制制度毕竟已被推翻。独霸一方各自为政的地方军阀们,对于执政府来说,在一定程度上也起到了民主国家在野党的监督作用,因此,令人发指的文字狱也相对减少。此外,当时的一些有文化的大军阀,诸如徐世昌、吴佩孚、徐树铮等人,也都崇尚文治武功。他们不仅不愿意让自己的双手沾上文人的鲜血,而且还往往附庸风雅,愿意与著名文人

交朋友。尽管如此，李大钊、邵飘萍等人，还是因争取言论自由而献出了宝贵的生命。

⑪ 郭沫若在《读随园诗话札记》之六《谈林黛玉》中就曾明确表示："明我斋所咏者毫无问题是林黛玉，而袁枚却称之为'校书'。这是把'红楼'当成青楼去了。看来袁枚并没有看过《红楼梦》，他只是看到明我斋的诗而加以主观臆测而已。"并吟讽刺诗二首云："随园蔓草费爬梳，误把仙姬作校书。醉眼看朱方化碧，此翁毕竟太糊涂。""诚然风物记繁华，非是秦淮旧酒家。词客英灵应落泪，心中有妓奈何他。"

⑫ 愚以为，在"新红学派"的主要干将中，在胡适指定的道路上奋勇前进并取得最大成就的，当首推周汝昌。而他认定曹学、版本学、脂学、探佚学才是红学研究的基本对象和主要范围，正是坚持了胡适当年所划定的"《红楼梦》考证的正当范围"。

⑬ 胡明《胡适传论》，人民文学出版社1996年6月第1版。

⑳ 在唐德刚译注的《胡适口述自传》中有这样一条注释："治近代学术史的人，每把'胡适'列入'古文家'。胡先生向我说，他绝对不承认这顶帽子，因为他搞的是'科学方法'，马融、郑玄懂啥科学呢？其实胡氏此言也犯了他所批评的'马氏兄弟'所犯的同样毛病——没有对研究资料作'历史的处理'。近人有以现代天文学证《夏书》的。吴健雄教授也曾告诉笔者，有人要以'现代数学'和'现代物理'来解释《易经》。因为什么'初九'，什么'九二'，都有其高度'现代数学'上的意义。这套本事，胡适之先生也没有，用功去学也绝对学不会。但是我们怎能说胡适之不懂'现代数学'便小视他对'整理国故'的贡献呢？

"再者，从西学上说，希腊罗马时代又何尝有过什么'高级批判'之学呢？所以说'胡适'是'古文家'的人，只是说他实事求是，为学术而学术的'考据'求真的精神，近乎汉代的马融、郑玄；不像汉代的'今文家'，和当代的'教条主义者'牵强附会硬要以'学术为政治服务'罢了。"

# 第八章 "胡适思想"批判

1954年的《红楼梦》研究批判运动,表面看来虽然是由俞平伯的《红楼梦简论》所引发,但实际上毛泽东的矛头指向却是冲着胡适来的。如果说俞平伯的遭受批判存在着极大的偶然因素,那么胡适的被批判却是历史发展的一种必然。这不仅仅是因为他树大招风,"胡适思想"已成为马克思主义在中国得以普及的最大障碍,最直接也是最重要的一个原因,应是胡适的立场、观点及其后期的具体表现,已然引起了毛泽东对他的极大反感。1945年以后,胡适旗帜鲜明地倒向了蒋介石,并在北平被围时心甘情愿地被国民党的专机"抢运"到南京,且最终漂洋过海去了美国。胡适在关键时刻的这一抉择,以及他在逃离北平后的种种反共言行,注定了他在大陆遭受政治清算的命运。

## 一 他注定了被批判的命运

胡适为何在建国后的中国大陆遭到批判?若想寻找这一问题的正确答案,就必须从胡适与毛泽东的关系着眼。

在"胡适思想"批判运动中,文艺界往往抓住当年胡适与李大钊之间的"问题与主义之争"大做文章。甚至连"毛泽东思想的权威的阐释者"周扬,也以此为据批判胡适"是中国马克思主义与社会主义思想的最早的、最坚决的、不可调和的敌人。"①实际上,他们只是看到了问题的表象。

要论证这一说法的不合实情,我们不妨将关注的焦点投向1919年,看看"问题与主义之争"究竟是一场什么性质的"论战"。

1919年夏,胡适在《每周评论》第31号上发表《多研究些问题,少谈些主义》一文,从而拉开了"问题与主义之争"的序幕。

《国民公报》的编辑蓝志先(知非)首先快速做出反应。他在《国民公报》上转载了胡适的这篇文章,同时也发表了自己撰写的《问题与主义》一文,对胡适的文章提出了不同的看法。

随后,胡适也在《每周评论》第33号上转载了蓝志先的《问题与主义》。二人礼尚往来,此便是"问题与主义之争"的第一个回合。

此时正在河北昌黎老家的李大钊,看到胡适和蓝志先的文章后,便给胡适写了一封信,跟他讨论"问题与主义"。李大钊在信中明确表示,自己的看法或可与胡适的意见"互相发明"。

胡适看过李大钊的信后,便给他加了个《再论问题与主义》的标题,在《每周评论》上发表出来。

此后,胡适又连续发表了《三论问题与主义》、《四论问题与主义》等两篇文章。

如果不存先入之见,平心静气地来看这些论争文章,自可感觉出其中充盈着一股浓浓的学术味道。"这一场'冲突',尤其是与他的朋友马克思主义者李大钊之间的思想'冲突',当时并不是情绪严重的、尖锐对立的、壁垒分明的、互为仇雠的、在大是大非前寸步不让原则的、对抗性的论争,而是知识分子朋友之间心平气静地文字往还,纯粹的理论探索与讨论,甚至停留在书斋式的、高雅的、互相尊重又互相敬仰的气氛中。远不是我们后来,尤其是五十年代初政治格局与理论立足点上看问题时那么一种图象:他们两人之间的这一场文字论争被理解和框定为两大对抗阶级或政治上左右两翼在思想理论与意识形态的尖锐斗争。"②

抛开这场"论争"的性质不说,我们不妨再来看看当时毛泽东的具体表现。

胡适的《多研究些问题,少谈些主义》一文发表后,如果说在理论上首先做出反应的是蓝志先,那么在实践中最早响应并很快付诸行动的便是毛泽东。他不仅"准备组织一个'问题研究会'",而且还拟定了一份《问题研究会章程》。虽然由于种种客观原因,成立"问题研究会"的计划没能实现,但从毛泽东所拟定的《问题研究会章程》中,即可看出他的态度:"凡事或理之为现代人生所必需,或不必需,而均尚未得适当之解决,致影响于现代人生之进步者,成为问题。同人今设一会,注重解决如斯之问题,先从研究入手,定名问题研究会。"这是《问题研究会章程》的第一条,简明扼要地阐明了研究会的主旨,这与"胡适所提倡的研究和解决社会人生切要问题是一个意思"。③

"为了扩大影响,毛泽东将草拟的《问题研究会章程》广为寄发,其中寄往北大的一份被邓中夏全文刊载于《北京大学日刊》第467号"。④

事实是最好的回答。倘若胡适在"五四运动"后就"抵制马克思主义在中国的传播",那么,"发展了马克思主义"并形成了毛泽东思想的中国共产党领袖毛泽东,怎会积极响应胡适的号召?批判运动的无视事实,于此可见一斑。⑤

建国后,文艺界在批判胡适时,狂攻猛打的另一个靶子,便是杜威的"实验主义"。关于这一点,我们还应该再回头看看"五四运动"前后的毛泽东,对此究竟持什么态度。

胡适是"实验主义"哲学在中国的代表人物,他在当时的中国文化界所产生的巨大影响是众所周知的。崇拜胡适的毛泽东,自然也非常信奉"实验主义"哲学。1919年7月14日,他在《湘江评论》的《创刊宣言》中,就曾特意提到"实验主义":"见于政治方面,由独裁政治,变为代议政治,由有很〈限〉制的选举,变为没限制的选举。见于社会方面,由少数阶级专制的黑暗社会,变为全体人民自由发展的光明社会。见于教育方面,为平民教育主义。见于经济方面,为劳获平均主义。见于思想方面,为实验主义……"

此外,《问题研究会章程》的第二条,还"不厌其烦地列举了一批有待解决的问题,大项目列了71题,并包括81个小题。其中第17个问题是杜威教育说如何实施的问题"。"《章程》中,毛泽东提出'如何实施'杜威的教育说,

275

就清楚不过地表明他当时赞同杜威和胡适的意见。当年由毛泽东等创办的'文化书社'",重点经销的图书中,"就有杜威在华的演讲录《杜威五大讲演》"。⑥

不仅如此,在思想上虔诚信奉"实验主义"哲学的毛泽东,"在具体的实践中也曾遵从胡适的主张"。1918年4月,新民学会中一些有远大志向的青年人,积极组织到法国勤工俭学。毛泽东也曾积极参与了留学前的筹备活动,但临行前几天,毛泽东却突然做出惊人之举:他决定不去法国了。对此,毛泽东在给朋友周世钊的一封信(1920年3月14日)中做了这样的解释:"我觉得求学实在没有'必要在什么地方'的理,'出洋'两字,在好些人只是一种'迷'。中国出过洋的总不下几万乃至几十万,好的实在很少。多数呢?仍旧是'糊涂',仍旧是'莫名其妙',这便是一个具体的证据。我曾以此问过胡适之和黎邵西两位,他们都以我的竟〈意〉为然,胡适之并且作过一篇《非留学篇》。"

在同一封信中,毛泽东还曾谈到他同胡适商谈创办自修大学的计划:"我想我们在长沙要创办一种新生活,可以邀合同志,租一所房子,办一个自修大学(这个名字是胡适之先生造的)。我们在这个大学里实行共产的生活。"⑦

当时的毛泽东几乎时时事事都以胡适的评判为准则,虽不能说有拉大旗之嫌,但崇拜之情却是显而易见的。当时的胡适,已成为有志青年的"精神领袖",颇有上进心的毛泽东,唯胡适马首是瞻自在情理之中。

那么,当时还是"小人物"的毛泽东对胡适如此,已成"大人物"的胡适对毛泽东又如何呢?

我们还需用事实说话。

1919年7月,毛泽东创办了湖南学生联合会会刊《湘江评论》,并在该刊的2、3、4期上连载了自己撰写的《民众的大联合》一文。同年8月,胡适在《每周评论》第36号上发表的《介绍新出版物》一文中推崇说:"现在新出版的周报和小日报,数目很不少了。北自北京,南至广州,东从上海、苏州,西至四川,几乎没有一个城市没有这类新派报纸……现在我们特别介绍我们新添的两个小兄弟,一个是长沙的《湘江评论》,一个是成都的《星期日》。"在《新刊评介》中,胡适再次推荐介绍《湘江评论》,并特别热情地介绍了毛泽东撰写的《民众的大联合》一文:"《湘江评论》的长处是在议论一方面,《湘江评论》第二、三、四期的《民众的大联合》一篇大文章,眼光很远大,议论也很痛快,确是现今的重要文字。还有'湘江大事述评'一栏,记载湖南的新运动,使我们发生无限乐观。武人统治天下能产生出我们这样的一个好兄弟,真是我们意外的欢喜。"

如果说,此处胡适还是出于对好刊物和好文章的一种赏识,那么通过他与毛泽东的具体交往,亦可看出他对毛泽东的支持。

1919年12月,湖南掀起了轰轰烈烈的"驱张运动"。为了把湖南督军张敬尧赶出湖南,毛泽东率领湖南各界"驱张代表团"赴京,并在北京滞留了三个多月。其间,毛泽东专门拜访了胡适,争取他支持湖南的学生斗争,胡适爽快地答应了下来。

驱张运动胜利后,毛泽东连续给胡适写了两封信。在1920年7月9日给胡适的信中说:"将来湖南有多点须借重先生,俟时机到,当详细奉商。"

对于当时的毛泽东来说,岂止是"湖南有多点须借重"胡适,就他自己而言,"须借重先生"之处也"有多点"。上引毛泽东给周世钊信中屡屡提及胡适如何如何,实际上也是毛泽东对胡适的另一种形式的"借重"。

对于胡适的崇拜,毛泽东也曾毫不讳言。1936年,毛泽东在陕北保安的窑洞里,曾经对美国记者斯诺说过这样一段话:"《新青年》是有名的新文化运动的杂志,由陈独秀主编,我在师范学习的时候,就开始读这个杂志了。我非常钦佩胡适和陈独秀的文章。他们代替了已经被我抛弃的梁启超和康有为,一时成了我的楷模。"⑧

毛泽东所谓的"一时",便是"五四运动"前后的那一个历史时期。

当然,人的思想是会改变的。尤其是在各种外来思潮纷纷涌入的"五四运动"前后,思维活跃的年轻人,更会发生日新月异的思想变化。毛泽东也是如此。

1923年4月10日,已经接受了马克思主义的毛泽东,在《新时代》创刊号上发表了《外力、军阀与革命》一文。在该文中,毛泽东把胡适划为"非革命的民主派",认为胡适有民主性的一面,是可以同革命派合作的。

毛泽东与胡适之间真正出现介蒂,应该始于1945年,而责任也在胡适一边。

1945年4月25日,联合国制宪会议在美国旧金山召开。参加会议的中国代表团以宋子文为首席代表。代表团成员有胡适、董必武等一批很有影响的知名人士。"会议期间,受毛泽东的委托,董必武代表共产党一方,争取胡适在战后民主建国过程中对共产党的合理合法存在的支持"。从感情上倾向于蒋介石的胡适,却"又像当初刚见蒋介石时一样,搬出《淮南子》,向董必武提出他的'无为'的政治主张,他要求共产党解散军队、放下武器,按美国的模式搞和平议会道路,从事单纯的参政党活动"。⑨

此时,抗日战争虽未最后取得胜利,但战后如何组织联合政府的有关事宜已然成为国、共两党必须考虑的首要问题。

1945年7月1日,国民党政府委派傅斯年、黄炎培、章伯钧等五人访问延安,商谈国、共两党合作事宜。当傅斯年与毛泽东谈及当年北大旧事时,毛泽东再次通过傅斯年向远在美国的胡适转达"学生对老师的问候",争取胡适在道义和精神上对中国共产党的支持。后来,毛泽东对胡适的问候在报纸上发表了出来。

毛泽东对胡适的屡屡"争取",从某种意义上来说,还是他对胡适的一种"借重"。然而,毛泽东也许忽略了一点,这就是胡适与蒋介石的关系问题。

相比而言,蒋介石对胡适的尊重,并不亚于毛泽东。即从个人感情出发,胡适也会旗帜鲜明地站在蒋介石一边,"坚定地用道义支持蒋总统"。

抗日战争结束后,国、共两党间"战"与"和"的问题已成为举世关注的焦点。此时,共产党的武装力量表面看来尚不能与国民党相抗衡,但实际上却已形成"双峰对峙"之势。1945年8月24日,亦即日本宣布无条件投降的第十天,尚在美国纽约的胡适,却"忽起一念",异想天开地"拟发一电劝告毛泽东君"。8月28日,王世杰在毛泽东等人飞抵重庆谈判时,将胡适托他代发的这封电报面呈毛泽东,并将副本刊载于9月2日的重庆《大公报》上。

在这封著名的电报中,胡适首先对毛泽东通过傅斯年对自己的问候表示感谢。略作客套之后,便谈及在旧金山与董必武的谈话内容。这实际上也是胡适在电报中要对毛泽东所说的话:"前夜与董必武兄深谈,弟恳切陈述鄙见,以为中共领袖诸公今日宜审察世界形势,爱惜中国前途,努力忘却过去,瞻望将来,痛下决心,放弃武力,准备为中国建立一个不靠武装的第二大政党。公等若能有此决心,则国内十八年纠纷一朝解决,而公等廿余年之努力皆可不致因内战而完全消灭。"

胡适不愧为一代宗师,遣词用句都颇费斟酌。在这封情真意切的电报中,既有教诲又有恳求,但倾向于国民党之意却也十分明显。看似从国家大局出发,实际上却掺杂着浓厚的私人感情。至于胡适要求共产党"痛下决心,放弃武力",那就更明显地流露出他的书呆子气。别说他用这样的话来劝毛泽东,就是用来规劝蒋介石,蒋介石肯定也不爱听。

更何况,在胡适发电报之前的8月22日,中共中央就已拒绝了斯大林要求他们"放弃武力"的劝说。斯大林在给中共中央发出的电报中对中共"坦率告诉":"认为暴动的发展已无前途,中国同志应寻求与蒋介石妥协,应加入蒋介石政府,并解散其部队"。然而,对中国形势有清醒认识的毛泽东及"中共领袖诸公",却没有听信斯大林的劝说。身为一介书生且具有明显倾向性的胡适再来劝说,自然也不会产生任何作用。——也不能说完全没有作用。胡适这次要求共产党"放弃武力"的劝降,最大的作用就是引起了毛泽东及"中共领袖诸公"对他的反感。

胡适之所以有这样的举动,除了感情色彩和对中国大局的考虑外,还基因于他对中国时局的错误判断。"公等廿余年之努力皆可不致因内战而完全消灭","万不可以小不忍而自致毁灭"云云,都证明他从内心深处都低估了共产党的实力。但后来中国历史的发展已经证明,不仅胡适,就连斯大林、蒋介石等人,对当时中国局势的判断也是完全错误的。

胡适"闲人偶尔好事"发出的这封电报,也只是他基于个人感情的一厢情愿。

1954年,中国大陆已对胡适断断续续地批判了四年多。就在大批判运动爆发之前,胡适又对这次"闲人偶尔好事"做了反思。他在为司徒雷登的《旅华五十年记》一书所作的序言中说:"我在对日胜利后不久,竟天真到打了一封长的电报到重庆,以便转交给我的从前的学生毛泽东。我在电文里用严肃而诚恳的态度央求他说,日本既已投降,中共就再没有正当的理由来继续保持一支庞大的私人军队。中共现在更应该学英国工党的好榜样,这个劳工党没有一兵一卒,但在最近一次的选举中却得到了压倒优势的胜利,获取今后五年里没有人能够跟他抗争的政权。"

胡适确实很"天真"。不仅天真到企图用一封电报就化干戈为玉帛,而且还老是拿英、美的政治模式来套中国。在给毛泽东的电报中,他曾说:"试看美国开国之初,节福生十余年和平奋斗,其手创之民主党遂于第四届选举取得政权。又看英国工党五十年前仅得四万四千票,而和平奋斗之结果,今年得千二百万票。"

在《旅华五十年记·序》中,胡适还不无遗憾地说:"那时候重庆的朋友打电报告诉我,说我的电报已交给毛本人。当然我一直到今天还没有得到回音。"

胡适当然不会得到回音。依毛泽东的个性而言,没有发表公开信狠狠地教训他一通就算便宜了他。由此亦可想见,毛泽东会对胡适此举产生多大的反感。

实际上,毛泽东已经给胡适回了信。他在《关于重庆谈判》一文中所说的"人民的武装,一支枪,一粒子弹,都要保存,不能交出去"这一番话,就是对那些包括胡适在内妄图让共产党"放弃武力"之人的最好回答。

饶使如此,毛泽东也一直没有放弃对胡适的争取。尽管后来胡适反苏反共的倾向越来越鲜明,"从道义上支持蒋总统"的立场也愈来愈坚定。

1948年11月29日,平津战役打响,解放军很快便对北平形成合围之势。12月中旬,国民党的"抢救学人计划"也拉开了序幕。围城的共产党军队得知胡适将要逃离北平的消息后,西山一带的共产党广播便明确宣布:"只要胡适不离开北平,不跟蒋介石走,中共保证北平解放后仍让胡适担任北京大学校长和北京图书馆馆长。北大同人与属下也有劝胡适留下的,但胡适只是笑着摇了摇头,还是决定走。劝得急时,他留下三句话:'在苏俄,有面包,没有自由;在美国,又有面包,又有自由;他们来了,没有面包,也没有自由。'"⑩

1948年12月14日,胡适乘坐国民党派来的专机,仓皇离开了北平。

对于毛泽东来说,他对胡适的崇拜是由衷的,虽然胡适后来的作为令他反感,但在他的心灵深处,却牢牢地系结着一个永远难以解脱的"胡适情结",岂止是"一时""成了楷模"!

胡适的影响实在是太大了。他的名字,已然超越了个体生命的意义,而升华为"新文化"、"新思想"的一种象征。

也正是从这个意义上来说,国、共两党对胡适的"争取",实际上是对文化的一场争夺。相对于国民党政府在逃离大陆前实施的"抢运黄金白银"、"抢运两院文物"来说,刚刚实施不久就很快被迫搁浅的"抢救学人计划",似比前两项举措的意义更大。这场在不见硝烟的战场上进行的决战,比两院文物和黄金白银的抢运则要困难许多。黄金、白银和文物是无生命的,能运走多少就可以运走多少。但学人却是有头脑的,他们何去何从更多地取决于自己的选择。

蒋介石因未能将大批学人抢运离平而痛心疾首,但他恰恰忽视了学人们可以自己选择这一现实。他们不愿意离开北平的原因也不外乎以下两点:一是任何人都不愿意背井离乡远赴台湾;二是对于许多靠"舌耕"度日的文人来说,政权的更替一般对他们的影响并不太大,只要局势相对稳定,在任何政府领导下,他们都可以混一碗饭吃。

毛泽东与蒋介石正好相反,他注意到了学人们自己的选择。也正因为如此,胡适的逃离北平,就不能不使毛泽东感到愤愤不平。

胡适逃到南京后不久,又远赴重洋去了美国。这期间,胡适愈发坚定不移地走着他的反苏反共路线。在半个月的太平洋旅途中,胡适写下了两篇文章:《自由中国的宗旨》和《〈陈独秀的最后见解〉序言》。前者在七个月后公开发表于《自由中国》创刊号上。这是胡适的第一篇公开发表的反共宣言。其中有云:"我们在今天,眼看见共产党的武力踏到的地方,立刻就罩上了一层十分严密的铁幕。在那铁幕底下,报纸完全没有新闻,言论完全失去自由,其他的人民基本自由更无法存在。这是古代专制帝王不敢行的最彻底的愚民政治,这正是国际共产主义有计划的铁幕恐怖。我们实在不能坐视这种可怕的铁幕普遍到全中国。因此,我们发起这个结合,作为《自由中国》运动的一个起点。"

胡适并没有亲眼"看见共产党武力踏到的地方"是什么样子,他的这一番反共言词,应该说完全出于一个反共文人在寂寞旅途中的随意想象。毛泽东对胡适的一再争取,换来的却是他的顽固不化的反共态度。因此,在中国共产党锁定胜利的大局后,在政治上将胡适定为战犯的同时,在思想上也展开了对胡适的批判。而胡适的言行,正是导致他在大陆受到批判的直接原因。

此外,使胡适遭受批判的另一个重要原因,便是统治中国思想界、文化界长达三十余年的"胡适思想"。

中华人民共和国的成立,并不仅仅是一般意义上的改朝换代,对于灾难深重的中国人民来说,国家在百余年间首次出现了大一统局面。政治上的大一统,相应地也要求思想上的一统。而认定"领导我们事业的核心力量是中国共产党,指导我们思想的理论基础是马克思列宁主义"的开国领袖毛泽东,在立国之初便迅速地在全国范围内开展马克思列宁主义的普及运动,也是历史发展的一种必然。

此时,统治中国思想界长达三十余年的胡适思想,已成了普及马列主义的最大障碍。因此,清除人们头脑中根深蒂固的"胡适思想",便成了思想文化领域亟待解决的首要问题。

关于这一点,许多针对胡适的批判文章已然说得非常清楚。1954年12月8日,郭沫若在向"胡适思想"进攻的誓师大会上,就曾经明确地做过表述:"中国近三十年来,资产阶级唯心论的代表人物就是胡适,这是一般所公认的。胡适在解放前曾被人称为'圣人',称为'当今孔子'。他受着美帝国主义的扶植,成为了买办资产阶级第一号的代言人。他由学术界、教育界而政界,他和蒋介石两人一文一武,难弟难兄,倒真有点像'两峰对峙,双水分流'。胡适这个头等战争罪犯的政治生命是死亡了,但他的思想在学术界和教育界","依然有不容忽视的潜在势力"。"解放以来,我们虽然进行了马克思列宁主义的学习,进行了思想改造的自我教育,但是我们大部分的人,包含我自己在内,并没有上升到能够正确地运用马克思列宁主义的思想水平"。"对于资产阶级唯心论的批判是刻不容缓的严重的思想斗争。买办资产阶级的存在、帝国主义的控制,虽然跟着旧中国的死亡而消灭了,但是资产阶级唯心论的思想,无论在文艺界或学术界,乃至在我们自己的脑子里,都还根深蒂固地保持着它的潜在势力。我们不仅没有和根推翻它,甚至还时时回护着它。因此在我们从事文艺实践或者学术实践的时候,这种错误思想,就每每在不知不觉之间冒出头来"。⑪

在1954年12月8日的动员大会上,周扬也曾对"胡适思想"批判运动的必要性,做过这样的阐释:"文艺上的思想倾向的斗争总是反映阶级斗争的过程的。从一九四九年中国人民民主革命胜利后,我们国家就进入了社会主义改造、即社会主义革命的新的历史阶段。对资产阶级唯心论及其在文艺上的反现实主义倾向的斗争就成为思想战线上一个比以前更加迫切的严重的任务。"

在这里,"资产阶级唯心论"就是"胡适思想"的代名词。

对于胡适及"胡适思想",周扬做了这样的定评:胡适在政治上是反动的,他的学术思想也是反动的。他"是中国资产阶级思想的最主要的、集中的代表者","他从美国资产阶级贩来的唯心论实用主义哲学则是他的思想的根本",而"实用主义(或实验主义)"却"是帝国主义资产阶级哲学家为了反对现代唯物论,挽救垂死的资产阶级而制造出来的一种反动哲学"。

然而,就是这样一种"反动哲学",却"在古典文学研究的领域内竟长期地占有了统治的地位"。"因此,彻底地揭露和批判胡适派资产阶级的唯心论,就是当前马克思主义者十分重要的战斗的任务。只有经过这种批判工作,才能使马克思列宁主义在中国学术界树立真正领导的地位。'不破不立,不塞不流,不止不行。'这个批判运动,同时也就是一个马克思主义思想建设的运动。"

三言两语,准确地道出了这场运动的实质。欲立必须先破,立是目的,破是手段。通过对胡适派资产阶级唯心论的批判,最终在中国普及马克思列宁主义,才是这场运动的真正目的。⑫

## 二 阵容强大的批判大军

1949年5月11日,著名历史学家陈垣在《人民日报》发表了致胡适的公开信,可被视为中国共产党对胡适拒绝被"争取"公开做出的第一次反应,亦可看做中国共产党对胡适进行政治总清算的先声。

陈垣在公开信中指责胡适说:"我不懂哲学,不懂英文,凡是有关这两方面的东西,我都请教你。我以为你比我看得远,比我看得多。"然而,"你却蒙蔽了我,对我作了错误的诱导"。陈垣还说,北平被共产党军队包围前后,陈垣曾向胡适请教,"对北平的将来、中国的将来"有何预见。胡适回答说:"共产党来了,决无自由。"对此,已经醒悟的陈垣说:"你这样对我说,必定有事实的根据,所以这个错误的思想,曾在我脑里起了很大的作用。"然而,陈垣亲眼看到,就在北平解放前夕,大批青年却奔向解放区,留下来的也在"等待着光明","迎接着新的社会",于是,陈垣对胡适的话"开始起了疑问"。陈垣表示:"虽然你和寅恪先生已经走了",但"我没有理由离开北平",因为"我知道新生力量已经成长,正在摧毁着旧的社会制度"。而且,没有逃走的陈垣还看到,"解放后的北平,来了新的军队,那是人民的军队,树立了新的政权,那是人民的政权,来了新的一切,一切都是属于人民的",言至此处,陈垣动情地说:"我活了七十岁的年纪,现在才看到了真正人民的社会"!"我现在亲眼看到人民在自由的生活着,青年学生们自由学习着、讨论着,教授们自由的研究着"。

在信中,陈垣还向胡适讲述了自己在新中国的新生活和切身感受:"在这样的新社会里生活,怎么能不读新书,不研究新的思想方法?我最近就看了很多很多新书,如《中国革命与中国共产党》、《新民主主义论》等。"在这些新书中,陈垣还特别推崇美国记者斯诺的《西行漫记》,认为:"以文章价值来说,比《水浒》高得多。"陈垣还说,自己通过阅读萧军的有关文章,"认清了我们小资产阶级知识分子容易犯的毛病,而且在不断的研究,不断的改正"。他还提到自己"也初步研究了辩证法唯物论和历史唯物论,使我对历史有了新的见解,确立了今后治学的方法",并认为自己以前所用亦即胡适充分肯定的"科学的治学方法",在"立场上"和"方向上"都是"基本错误"的。

在这封公开信的最后一段,陈垣又说:"在三十年前,你是青年的'导师',你在这是非分明、胜败昭然的时候,竟脱离了青年而加入反人民的集团,你为什么不再回到新青年的行列中来呢?我以为你不应当再坚持以前的错误成见,应当有敢于否定过去观点错误的勇气。你应该转向人民"。"我现在很诚恳的告诉你,你应该正视现实,你应该转向人民,翻然悔悟",并"希望我们将来能在一条路上相见"。

我们现已无从考证,陈垣写这封信时到底有何背景,但他的意思表达得非常清楚:虽然胡适已经去了美国,但共产党仍然没有放弃对他的"争取"。只要胡适"翻然悔悟""转向人民",他仍然是一个"犯过错误"的"同志"。

然而,胡适再次拒绝了共产党对他的争取。1950年1月9日,胡适写了《共产党统治下决没有自由——跋所谓〈陈垣给胡适的一封公开信〉》,发表在《自由中国》第2卷第3期上。

1949年下半年开始,在北京大学等高等学校内,已开始了对胡适的实验主义等旧的治学方法的批判,但这时所注重的只是方法上的反思,尚称不上"轰轰烈烈"的批判。

1950年秋,真正的"胡适批判运动"正式拉开了序幕。很有意思的是,拉开这场批判运动序幕的,却是胡适的小儿子胡思杜。

胡思杜原是北平图书馆的工作人员。1948年12月14日,胡适夫妇逃离北平时,胡思杜却不肯随父母同行,留在了北平。北平和平解放后,胡思杜被送进华北人民革命大学政治研究院学习深造,1950年9月刚刚毕业不久,9月22日的香港《大公报》便公开发表了他的批判文章:《对我父亲——胡适的批判》。

这篇文章是胡思杜毕业时的"思想总结"的第二部分,"为什么缘故、由什么渠道通到香港《大公报》去发表,显然不是胡思杜本人所能了解的"。⑬

在这篇文章中,胡思杜以大义灭亲之气概历数了其父胡适在旧中国所犯下的一系列"罪行",断然表示:"今天,受了党的教育,我再也不怕那座历史上的'大山',敢于认识它,也敢于推倒它,也敢于以历史唯物主义的天秤来衡量他对人民的作用。"

通过学习,已经提高了认识的胡思杜给其父胡适做了这样一个评价:"从阶级分析上,我明确了他是反动阶级的忠臣、人民的敌人。在政治上他是没有什么进步性"的。他"出卖人民利益,助肥四大家族","和帝国主义文化侵略利益密切的结合","甘心为美国服务"。对于这样的一个父亲,胡思杜明确表示了自己的态度:"在他没有回到人民的怀抱来以前,他总是人民的敌人,也是我自己的敌人。在决心背叛自己阶级的今日,我感受了在父亲问题上有划分敌我的必要。"

话虽说得非常决绝,但胡思杜也不得不承认:"我以为在思想上大致划分了敌我,但是在感情上仍有许多不能明确割开的地方。"

胡思杜最后说:"对于一切违反人民利益的人,只要他们承认自己的错误,向人民低头,回到人民怀抱里来,人民是会原谅他的错误,并给以自新之路的。"虽然"劝归"之意仍很明显,但胡适已经成了"人民的敌人"。

胡思杜的这篇文章,语气显然比陈垣的公开信尖锐了许多,一串串令人胆寒的词语,带有一股浓浓的火药味道。他与胡适划清界限的表态,似乎已经超前地奏出了"文革"期间亲人之间反目的人间闹剧。

"亲不亲,阶级分。"虽然亲人间总有一份割不断的骨肉之情,但有时候血也会"淡如水"的。

"胡适读到思杜的文章没有表态,只是将这份《大公报》的剪报粘贴在自己的日记里"。但他的立场上却丝毫没有动摇,他显然不愿意走共产党给他指点的"自新之路"。10月,胡适的反苏反共文章《斯大林雄图下的中国》公开发表。大陆对胡适的努力争取彻底破灭,大规模的批判运动也就不可避免了。⑭

1951年11月,掀起了第一次"胡适批判"的高潮。这次批判运动,是以

"京津高等学校教师学习改造运动"的面目出现的。运动初期,对于胡适的批判仍然属于旁敲侧击式的,并没有把胡适当成直接批判的靶子。但随着运动的深入开展,明显加强了轰击"胡适思想"的火力。兹据胡明的《胡适传论》,对这次运动的过程略作勾勒:

1951年11月,"京津高等学校教师学习委员会"正式成立,主要负责人是当时的教育部部长马叙伦和副部长钱俊瑞。这次运动同时配合北大、清华、燕京三所高校的院系调整,稍后又有"北京文艺界整风学习运动"推波助澜,呼应配合,遂使运动达到了高潮。

1951年11月1日,《光明日报》首先发表了北京大学副校长汤用彤的《高等学校教师应抓紧时机积极学习》一文。这篇文章主要有两层意思:一、在北京大学,"为学术而学术"的口号甚为风行,"自由主义教育学说极为猖獗";二、"要改造学校首先必需教育工作者的自我改造"。《光明日报》还专门为此设计了一句通栏口号:"坚决改造思想,为彻底改革高等教育而奋斗。"

1951年11月6日,《人民日报》发表了北京大学法学院院长钱端升的文章:《为改造自己更好地服务祖国而学习》。在该文中,钱端升首先实话实说,表示旧知识分子的思想改造很不容易,接着便批评汤用彤担任北大校务领导以来工作做得很不够,"北京大学的长期自由散漫"基本上没有得到纠正。钱端升强调指出,北大的自由散漫,蔡元培和胡适要负主要责任,他们的"思想自由"、"学术自由"等错误教育思想长期保留在北大老一辈的教师头脑中,因此,"我们除了宣布胡适的思想为敌人的思想外,还应该好好地批判蔡元培的思想和这思想所遗留在我们中间的影响"。《人民日报》为此配备的通栏标语是:"努力改造思想,做一个新中国的人民教师。"

同一天的《人民日报》上,还发表了清华大学哲学系主任金岳霖的《分析我解放以前的思想》一文。此后,《人民日报》相继发表了燕京大学新闻系主任蒋荫恩《我要彻底改造我的思想》(11月13日)、北京大学工学院院长马大猷《从我的思想谈到北京大学的工作》(11月19日)、北京大学西语系教授朱光潜《最近学习中的几点检讨》(11月26日)、北京大学政治学系教授龚祥瑞《彻底清算北大政治学系的教学思想》(12月8日)、北京大学中文系教授游国恩《我在解放前走的是怎样一条路》(12月11日)、清华大学营建系主任梁思成《我为谁服务了二十余年》(12月11日)、北京大学文科研究所所长兼中文系教授罗常培《我究竟站在什么立场为谁服务》(12月28日)等文章。"这些文章正如当时《人民日报》的一条栏目标语'用批评和自我批评的方法开展思想改造运动'一样,是为了制造一种'运动'的形势,烘托一种'运动'的气象,而这场'思想改造'的'运动'重点或者说核心任务就是批判胡适"。

1951年11月12日起,北京大学文、法两个学院率先"讨论胡适思想问题"。随后,中文、哲学、历史、图书馆等四个系联合举行控诉胡适大会。在这场初具规模的运动中,沈尹默、向达、汤用彤、朱光潜、顾颉刚、俞平伯、杨振声等胡适当年的同事、朋友、学生,也都加入了批判队伍的行列。此后不久,上海也以"胡适思想批判座谈会"的形式,开始了对胡适思想的批判。

批判运动在胡适的根据地北京大学进行得尤为深入细致。北大文、法两院对于胡适的讨论批判,立场问题、态度问题、为谁服务的问题都认真地摆了出来。罗常培、向达等十几位老教授在检讨了自己的立场模糊、敌我不分、崇美亲美、封建思想及浓厚的个人主义等等之后,"公认胡适是一个最具有代表性的、在旧学术界集反动之大成的人物"。由于他们相当了解胡适的底细,所以在对胡适的批判方面也可以说是无微不至:对于胡适的出身成分、阶级立场、提倡白话文的功过、创办《努力》和《独立评论》等的动机效果,直到他走上卖身投靠、认贼作父的末路为止,都做了深入细致的具体分析,这就更进一步认清了这次运动的实质是:"不应是单纯地批判胡适个人,而应该在北大和受过胡适影响的人身上搜寻胡适的影子。"

进入12月,学习改造运动逐步深入,出现了四大新校长大批四大旧校长的热闹局面:四大新校长是:北大的马寅初、燕京的陆志韦、辅仁的陈垣(重新任命)、清华的(教务长)周培源。四大旧校长为:北大的胡适、清华的梅贻琦、燕京的司徒雷登、南开的张伯苓。与此同时,"京津高等学校教师学习委员会"也宣布"运动"进入"批判帝国主义、封建主义反动思想,划清敌我"的第二个阶段。而这个阶段的重点任务便是"控诉胡适"、"批判胡适"(偶尔也"批判梅贻琦"、"检讨张伯苓"),报刊配合发表了顾颉刚、朱光潜、沈尹默等人的文章与发言。"批判运动"迅速波及京津沪各高校,声势颇为壮观。

1951年12月1日,鉴于在"增产节约运动"中揭发出来的大量贪污浪费现象,中共中央做出《关于实行精兵简政、增产节约、反对贪污、反对浪费和反对官僚主义的决定》,要求把反贪污、反浪费、反官僚主义作为贯彻精兵简政、增产节约这一中心任务的重点措施。同年12月8日,中共中央再次发出《关于反贪污斗争必须大张旗鼓地去进行的指示》,从此,在全国范围内开始了轰轰烈烈的"三反"运动。

1952年新年伊始,毛泽东在元旦团拜会上再次发出号召:"我国全体人民和一切工作人员一致起来,大张旗鼓地,雷厉风行地,开展一个大规模的反对贪污、反对浪费、反对官僚主义的斗争,将这些旧社会遗留下来的污毒洗干净!"1月4日,中共中央又发出《关于立即限期发动群众开展"三反"斗争的指示》,要求各单位立即发动群众开展斗争。"三反"运动旋即达到了高潮。⑮

由于全国范围内的"三反"运动的勃然兴起,"京津高等学校教师学习改造运动"也不得不在1952年1月21日宣布暂时停止。按照为指挥这场运动而临时成立的"学习委员会"的原定计划,这次运动共分五个阶段。但此时刚刚进行到第二个阶段,另外三个阶段尚未开展便即停了下来。第一次胡适批判运动就这样半途而废,没能继续深入下去。

1953年7月27日,朝鲜停战协议在板门店正式签字,历时三年多的朝鲜战争宣告结束。灾难深重的中国,迎来了自鸦片战争以来百余年间难得一见的一个和平年。国际压力骤减。该年年底在全国范围内掀起的学习和宣传总路线的热潮,也使中国人民对于经济建设的美好前景充满了信心。

1954年秋,时机终于到来。准备已久的批胡适运动,终于找到了"《红楼梦》研究批判"这个突破口,遂以不可阻挡之势重新开展了起来。

李希凡、蓝翎合写的《评〈红楼梦研究〉》一文,虽然重点评判的矛头是对着俞平伯的,但由于前几年对胡适的批判已然不自觉地影响了他们,因此他们在这篇文章的结尾,便不经意地提到了胡适。目光敏锐的毛泽东,立刻捕

289

捉到了这一个亮点,当即因势利导,联系着发动了对胡适的批判:"看样子,这个反对在古典文学领域毒害青年三十余年的胡适派资产阶级唯心论的斗争,也许可以开展起来了。"这是《关于〈红楼梦〉研究问题的信》的点睛之笔,也是毛泽东发动这场运动的最终目的。此处话虽说得很委婉,但言外之意却是不容置疑的。所以邓拓在按照毛泽东的指示布置李希凡、蓝翎合写《走什么样的路》一文时,便特意叮嘱他们说:"你们的《评〈红楼梦研究〉》不是讲到了胡适的观点吗?这篇文章可从批判胡适的角度写。"

一语道破了"天机"。对于毛泽东来说,批判俞平伯,只是对一个普通知识分子的思想改造,其最终目的,当然还是要彻底地批判胡适,从而清除胡适思想对中国知识分子的巨大影响,更为广泛地普及马克思列宁主义。

孙望在《从胡适说到俞平伯的〈红楼梦〉研究》一文中,倒是点透了毛泽东的心思:"关于《红楼梦》研究的问题,虽然是从俞平伯先生的著作上触发起来的,但是,这决不等于说只是俞平伯个人的问题。正如许多同志所指出的,这是我们整个文化学术界必须注意的问题。从'五四'运动以后,三十多年来,特别是我们学术界,严重地受着以胡适为代表的资产阶级思想,和他那种主观唯心论的研究方法的侵蚀,以致使我们在学术上蒙受了损害,以三十年研究结晶自视的俞平伯的《红楼梦研究》,便是一个典型的例子。正因为如此,所以我们批判俞平伯的学术思想,就必然要联系到批判胡适,就必然要联系到批判胡适的思想方法。"[16]

早在1954年11月8日刊登的《光明日报》记者对郭沫若的采访中,郭沫若就已明确表达了毛泽东的这一意图:"这不仅仅是对于俞平伯本人、或者对于有关《红楼梦》研究进行讨论和批判的问题,而应该看作是马克思列宁主义思想与资产阶级唯心论思想的斗争;这是一场严重的思想斗争。"那么,中国"资产阶级唯心论思想"的重要代表人物既是胡适,这场斗争自然也就是对准"胡适思想"了。所以,郭沫若特意"分析了胡适的反动哲学遗毒对中国文化学术界的影响":"胡适的资产阶级唯心论学术观点在中国学术界是根深蒂固的,在不少的一部分高等知识分子当中还有着很大的潜势力。我们在政治上已经宣布胡适为战犯,但在某些人的心目中胡适还是学术界的'孔子'。这个'孔子'我们还没有把他打倒,甚至可以说我们还很少去碰过他。"⑰

正因为毛泽东的进攻意向旨在胡适,所以"《红楼梦》研究批判运动"甫一开始,毛泽东便对知识分子们指明了这次战役的主要进攻对象就是"胡适思想"。只可惜许多文人却不明白这个道理,在批判胡适的同时,依然不遗余力地批判着俞平伯,甚至将考证派红学的几员主将也捎带着打了一顿杀威棒。

实际上,对于俞平伯《红楼梦》研究的批判,只能算是批判胡适对知识分子所造成的"恶劣影响";批判《文艺报》,除了人事纠纷等因素外,目的也是为了扫除前进道路上的障碍,以便批判大军能够顺利地开到批判胡适的主战场上。

在"《红楼梦》研究批判"、"《文艺报》批判"进行了一个多月后,知识分子们的思想觉悟提高了,报纸杂志的思想统一了。批判"胡适思想"已经水到渠成。于是,1954年12月8日,

20世纪50年代的茅盾

以郭沫若、茅盾、周扬组成的"前线总指挥部",严格按照最高统帅毛泽东的指示,向由全国知识分子组成的"批判大军",下达了向"胡适思想"进军的命令。

这一天、郭沫若、茅盾、周扬三人都在"誓师大会"上做了"战前动员"。12月9日,《人民日报》发表了郭沫若、茅盾的讲话;10日,又全文刊载了周扬的发言稿。作家出版社1955年6月出版的《红楼梦问题讨论集》,顺序也是郭沫若在前,茅盾第二,周扬第三。但在1954年12月8日的那次大会上,第一个发言的却是周扬。他们三人的发言,火药味一个不如一个浓。这不禁让人想到《曹刿论战》中的那句名言。

郭沫若说:"对资产阶级错误思想的批判,是一项迫切的对敌战斗,我们的目的一定要尽可能迅速地把这种错误思想肃清,再不能允许它有存在的自由。"

话虽说得很肯定,但总是缺少一种"战前动员"的煽动力。茅盾的讲话太柔和,压根儿就鼓舞不了"士气"。

周扬的讲话,是一篇非常好的"战地动员令"。不仅能够从中感觉到一股浓浓的战斗气息,而且也确实能够鼓舞"士气":"为着保卫和发展马克思主义,为着保卫和发展社会主义现实主义,为着发展科学事业和文学艺术事业,为着经过社会主义革命将我国建设成为一个伟大的社会主义国家,我们必须战斗!"一连串的排比,显示出必胜的自信和充足的底气。

这次大会上,还确定了"胡适思想"批判的具体规划:一、胡适的哲学思想批判(主要批判他的实用主义);二、胡适的政治思想批判;三、胡适的历史观点批判;四、胡适的《中国哲学史》批判;五、胡适的文学思想批判;六、胡适的《中国文学史》批判;七、考据在历史学和古典文学研究工作中的地位和作用;八、《红楼梦》的人民性和艺术成就及其产生的社会背景;九、关于《红楼梦》研究著作的批判(即对所谓新旧"红学"的评价)。

从这个计划中可以看出,毛泽东号召批判胡适,实际上主要就是批判他的思想。惜乎大多数知识分子并不理解毛泽东的这一用意,批判中不遗余力地对胡适进行了人身攻击。

"批判大军"的阵容是相当强大的,虽没"绝后",但却绝对"空前",规模远远超越了对"电影《武训传》的批判"。在这支"批判大军"中,大部分都是当时中国的一流学者,许多名字都是我们很熟悉的。兹根据当时的史料,分类看一看部分"主力队员"的名单:

一、"胡适的哲学思想批判":孙定国、任继愈、艾思奇、王若水、杨正典、冯友兰、杨荣国、金岳霖、陈仁炳、张凌光、何思敬、胡绳、贺麟、李达等;

二、"胡适的政治思想批判":李达、侯外庐、夏康农、汪子嵩、曾文经、荣孟源、彭柏山、潘梓年、郑鹤声、张沛、黎澍等;

三、"胡适的历史观点批判":嵇文甫、罗尔纲、范文澜、翦伯赞、周一良、陈炜谟、童书业、张志岳、高亨、夏鼐、沙英等;

四、"胡适的文学思想批判":林淡秋、何其芳、钟敬文、游国恩、陆侃如、李长之、罗根泽、陈中凡、王元化、黄药眠、刘大杰、王若望、王瑶、冯至、以群、华岗等;

五、"胡适的教育思想批判":陈鹤琴、陈友松、李泽深、郑林庄、毛礼锐、曹孚等;

六、"语言文字学批判":潘允中、张清常、马国藩、黄汉生等。

以上只是大致的分类。有许多文章是对胡适进行全面批判的,划归哪一类都可以。实际上,真正耐人寻味的是当时的那些谩骂性的文章,这类文章占了很大篇幅。

需要说明的是,这支"批判大军"中的"战士们","入伍"的动机也不太一样:一是踊跃参军的积极分子,主动请缨拼命向前;二是随潮流而动的"志愿兵",因时代的感召而加入了战团;三是出于自我保护的本能,以攻为守来到前线;四是被运动之手"抓来的壮丁",出于无奈不得不参战。

尽管每个人都有每个人的心态,但有一点是清楚的,即最主要的"敌人"此时远在大洋彼岸,剩下的几个喽啰只有被动挨打的份儿,参战的人即使冲锋在前,也不会遭到反击,所以都乐得借机表现一番。

"不过即使在批胡运动的高潮中和高压下,坚持不肯公开表态说话写文章的也不乏其人,而且其中尤不乏与胡适关系极亲密的朋友与学生。这又大抵可分三类情况：一类是身分、名望特殊,可以保持'不说话'的,如陶孟和、张奚若,汤用彤、李四光、竺可桢、罗隆基、周鲠生等；二是本身有顾虑或心中有主张而不愿站出来表态说话的,如周作人、沈从文、陈寅恪、任叔永、潘光旦、吕思勉、孙楷第、唐兰、汪静之、刘海粟等；三是尽管过去与胡适师生关系不浅,但学术文化界却注意不多并正在为新社会的建设热情服务的,如吴晗、千家驹等。也还有一些北大老同事、老朋友应景发言,避重就轻,避远就近,言不由衷或言不及义的,如高一涵、郑天挺、罗常培、钱端声、俞平伯等。"⑱

批判胡适的计划虽然注重思想,但真正实行起来却将预订计划完全打乱了。兹摘录一些较有代表性的文章,以便对这场批判运动来个"管中窥豹,略见一斑"：

在"前线总指挥部"指挥战斗的郭沫若,从一开始就把对胡适的批判引下了道儿。他说："胡适根本不懂得科学。但他是反动哲学唯心论实验主义的信奉者,他跟着他的老师美国的实验主义者的杜威一道,把最基本的科学方法也作了唯心论的歪曲。他大胆地假设一些怪论,再挖空心思去找证据,证实这些怪论。那就是先有成见的牵强附会,我田引水。我的假设就是结论,结果自然只是一些主观的、片面的、武断的产物。胡适就是以这样的方法和态度,否认了屈原的存在,否认了《红楼梦》的对封建社会的批判,否认了中国文化的价值,否认了中国封建制度的存在,否认了帝国主义对中国的侵略。""宣扬实验主义的胡适,不外是美帝国主义的文化走狗。"⑲

一句"胡适根本不懂得科学",便把胡适这个中国"学术界的'孔子'"贬得一钱不值。如此一个不堪一击的"敌人",又何需号召文化学术界"全部动员起来"？又何需感叹"我们还没有把他打倒"？

身为"总指挥"的郭沫若如此,他的部下们也就可想而知。郑朝宗说："胡适在中国学术界上的唯一'贡献',就是从世界上铜臭气最浓厚的国度里,运来了最庸俗的东西——实用主义。应该指出：资产阶级学术思想在中国大规模走上庸俗化的道路是从胡适开始的,而实用主义就是产生庸俗化状态的直接原因。"胡适"这个把身体和灵魂都出卖给美帝国主义的买办资产阶级'学者',今天已被中国人民唾弃了！多年以来,他给予中国学术界的毒害,其范围之广与程度之深,实在是无法估计的。"[20]

陆侃如说,胡适的《白话文学史》,是"一部宣传帝国主义奴才思想的文学史"。"如果认为胡适早年是好人,后来才反动,那固然是十分错误,如果认为胡适在政治上反动,学术上不无可取,那更是糊涂透顶"。"他十几岁留学美国时就投靠了美帝国主义,卖国勾当五十年如一日"。"胡适不但在政治上反动,在学术上也是反革命,反科学,他的一切'著作'都是为反动政治服务的"。[21]

持类似观点的并非个别人,在大批判运动中,胡适的"投敌卖国"的丑恶嘴脸,是大家"一致公认"的。侯外庐也说:胡适"主导的买办资产阶级思想所配合的封建思想是极端浓厚的"。胡适"是明目张胆的、始终如一的和彻头彻尾的卖国主义者","胡适的反动政治思想贯串到他的一切论文和著作里面","他的思想表现方式是诡计多端的"。胡适"是很早就具有了成熟政治思想的野心家"。在给胡适画出肖像后,侯外庐便洋洋洒洒地在近五万言的批判文章里,追踪了胡适几十年:从胡家祠堂到洋场,从"第一故乡"到"无道之邦",从"西天取经"到"回到东土",从绕世界一个圈子到"扰乱"的国家,从"一大堆主义"和"抽象名词"到"少谈主义",从"飘泊"到"方向",从学问研究到投机赌博,从哲学文学到历史政治,从幕后到台前,从理论到实际——"看着他一幕一幕地在翻云覆雨,真哭假笑,媚外非中,说古道今"。侯外庐说,自己之所以这样"追踪胡适",目的就是让大家看看"胡适是怎样地四十年如一日,一贯拼命的反动"。[22]

夏康农说:"在思想的领域内,胡适是中国反马克思列宁主义真理的第一个也是头号的罪人"。"实验主义的唯心论的反动本质,不管它采取什么表现形式,都是只能证明它是帝国主义时代资产阶级哲学中最反动的流派之一"。夏康农给胡适下的评语是:"学者的面孔,帮凶的居心,骗子的辞句。"[23]

汪子嵩、王庆淑、张恩慈、陶阳、甘霖等人合写的《批判胡适的反动政治思想》[24]一文认为:"胡适的'改良主义'的目的,是反对中国人民的革命运动","是为了反对马克思列宁主义在中国的传播"。"牵着人的鼻子到'故纸堆'里去,这就是改良主义者胡适进行反革命活动的手段","胡适改良主的政治主张'好人政府'等等,只是骗人的幌子,它隐藏着反革命的实质","胡适的买办文化的作用是为美帝国主义'征服中国人的心'",总之,"胡适是半封建半殖民地的中国的产物,是美帝国主义所一手造成的买办洋奴,他是彻头彻尾为美帝国主义服务的。胡适的政治主张,实际上只是为美帝国主义侵略中国寻找方便的道路,为美帝国主义侵略中国造成心理基础。这就是他全部反革命活动的社会作用"。

1955年1月15日的《人民日报》,发表了张沛的《"学者"——政治阴谋家——胡适在思想上和政治上的反动本质》一文,给胡适扣上了一大堆帽子。我们无需引用文章里的话,只看一看这篇文章的小标题,便可有个大概的了解:"一、胡适至今仍是中国人民的凶恶敌人";"二、在美帝国主义指挥下,胡适的学阀集团,是他的反动政治活动的组织基础";"三、胡适是我国历史上第一个反马克思主义的大头目";"四、胡适是维护帝国主义和封建统治阶级利益的忠臣";"五、胡适紧紧配合蒋介石反动集团,在政治上发动了一系列反革命进攻";"六、胡适一贯宣扬民族自卑心,鼓吹反爱国主义,积极主张对日投降"。

对于胡适的批判,真可谓面面俱到,无微不至。只是让人感觉到,学者胡适似乎已然成了黑帮头子。

周一良说:胡适的"名字列在战犯名单,他在蒋匪的伪国大里作过帮闲,在北京大学校长任内镇压学生的民主运动,也尽了国民党反动统治的帮凶作用"。"胡适对于中国近代史"的看法,"特别是他不承认帝国主义存在的看法,对于他发挥他的买办性,向外国帝国主义靠拢和投降作了理论上的支持。胡适是美帝国主义的走狗。""他整理国故不是要证明中国有优良的文化传统,不是要鼓舞青年的爱国热情,而是企图证明尽是些糟粕,是企图证明""他对中国古代历史和文化的一套看法,从而摧毁青年们的民族自豪感,死心塌地地从思想上去投靠帝国主义。这样便打击青年学生们的反对帝国主义斗争的热情,因而削弱反帝斗争的力量。这就是胡适借提倡整理国故在政治上有意识地带来的毒害。同样,提倡考据学也有其阴谋":"胡适承继了满清统治者的故伎,把青年们引进故纸堆和为考据而考据的道路上去,使他们脱离现实,脱离当前的阶级斗争。很明显,胡适提倡考据的终极目的又是在替中国人民的敌人——帝国主义、封建军阀和官僚资产阶级起帮凶作用了"。[25]

上述文章,只是从大量的"胡适批判"文章中摘取的一小部分"代表作"。这些文章的一个共同特点,就是不遗余力地对胡适极尽谩骂之能事。似乎骂得越狠,便越能显示自己对资产阶级唯心论的痛恨。然而,可悲的是,他们在贬低胡适的同时,也把新文化运动以来的中国贬了个一无是处。既有悠久历史又有灿烂文化的中华民族,却被这样一个"罪该万死"的胡适思想"统治了三十多年","五四"新文化运动后受胡适影响的那一代代学人,岂不统统成了"废物"?写这类文章的人,大都是在学术界颇有名望的大学者,难道他们连这么浅显的道理都不懂?究竟是什么原因导致了这种现象的出现?至今想来,仍觉不可思议。

批判运动的无限升级和扩展,总有令人哭笑不得的荒唐言词出现。《说说唱唱》第59期卷首编辑部撰写的社论:《重视批判〈红楼梦〉研究的错误观点的斗争》中,居然出现了这样不通的句子:"胡适说他的'科学态度在于撇开成见,搁下感情',他的意思我们很清楚,那就是不爱祖国,放弃立场。"在这里,根本没有任何论证,只凭主观意志随意引申。这种"说是什么就是什么"的蛮横做法,很容易使人联想到"文革"时"造反派"们的丑恶嘴脸。

在这场批判运动中出现的另一类文章,便是模仿着现成的东西唱唱高调。这种现象,与"文革"期间风行一时的"小报抄大报,大报抄梁效"的状况可谓如出一辙。兹举一例,以见一斑:

"胡适,这个头等战争罪犯虽然早已为人民唾弃了,但他的反动思想,在我国学术界中却依然具有不容忽视的恶毒影响。因此,从各方面来批判胡适的反动思想,肃清胡适和胡适派资产阶级唯心论在各个学术部门的影响,是非常必要的。这是我们思想战线上一次重要的思想批判运动,也是马克思列宁主义思想建设中的一桩重大事件。"[26]

每一句话,我们似乎都能给它找到出处。反正报纸杂志上早已发表了许许多多"大人物"的讲话和现成的东西,东抄西凑地写成文章,既省事又保险,还显示了自己具有很高的理论水平和思想觉悟,如此事半功倍的好事,又何乐而不为之!

既然这场运动是由《红楼梦》研究批判所引发的,我们也应该看看对胡适红学研究方面的批判。这里只节录几句很有代表性的话,即可见出大概:

"俞平伯根据他的资产阶级唯心论及士大夫阶级的残余思想,根据胡适的反动的实验主义的考证方法:大胆的假设(主观主义的胡猜乱测、故弄玄虚的假设),小心的求证(捕风捉影、东拼西凑以合乎他的思想观点的梦呓般的求证)。"[27]

我们用不着再看文章的具体论证,只看作者在括弧中对"大胆的假设,小心的求证"的注解,就可知道这是一篇什么样的文章了。

批判的烈火既然蔓延开来,就必然会连累一部分与"胡适思想"有关的人。这些人虽然为数不多,但成分却是非常复杂的。这其中既有中国人,也有外国人,既有古人,也有今人,既有活人,也有死人。"实验主义"既是重点攻击的对象,外国的"实验主义"哲学家们自然无一漏网。诸如:实验主义的创始人A·孔德、实证主义美学的代表人物H·泰纳,以及实验主义的代表人物詹姆斯、皮尔士、杜威等,都被批判者们尽情地批判了一通。

在这方面,王若水的《五四运动中的胡适和杜威》[28]一文,具有相当的代表性。在这篇文章中,王若水说:"在五四运动的过程中,胡适唱起'多研究些问题,少谈些主义'的调子,反对马克思主义的传播,提倡点点滴滴的改良主义","当时有一个帝国主义的'学者',和胡适勾结在一起,参与了这个反对马克思主义的阴谋和公开活动。这个帝国主义的'学者'就是胡适称之为'良师益友'的杜威。""杜威是美帝国主义的'大棍子'政策的拥护者。在第一次世界大战时,他竭力主张美国参加这场帝国主义的火并。多少年来,他一直捏造着'苏维埃帝国主义'的弥天大谎。他鼓吹过'第三次世界大战不可避免'的好战论调。尤其不应当忽视的,是他还公然支持过美帝国主义的侵略朝鲜的战争,赤裸裸地暴露他自己是中国人民的敌人。"

另外,一些别具一格的文章也如雨后春笋般地冒了出来。兹具一例,略见一斑:

孙昌熙的《从考证谈到红楼梦的评价问题》一文[29]，就以"翔实的论据"，批判了胡适、俞平伯"善于宣传色情"的"罪恶行径"。试看下面一段文字："胡适和俞平伯除了琐碎的考据之外，还有一种最有毒的考据，那就是宣传色情的考证。譬如说，俞平伯在《红楼梦研究》里有《论秦可卿之死》，胡适在他的《文存》里也有一篇《秦可卿之死》，他们都不是想以这段材料来认识曹雪芹对封建地主家庭的荒淫无耻的暴露态度，而是对秦可卿与贾珍的通奸发生了浓厚的兴趣。关于胡适俞平伯善于宣传色情，另外还可以找到材料。在抗战以前，胡适在北大中文系讲中国文学史概要，第一堂就讲水浒传，讲水浒传并不坏，可是讲的却是王婆和西门庆所说的十分光。并且津津有味地伸出手指来一光一光地数去。可见胡适与俞平伯的考证与研究是资产阶级最落后最下流的一派。而俞平伯在今天还居然以大学教授、研究员以及红学权威的身分，并且披着马克思主义的外衣在大学的讲台上，在人民的报刊上宣传这种最下流的文艺思想和'研究'方法，传播毒素危害人民。""就因为俞平伯完全站在资产阶级立场，以最落后的最下流的文艺思想来对红楼梦进行考证与'研究'，所以他就竭力宣传红楼梦的色空思想来毒害人民，并且抹煞了红楼梦的积极意义富有人民性的部分，来欺骗人民。我们可以总结俞平伯研究红楼梦的目的是：在艺术性上，他毁坏了典型，在思想性上，他专门宣扬毒素。这就是俞平伯红楼梦研究及其他一切文章的全部内容实质。"

这场批判运动带来的一大好处，便是为我们留下了一大批"珍贵史料"。1955年3月到1956年4月，生活·读书·新知三联书店共编辑出版了八辑《胡适思想批判》的"论文汇编"，收入一百五十篇文章，二百多万字。其他诸如上海新文艺出版社、河南人民出版社、华南人民出版社等出版机构出版的"批判资料集刊"、"批判文集"、零散小册子以及大量未结集的单篇批判文章，总字数有三百万字左右。这些资料留存到现在，对于我们来说，不啻是一笔丰厚的"文化遗产"。它能使我们清楚地看到当时大批判运动的基本轮廓，也能藉此对那场批判运动进行较为深刻的反思与总结。

然而，这三百万字的批判文章，除了极少数外，无论从题目、论旨、观点、材料例证到文风、用语、思维程序等方面来看,雷同重复的不少,作文抄公东抄西凑的更是多多。"这很可以看作是解放后大陆思想学术界通过一连串的马列主义理论学习后提高了的学术水准的一次检阅与展览。然而,这批代表了当时学术进步相当成就的文章表现出来的对马列主义理解上的单纯幼稚和运用上的教条僵化已经相当严重,而其他一风吹、一边倒的如山堆积的'大批判'文章则简单化、片面化泛滥,'形而上学猖獗'。当然还有不少的以谩骂为主的上恶谥、贴标签、画咒箓式的文字更是等而下之,不值一提了"。㉚

这次运动的另一大特点,便是对真、假马列主义理论的片面理解和滥用。一群思维方式已经定了型的大学者,思想转变如此之快,也令人叹为观止。但他们是否真正学到了马列主义? 也只有当事人自己明白。㉛

在这次批判运动中出现的一个很有意思的现象是:一方面批判者们大肆滥用所谓的"马列主义理论",另一方面运动的总指挥郭沫若、茅盾等人却一再感叹,觉得他们没能很好地掌握马列主义是一大遗憾,并对当时普遍存在的滥用马列主义的现象提出了批评。

早在接受《光明日报》记者采访时,郭沫若就对那些"披着马列主义外衣"的人提出了严厉的批评。他说:"几年以来,文化学术界由于学习了马克思列宁主义和毛泽东思想,使大家得到很大好处,这一点是完全可以肯定的。但也出现了这样一种情况,有些人虽然也学习了马克思列宁主义,在思想上却没有接受马克思列宁主义,然而这些人讲起话来或者写起文章来,却惯于使用马克思列宁主义的术语和摘引毛主席的话来装饰自己。这些人真正是作到'全身武装'了,可惜就是思想上没有武装起来;这种人正像京剧《甘露寺》中的贾化一样,顶盔贯甲、刀剑在身,一旦听到吴国太喝令传贾化,这位'全身武装'的将军立刻就下跪求饶了。我们现在不是也能够看到许多贾化式的人物吗?"㉜

郭沫若不愧是大才子,寥寥数语,便将当时这种普遍现象揭露无遗。可惜,郭沫若的告诫并没有起到什么作用,批判运动中出现的许许多多的"贾化式的人物",依然"惯于使用马克思列宁主义的术语和摘引毛主席的话来

装饰自己"。

在1954年12月8日的发言中,郭沫若又说:"历史的事实告诉我们,凡是自由讨论的风气旺盛的时代,学术的发展是蓬蓬勃勃的;反之便看不到学术的进步。"

郭沫若还说:"学术批评的目的首先就是要明辨是非。要明辨是非,我们就必须依据马克思列宁主义这个标准。"说完该说的场面话,郭沫若接着感叹说:"我感觉着我们许多上了年纪的人,脑子实在有问题。我们的大脑皮层质,就像一个世界旅行家的手提箧一样,全面都巴满了各个码头上的旅馆商标。这样的人,那真可以说是一塌糊涂,很少有接受新鲜事物的余地了。所以尽管学习马克思列宁主义已经有五年的历史,但总是学不到家。"无论这个比喻恰当不恰当,但起码可以肯定,在这里,郭沫若说的是大实话。

然而,实话实说之后,郭沫若却又"老夫聊发少年狂",居

周扬(左)、茅盾(中)、郭沫若(右)

然要违背自然规律来"恢复我们青年时代的特征"。他说:"老年人恢复我们青年时代的特征,我想是可以办到的,只要我们肯努力学习,同新生的力量站在一起,用马克思列宁主义来认真地武装自己,端正我们的立场观点,提高我们的工作热情,加强我们的战斗性,健全我们的好胜心,即使接受新鲜事物的敏感性要迟钝一些,但总不至于过早地陷没到麻木不仁的地步。"㉝

12月8日,茅盾在继郭沫若之后的发言中,继续引申郭沫若的意思。他说:"我们学习马克思列宁主义没有学得好,就好像是在贴满了各种各样的旅馆商标的大脑皮质上又加贴了马克思列宁主义的若干标语;表面上看看,有点马克思列宁主义,但经不起考验;一朝考验,标语后面的那些乱七八糟的商标就会冒出头来;如果是从那些马克思列宁主义的标语的缝隙里钻了出来,那就叫做露了马脚,那倒是比较容易发现的;最危险的,是顶着马克思列宁主义的标语而冒出来,那就叫做挂羊头卖狗肉,自命为马克思主义者,足以欺世盗名!"这一番话,正是当时许多开口"马列"、闭口"毛选"之人的真实写照。

不过,茅盾在说了实话以后,也表了一表决心。他说:"我想:我们一定要有勇气来反躬自省,从今后,一定要老老实实好好学习,一定要用马克思列宁主义这个思想武器来肃清我们大脑皮质上那些有毒素的旅馆商标,而不是在这些旅馆商标上加贴了马克思列宁主义的标语。"㉞

经过了轰轰烈烈的"思想改造运动"、"马列主义普及运动",结果胡适的思想却还是顽固地盘踞在他们的大脑中。高兰的一篇文章,倒是流露出当时一大批学人的共同心声:"三十多年来的中国古典文学研究领域,基本上一直是为胡适一派的主观唯心论思想,和反动的实验主义的研究方法所盘据着。解放以来,大家虽然都学习了马克思列宁主义,大体上可以划分无产阶级思想和资产阶级思想的基本界线。但无可讳言的,在研究工作的一些具体问题上,一般地说,还是看不准,拿不稳,掌握不好马克思列宁主义这一思想武器的。"㉟

陆键东认为,"《红楼梦研究》批判运动"与"胡适思想批判""这场'合二为一'的运动持续了足足一年时间。至于余响则延续到五十年代末。这场运动对历史有深远的影响。它是思想界与学术界首次大规模运用辩证唯物主义与历史唯物主义对学术传统的研究方法、学术思想和思维方式(也即'资产阶级唯心主义')作了摧毁性的批判。以后,学术界的所有政治运动,其实质都可以归到辩证唯物主义、历史唯物主义和资产阶级唯心主义作斗争这一范畴。这也是不断改造知识分子的根源"。[36]

这可以说是从大处着眼。其实,这场运动,还是一次大规模的实战演习。"文革"时的无限上纲上线、极尽谩骂之能事等等做法,在这次运动中已初露端倪。

对于这场批判运动,胡明曾做过很好的总结。我们不妨将这段精彩的文字转录于此:"胡适虽然在'文化'实质上并没有被批倒,但从'人事'形式上确是被彻底打倒了。'群起而攻之,搞臭一个人'的批判机制的功效极限亦在这里。这种批判运动方式决不可能在学术科学上真正打倒胡适,但能做全扫除掉'胡适牌'所有'文化垃圾'的实际工作。而且还为后来的大陆历次思想文化的批判运动提供一种技术上的样板(这种技术最终在文化大革命中发挥得炉火纯青,并成为我们百用不匮的传统法宝)。政治的权威的全部批胡作业也就此告诉人们一个取舍的标准,实践上的有效目的也无非是替知识阶层在认识上进而在心理上筑起一道防线。什么是'胡适的',即敌人的观念意识、哲学形态;什么是'我们的',即革命的人民应采取的思想方法和文化模式。这道防线要深入沉潜于每个知识个体的经验世界里,渐渐化作为一种无意识积淀,随即滋生出一种本能的反应或者说培养出一种敏锐的警惕。别人一提及'胡适的'或'胡适'这个名词,或自己一见到胡适的书,便心生恐惧、厌恶与憎恨,便知警惕、防范与隔离。批判胡适、禁止胡适的书与文章,就是说要批倒'胡适'这个名字所象征或包含的思想文化内容与意识形态结构,自觉与它们划清界限,分出敌我。"[37]

## 三 大洋彼岸的胡适

远在美国纽约的胡适,面对大陆一次次的"胡适思想"批判运动,自然不能等闲视之。但他所关注的主要方式,也只能通过新闻媒体或朋友,了解大陆的批判"胡适思想"的"最新动态"。

应该说,胡适的心情是复杂的,决不能用单纯的兴奋、自豪之类词语来形容。对于不同的人和事,胡适也有截然不同的评判标准,其心境自然也是千变万化的。要明白这一点,还需看看胡适在具体事情上的具体表现。

1949年6月19日,胡适在美国看到了翻译成英文的陈垣的公开信。他在当天的日记中写道:"此决非伪作的。全函多下流的幼稚话,读了使我不快。此公老了,此信大概真是他写的。"6月20日,胡适又在日记中说:"今日又细读公开信英译本,更信此信不是伪造的(?),可怜。"6月21日,胡适读了6月15日的《华侨日报》中文本后,又在日记中说:"我读了更信此信不是假造的。此公七十岁了,竟丑态毕露如此,甚可怜惜。"6月24日日记却又说:"我今天细想,陈垣先生大概不至于'学习'得那么快。此信中提及'萧军批判',此是最近几个月前发生的事情,作伪的人未免做得太过火了。"6月25日日记又说:"廷黼与我均疑陈援庵的公开信是他先写一信,共产党用作底子,留下一小部分作幌子(如第一节),另由一个党内作者伪造其余部分。"

"这封信的真伪困扰胡适整整一周,他日记里的话也明白表示了他的鄙视与厌嫌。半年后(1950年1月9日),他写了《共产党统治下决没有自由——跋所谓〈陈垣给胡适的一封公开信〉》(发表于《自由中国》2卷3期),公开表示了拒绝争取的强硬态度。他从'陈先生不会写白话文'、他们通信的时间差和信'写得太过火'三点上考证此公开信'百分之一百是别人用他的姓名假造的',并断言'可怜我的老朋友陈垣先生,现在已没有不说话的自由了',变成了一个'跪在思想审判庭长面前忏悔乞怜的思想罪犯'。"不仅如此,胡适还在这篇文章中借题发挥自己的看法,说陈垣被迫公开发表这封"公开信",本身就证明了大陆"决没有自由,决没有言论的自由,也没有不说话的自由"。㊳

无论胡适怀着怎样的心情如何评价陈垣的这封公开信,但他对于此事的耿耿于怀,也证明了他内心深处感情的复杂。

对于胡思杜的文章,胡适又是另一种态度。他把这份《大公报》的剪报粘贴在自己的日记里,然后批了一条小注:"小儿此文是奉命发表的。"

吾谁欺?欺天乎?这样的断语,无疑是胡适的自我安慰,恐怕连他自己也不会相信。最起码,也应该像对陈垣的"公开信"那样,"真耶?假耶"地猜测上个一年半载。胡适对此虽然没有更多的评判,但他内心的矛盾痛苦,以常情度之都是不难想见的。对别人,无论是朋友、同事还是学生,胡适都能置身局外评判一番。但对自己的亲骨肉,他却不知道该说什么。"将剪报粘贴在自己的日记里",证明他对这篇文章的高度重视,但"奉命发表"的猜测却是在欺骗自己。复杂的心情,难言的痛苦,已使得胡适不能再像评论陈垣那样直接地表达自己的感情。《日记》,往往最能洞见一个人的微妙心理。以不言之言表达出一种感情,正是"此时无声胜有声",动人却在无声处。

此处我们不妨再看看胡适在1949年11月21日的一则日记:"今天看了几十张《人民日报》,最有趣的是唐兰的一篇长文《我的参加党训班》(8月20日),此文可与费孝通的《我参加了北平各界代表会议》(8月31日)'媲美'了!唐兰说,他自己'请求'参加党训班,'我只觉得这一回能参加共产党的党训班,是无比的光荣。因为这是学习,我向革命的先进者学习,这是自发的,不是被迫的'。前年中央研究院办选举院士,只有唐兰来'请求'我推荐他。那是'自发的',因为被选作院士在那时候也是'无比的光荣'。"

对唐兰乃至费孝通等老朋友的鄙视之情,溢于言表。

当然,时刻关注着大陆"最新动态"的胡适,从某种意义上来说也是在关心着自己的朋友们。但他的心情,却一直处于矛盾的状态。他一方面认为大陆"没有言论的自由,也没有不说话的自由",另一方面对那些在思想改造运动中积极表态的朋友进行挖苦,有时却又流露出悲悯之情。

1952年,胡适撰写了《红色中国的叛徒》一文,篇末说到大陆的"洗脑运动"有了些什么成就时,他从新版的四大册《思想改造文选》里摘录一段"金岳霖教授最近的坦白",然后感叹说:"是不是毛泽东和他的政权已经很成功的做了一件不可能的事,就是将这一位最倔强的个人主义的中国哲学家的脑给洗干净了?还是我们应该向上帝祷告请准许我们的金教授经过了这样屈辱的坦白以后可以不必再参加'学习会'了。"而对于梁漱溟的抗拒改造或者说"不肯洗脑",胡适却大加赞赏。他在看到海外报纸有关"梁漱溟不肯洗脑"的报导后,极表"佩服",并称赞梁漱溟所谓"人的思想不能由通向不通处变"、"不能自昧其所知以从他人"的观点"很可敬",并联系到梁漱溟之父梁巨川的发愤自杀,赞颂他有所谓的"殉道者"的精神。㉟

对别人,无论胡适如何评价,其中都洋溢着一股浓浓的政治色彩。这是胡适离开北平后一直尊奉的一条原则。而对于大陆的"胡适批判",这种色彩也就更加明显了。

1952年11月19日,胡适访问台湾期间,在一次记者招待会上,当有人问他对大陆清算"胡适思想"有何感受时,胡适回答说:"朱光潜、顾颉刚都是我的老朋友,他们写骂我的文章,还是引我的书里面的话。在铁幕里还有人看胡适的书,足见中'胡毒'的人还是很深,想清算也清算不了。何况思想是无法清算的东西呢?对于他们,因为他们已经丧失了自由意志,我还忍心责备他们吗?"

话语中充满了自豪和自信。"思想是无法清算的东西",不啻为一句至理名言。而对于"已经丧失了自由意志"的"老朋友"们,表现出来的仍然是一种怜悯之情。

1952年4月29日,胡适在《在铁幕后痛苦的中国知识分子》的讲演中,便说过这一番话;1953年1月14日,胡适对"大陆文化教育界人士"发表广播讲话时,又重复了这一番话。并且,这次他还特意强调对大陆知识分子们的"同情怜悯"态度:"在大陆上有些文人学者发表文字清算胡适的思想,都是大陆上没有不说话的自由的铁证。我一百分同情这些可怜的人。可怜他们没有不说话的自由,我一点也不怪他们。我不但不怪他们,我还要感谢他们——感谢他们在铁幕里替我宣传我的思想。"

1953年7月4日,胡适又借台湾远东图书公司出版《胡适文存》四部合印本的《自序》,对大陆的"胡适思想批判"运动再次发动反击:"我的一些著作虽然未必都值得长久保存流传,但在大陆上的共产党烧毁我的书的时候,在这个共产党'清算胡适思想'的时候,我应该让自由中国与自由世界的人们知道究竟'胡适思想'是什么,究竟'胡适思想'为什么值得共产党的疯狂清算。"

对于这种相比而言是"小规模"的"胡适思想"批判,胡适都一再进行反击,证明胡适不可能置身事外优哉游哉。批判的烈火烧的是他的灵魂,但他的灵魂却已附到了许多人的身上。要烧掉胡适思想,必然会伤及许多中了"胡毒"的人。

一年后,批判的烈火果然烧到了胡适的学生俞平伯身上。

1954年,俞平伯的《红楼梦》研究首先遭到批判。胡适虽然不了解引发这次批判运动的那些偶然性因素,但在1954年12月17日写给沈怡的一封信中,却一语道破天机:"上个月承你寄我剪报五件,都是关于俞平伯的《红楼梦研究》的。我当时看了还不觉得这些讨论有什么可怕,——我以为这不过是借我的一个学生做'清算胡适'的工具罢了。"㊵

事实证明,胡适的这一判断是非常正确的。1956年1月3日,胡适在给沈怡的另一封信中,再次肯定了这一判断:"俞平伯之被清算,诚如尊函所论,'实际对象'是我——所谓'胡适的幽灵'!此间有一家报纸说,中共已组织了一个清除胡适思想委员会,由郭沫若等人主持,但未见详情。倘蒙吾兄继续剪寄十一月中旬以后的此案材料,不胜感祷!"字里行间,跃动着对大陆批判运动的关注之情。接下来,又一如既往地表现出他那一贯的"同情怜悯"之情:"此事确使我为许多朋友、学生担忧,因为'胡适的幽灵'确不止附在俞平伯一个人身上,也不单留在《红楼梦》研究或'古典文学'研究的范围里。这'幽灵'是扫不清的,除不净的。所苦的是一些活着的人们要因我受苦罪。"㊶

胡适所谓的"受苦罪",不知道是指心灵上的还是肉体上的。若是前者,则所言大致不差;若指后者,却未免不合实情。这次的批判运动虽然声势浩大,但却注重在"思想"范围内。至于许多人在肉体上"受苦罪",却还要等到1957年的"反右斗争",或者再等到"文革"爆发。但除了他的小儿子胡思杜之外,其他人却大都不是"因"胡适而"受苦罪"了。而且,这些"受苦罪"的人当中,大部分人都是批判"胡适思想"的"领头羊"或"急先锋",诸如"两个小人物"之一的蓝翎,"总指挥"之一的周扬,冲锋陷阵的"急先锋"袁水拍、何其芳等等。

当然,这次批判运动中也有一部分人在肉体上"受了苦罪",诸如"胡风反党集团"的成员们及陈企霞等人,但恰恰在这些人身上,没有附着"胡适的幽灵"。

在日记中,在书信中,在需要严肃的时候,胡适往往能够认真地审视大陆对"胡适思想"的批判,但在很随便的公众场合,他总以调侃的话语来评价。据说,1956年的某一天,胡适在美国哥伦比亚大学讲完课后,有学生问他:"听说共产党天天在中国大陆上清算你,你对此事作何感想?"胡适却幽默地回答说:"因为《人民日报》根本没人看,所以他非借我的名字宣传不可。"㊷

这绝对不是胡适的心里话,但却也恰好证明了胡适思想感情的复杂。

1955年冬,胡适开始撰写文章,对大陆为何发动"胡适思想批判运动"及其意义进行深入的探讨。这篇文章的题目是:《中国共产党清算胡适思想的历史意义》。他在序论中说:"这六年来大陆上不断的洗脑运动,特别是最近一年来大规模的洗脑运动,都只有一个同样的历史意义,这个历史意义就是:在近四十年前开始的'中国文艺复兴运动'——又叫做'新思潮运动'、'新文化运动',最普通但最不正确的名称是'五四运动',——居然养成了并且很明显的留下了不少抗毒防腐的力量,到今天还被认做'马克思主义的死敌',还被认做马克思主义者在战线上'最主要、最狡猾的敌人','企图从根本上拆毁马克思主义的基础'。"

在这篇文章中,胡适自问自答地探讨着"胡适思想"被批判的原因:"为什么'胡适思想'被共产党特别提出来做几次大规模清算批判的目标呢?"他的回答是:因为胡适是"五四"运动中唯一一个"没有半途改道、没有停止工作、又没有死"的一个"急先锋","胡适思想""'在人民和知识分子的头脑中还占有很大的地盘'",它使共产党在五六年来"处处碰着一种阻力"和"抵抗力量"。"他们积累了五六年碰壁的经验,才很老实的宣告'中国马克思主义在战线上最主要、最狡猾的敌人'"是"'胡适的幽灵'"。

胡适的分析虽然看到了问题的实质,但他却忽视了毛泽东对他的崇拜之情。这种情感化为"胡适情结",一直在毛泽东身上发挥着巨大的作用。无论是不遗余力地"争取"胡适,还是发动举国之众"批判"胡适,都是这种"胡适情结"的两种不同的表现形式。

事实确实如此。即使在经过了轰轰烈烈的"胡适批判"运动以后,毛泽东也一直没有放弃"争取胡适"的努力。

1956年2月的某一天,毛泽东在怀仁堂宴请出席全国政协会议的知识分子代表时,曾经说过这样的话:"胡适这个人也真顽固,我们托人带信给他,劝他回来,也不知道他到底贪恋什么?批判嘛,总没有什么好话,说实话,新文化运动他是有功劳的,不能一笔抹煞,应当实事求是。到了二十一世纪,那时候,替他恢复名誉吧。"㊸

这一番感情色彩甚浓的话,表明了毛泽东对胡适以及"胡适批判"的真实态度。"我们托人带信给他,劝他回来",说明此时仍在努力争取胡适。作为一个国家领袖,能做到这一步是很不容易的。正因为"新文化运动"胡适"是有功劳的",所以在"新文化运动中"成长起来的毛泽东,自然永远崇敬胡适这位"新文化运动"的领袖人物。"批判嘛,总没有什么好话",倒是点到了批判运动的本质特征。同一个人,说他好的时候浑身闪光,说他坏的时候一无是处,这似乎也是人类的一大特征。㊹

1956年9月16日,中国外交学会副会长、外交部顾问周鲠生到瑞士出席"世界联合国同志大会"时,让别人转告

胡适

胡适不要乱说。会议结束后,周鲠生又应"英国联合国同志会"邀请访问伦敦。见到陈源后,周鲠生代表周恩来劝陈源回大陆看看,同时托陈源动员胡适也回大陆看看。陈源于9月20日写信给尚在美国的胡适,向他转达了周鲠生的意思。信中说到大陆的"胡适批判"和"自我批评",陈源强调说:"对于你,是对你的思想,并不是对你的个人。你如回去,一定还是受到欢迎。"

胡适收到陈源的信后,却在"对于你,是对你的思想,并不是对你的个人"一句话下划了线,并在一边批注道:"除了思想之外,什么是'我'?"[45]

这也证明了我们的判断:毛泽东发动对胡适的批判,注重的就是"胡适思想"。只可惜许多批判者们并不明白毛泽东的真正意图,却一个个地在那里用漫骂的言辞对胡适进行人身攻击,如此一来,也就改变了运动的性质。

就在周鲠生出访欧洲期间,旅居南洋的作家曹聚仁以新加坡《南洋商报》记者和新加坡工商考察团记者身份访问北京,并受到毛泽东单独接见。受毛泽东委托,曹聚仁回新加坡后,于1957年致信胡适,也劝他回大陆看看。由于曹聚仁在信中多有"教训"的语气,因而引起了胡适的极大反感。他在1957年3月16日的日记中说:"收到妄人曹聚仁的信一封,这个人往往说胡适之是他的朋友,又往往自称章太炎是他的老师。其实我没有见过此人。""此信大意是说他去年秋间曾到北京上海去了'两次','看到了朝气蓬勃的新中国'。'先生……最好能回北京去看看……等先生看了之后再下断语何如?'""他说他'愿意陪着先生同行'!"[46]

用"妄人"一词作曹聚仁的定语,流露出胡适对曹聚仁的厌恶之情。他说自己"没有见过此人",未必是真心话。但无论胡适对曹聚仁持何态度,此事却证明了毛泽东依然在做"争取"胡适的努力。

胡适顽固的反共态度,其实也造成了自己的痛苦。在轰轰烈烈的批判运动中,给胡适带来最大打击的,恐怕还是他的小儿子胡思杜。这个不愿意离开大陆的有上进心的年轻人,经过思想改造以后更加提高了觉悟,曾经积极地要求加入中国共产党。在1957年的"大鸣大放"运动中,他向学校领导提出了一些教改意见。不料"反右斗争"开始后,他对共产党的这一份热爱之情,却给他换来了无情的批判,并被划为"右派分子"。曾经批判父亲的胡思杜,开始真正尝到了被批判的滋味。1957年9月21日,胡思杜在给堂兄胡思孟留了遗嘱后,悬梁自尽。

胡适得知胡思杜自杀的消息后,坚决不肯相信,认为这"是一种有恶意的谣言"。直到1958年5月12日,他在给苏雪林的回信中还说:"承问及小儿思杜的消息,至感。我猜想这个去年八月自杀的消息是一种有恶意的谣言,故意在'五四'的前夕放出。我在今年一月间尚得友人间接传出思杜被送东北消息,故我不信此谣言,当日即用长途电话告知内人,叫她不要轻信此消息。"㊼

在这段话中,有两个地方需要分辨:首先,胡思杜是1957年9月21日自杀的,胡适在这一年的"八月"怎能得知他"自杀的消息"? 要不就是胡适记错了时间;其次,胡适于1958年"一月间尚得友人间接传出思杜被送东北消息",也是"谣言"。

但无论如何,胡思杜确实是自杀了。无论胡适信与不信,他在心里总是要犯嘀咕的。

然而,等到真相大白的那一天,胡适会有怎样的反应,我们已不得而知。死者已矣,生者何堪? 老年丧子的不幸,必定会给他带来不小的打击。

---

① 周扬《我们必须战斗》,《人民日报》1954年12月10日。

②⑩⑬⑭⑱㉚㊲㊳㊴ 胡明《胡适传论》,人民文学出版社1996年6月北京第1版。

③④⑥⑦⑧⑨㊷㊸㊹㊺ 朱庄《毛泽东与胡适》,《人物》1999年第11期。

⑤ 也许有人会说,毛泽东在当时并不是响应胡适,而是倾向于李大钊。对于这个问题,只要看一看毛泽东拟定的《问题研究会章程》的具体内容,即可解决。

朱庄在《毛泽东与胡适》一文中对此已做了很好的回答,今节录于此,以备参考:《问题研究会章程》"第一条即开宗明义地发出号召:'凡事或理之为现代人生所必需,或不必需,而均尚未得适当之解决,致影响于现代人生之进步者,成为问题。同人今设一会,注重解决如斯之问题,先从研究入手,定名问题研究会。'这一条阐明了《章程》的主旨,同胡适所提倡的研究和解决社会人生切要问题是一个意思。"

……

"《章程》第三条提出了应如何研究问题。'问题之研究,应以学理为根据,因此,在各种问题研究之先,须为各种主义之研究',而对'主义之研究'又列举了十项内容:'哲学上之主义'、'伦理学上之主义'等等。十分明显,《章程》所需要研究的各种主义,都没有超出学术范围,其目的也是要'以学理解决问题',而不是'以实行解决问题'。这与胡适所提倡的实验主义的研究方法同出一辙:'读者不要误会我的意思,我并不是劝人不研究一切学问和一切主义。学理是我们研究问题的一种工具。没有学理做工具,就同王阳明对着竹子痴坐,妄想格物,那是做不到的事。种种学说与主义我们都应该研究。有了许多学理做材料,见了具体的问题,方才能寻出一个解决的方法。'胡适的《四论问题与主义》一文,对如何输入学理和主义作了更详细的论述。由此可见,《章程》提出的'问题之研究以学理为根据'也正是胡适主张的具体体现。"

⑪⑲㉝ 郭沫若《三点建议》,《人民日报》1954年12月9日。

⑫ 周扬《我们必须战斗》,《人民日报》1954年12月10日。

⑮ 《中国共产党大事记》,人民出版社1991年第1版。

⑯ 《新华日报》1955年1月21日。

⑰㉜ 《文化学术界应该开展反对资产阶级思想的斗争——中国科学院郭沫若院长对本刊记者的谈话》,《光明日报》1954年11月8日。

⑳ 郑朝宗《从王国维到俞平伯》,《厦门大学学报(社会科学版)》1955年第1期。

㉑ 陆侃如《批判胡适的〈白话文学史〉》,1955年5月15日《光明日报》。

㉒ 侯外庐《揭露美帝国主义奴才胡适的反动面貌》,《新建设》杂志1955年2月号。

㉓ 夏康农《论胡适反动思想的流毒》,1955年1月号《学习》杂志。

㉔ 《人民日报》1954年12月17日。

㉕ 周一良《批判胡适反动的历史观》,《光明日报》1954年12月9日。

㉖ 《胡适思想批判文集》(第一集)《出版者的话》,河南人民出版社1955年4月第1版。

㉗ 韶华《从〈后四十回底批评〉中看俞平伯的资产阶级和封建士大夫思想》,《辽宁日报》1954年12月2日。

㉘ 《人民日报》1954年12月28日。

㉙ 《文史哲》1955年1月号。

㉛ "文革"爆发那年,笔者年方六岁,开始时看到满墙的漫画和大字报,觉得新奇、热闹、好玩;后来发展到"文攻武卫",看到许多"造反派"围攻那些所谓的"坏人"时,又觉得恐惧和不可思议。再后来习惯了,与小伙伴们一起"过家家"时,居然也玩起了"大批判"的游戏:一群玩童,找出一个或几个孩子扮演"走资派"、"保皇派"、"历史反革命"或"现行反革命",其他人则扮演"革命群众"或"红卫兵",高呼着"打倒"、"批倒斗臭"之类的"革命口号",让"走资派"们"上台示众""低头认罪"。小小的年龄,学习这类东西是很快的,无怪乎执政者或教育工作者都强调"教育要从儿童抓起",这是很有道理的。但那时参与批判运动的学者们,大概年龄不会小于"两个小人物"吧?他们的思想居然也转得这么快,这倒是很值得研究的。难道真是通过认真学习"马克思主义列宁主义理论"后出现的"奇迹"?至今想来,笔者仍觉不可思议。

㉞ 茅盾《良好的开端》,《人民日报》1954年12月9日。

㉟ 高兰《批判俞平伯主观主义的考证方法》,《文史哲》1955年1月号。

㊱ 陆键东《陈寅恪的最后20年》,三联书店1995年12月北京第1版。

㊵㊶㊷ 《胡适文集》,人民文学出版社1998年12月北京第1版。

㊹ 笔者十三岁那年,大爷家一位堂兄"闯关东"回来找媳妇。有人给他介绍本村的一个姑娘,成了的时候,大爷一家人都夸那姑娘好,简直成了天仙。后来姑娘不同意了,大爷全家便大骂起来,把那姑娘贬得一无是处,几成恶魔。后来姑娘又同意了,那姑娘便也顺理成章地又成了天仙。此事曾给我留下深刻的印象,但当时却不明白这是怎么回事。后来长大成人了,才知道对一个人的评价原来是以自己的主观意志为转移的。大批判运动中的批判文章也有这个特点,只可惜作者们却连自己的主观意志都没有了,只是顺应潮流人云亦云,几乎成了应声虫或学舌的鹦鹉。

# 第九章 运动中的几个"难友"

1954年秋,大批判运动以前所未有的气势很快便在全国各地开展起来。由于"批判队伍"的不断壮大,对象太过集中,阵地颇显狭小,使许多批判者产生了无所事事的感觉。但在形势的感染下,他们的求战心理却不允许自己置身事外袖手旁观。于是,许多人便自觉地开辟了第二战场、第三战场……但凡与《红楼梦》考证有关的人,都成了他们的攻击对象。只要谁敢与胡适相似,谁就有"胡适思想",谁就是"资产阶级唯心论"。然而,这其中,有些参战者却是另外一种心理。

## 一 周汝昌引火烧身

《红楼梦》研究大批判运动的序幕甫一拉开,立即陷入窘境的是周汝昌。周汝昌,天津人。1918年生。先后毕业于燕京大学外语系及中文系研究院。胡适的《红楼梦考证》等系列文章及俞平伯《红楼梦辨》的出版发表,对周汝昌人生道路的选择产生了决定性的影响。[1]正是在他们的感召下,当时正在燕京大学外语系读书的周汝昌,毅然决然地走上了《红楼梦》研究的道路。1947年12月5日在天津《民国日报》发表的《红楼梦作者曹雪芹生卒年之新推定——〈懋斋诗钞〉中之曹雪芹》,是他公开发表的第一篇研究《红楼梦》的文章,也可视作周汝昌红学事业的真正开端。此文发表后,在学术界产生了不小的影响,受到鼓舞的周汝昌,更加坚定了毕生研治《红楼梦》的信念。自此以后,他便全力以赴地投入到《红楼梦新证》的写作中去。

功夫不负有心人,1953年9月,《红楼梦新证》由棠棣出版社出版,从而奠定了周汝昌在现代红学史上的地位。

令人叹息的是,一年后,他却为此付出了遭受批判的代价。

《红楼梦新证》是周汝昌的第一部也是影响最大的一部红学专著。这部"关于小说《红楼梦》和它的作者曹雪芹的材料考证书",以其开创意义和资料的丰富详备,在红学界产生了广泛持久的影响。

一般认为,胡适是"新红学"的创始人和奠基者,在俞平伯和顾颉刚的帮助下,他只是完成了"新红学"开山立派的初期工作。周汝昌则是"新红学"的集大成者,《红楼梦新证》几乎涉及了有关《红楼梦》的所有问题,堪称该书出版以前《红楼梦》研究的一个总结。②

胡适一生中的最大特点是"但开风气不为师",他将《红楼梦》的研究引入正确的轨道后,便转向了其他研究领域。周汝昌却在胡适划定的这片土地上辛勤地耕耘着,结果在获得了令人瞩目的大好收成的同时,也随之陷入了"自传说"的泥潭。周汝昌在《红楼梦新证》一书中强调说:"现在这一部考证,唯一的目的即在以科学的方法运用历史材料证明写实自传说之不误。"正因如此,他在这条路上走得比俞平伯更加坚定,真正堪称胡适最忠实的"追随者"。

建国后不久,虽然周汝昌在《红楼梦新证》中也骂胡适为"妄人"、"风头主义者"③,但该书最本质的东西却仍然是"十足的胡适的实验主义思想"。

1954年秋,大批判的熊熊烈焰烧到了俞平伯身上,按顺序,下个被烧及的极可能就是周汝昌。当时,年仅三十四岁的周汝昌刚从外地调到北京,办公室的位子还没坐热,遇到这样的情况,自然感到了莫大的恐慌。④也可能是为了保护自己,他采取了以攻为守的措施,撰写了批判胡适、俞平伯的文章。

周汝昌的反应是非常神速的。10月30日,他的《我对俞平伯研究红楼梦的错误观点的看法》一文,便在《人民日报》上发表了出来。如果抛开有关各种会议的报道不算,就正式文章而言,该文应是大批判运动开始后公开发表的第四篇批判文章。⑤

周汝昌发表这篇文章,其目的并不是为了批判俞平伯或者胡适,而是他

315

在惶恐的境地中贸然采取的一种自我保护措施。所以,文章甫一开篇,他便首先拉出备受共产党推崇的鲁迅来做自己的"挡箭牌"。他说:"差不多从红楼梦一出世,马上就有所谓'红学'出现。鲁迅先生在《中国小说史略》里指出:'袁枚《随园诗话》的"作者自叙"一说,其出现最先,而确定反最后……'到后来有些人更以为是暗写'排满思明'的民族意识,不管其索隐方法如何不当,但其为一个主要思想的发展,固甚显然。这一情形是值得注意的。"

周汝昌之所以语重心长地提醒别人注意"这一情形",是因为他在《红楼梦新证》中既力主"曹雪芹家事说",又认为《红楼梦》与清代政治有关。但他的着重点,则在于强调这些观点是来自鲁迅的。

接下来,周汝昌笔锋一转说:"及至'红学'落到胡适和俞平伯手里,面目精神于是一变。主要变在哪里呢?胡适自己说,他作小说考证,是教给'少年朋友们'学一点'防身的本领',不要'被马克思列宁斯大林牵着鼻子走'(胡适文存自序)。而俞平伯竭力抽掉其中任何社会政治意义,使红楼梦只变为一个'情场的好把戏',也是十分明显的。"

显然,只批判别人,不把自己的问题交代一下,那是肯定"过不了关"的。于是,聪明的周汝昌又做起了委婉的自我批评:"一个青年知识分子,如果在解放前不懂得马克思主义而又接触红楼梦这一题目,在考证方法上就会成为胡、俞二人的俘虏,笔者个人就是一个例子。我在《红楼梦新证》一书中,处处以小说中的人物与曹家世系比附,说小说中日期与作者生活实际相合,说小说是'精剪细裁的生活实录',就是最突出的明证。"

大前提立在"解放前",所以"不懂得马克思主义"也就不算是大错。在这个前提下再成为"胡、俞二人的俘虏",自然也就不值得深究了。

为了给自己开脱,他再次将鲁迅拉了出来:"这固然因为我在从前写书时,主要还是想强调证明鲁迅先生的'写实''自述'说,藉以摧破当时潜在势力还相当强的索隐说法;可是由于对现实主义的认识有错误,受胡、俞二人的方法影响很深,结果实际上还是导引读者加深对红楼梦的错误认识。不过,把红楼梦的研究由与社会政治结合引向与社会政治分家的道路,却不是我的目标；恰恰相反，我正是想在自己的学识理论的有限水平上，努力找寻红楼梦的社会政治意义，把红楼梦与社会政治更密切地结合起来看问题。我坚决反对把这伟大的古典现实主义小说红楼梦当作某些人麻醉青年的工具和某些人'闹着玩'的无聊对象。"

"写实""自叙"的说法是胡适的发明，周汝昌却安到了鲁迅的头上。这种故意张冠李戴的做法，用意十分明显。而在这短短的一段话中，他频频使用"可是"、"不过"等转折词语，让人不知道他在说些什么。不过他虽然没有点名批评谁，但知情者一看便知：把《红楼梦》当作"麻醉青年的工具"的"某些人"是指胡适；把《红楼梦》当成"'闹着玩'的无聊对象"的"某些人"则是指俞平伯。

在文章中引用马克思列宁主义的文艺理论，是当时的"新风尚"。尤其是在这类批判文章中，更是必不可少的。因此，周汝昌也从苏联《哲学问题》杂志1952年第6期上登载的一篇题为《论艺术在社会生活中的地位和作用》中引用了一段话，然后便大谈起"红楼梦的社会政治背景"来。在谈完他自制的"马克思主义红学"以后，接着笔锋再转，又对准胡适、俞平伯继续开炮："可是，胡适之、俞平伯一派的'红学'家，却竭力企图把红楼梦化为一个小把戏，引导读者向琐碎趣味中去，模糊这一伟大古典现实主义名著的深刻意义。研究红楼梦足足三十年的俞平伯，对红楼梦的总的认识是什么呢？我以为是三个字的回答：'不可知。'""俞平伯对红楼梦的认识原来就是这样一个玄妙的十足唯心的'不可知论'。他并且把这一心得向对他寄予重大期望的青年读者大肆宣传。"

接下来，周汝昌开始了自我辩论："俞平伯看红楼梦，他的标尺是超阶级的什么'文情'"。刚刚说完这一句话，却又自己反驳说："才说他的'文情'标尺是'超'阶级的，恐怕还不大对头，因为假如俞平伯不是站在封建'主子'一边，如何欣赏赞叹这些知'恩'知'义'的奴才的'犹知慰主'呢？俞平伯的阶级立场在这里不是很清楚吗？"

这一番自我辩论旨在说明，俞平伯"是站在封建'主子'的"阶级立场"上的。

可能因为周如昌在《红楼梦》研究方面跟胡适的路子基本一致,所以他对俞平伯的批判反而重于胡适。他说:"在俞平伯眼里,红楼梦和后来资产阶级作家写'情场'上'三角''五角'的那些'恋爱'小说的'文情'是并无本质区别的"。"我觉得俞平伯这种观点和他自己提出的'进一步用马克思列宁主义的文艺理论来分析它'的口号毫无共通之点,因此,我们说俞平伯的文学见解完全从唯心论思想出发,是有理由的。"

引人注目的是,周汝昌在文章中提出并探讨了这样一个问题:"为什么俞平伯说已经懂得要用马克思列宁主义文艺理论来对待红楼梦的时候,反而极力高唱起红楼梦的'不可知论'来了呢?"周汝昌的答案是:"我以为,这可能反映了俞平伯的唯心论思想和新事物和马克思列宁主义正面接触的一个具体矛盾。俞平伯虽然一方面因为大家都学习马克思列宁主义,不能不接触马克思列宁主义文艺理论,可是另一方面马克思列宁主义文艺理论与他的唯心论见解处处不对头,因此,他就宣扬起'不可知论'来了。"

文章的最后,周汝昌以口号式的话语,为自己继续研究《红楼梦》留下了后路:"我们应该肃清资产阶级的错误思想,脚踏实地地循着正确的途径继续探讨和红楼梦有关的许多问题,并为古典文学遗产的研究工作开辟更广更远更辉煌的道路。"

然而,无论周汝昌如何表现,他都注定躲不过这场"劫难"。他虽然在看到火光嗅到烟味时就立即采取了果断的自我保护措施,批判的烈焰最终还是延烧到了他的身上。

1954年10月31日,亦即周汝昌批判文章发表的第二天,《光明日报》就刊登了陆侃如的《严厉地肃清胡适反动思想在新中国学术界里残存的毒害——读钟洛同志的〈应该重视对红楼梦研究中的错误观点的批判〉的一些感想》一文,在批判胡适、为俞平伯说好话之余,也捎带着刺了周汝昌一枪:"去年出版的《红楼梦新证》,里边莫名其妙地抄了许多诗文碑传谱志,全书长达三十多万字,而没有解决一个主要问题,实在也是中了胡适派所谓'新红学'的毒。"

陆侃如的这篇文章,只比周汝昌的文章晚发表一天时间,由此可以肯

周汝昌（右）、冯其庸（中）与日本红学家松枝茂夫

定,他在写这篇文章时,还没有看到周汝昌的文章。这也从另一个角度证明,周汝昌的预感是对的,这次他是注定"在劫难逃"了。

但周汝昌也许没有想到,恰恰是他这篇替自己开脱的文章,反而招致了更为猛烈的批判。原来只有一块靶子,现在却又给人家竖起了第二块靶子,岂不正是造"的"引"矢"？从这个意义上来说,周汝昌是有点"引火烧身"。

"群众的眼睛是雪亮的。"这是历次群众性的批判运动中最常用的名言之一。周汝昌发表这篇文章的动机,自然瞒不过众人。这些人中,就有俞平伯的朋友,而首先站出来批判周汝昌的,正是俞平伯的朋友们。他们对周汝昌的批判,从某种意义上来说,也带有替俞平伯打抱不平的性质。

首先对周汝昌的文章做出反应的,是俞平伯的老朋友魏建功。⑥1954年11月26日,《光明日报》刊登了魏建功的《批判〈红楼梦〉研究中的唯心论观点的意义》一文。虽然这篇文章的主要篇幅还是在批判胡适和俞平伯,但却有意地点出"在他们影响之下又产生了周汝昌的《红楼梦新证》",并将周汝昌及其应该受到批判的最本质的东西点了出来:"周汝昌的《新证》简直是烦琐考据变本加厉的典型,也就是这种思想方法毒害最可怕的表征!周汝昌在人民日报上发表的《我对俞平伯研究红楼梦的错误观点的看法》算得是一种控诉,虽然我认为周汝昌诉说自己中的毒害还不够深刻。"

可能由于他和俞平伯的特殊关系,也可能是对"上面"的指示精神不太摸底,所以魏建功只是说了这么一段话。但寥寥数语,却已将问题全部挑明,不能不说魏建功在这里没有别的用意。

继魏建功之后,俞平伯的另一个好朋友宋云彬也站了出来。1954年11月30日,《解放日报》发表了宋云彬的《展开思想斗争 提倡老实作风》一文。宋云彬在文章中直言不讳地承认自己是俞平伯的朋友。他说:"我是俞平伯的朋友。一九四九年三月间,我到北京,认识了平伯,因为我们都爱好昆曲,就成了朋友。"(另外,在有关俞平伯的史料中,也有关于他们互相交往的记载。⑦)宋云彬的文章先对俞平伯批判一番,接着点名批评了王佩璋和文怀沙,最后重点批判起周汝昌来:"像周汝昌先生。他写的《红楼梦新证》,只在《引论》里稍为说几句'乾隆朝乃是几千年封建社会宗法家庭的崩溃的一大转捩点,极盛之中孕育了衰危'等等的空话,实际还是像陆侃如先生所指出的:'里边莫名其妙地抄了许多诗文碑传谱志,全书长达三十多万字,而没有解决一个主要问题,实在也是中了胡适派所谓'新红学'的毒。'他怕人家批评俞平伯牵连到他的《红楼梦新证》,先发制人,写文章批评了俞平伯。"

宋云彬比魏建功的言辞尖锐了许多。更为难能可贵的是,他居然敏锐地看透了周汝昌发表《我对俞平伯研究红楼梦的错误观点的看法》一文的动机是,"他怕人家批评俞平伯牵连到他的《红楼梦新证》",所以"先发制人"。

宋云彬认为:"参加这个讨论当然是好的,然而像周汝昌那样,似乎应该先批评自己,至少对自己的批评应该老实一点。可是他对自己批评得很不够,责人重而责己轻,还说他自己是'努力找寻《红楼梦》的社会政治意义,把

《红楼梦》与社会政治更密切地结合起来看问题'的……这已经够不老实的了。"而周汝昌"还有极不老实的地方",这就是:"他企图把责任推给鲁迅先生。他说他在写《红楼梦新证》的时候,因为'主要还是想强调证明鲁迅先生的"写实""自叙"说'……这是透顶的不老实。……周汝昌怕人家指责到他,先扛出鲁迅来挡一挡。"

寥寥数语,便将周汝昌拉鲁迅来做"挡箭牌"的心思揭露无遗。

《人民文学》1954年12月号刊登的胡念贻的《评近年来关于红楼梦研究中的错误观点》一文,对俞平伯、周汝昌、吴恩裕三人在"红楼梦研究中的错误观点"进行了全面的批判。该文的第二部分,就是针对周汝昌的。

胡念贻说:"周汝昌先生的《红楼梦新证》,也是受胡适和俞平伯先生影响的一本著作。虽然在他的书里,一再称'妄人胡适',其实只是口头上骂了几句,从这本书里所表现出来的,仍然是十足的胡适的实验主义思想。"

我们不能不佩服胡念贻目光的犀利。周汝昌在《红楼梦新证》中骂胡适,确实是为了过出版关临时加上去的。其实质性的东西,当然还是"胡适的实验主义思想"。

胡念贻指出:《红楼梦新证》"最大的特点是极力去考证《红楼梦》的贾家即曹雪芹自己的家世,《红楼梦》是曹雪芹的自传,竭尽附会穿凿之能事,是胡适所提倡的新索隐派发展的一个高峰。""周汝昌先生所最担心的是别人不相信《红楼梦》是曹雪芹的'写实自传',还必须在这上面努力考证,他在该书第八章第三节《从脂批看红楼梦这种写实性》里写道:'现在这一部考证,唯一的目的即在以科学的方法运用历史材料证明写实自传说之不误。'全书将近四十万字的一部这样大的著作,原来是为着这个'唯一的目的'写成的。""《红楼梦新证》考证《红楼梦》即曹雪芹自传这一点,比起其他'新红学家'所做的来,更琐细、更牵强附会。"

在批评了《新证》以后,胡念贻又集中批判了周汝昌那篇招灾惹祸的自保性文章:"周汝昌先生最近写了一篇《我对俞平伯研究〈红楼梦〉的错误观点的看法》","批判了俞平伯先生的错误观点,但他对于自己的错误观点,还是认识得很不够的。周汝昌先生承认自己是受了胡适和俞平伯的影响,说他自己'在考据方法上成为胡、俞二人的俘虏',并且说他'在《红楼梦新证》一书中,处处以小说中人物与曹雪芹家世系比附,说小说中日期与作者生活实际相合"等等,"是受胡、俞影响的突出的明证"。但"他没有去深刻分析并且批判这些错误,却用鲁迅先生来替自己回护",短短的一段话,居然"来一个'固然因为',又是一个'可是由于',说得这样扑朔迷离,使你不容易看清他的思想。但意思还是明显,意思是说:'你说我错吗?我是根据鲁迅。'这说明周汝昌先生还是不承认'写实''自叙'的错误的,只是大家反对他,只好勉强说是错误罢了。所以遇到这个关头,他还是要引鲁迅先生的话来做挡箭牌。周汝昌先生这种对待鲁迅先生的著作的态度,是不严肃的。"

最后这一段话,确实击中了周汝昌的要害。

1955年1月16日,《光明日报》发表褚斌杰的《评〈红楼梦新证〉》一文,以更为尖刻的言辞,对周汝昌做了"联系胡适、俞平伯"的批判。文章认为,"周汝昌先生的这部一九五三年出版的《红楼梦新证》",与"胡适在一九二一年所写的《红楼梦考证》","是持着完全相同的错误观点的书","所不同的是",《新证》"在材料的征引上更加繁琐;但对红楼梦的内容则做了同样严重的歪曲"。"周汝昌先生为了贯彻'作品的本事考证和作家的传记考证二者合而为一'的主张,竟认为曹雪芹的七代祖考和三代姻亲都与《红楼梦》这部小说'息息相关',于是便绞尽脑汁苦心孤诣地来为他们在小说中寻求印证。因此曹家与贾家之间的等号便画起来了"。"就这样《红楼梦》小说中的人物,靠着周汝昌先生这种穿凿附会,便都在曹家家谱中找到了归宿"。"周汝昌先生在红楼梦研究中的错误观点、方法和胡适、俞平伯先生的一致性,我们并不能简单地看做是一种巧合,他们实际上是一脉相承的,这种自然主义观点乃是资产阶级唯心论在中国古典文学研究领域中的具体表现。他们企图利用自然主义来否认艺术的阶级性,否认艺术可以用创造典型的方法来正确反映社会生活的本质,从而减低艺术的社会作用。"

上述几篇文章,虽然也都批判周汝昌的《红楼梦新证》,但在批判他的《我对俞平伯研究红楼梦的错误观点的看法》一文时,却显得言辞更为激烈,且笔锋所向,也往往都能击中要害。可以设想,周汝昌如果不写这篇企图自我保护的文章,批判他的人们,最起码也少了一个放箭的靶子。

烈火焚身,惶恐中的周汝昌似乎经受不了这样的打击,因病住进了医院。在这紧要关头,"两个小人物""奉命"出面,充当起周汝昌的保护神来。

蓝翎在《龙卷风·四十年间半部书》中曾经详细地谈及此事:"周汝昌的《红楼梦新证》,在运动初期,成了重点冲击的对象,似乎排出了座次,胡适——俞平伯——周汝昌。周汝昌因病住进了医院,大概日子不怎么好过。邓拓找我们说,要写一篇文章,既严肃批评他的错误观点,也体现出热情帮助和保护的态度,指出他与胡适不同,是受了胡适的影响。这是上边的意思。我们按照这个精神,写了《评〈红楼梦新证〉》。周汝昌看到后,大出意料之外,来信表示感激得流泪云云。李希凡还奉命去医院看望他。应该说,这篇文章对周汝昌是起到了保护作用的,此后一些批评他的文章,也是只对研究观点立论,而不往政治立场上拉。……如何保护,是由最有权威的人说了才能产生积极效果的。如果地位稍逊,说了不但不会生效,弄不好连自己也会牵进去,这是由无数历史事实充分证明了的。"⑧

所谓"上边的意思",恐怕还是来自"伟大领袖"毛泽东。邓拓最多只是奉命行事。

1955年1月20日,《人民日报》发表了李希凡、蓝翎按照"上级指示精神"撰写的具有引导性质的《评〈红楼梦新证〉》一文。文章甫一开篇,便对此前发表的批评周汝昌的文章提出了批评:"周汝昌先生所著的《红楼梦新证》","在群众中产生了相当大的影响。从红楼梦研究工作的某种意义上来说,它是最近和俞平伯的《红楼梦研究》相并行的一部书。然而有些人在批评到《新证》时,却往往把它和胡适的《红楼梦考证》、俞平伯的《红楼梦研究》同等对待,因而以过于偏激的态度,草率地将《新证》一笔抹煞。"

该文指出,"《新证》是不同于后二者的。在三十九万字的《新证》里,作者在考证工作上确实付出了相当大的劳力,也作出了一些可贵的成绩;不过在观点和方法上,仍然存在着非常严重的错误,甚至发展了某些传统的错误。"这一段话将周汝昌从"胡适派"的阵营中解救了出来。然而,但凡读过胡适的《红楼梦考证》、俞平伯的《红楼梦研究》以及周汝昌的《红楼梦新证》

的人,自会感觉到周汝昌的《红楼梦新证》在本质上更接近胡适的《红楼梦考证》,而俞平伯的《红楼梦研究》却恰恰与胡适的《考证》存在着很大的差异。若用一句话来概括之,那就是,《考证》与《新证》都是"历史的考证",注重作者的家事生平;而《研究》则是"文本的审视",更多地着眼于作品的内容。

然而,"奉命"作文的李希凡和蓝翎,却看不到这些。相反,他们在将胡适、俞平伯与周汝昌作对比时,却说出这样一番话来:"胡适、俞平伯都作过红楼梦的考证工作……但是,他在这方面所考证出的成绩,却是微乎其微"。"俞平伯先生除了引申或说明胡适的结论,并附带一点'趣味'的'考证'外,自己更无任何独创性的考证成绩可言。真正在红楼梦考证工作中,对作者及其家世提供出比较丰富的材料的,在目前来说,《新证》还是主要的一部著作。"

他们特意强调说:"否定胡适的'实验主义'考证方法,绝不等于否定考证工作的必要性,而《新证》的确在这方面作出了一些较好的成绩。因此,对它采取一笔抹煞的态度,是不公正的,也是不正确的。"

当时的李希凡和蓝翎,不知道是否认识到了这一矛盾没有?

对于《红楼梦新证》的"考证成绩",李希凡、蓝翎概括成下述三个方面:"第一,《新证》对红楼梦产生前后的一些具体的政治背景,较之过去的'红学家',提出了很多可珍贵的资料。尽管作者对'政治背景'还存在着片面的错误理解,有些成绩也许是不自觉的作出。但这些考证材料的提出,对于我们理解红楼梦的内容,确实有一定的帮助"。"通过虽然是最浪费笔墨的《史料编年》一章,仍然可以从当时一些历史人物的政治活动中,对于从康熙、雍正到乾隆将近百年的统治阶级内部斗争倾轧情况,有一定程度的了解,从曹家世系的官职中,也可看出满清民族奴役的政治黑暗";"第二,《新证》对曹雪芹的家世事迹的考证,提供了丰富的材料……《新证》能够整理出曹雪芹的家世事迹,尤其是从曹寅到曹雪芹的一段,这对于了解红楼梦所描写的贵族社会和贵族大家庭的生活内容,以及作者的经历对他创作的影响,是有帮助的。对曹家由盛到衰的较详细的考证……仅就材料来看,确已叙述出曹家'百年盛世'的生活景象。这就能帮助说明:像曹雪芹这样一个伟大作家,能创造出反映着整个时代复杂的精神面貌的巨著红楼梦,的确是概括着作者所生活过的环境和其家庭的生活面貌,这并不足为奇";"第三,从上面的一个问题必然引到这样一个结论:正因为红楼梦作者有过这样的生活经历,有过书中人物的思想感情,和同样的遭遇感受,他才能创造出像贾宝玉、林黛玉以及青年一代的悲剧性格,描绘出封建统治者黑暗、虚伪、腐烂的生活真相,和封建社会崩溃前夕的完整的画幅。"

不知道他们当时是否意识到,《红楼梦新证》的这些"成绩",正是在胡适开垦的那"二亩地"里种植出来的。在这里,"对事不对人"的批评原则已经荡然无存。说得直白一点儿,就是对周汝昌应该"肯定",而对胡适、俞平伯就应该否定。上级的"指示精神",当然起着决定性的作用。

当然,如此"强词夺理"地为周汝昌辩护,若不对他提出批评,自然也难以令人心服,更何况邓拓还曾"指示"他们,要"严肃批评他的错误观点"。所以,李希凡与蓝翎在对周汝昌的"成绩"做了肯定后,也提出了具体的批评:"但是,肯定《新证》在考证上所获得的成就,也绝不是意味着肯定其观点和方法的正确。《新证》的观点和方法上的错误,不仅妨碍了作者正确评价红楼梦的现实主义的艺术成就,也大大妨碍了作者应该作出更多的成绩。其原因不单是'由于对现实主义的认识有错误',而是根本不了解现实主义的真正内容。"

说《新证》在"观点和方法上"有"错误",本来是不错的。但是,《新证》的错误并非因为"根本不了解现实主义的真正内容",而是由于拘泥"自传说"的观点和穿凿附会方法的应用。

在对《新证》的批评上,李希凡、蓝翎倒是抓住了实质:"周汝昌先生在《我对俞平伯研究红楼梦的错误观点的看法》一文中","能够初步认识到自己的错误,是非常值得欢迎的。但《新证》的错误,却绝不简单地如作者所说的,只是'在考证方法上''成为胡、俞二人的俘虏'。""《新证》的全部考证工作,是为了达到证实红楼梦是'精剪细裁的生活实录'的'最终目的'……在自然主义'自传说'的观点上,《新证》和胡、俞取得了一致,并且用全部的考证工作发展了这个观点,所不同的只是《新证》删削了'新红学家'们的自相矛盾的说法,突出地强调了'自传'说。"

说"《新证》和胡、俞取得了一致"大致不差,"突出地强调了'自传'说"是事实,但说它"删削了""自相矛盾的说法"却与实际不符。《新证》将《红楼梦》当"家谱"看,并将之与曹雪芹的家世互相比附,结果闹得漏洞百出,自相矛盾,无论如何也难以自圆其说,自相矛盾之处比比皆是,又何尝有过什么"删削"!

不过,李希凡、蓝翎也看到了这一点:"《新证》对于作家和作品的所谓'社会政治背景'的理解是不正确的,至少在某些方面是片面的。""作者对社会政治背景与文学的社会意义的理解是错误的。因此,也就可以理解他究竟为什么进行那样多烦琐的考证。""《人物考》一章的错误,就在于作者较之胡、俞更加强调了曹、贾混合为一的说法。""《籍贯出身》一章也同样远离了和作者有关的家世事迹的考证,竟上溯到曹雪芹的远祖时代,这正是周汝昌先生对社会政治背景的狭隘理解的具体表现。""如果说以上两章最大的通病是烦琐无关的考证,而在《地点问题》一章中,就完全走向了揣测的境地。""《史料编年》是《新证》最庞杂的一章","绝大部分是前人的诗文集、县志、墓志铭等摘录。对政治、经济、文化方面的真正史料,尤其是曹雪芹时代的,却提供的很少。因此,也无法通过这个《史料编年》更好地了解时代对曹雪芹创作的影响。""在《新索隐》一章中,作者又走向了另一个错误的途径。《新索隐》共七十五条,其观点和方法,并没有迈出旧索隐一步。""《雪芹生卒与红楼年表》一章,是作者认为'最有意义的一个收获',实际上却是作者的错误观点发展到了顶峰。"这种把《红楼梦》作者曹雪芹与书中人物贾宝玉相对应的做法,"不能不是极端的穿凿"。"通过以上对《新证》主要内容的简单分析,可以看出,贯串在全书的主要错误,绝不仅是如作者所说在'考证方法'上,成为'胡、俞二人的俘虏',而是在观点上继承并发展了胡、俞的'写实''自传'说。《新证》的全部考证工作,就是在这个观点的指导下进行的,红楼梦是'精剪细裁的生活实录'之说,是作者的考证工作的出发点,也是最后的结论。正因如此,所以才认为人物、故事、情节、时间、地点以至于种种生活小节的描写,都有事实的根据。"

对周汝昌拿鲁迅作"挡箭牌"的做法,李希凡、蓝翎也没有放过:"周汝昌先生认为《新证》'主要还是想强调鲁迅先生的"写实""自叙"说',自己似乎是鲁迅的忠实信徒和追随者。但在这一问题上,鲁迅是不能为作者辩护的。""我们尊敬鲁迅,并不能连他的错误说法也一律奉为'圣经'","鲁迅在《中国小说史略》中认为红楼梦是'写实''自传'的根据,部分的是引述了胡适、俞平伯的说法","鲁迅在一九二〇——一九二三年写《中国小说史略》时的思想仍然是进化论的思想,有些看法还不完全科学,而他从来也没有把它看作完全正确。因此,周汝昌先生把鲁迅前期对红楼梦的看法孤立地截取出来,为自己的见解作辩护是不妥当的。因为鲁迅后来在《且介亭杂文末编》中,就以更科学的理解纠正了自己的看法。"周汝昌"不从他对红楼梦的全部理论中去选择正确的科学的看法,而仅仅抓住某一点加以强调","与其说周汝昌先生是想证实和发挥鲁迅对红楼梦的见解,倒不如说是利用鲁迅的话来给自己的考证作招牌。"

对于《红楼梦》后四十回,周汝昌是深恶痛绝的。所以,肯定高鹗的李希凡和蓝翎,也对周汝昌提出了批评:"正因为周汝昌先生强调红楼梦的'写实性'(这一概念和胡适、俞平伯的'写实'概念并无不同),所以才彻底否定后四十回红楼梦,痛骂高鹗","这种对续作者深恶痛绝的态度,严重地影响了他的考证工作"。"《新证》确实是以完备无遗的考证工作,实践了自己的错误观点,亦即是更加继承并发展了胡适的荒谬论点,实际上并没有跳出胡适的陷阱,这就是《新证》在观点方法上产生严重错误的基本症结"。

最后,李希凡、蓝翎对周汝昌提出了希望:"最近,作者正在改写这本书。我们希望作者能不限于个别细节的修正,而应进一步从基本观点和方法上,进行彻底的改变,这是最根本的问题,也是决定成败的关键。我们也相信,作者如果肯于和大家一道认真地学习马克思列宁主义,用真理来武装自己,纠正自己以往的错误观点,在正确的观点方法的指导下,重新开始科学的考证工作,一定能将《红楼梦新证》改写成一本真正对读者和古典文学研究者了解曹雪芹和红楼梦有更多益处的书。这是很多读者共同的期望。周汝昌先生应在自己的学术实践中,不辜负大家的这种热诚的期望。"

究竟周汝昌是否"辜负"了这一"热诚的期望",读一读1976年人民文学出版社再版的《红楼梦新证》,就可明白。

尽管有了李凡希、蓝翎的文章为周汝昌救火,但批判的势头一时还难遏制。1955年1月29日,《文汇报》刊载了王知伊的《评〈红楼梦新证〉及其它》一文,对周汝昌的抨击更为激烈。他认为,"胡适所希望的'科学方法的红楼梦研究',就是他自己在旧中国极力贩卖的实验主义的烦琐考证。他的这个希望,我们在俞平伯先生的《红楼梦》研究工作中看到了,但是就周汝昌'科学考证'的《红楼梦新证》看来,却是烦琐考据变本加厉的典型"。"周汝昌先生同俞平伯先生一样,他是坚决相信《红楼梦》是曹雪芹的自传小说的。'曹雪芹小说之为写实自传,却已是举世公认的事实了,丝毫再没有疑辩的余地'"。"从这一个观点出发,他于是拚命搜罗有关曹氏的材料,拿来和《红楼梦》中的故事人物拼凑"。"这些考证,对作者来说,正是兴会淋漓,自得其乐。可是对读者来说,当他们化了不少时间精力,读了这些之后有何收获,那就很难说了!""《红楼梦新证》一书里占篇幅最多的是第六章《史料编年》……罗列的史料很多,但对读者说来,毫无用处,因为读者并不能从这些史料中去认识《红楼梦》与它的作者曹雪芹,接着这一章的是《新索隐》","考证的烦琐,和俞平伯一模一样"。"在对待《红楼梦》续四十回的作者问题上,周汝昌又同俞平伯先生一样,都是否定高鹗的劳绩的"。"周汝昌先生的《红楼梦新证》,正是'中了胡适派的新红学的毒'后写出来的一本典型的书,是一本空话连篇、很少用处的书。"

对于周汝昌的《我对俞平伯研究〈红楼梦〉的错误观点的看法》一文,王知伊也毫不留情地进行了批判。他认为,在这篇文章中,"周汝昌在展开对俞平伯《红楼梦》研究的错误观点、方法进行批判时,拉扯着鲁迅先生来作挡箭牌",且"对待鲁迅先生,从《红楼梦新证》一书中看来,他的态度早已是不够尊敬的"。相比而言,王知伊"觉得周汝昌在对待胡适的态度上,就《红楼梦新证》一书中看来,是暧昧不明的。周汝昌在书中有好多地方提到胡适,说什么'妄人胡适'啦、'风头主义者胡适'啦等等,好像他确是和胡适毫无纠葛的,对胡适是深恶痛绝的,实际却又不然,譬如在考证曹雪芹的卒年问题上,便露出马脚来了",他"以'胡适'其人的资格来吓唬读者抬高自己的身份","不正是'胡适'其人的一种偶像崇拜的自然流露吗?"周汝昌说自己成了"胡、俞二人的俘虏",这是"不错"的,"问题是既然认为自己是被俘虏中的一个,而且是曾经受了胡适派的毒害而转又把这些毒害传播给人家的人,难道仅仅只是把罪过卸在俞平伯的身上而自己就可转觉满身轻松了吗?"这一番话,证明王知伊也看破了周汝昌发表那篇文章的主要动机。

《文艺月报》1955年2月号上,发表了俞平伯的另一位老熟人唐弢的《什么叫做'旧红学'和'新红学'》一文,又连带着将周汝昌火烧了一番:"周汝昌某些论点上比胡、俞诸人已经跨前了,他的考证工作对《红楼梦》的研究材料也作了许多重要的补充,但从《红楼梦新证》的全部论证看来,并没有突破'新红学'派的观点和方法,主观主义唯心论还是他的主要'武器',这在《人物考》《地点问题》《新索隐》和《脂砚斋》四章里,是表现得十分突出的。"

《长江文艺》1955年4月号上,发表了施子愉的《评〈红楼梦〉新证》一文,也对周汝昌提出了强烈批评。他认为,"周汝昌在他的书"里,"虽然也引用马克思列宁主义的文艺理论,提到了认识《红楼梦》的社会意义的重要性",但"他对于《红楼梦》的根本看法,首先就是非马克思列宁主义的,因而贬低了《红楼梦》的思想内容,忽视了《红楼梦》的社会意义。他虽然在书中表面否定胡适、讥刺俞平伯,但是他的观点和方法,基本上是与胡适和俞平伯一致的。就对于'无聊当有趣'的无关宏旨的小题目作支离破碎的考证来说,他甚至比俞平伯有过之无不及"。对于周汝昌在书中"否定胡适,讥刺俞平伯",施子愉认为,这"不过是藉着在对《红楼梦》的个别问题上他与胡适或俞平伯的意见不同,来争'红学'的宝座罢了"。言辞如此尖刻,直将学术论辩看成钩心斗角、争名夺利,倒也是别出心裁的批判方式。

不过,为周汝昌打抱不平的文章还是有的。1955年3月2日,《解放日报》刊载的署名"晓立"的《〈红楼梦新证〉的功过》一文,便是这方面的代表作。这篇与王知伊商榷的文章,明显是受了李希凡、蓝翎文章的影响。基本观点大致与李希凡、蓝翎相同,证明"两个小人物""奉命"撰写的文章,已然发挥了它应有的作用。

周汝昌迫于外界及心理压力不得不撰文痛批胡适,大洋彼岸的胡适此时也在关注着周汝昌。他在1954年12月17日给沈怡的信中说:"这个消息使我重读你寄来的文件,才感觉特别的兴趣,才使我更明白这'清算俞平伯事件'的意义。我要特别感谢你剪寄这些文件的厚意。此中的'周汝昌'一篇,特别使我注意。"⑨

胡适此处所说"此中的'周汝昌'一篇",即指1954年10月30日《人民日报》刊登的周汝昌《我对俞平伯研究红楼梦的错误观点的看法》一文。胡适特意向沈怡推荐了周汝昌的《红楼梦新证》一书。他说:"周汝昌是我'红学'方面的一个最后起、最有成就的徒弟。他的《红楼梦新证》已三版,香港可买到,你若没见此书,我盼望你寻一部来看看,这是一部很值得看的书。"

其实,自从周汝昌于1947年12月5日在天津《民国日报》发表《红楼梦作者曹雪芹生卒年之新推定——〈懋斋诗钞〉中之曹雪芹》一文后,胡适就一直很赏识他。当胡适读到周汝昌的文章后,很快便在《民国日报·图书》副刊第71期上发表了《与周汝昌书》,并对周汝昌的文章给予了很高的评价:"得读大作《曹雪芹生卒年》,我很高兴。《懋斋诗钞》的发见,是先生的大贡献。先生推定《东皋集》的编年次序,我很赞同。《红楼梦》的史料,添了六首诗,最可庆幸。先生推测雪芹大概死在癸未除夕,我很同意。"⑩当时,早已成为中国思想文化界首屈一指的"大人物"胡适,能对周汝昌这个初出茅庐的"小人物"如此垂爱,自不可等闲视之。

周汝昌的《红楼梦新证》问世后,胡适更是大加推崇。虽然对这本书也有批评,但总的倾向却是予以肯定。1954年3月7日,胡适在给程靖宇的信中说:"谢谢你寄给我的《红楼梦新证》。我昨晚匆匆读完了,觉得此书很好。"1960年,大陆的"胡适思想批判运动"早已过去,胡适在该年11月19日写给高阳的信中还说:"汝昌的书,有许多可批评的地方,但他的功力真可佩服。可以算是我的一个好'徒弟'。"⑪话虽不多,但往往切中肯綮。

1954年12月17日,胡适在给沈怡写信时,已读到了周汝昌的那篇批判文章,但仍然由衷地肯定并向沈怡推荐《红楼梦新证》是"很值得看的书",并

330

夸奖周汝昌"最有成就"。其实事求是之精神,于此可见一斑。

尤可注意者,是胡适在括弧内的一段话:"周君此书有几处骂胡适,所以他可以幸免。俞平伯的书,把'胡适之先生'字样都删去了,有时改称'某君'。他不忍骂我,所以他该受清算了!其实我的朋友们骂我,我从不介意。"

在这里,胡适对引发批判俞平伯的原因做了一个错误的判断。通过本书前面有关章节的论述,即可反证这一点。俞平伯之所以受到批判,如抛开偶然性的因素而从大处着眼,确实是与胡适有关。但那是因为"胡适思想"对俞平伯产生了很大影响,是受"胡适思想"影响的俞平伯的论调已与新的时代格格不入,但却不是基因于"骂"不"骂胡适"的问题。其实,在当时的情势下,即使俞平伯在书中大骂胡适,他的基本观点如果不变,也照样会受到时代大潮的冲击。后来的历史发展证明了这一点,曾经"骂过胡适"的周汝昌,最终也受到了别人的批判。究其原因,还是因为在他"书里所表现出来的,仍然是十足的胡适的实验主义思想"。

## 二 顾颉刚"在劫难逃"

这场运动的主要批判对象既然是胡适和俞平伯,那么作为"新红学派"三大创始人之一的顾颉刚,自然也就在劫难逃了。

顾颉刚,名诵坤,字铭坚,号颉刚。1893年出生于苏州。著名历史学家,"古史辨学派"的创始人。顾颉刚虽然没有发表过《红楼梦》研究的专门论著,但他对"新红学"的巨大贡献,却是学术界所公认的。可以毫不夸张地说,胡适《红楼梦考证》的成功后面,就有顾颉刚洒下的辛勤的汗水;俞平伯《红楼梦辨》的出版,也有顾颉刚的一份功劳。要谈论这个问题,我们还需将历史的时针倒转,暂时回到令人神往的1917年。

1917年,是中国历史上最值得怀念的年份之一。这一年,有许许多多值得纪念的特殊日子:

1月4日,蔡元培就任北大校长。"兼蓄并包"的办学方针既定,北大的振兴,中国文化的复兴,已然提上了议事日程。

1月15日,陈独秀被聘为北大文科学长,《新青年》编辑部也由上海迁到了北京。中国的历史,即将掀开新的篇章。

9月10日,留美归来的胡适,被聘为北大的文科教授,轰轰烈烈的新文化运动,已有了一员冲锋陷阵的大将。

三位思想文化巨人,于同一年先后来到北京,相聚于北大,其意义之深远,岂止为历史平添了一段佳话!

1917年,还有更值得历史怀念的日子:

1月1日,胡适的《文学改良刍议》在《新青年》第2卷第5期上发表,吹响了中国新文化运动的第一声号角。

2月1日,《新青年》第2卷第6期上,刊载了陈独秀的《文学革命论》,新文化运动的熊熊烈焰烧得更旺。

历史将永远记住这些值得纪念的日子。正因为有了这些值得怀念的日子,所以这一年也就特别值得怀念。但在这历史上最为令人留恋的一年中,还有一些事情,似乎也值得红学研究者们特别注意:

这一年的9月底,俞平伯与顾颉刚相识并成为朋友。⑫ "新红学"的三大创始人在1917年的秋天相识并结交,也应该在红学史上注上重重的一笔。几年后,他们也将吹响"红学革命"的号角。

如果说1954年的批判运动是由一系列偶然性因素促发的,那么,1921年"新红学"的诞生却是历史发展的一种必然。

1920年夏,胡适为刚刚毕业于北京大学的顾颉刚谋得北大图书馆编目员一职。由于工作上的便利,此后胡适便经常写信给顾颉刚,托他代为查找资料,并对自己的文稿修改补充。⑬

1921年3月27日,胡适利用"北京国立学校索薪罢课"的闲暇,完成了《红楼梦考证》的初稿。为了寻找更多的补充材料,胡适又将该稿送给顾颉刚,请他提出修改意见,并代为自己查找有关史料。当时,"索薪罢课"的风潮尚未结束,因而顾颉刚也"有功夫常到京师图书馆里,做考查的事"。⑭自4月初开始,顾颉刚便匆忙地奔走于北京、天津之间,以无私的奉献精神,开始了艰苦的查找资料工作。

此后不久,俞平伯在胡适和顾颉刚的感召下,也经常到顾颉刚那里,探询他为胡适查找材料的情况。从此开始,胡适、顾颉刚、俞平伯三人之间,便不断地通起信来,而对《红楼梦》问题的讨论,也成了他们信件的主要内容。

1921年11月12日,胡适完成了《红楼梦考证》的改定稿。1923年4月,俞平伯在与顾颉刚通信基础上撰写的《红楼梦辨》一书,也由上海亚东图书馆正式出版。至此,开创《红楼梦》研究新局面的"新红学",在胡适、顾颉刚、俞平伯三人的共同努力下,终于完成了它的开创工作。

令人遗憾的是,对"新红学"的创建立下了汗马功劳的顾颉刚,却没有撰写任何有关《红楼梦》的论著。这位文史兼擅的史学大师,独钟情于历史的研究。倘若他能抽出一半的精力来搞《红楼梦》,"红学"领域又会是什么样子?可惜,他在1921年偶然对《红楼梦》投来的一片热情,除了要报答胡适的恩情外,居然只是"要练习一个研究书籍的方法"。⑮

好在顾颉刚与胡适、俞平伯之间讨论《红楼梦》问题的通信,已全部收入《胡适红楼梦研究论述全编》及《俞平伯论红楼梦》两书中。时至今日,我们重读这些通信,不仅能够充分地感受到他们当日搜求时的艰辛和收获后的喜悦,而且还可体悟到他们严谨的治学态度和孜孜以求的科学精神。

严格地说来,"新红学"的大旗,是顾颉刚打出来的。他在《红楼梦辨·序》中说:"我希望大家看着这旧红学的打倒,新红学的成立,从此悟得一个研究学问的方法,知道从前人做学问,所谓方法实不成为方法,所以根基不坚,为之百年而不足者,毁之一旦而有余。现在既有正确的科学方法可以应用了,比了古人真不知便宜了多少;我们正应当善保这一点便宜,赶紧把旧方法丢了,用新方法去驾驭实际的材料,使得嘘气结成的仙山楼阁换做了砖石砌成的奇伟建筑。"

这段掷地有声的文字,与胡适的《红楼梦考证》、俞平伯的《红楼梦辨》互相呼应,从实践与理论上,在宣布"新红学"的诞生的同时,也敲响了"旧红学"的丧钟。

此后数十年间,顾颉刚不再涉足红学领域。他将全部的精力,都投入到中国上古史的研究中去。这对红学界来说,无疑是一个很大的遗憾。但对顾颉刚来说,却未尝不是一种幸运。试想,数十年后的那场批判运动,不仅胡适、俞平伯都卷入了风暴的中心,就连后起的周汝昌、吴恩裕等人都难以幸免。倘若顾颉刚涉足红坛,其遭遇如何也就可想而知了。

但饶使如此,他也没有脱过这场灾难。只不过他没有红学方面的论著,因而对于他的批判也没有那么激烈而已。就算有人将批判的烈火烧到他的头上,也只是在批判胡适、俞平伯时捎带着批一批。从某种角度来说,他只能算是一个"陪绑者"。

聂绀弩的《论钗黛合一论的思想根源》[16]一文,就在痛批胡适的同时,捎带着刺了顾颉刚一笔:"胡适曾以'考证'方法断定屈原这个人是没有的。胡适的追随者则断定'禹是一条虫'……胡适派的'考证'绝大部分甚至可以说完全是捕风捉影。把那些捕风捉影之谈综合起来,就可看出一件极明显的事,胡适派所着眼的,所津津乐道的:一、某些人或思想或作品是外来的;二、历史上的某些大人物,如果不能证明他是外来的,就是根本不曾存在的;三、某些无法说是外来的又不能否认其作者的存在的作品,如《红楼梦》,就抽掉它的现实内容。胡适派的'考证',就是要否定中国历史上有如此众多的伟大和优秀的人物,否定历史上的中国人民的文化业绩,教中国人民相信自己是没有悠久的文化传统的,我们的祖先是没有创造力的,他们留下的文化遗产是没有内容的,这就会削弱中国人民的民族自尊和自信,为帝国主义奴役中国在思想上扫清道路。胡适派的考证是买办资产阶级的考证。"

顾颉刚与胡适的密切关系,是众所周知的。"胡适派"的种种"罪行",自然也有顾颉刚的一份。而聂绀弩笔下的那个"断定'禹是一条虫'"的"胡适的追随者",更是明指顾颉刚。

《云南日报》1954年12月25日发表的欧小牧的《从"孤本秘笈"谈起》一文,是批判运动中比较奇特的一篇文章。该文不是以别人的证据为证据,便是引用名人的名言来论证,如果抛掉这些,便没有了自己的东西。幸亏作者很善于牵强附会,所以说来也头头是道。他在利用黄素秋提供的"材料"批判了俞平伯之后,又引述鲁迅小说《理水》中的故事情节,对顾颉刚及所有的考证者们进行了挖苦:"鲁迅先生在《理水》那篇小说里,就曾给这些聚集在"文化山"上,吃着奇肱国用飞车送来的粮食的'学者'们塑造过群像。其中有个'鸟头'先生,翻遍群书,考证许久,只考证出禹是一条虫,把他化为乌有;还乘机诈骗群众,凡是来看这出奇的考据的,都要需索若干食物。而乡下的'愚人',却从常识出发,以切身经验证实了禹的存在。这正是对这些考证者的最好描绘。"

令人叹息的是,自新中国成立后,曾经与胡适关系密切的顾颉刚、俞平伯等人,此时都陷入了一种极为尴尬的境地。当别人批判胡适的时候,顾颉刚与俞平伯等人,也不得不违心地批。很难想象,当他们以尖刻的言词痛批胡适时,会是怎样的一种心情?

1951年12月22日,顾颉刚在一次胡适批判会上做了《从我自己看胡适》的发言。他说:"我和胡适都生长在累代书香的人家,阶级成份是相同的。我比他只小二岁,所受的时代教育又是相同的。我和他都是从小读旧书,喜欢搞考据,学问兴趣又是相同的。他从外国带了新方法回来,我却没有,所以一时间倾佩得五体投地。"这一番话,无疑是发自肺腑的由衷之言。然而,顾颉刚话锋一转,却又说出下面一段话来:"现在觉悟到应该严格分清敌我,所以我确认胡适是政治上的敌人,也是思想上的敌人。唯有彻底清除他散播的毒素,才尽了我们的职责。"

我们无法考证顾颉刚这一番话的真假,但有一点是可以肯定的:在当时的特定形势下,被新政权定为战犯并逃到美国的胡适,已是"中国人民的死敌",若不跟他在政治上划清界限,数十年来一直与胡适关系密切的顾颉刚,也极有可能被打成"人民的敌人"。

在这次的发言中,顾颉刚还提到了他与胡适之间一点小小的矛盾:"1926年以后,我做什么他就反对什么。我本是跟着他走的,想不到结果他竟变成反对我。"[17]

远在大洋彼岸的胡适,似乎很体谅顾颉刚的苦衷。他一直坚定地认为,大陆的学者,已经完全失去了自由。不仅"没有说话的自由",而且"也没有不说话的自由"。所以,当他看到顾颉刚的发言后,表现出了相当的宽容。

胡适在1952年1月5日的日记中写道:"颉刚谈的是很老实的自白。他指出我批评他的两点(《系辞》的制器尚象说、《老子》出于战国末年说),也是他真心不高兴的两点。"

1954年8月,顾颉刚刚刚从外地调到北京,尚未适应周围的环境,《红楼梦》研究批判运动即已爆发,胡适、俞平伯皆成了运动冲击的重点对象,顾颉刚也再度陷入了惶恐之中。为求自保,他不得不再次出面批判胡适。1954年12月25日,顾颉刚在政协第二届全国委员会第一次全体会议上发言说:"我把经学变化为古史学,给我最有力的启发的是钱玄同先生,同胡适绝不相干,胡适还常常用了封建思想给我们反驳呢!""我痛恨他的反动思想的本质,决心和他分离,所以他做了北大校长,我绝不向他讨个职务。""'五四'以来三十年里胡适以文化界领袖自居,我是在一定程度上替他造成他的虚名和声势的一个人,这就是我对于学术界和全国人民最抱疚的事情"。胡适"贩卖空疏的、反动的实用主义","大吹大擂","卖空买空","拿章炳麟、王国维的著作来比较,他实在差得很远"。[18]

人与人之间的恩恩怨怨,居然与政治风云的变幻息息相关。时过境迁,今非昔比。1917年的风云际会,1921年的立派开山,对于历史来说,均已成为过眼烟云。胡适昔日的朋友、同事、学生们,再也不敢对他流露出些微的怀念之情。相比而言,胡适倒还保留着这份深深的眷恋。1957年7月23日夜半,胡适因看到俞平伯的《红楼梦辨》而不禁大发感慨,写下了"纪念颉刚、平伯两个红楼梦同志"的话。寥寥十余字,寄托了多少感慨与思念!"可他也许无法想象,大洋彼岸的两个学生当时对他却只有批判之举而无怀念之情了。"[19]

## 三　文怀沙"罪有应得"

1997年5月10日,四川红楼梦酒厂在北京饭店召开"梦酒"鉴定会。健谈的文怀沙在发言时慷慨陈词:"一提到'红学',我就来气。就因为我偶然涉足红学,结果害了两个人。"[20]愤激之情,溢于言表。

文怀沙确实应该生气。他不仅曾经"害"过两个人,而且还因一篇跋文招致自己受到了冲击。正是从这种意义上来说,文怀沙是"罪有应得"的。

文怀沙"害"过的两个人:一个是俞平伯,另一个是周汝昌。正是在他的"谋划"下,俞平伯的《红楼梦辨》才得以改头换面地变成《红楼梦研究》再掀"红潮";周汝昌的《红楼梦新证》也得以赶在批判运动之前登台亮相。

不仅如此,文怀沙还是这两部书的责任编辑。幸亏当时他是兼职,没敢使用真名,只在书上署了"王耳"的名字,批判者们不知道"王耳"就是文怀沙,所以也没有人纠缠此事。

然而,文怀沙却为俞平伯的《红楼梦研究》写了一篇《跋》。正是这篇一千三百字的跋文,使文怀沙付出了一定的代价。

很有意思的是,在"两个小人物"那"可贵的第二枪"刚刚打响时,文怀沙的《跋》文是得到他们首肯的。

然而,在袁水拍的《质问〈文艺报〉编者》一文中,文怀沙的跋文却"摇身一变",成了应该受到批判的"反面教材"。袁水拍说:"附在《红楼梦研究》本文后面文怀沙的跋文对这本书倍加赞扬,并捎带一枪,针对'五四'以来革命文艺讥诮了一通。《文艺报》的这篇评介对这也不加理会,却一再地称赞这本书。跋文认为作者已'获得相当良好的成绩',《文艺报》更进一步说成是'很大的功绩'。这不是赞扬歌颂吗?"

1954年11月30日,《解放日报》发表了宋云彬的《展开思想斗争 提倡老实作风》一文,也对文怀沙冷嘲热讽地批判了一通:"我要大声疾呼地喊出'提倡老实作风'的口号。我是有感而发的,我觉得有些同志的作风实在欠老实。"

那么,"欠老实"的人究竟是谁呢?宋云彬说:文怀沙先生"给俞平伯的《红楼梦研究》写的那篇《跋》实在非常恶劣。我看他对于《红楼梦》没有什么研究,跟我差不多,但是他偏要装出很懂得的样子。他竭力赞扬俞平伯,说'他的史癖趋向于《红楼梦》的程度简直不下于乾嘉诸子对于典籍的诠诂'。单单这一句话,就有一个胡适的鬼魂儿呼之欲出。胡适就老是扛起'乾嘉诸子'的招牌来抬高自己,吓唬人家。文怀沙说这句话,表示自己也是一位考据家,一开口就是'乾嘉诸子',用来抬高自己(这是主要的),捧出别人,吓唬青年。这一类知识分子'五四'以来有的是。他们就是一贯地虚夸和骄傲,不肯老老实实,勤勤恳恳,做好自己的工作,改造好自己的思想,只会装模作样,夸夸其谈,把自己'装'成一个'学者'的样子"。

1955年1月6日,《解放日报》刊载的峻明《向谁'抗议'?——评文怀沙为俞著〈红楼梦研究〉做的〈跋〉》一文,是一篇专门批判文怀沙《跋》的文章。文章说:"从开展对《红楼梦》研究中的资产阶级观点批判以来,已有人提到文怀沙给《红楼梦研究》所写的《跋》,乃是一篇极其恶劣的文字。我同意这种看法。"然后再上纲上线,将问题的性质提到一个吓人的高度:"我并且认为:如果资产阶级理论也具有'党性'的话,文怀沙在这不足一千五百字的《跋》中,倒是表现了颇为坚强的资产阶级'党性'的。资产阶级的科学和哲学的'党性',通常是以'客观主义'、'无党性'和'超阶级性'的面目出现,而攻击着工人阶级的党性。文怀沙先生的《跋》,实质上正是这样。他的《跋》写于一九五〇年十二月,而且是解放了一年之后的北京,他在极意赞叹了俞平伯三十年前所写的《红楼梦辨》之余,称之为'这并不会是偶然的事',并且说,'至少,我们可以体味到这正是平伯先生对当时的新旧学究们所提出的一项抗议。'他在这里所指的新旧学究,值得我们来'考据'一下,藉以弄清俞平伯先生究竟对谁提出了抗议。"

峻明可能是受了袁水拍文章的影响,所以一定要证明文怀沙所讽刺的"新学究"就是"五四以来的革命文艺"。他说:"《红楼梦辨》的时代,俞平伯先生以至胡适用了不少的精力驳倒了'旧红学'。'旧学究'所指的对象是很清楚的;但'新学究'所指的是谁呢?那只有在俞先生那时的著作里,以及他和顾颉刚、胡适的通信里,特别在《胡适文存》一至三集里,可以找到一些线索。在许多例证中可以成为主要例证的,是胡适在他的《我的歧路》末一段中所说:'孔丘朱熹的奴隶减少了,却添上了一班马克思克洛泡特金的奴隶;陈腐的古典主义打倒了,却换上了种种浅薄的新典主义。'这似乎就是'新旧学究们'的注释。我这样拉胡适的话来揣度俞平伯以至文怀沙先生的意见,料想还不致于歪曲了他们,一则因为那仅是三十年前的事,再则,我还有其他更多的例证在。……但是,文怀沙先生决不是什么'世外桃源'的人,决不会'乃不知有汉,无论魏、晋。'他终于还是对当前的情况(一九五〇年)有所感而发的。"

说文怀沙"不是什么'世外桃源'的人",这并不错。问题是,联系到当前的情况,还特意在括弧内注明"一九五〇年",问题就相当严重了。

1955年1月17日的《人民日报》上,发表了李希凡、蓝翎的《"新红学派"的功过在哪里?》一文。其中点到文怀沙的《跋》,态度已转了一百八十度的弯儿:"在这里,我们不能不对文怀沙在《红楼梦研究》《跋》中的庸俗的互相标榜的话头提出'微词'。在俞平伯全部关于红楼梦的著作中,我们不但没有看到他对于'中国文学的历史遗产'所抱的'严肃的态度',以及他的'史癖趋向于红楼梦的程度简直不下于乾嘉诸子对于典籍的诠诂'的态度,而是实实在在不折不扣的主观的杜撰和附会,文怀沙也许为此会说我们也是'过事偏激'者,但我们却想进一步了解他所称赞的俞先生的'这一层用意',揭发他主观唯心论的考证方法。"

在《红楼梦》研究批判运动中,文怀沙相比而言,算是幸运的,他没有像俞平伯、冯雪峰等人那样大会批斗小会检讨,写了份检讨书就算是"过了关"。不过,此事还是给文怀沙留下了"后遗症"。"文革"时文怀沙被逮捕,这笔旧账也成了他的一大"罪状"。㉑

## 四　吴恩裕的惶恐

1954年10月24日的会议上,还有一个引人注目的人物,这就是当时刚刚开始从事红学研究的吴恩裕。他之所以引人注目,是因为他在发言中,居然拐弯抹角地为"考据"和"色空"说做辩护。

吴恩裕,辽宁沈阳人,满族,1909年生。1933年毕业于北京大学哲学系,1936年赴英国伦敦大学、伦敦政治经济学院从事研究工作,获政治学博士学位。1939年回国后,曾先后任重庆国立中央大学、北平师范大学、清华大学、北京大学、北京政法学院等高校教授。

吴恩裕(前排左)、林默涵(前排右)

作为政治学、法学专家的吴恩裕,本来可以顺应时代潮流从事马克思主义思想史的研究,不料他却"不识时务",居然对《红楼梦》的研究发生了浓厚的兴趣。只可惜他的运气不佳,就在他所选择的新事业刚刚起步之时,却突然遇上了一场政治风暴。

吴恩裕虽然在年轻时就曾从事过《红楼梦》的评注,但其红学事业的真正开端,却是始于1954年秋,《红楼梦》研究批判运动爆发前夕。当时,他刚刚发现了永忠吊曹雪芹的三首诗,并利用这些珍贵资料,在短期内连续发表了《永忠吊曹雪芹的三首诗》[22]、《曹雪芹的〈红楼梦〉与政治》[23]、《曹雪芹生平二三事》[24]等文章,在学术界引起了很大的反响。

受到鼓舞的吴恩裕,正准备以饱满的热情沿着红学研究的道路前进时,却遇上了骤然袭来的狂风暴雨,自然陷入了惶恐不安的境地。不过,这却浇不灭他那似火的热情,他仍要义无反顾地从事红学研究。因此,在10月24日的会议上,他就忍不住要为自己正着迷上瘾的"考据"做辩护了。

吴恩裕的发言很机智,但也吞吞吐吐,闪烁其词。他首先强调说:"我不懂文学,我首先声明完全同意李、蓝两同志文章的基本内容;也同意钟洛同志所说:这是在文学中反对资产阶级立场、观点、方法的可贵的第一枪。"

一个搞政治史的人,说自己"不懂文学",虽是事实,但他的目的在于"首先声明""同意"什么。这样做,主要还是为了替自己寻找一个立足之地,然后就为考证做起了辩护:"诸位的文章都说到了考证。我的肤浅的看法是:考证是对历史事实的一种'调查研究'、一种去伪存真的工作。史事不重视,无法调研,只有藉助考证。考证在古典文学研究中有多大用处,因系外行我说不出来,但它似乎必在其中有一定的用处。"

所谓"调查研究"、"去伪存真"云云,既是中国传统朴学的精髓,也是实验主义哲学的重要环节。善于化腐朽为神奇的毛泽东,在其著作中屡屡使用这类词语。吴恩裕在此说出这些话来,看似对毛泽东语录的"活学活用",实际上却是道出了考据工作最本质的东西。"史事不重视,无法调研,只有藉助考证",乃是考证工作的基本常识,但在这样的场合说出来,却具有振聋发聩的作用。

在将该说的话说出来以后,吴恩裕又不得不做一做官面文章,于是,他振振有词地将胡适批判了一通:"可是,我们却反对以实验主义为基础的、胡适的资产阶级的考证。他虽然欺骗地说:'只跟着证据走',但他跟着走的,亦即他所采用的,只是那些不能揭露曹家的政治和阶级本质的证据。因之,他所'认识'的,只是那些什么:曹寅为雪芹之祖、曹家历任织造等表面'事实'而已。用这些,他虽自称打倒了他所谓'附会的红学',但他实质上却是恶毒地把曹雪芹和红楼梦由当时阶级关系及社会经济背景中抽出来了。他不等于'没有做'考证,他'做了'迷惑人、毒害人的考证。"

胡适考证出"曹寅为雪芹之祖、曹家历任织造"等等,都是真实的历史,也是胡适对红学的巨大贡献。吴恩裕说这些只是"表面'事实'",甚至还给事实二字打上引号,不但显得无力,而且也觉无理。至于说胡适"恶毒"、"'做了'迷惑人、毒害人的考证"云云,就更让人觉得吴恩裕在这里是委实有点"蛮不讲理"了。不过,在当时的客观条件下,这种"以阶级斗争为纲"对胡适进行谩骂式的攻击还是必要的。虽然我们不能认为这些话都是吴恩裕的由衷之言,但最起码,它可以起到一定的保护作用。

果然,骂过胡适以后,吴恩裕又开始为考据或者说自己的考据工作进行辩护了:"反之,我们却正是要揭露、认识阶级斗争的史实,所以,由于更广泛、更深入地搜求证据的结果,我们终于认识了:曹家在经济上是官僚地主阶级,在政治上是做特务工作的。明了了这些,才能理解曹家在当时政治上失败、在当时经济上没落的必然性;也才能明白一个自身经历着阶级变化的作家(雪芹)的思想情况的变化和写作时的情绪。像这种考证,我觉得我们还是要的。"

对考证工作上过一层层的保护色后,吴恩裕又提到了"两个小人物"。他信心十足地说:"我相信,如果李、蓝两同志的文章中,对于若干问题能够多依据这种性质的考证,也必会是更有说服力的。"

由于这次会议主要是冲着俞平伯来的,所以吴裕也不得不点点正题:"可是,俞平伯先生的《红楼梦》考证,却是像他自己早就说过的,是'以趣味为中心'的、实质上是和胡适同样的考证。他注意、择取琐碎的问题,拿来考证,也和胡适的考证发生同样的效果。我们坚决反对这种考证。"

寥寥数语,便将自己与"胡适、俞平伯之流"划清了界限。俞平伯固然是"以趣味为中心"的,但身为堂堂政治学博士的吴恩裕,还不正是因为对《红楼梦》产生了浓厚的兴趣,才半路出家改行来搞曹雪芹研究的?考据工作若不"注意、择取琐碎的问题",又如何能将这项工作做好?读一读吴恩裕的文章,岂不是比俞平伯的考据更为"琐碎"?

实际上,吴恩裕批判俞平伯是假,为考据做辩护才是他的真实意图。更难能可贵的是,在这种场合下,吴恩裕居然还敢在"色"与"空"的问题上替俞平伯一辩:"'色'与'空'当然不是《红楼梦》的主导思想,这一点,我同意李、蓝两同志的看法;可是它们却'是'曹雪芹写在《红楼梦》里的思想,因此,我们还要分析它们的社会根源,这就需要一些考证的工作。又如关于李、蓝文章中的重要结论:曹雪芹比较落后的世界观被他的现实主义的创作方法战胜了云云,我不懂文学,但我同意钟敬文先生所提出的,对这个问题可以再考虑一下：到底这个矛盾是不是又源于他的世界观本身就有的矛盾？而他的世界观内部的矛盾，我想，又是他的生活现实中的矛盾的反映？这种追求根源的分析，似乎都不能不以有关曹雪芹的实际情况为根据；但那就也必需要一点考证。因此，我们似乎不能忽视具有新的意义的考证工作。"

在当天的会议上，何其芳当场就对吴恩裕做了批驳。他说："吴恩裕先生刚才的说法，好像说胡适做了第一步工作，我们来做第二步工作就行了，把他的考据，把他的反动的实验主义指导之下的考据全部肯定了，好像那种考据的方法可以和马克思列宁主义并存不悖，或者全部包括在马克思列宁主义里一样，我觉得是不对的。"

吴恩裕虽然大批胡适，但他的意图却被别人看得一清二楚。乍看起来，何其芳的发言似乎有些"无中生有"，甚至是"欲加之罪，何患无辞"，但仔细琢磨，却又觉得不无道理。吴恩裕肯定自己的考据工作，实际上也就是把胡适的"反动的实验主义指导之下的考据全部肯定了"。至于"那种考据的方法"是否"可以和马克思列宁主义并存不悖，或者全部包括在马克思列宁主义里"，则应根据自己的实际情况而言。不过，我们起码可以断定一点，如果不是假的或教条主义的马克思列宁主义，那么"实事求是"的原则应该是二者共通的特点。

吴恩裕的这次发言，引起了中宣部领导人的注意。1954年10月27日，中共中央宣传部副部长陆定一在送给毛泽东的《关于展开〈红楼梦〉研究问题的批判》报告中，在简要汇报10月24日召开的"《红楼梦》研究问题座谈会"的情况时，就说了这样一段话："许多人准备写文章参加讨论，但也有一些古典文学研究者在发言中为俞平伯的考据劳绩辩护，主要是担心自己今后的考证工作会不被重视。"这些"古典文学研究者"，主要就是指的吴恩裕。只不过吴恩裕是为考据或者是自己的考据而辩护，而不是为了俞平伯。"主要是担心自己今后的考证工作不会被重视"，则一语道破了吴恩裕的心思。

此后，吴恩裕沉默了，但他已注定躲不过这次劫难了。《人民文学》1954年12月号，发表了胡念贻的《评近年来关于红楼梦研究中的错误观点》，对俞平伯、周汝昌、吴恩裕的《红楼梦》研究做了全面的批判。胡念贻说:"吴恩裕先生最近以来在报刊上发表的关于《红楼梦》的几篇文章","也都是考据的,这些考据的文章也还是继承了胡适派的烦琐的牵强附会的主观主义传统。"

两个"也"字,便在吴恩裕与胡适、俞平伯之间画上了等号。接着,胡念贻便以事实为根据,开始了对吴恩裕的具体的批判:"他发表在《新观察》一九五四年第十七期的《曹雪芹生平二三事》文中'新妇·孤儿'一条里,考证敦诚《挽曹雪芹》诗里说的新妇是'史湘云'","并且还考证出曹雪芹和史湘云'穷得不能举行结婚仪式',这一大段文章,可以说是尽牵强附会之能事了。他这一段文字,也是沿袭了《红楼梦》是曹雪芹自传的说法,拿曹雪芹来和书中的人物牵合,曹雪芹的新妇是史湘云,这正是新索隐派所乐谈的。就吴恩裕先生的这些理由来说,没有一处是说得通的。"

胡念贻接着说:"吴恩裕先生是企图证明曹雪芹的新妇是史湘云,不惜挖空心思、想入非非地来穿凿附会,这不是胡适所提倡的'大胆的假设,小心的求证'的主观主义考据方法的一个忠实的实行者吗?难道这不是我们所应该反对的吗?"

一连两个反问句,显得理直气壮、底气充沛,这样的句式,在这场批判运动中屡屡可见,显然是受了袁水拍《质问〈文艺报〉编者》一文的影响。只是胡念贻在此却也如俞平伯所说"有一点难得的糊涂":吴恩裕这篇文章是不是"不惜挖空心思、想入非非地来穿凿附会"姑且不论,但这种做法与"胡适所提倡的'大胆的假设,小心的求证'"却是水火不相容的。

胡念贻文章的一个好处,就是处处举出具体实例,"让事实来说话",所以,他又举出"吴恩裕先生在一九五四年九月七日《光明日报》的《文学遗产》上发表了《永忠吊曹雪芹的三首诗》一文",然后批判说:"这篇文章,只是绕了许多弯,考证了永忠和敦诚兄弟的关系,考证了诗的原题上所提到的墨香这个人,考证了永忠的家世和他的生活态度等等,跟曹雪芹和《红楼梦》都不相关。"

吴恩裕的考证确实离曹雪芹和《红楼梦》都远了点,但说"跟曹雪芹和

《红楼梦》都不相关",却也难以令人信服。

胡念贻还批评说:"吴恩裕先生用了很多篇幅考证永忠的祖父胤禵被雍正禁锢的等等事情,好像只有一个祖父被皇帝禁锢过的人才能写出吊曹雪芹的诗来,吴恩裕先生认为这样考一下就说明了《红楼梦》的政治意义,但这是很勉强的。"

对吴恩裕在《新观察》1954年第16期发表的《曹雪芹的〈红楼梦〉与政治》一文,胡念贻指出,其中"也有不少牵强附会的话。如说曹雪芹有民族思想这一点是最显著的。""吴恩裕先生强调他的考据和'政治意义'联系,便到处去找'政治意义'",但"他的所谓政治意义",却"是一种很狭隘的东西","用他自己的话来说,就是'犯"圣讳",讽时政'","它的意义是什么呢?从吴恩裕先生的文章里,我们可以这样了解:它只是对皇帝不满,说一点牢骚话的意思"。"吴恩裕先生的所谓考据和'政治意义'结合,原来是如此,它不过是在'政治'这个漂亮的名词掩盖之下,进行烦琐的主观主义的考据而已"。

胡念贻的文章虽然有点深文周纳,令人费解,但毕竟还是从学术的角度来谈问题的。《人民日报》1954年10月31日发表的黄素秋的《反对对古典文学珍贵资料垄断居奇的恶劣作风》一文,则通过捕风捉影的事情或一些生活琐事,对俞平伯和吴恩裕进行了人身攻击。

在这篇文章中,黄素秋首先淋漓尽致地对俞平伯"对古典文学珍贵资料垄断居奇的恶劣作风"做了批驳后,也将攻击的矛头指向了吴恩裕:"此外,也是一位红楼梦研究者的吴恩裕先生,也有类似的事情。他在一家'旗人'后裔的家里,发现了一些有关红楼梦的资料,他的若干文章","有一部分就是根据这些资料写成的。他在文章里说:这些材料'外间没有流传','它们都各有其重要性、都是考证曹雪芹和《红楼梦》的重要材料'。但是他却不愿意把这些材料公开出来。他曾直接地对《新观察》杂志的编者讲过:这些材料只他一个人有,他不希望给别人看,特别不希望给人民文学出版社编辑部的人员看到。这大概是因为那里也有研究红楼梦的人吧!在他看来,这些材料就好像是他的'专利品',如果别人也掌握了这些材料,那就侵害了他的利益,请看,这是研究学术的应有的态度吗?说它有商人、市侩的气息,大概不是过分的吧!"这样蛮不讲理的谴责,实令人啼笑皆非。吴恩裕后来一直没写文章。他的沉默,给他带来的最直接的好处就是换来了安宁。除上举几篇文章外,后来也再没人批判他了。相对于胡适、俞平伯等人来说,他所受到的批判,只不过是风暴圈外的几滴零星小雨而已。

## 五 王佩璋的人生悲歌

1954年秋,《红楼梦》研究批判运动的大幕甫一拉开,一位年轻的女性便出现在了历史的大舞台上,从而引起了学术界的关注。

实际上,她早就应该出现了,应该出现在"两个小人物"之前。正是她的一篇文章,激发了李希凡、蓝翎向俞平伯挑战的豪情,从而引发了那场举国震惊的批判运动。

王佩璋[25],河北丰润人。1949年9月入北京大学中文系,1953年8月毕业,分配至郑振铎任所长、何其芳任副所长的中国科学院文学研究所[26],担任俞平伯的助手,协助俞平伯从事《红楼梦》的研究工作。[27]

当时俞平伯在研究所的科研项目是《红楼梦》八十回本的校勘与整理,王佩璋作为他的助手,也自然而然地承担了版本和文字校勘等具体工作,一头埋进了"故纸堆里"。[28]这项工作,既为她的《红楼梦》研究打下了坚实的基础,却也耗费了她不少的精力。1958年2月,在人民文学出版社出版的《红楼梦八十回校本》上,王佩璋署了"王惜时"的笔名。之所以如此,据说是因为在批判运动中有些失意,再加校刊此书的前前后后出现过一些不太如意的事,因而她对这段时光的浪费感到惋惜。[29]

王佩璋给俞平伯做助手,应该说非常称职也非常合适,对她的发展也是大有好处的。俞平伯的主要研究方向是《红楼梦》与中国古典诗词,而王佩璋恰恰在这两个方面都很有造诣。认识王佩璋的一些人,基本都承认这一点,王佩璋不仅非常熟悉《红楼梦》,而且古典诗词的造诣也很深。[30]正因为有如此深厚的文学功底,所以自1953年分配到文学研究所以后,王佩璋很快便取得了一定的成绩。[31]

1953年年底,作家出版社出版了由汪静之整理的新版《红楼梦》。这是建国后的第一个排印本。当时正协助俞平伯整理《红楼梦》八十回本的王佩璋,敏锐地从中发现了许多问题。不久,她便写成了《新版〈红楼梦〉校评》一文,对这个新校本提出了批评。

王佩璋在文章中批评说:《新版红楼梦》的错误之一,"首先是《关于本书的作者》。曹雪芹的生卒年与他的旗籍都有错误(曹雪芹卒于乾隆二十七年壬午除夕即一七六三年二月十二日,他应该还是内务府汉军旗),这大概是根据周汝昌君的《红楼梦新证》。既然郑重地把一本书重版,推荐给作者,就应该非常仔细谨慎;象这样采用不成熟的考证,结果会给广大读者不好的影响。"

说曹雪芹的卒年有错误,似乎有点不妥。众所周知,在当时的红学界,关于曹雪芹的卒年共有两种说法:一是"壬午说",一是"癸未说"。王佩璋显然是倾向于"壬午说"的,但即使如此,也不能说"癸未说"是"错误"的,作为一种说法,它起码可以与"壬午说"并存。

下面的文字,则可证明王佩璋在版本研究方面的深厚功底,她说:"新本"虽然自称是根据"程乙本",但实际上却是1927年"亚东图书馆发行的'亚东本'。'亚东本'虽自称是翻印'程乙本',实则改动很多,与原来真正'程乙本'出入很大……至于标点,新本恐怕也大部都是用亚东的",因而"种种标点不妥的地方我看到有九十一处,其中由于亚东本连累的有七十九处"。而且,"在同亚东本之外,还另有许多改动。看编者的意思,好象是有希望花力不多,从改一两个字而就能使这新本成为定本的企图似的,所以有的地方就把近人研究的结果,采入书中,但没顾到发生了矛盾"。

王佩璋将此文投寄《光明日报》的《文学遗产》编辑部。因此事牵涉到一家大出版社的名誉问题,再加上不知道王佩璋所说是否符合事实,所以《文学遗产》编辑部便采取了很谨慎的处理方式。他们给作家出版社写了一封信,并将王佩璋的文章一并寄去,让他们核实此事。

作家出版社收到《文学遗产》编辑部转来的文章后,首先对这篇文章"加以仔细研究,并重新审查《红楼梦》新版本,证明王佩璋同志的批评是合于事实的",因此,"我们除已经在编辑部内进行检讨外,并已经着手去改正这些错误"。"对于王佩璋同志",出版社不仅表示"无限地感激",而且已经和她"直接取得联系,已当面向她表示感谢,并请她协助"出版社的工作。

3月4日,作家出版社郑重其事地给《文学遗产》编辑部写了一封信,并将王佩璋的文章一并寄回,希望《文学遗产》编辑部"能把此信和王佩璋同志的文章同时发表,让大家知道"出版社的"态度"和"改正初版错误的办法"。㉜

这是王佩璋走上工作岗位后独立发表的第一篇文章,它不仅得到了《文学遗产》编辑部的大力支持,而且还受到了作家出版社的重视和赏识。一个国家级的大出版社,能邀请一个刚刚走出校门半年多的大学毕业生"协助"他们的工作,这对她是怎样的一种荣耀啊!

王佩璋的文章与作家出版社的信于3月15日在《光明日报》同时发表之后,引起了李希凡与蓝翎的注意,也激发了他们研究《红楼梦》的热情。数月后,他们撰写的文章,便在神州大地上引发了一场声势浩大的批判运动。

对于这一历史细节,当时参与运动的批判者或被批判者们并不知晓,这其中包括俞平伯和王佩璋。时至今日,就连最重要的当事人李希凡、蓝翎,也早已淡忘了这个小小的细节。

王佩璋的这篇文章,在当时的学术界究竟引起了多大反响?因无相关史料,不得而知。但在《红楼梦》批判运动爆发以后,它却引起了海外一些人的注意,有人甚至以此为题,大作政治文章。㉝

《新版〈红楼梦〉校评》一文的发表及其所引发的一系列反响,对于王佩璋来说,可谓"初出茅庐第一功"。但她真正引起人们的注意,还是在大批判运动爆发以后。

1954年10月16日,毛泽东给中央政治局及文艺界有关领导人写了《关于〈红楼梦〉研究问题的信》。10月18日,中国作协党组便开会做了传达。在10月24日召开的座谈会上,继俞平伯之后发言的就是王佩璋。在发言中,她没有上纲上线地批评俞平伯,只是实事求是地说明自己到底"代俞先生写了哪些文章"。毕竟是涉世不深的年轻人,在这样的场合,她居然连胡乔木也牵扯了进去:"《人民中国》要俞先生写一篇关于《红楼梦》的文章,俞先生很久才写成了《红楼梦简论》……寄给胡乔木同志看了,提了许多意见,把文章退还给俞先生,要他重写。俞先生就叫我代作一篇。"

连学究味甚浓的俞平伯尚且知道保守秘密,只说:"因对外发表,请朋友看,承他提出新的观点嘱我改写。"而王佩璋却实话实说,将老底和盘托了出来。幸好大陆没人纠缠这些事,因此也没有给王佩璋带来什么不良后果。但海外一些很有政治头脑的学者们,却藉此又大大地做了一番文章。

令人感动的是,王佩璋在简短的发言最后,说了这样一番话:"关于代俞先生作文章这件事,我还应该另外检讨,我这里只说明事实的真象。在这篇文章中,除了上述俞先生改动的部分外,如有文艺思想问题,由我个人负责。"不仅充满了自信,而且大有一人做事一人当之气概。

然而,就在这次会议结束后的第十天,亦即1954年11月3日,王佩璋在《人民日报》发表了《我代俞平伯先生写了哪几篇文章》,语气已与10月24日的发言大不相同。文章甫一开篇,她便开门见山地说:"现在,文艺界展开了对《红楼梦》研究中的错误观点的批判的讨论。这一讨论的目的在于清除残存在古典文学研究工作者思想中的资产阶级立场、观点和研究的方法。这是一个有重大意义的论争。"

短短的几句话,已显示出高屋建瓴的批判者的姿态。

接着,她说:"因为用资产阶级的立场、观点和方法来研究红楼梦而产生的许多毛病,在许多研究红楼梦的古典文学工作者的身上恐怕都是或多或少地存在着的——所以这次争论是有着广泛而重大的意义的,但表现得尤其严重的是俞平伯先生的许多研究红楼梦的作品。"

从"由我个人负责"的被动者,摇身一变而成为明辨是非的批判者,其间已发生了质的变化。

既如此,写文章的目的就已经不再是单纯的"只说明事实的真象",而是"为了这次论争更彻底更好地进行"。以下便是王佩璋要"说明"的"事实的真象":

"在俞先生近时所发表的文章中,其中有四篇是由我执笔的。这四篇是:一、《红楼梦的思想性与艺术性》(东北文学一九五四年二月号);二、《红楼梦简说》(一九五三年十二月十九日大公报);三、《我们怎样读红楼梦》(一九五四年一月二十五日文汇报);四、《红楼梦评介》(人民中国一九五四年第十期)。《红楼梦的思想性与艺术性》一文最长,作在最先;《红楼梦简说》是这篇长文压缩成的,可以包括在它以内;《我们怎样读红楼梦》一文我的意见很少,其结构内容都是俞先生指出的,写成后又经俞先生增删改定的;《红楼梦评介》的底稿就是《红楼梦简说》,又经人民中国编辑部增删修改的。"

所说完全属实,但重点在于说明事情的本质。所以在说明"事实的真象"后,王佩璋又着重谈了《红楼梦的思想性与艺术性》一文:"这几篇文章,尤其是《红楼梦的思想性与艺术性》一文的观点显然与俞先生其他的文章是不同的,这里就着重地说明这一长文写作改动的情形。""这篇文章写作的过程是这样:外文刊物人民中国编辑部请俞先生写一篇向国外读者介绍红楼梦的文章,俞先生写成了《红楼梦简论》,后来因为不合用,并且向俞先生提了建设性的意见,改在新建设三月号发表。俞先生就叫我代写一篇给人民中国。"

也许是有人提醒了她,所以这里不仅不再提胡乔木提出修改意见的事,而且"向俞先生提了建设性的意见"的主体,似乎也变成了《人民中国》杂志社。其中最为引人注目的,还是该文的"观点显然与俞先生其他的文章是不同的"。那么,这种不同到底表现在哪里呢?请看:

"我从前作过一篇关于红楼梦的报告,内容大致是:阐明红楼梦的主题思想为暴露封建主义社会的腐朽和剥削、压迫人民的罪恶,说明宝黛爱情悲剧的原因是封建社会不容自由恋爱,不容反封建思想的存在,而宝钗思想合乎封建社会的道德标准",而"上述内容",就是以"这篇文章"为"基础"的,岂料俞平伯却偏偏对它做了根本性的改动!

我们没有理由怀疑,王佩璋的话不是由衷之言。在五星红旗下走进高校大门的新中国的第一代大学生,最先接触的就是马克思列宁主义的文艺理论。所谓"暴露封建主义社会的腐朽和剥削、压迫人民的罪恶",以及什么"反对封建思想"等等,既是那个时代的最强音,也是这一代年轻人的由衷之言。王佩璋的这一番话,已与李希凡、蓝翎的文章非常接近。如果用当时最时髦的话语来评价,那么,王佩璋的观点与俞平伯文章的观点最根本的不同,便是一个是用所谓"马克思列宁主义的观点和方法",而另一个则是以胡适为代表的"资产阶级唯心论"。至于他们的观点到底与马克思主义的观点有着多大的距离,那也就不好用语言来形容了。

令人叹息的是,最能代表王佩璋的学术水平的,还是她用"胡适、俞平伯之流"的治学方法所撰写的几篇文章。㉞

在谈过"这篇文章删改的情形"以后,王佩璋接着批评俞平伯说:从删改的情况"可以看出俞先生只承认红楼梦所反映出来的贾家剥削农民的一些现象,而对'封建制度的政权就是地主阶级的政权'这一事实认为不必提及,对当时'朱门酒肉臭,路有冻死骨'的强烈的阶级的对比不愿分析,对所以造成农民的无知、贫困的原因不愿追究;也就是不愿更进一步接触这问题的本质——封建社会阶级对立的本质,而这正是红楼梦所主要反映和出力抨击的。""俞先生这种态度所反映的不只是资产阶级思想的问题,而是在俞先生身上,还有着封建阶级的思想残余,所以对于封建的地主阶级还不能完全划清界限,对他们不愿给以应给的憎恨,对于他们残酷剥削的本质不愿加以分析和暴露。这并不是一件偶然的事,在《红楼梦研究》中就可以找到许多俞先生同情封建地主阶级的没落,悲悯剥削者末路的证据。"

不知有意还是无意,王佩璋在这里用了这场批判运动中最常见的一个词——"这并不是偶然的",只是在其中添加了"一件""事"而已。

在找出俞平伯的"症结"后,王佩璋接着批评了《红楼梦研究》一书:《红楼梦研究》的许多地方,"不但歪曲了红楼梦反封建的现实意义,而且表示俞先生对书中所描写的'富贵温柔的人间福分'、'荣华'、'古欢'、'绮梦'、'盛'、'富'、'绮腻'、'骄贵'还不胜羡慕追惋"。其中所谓"'奴仆星散,丫环慰主','百年大族不能荫庇一女',是对封建阶级的没落寄与了如何深刻的同情!""所以,存在在俞先生思想中的,不只是资产阶级的文艺观点而已;同时,还伴有残余的封建阶级思想和没落的士大夫阶级的感情。""由于俞先生的错误的资产阶级文艺思想,俞先生对红楼梦的了解是从'色空'(一切现象终归幻灭)的基本观念出发的,于是产生了许多真假反正、可彼可此、没有肯定也没有否定的看法;又由于在俞先生思想中还有许多没落的封建主义思想的残余,就更使得俞先生对书中封建人物和封建事物没有强烈的憎恶和否定。这两种错误思想表现得最突出的就是俞先生竟把宝钗黛玉这两个性格绝不相容的人物说成作者原意是'双美合一'"。

需要说明的是,这虽是一篇批判性文章,但其中却有一大段是谈纯学术问题的,这只能表明她跟俞平伯在学术观点上也是不太一致的。请注意下面这一段话:

> 我认为后四十回的绝大部分都不是高鹗续的,而是程伟元买来的别人的续作……但后四十回买来的稿子很乱,经过高鹗整理的,在这整理过程中他可能就加进去了一些东西——与他的功名利禄思想相称的。这些东西与买来的稿子混在一起,给红楼梦后四十回带来了芜累。我颇疑宝玉中举,贾家复兴的一些文字是高鹗后加的,因为从第九十六回至一百十七回并没有写宝玉上学,也没有暗示宝玉中举的文字,而这一大段正是宝黛悲剧,宁荣破败的一连串事变的紧张场面;此前暗伏宝玉中举和此后直写宝玉中举的一些文字,如两番入家塾、讲义警顽心、试文字、中乡魁等,与一百二十回说贾家复兴的文字我疑心是高鹗后加上去的……至于后四十回的续书者是否看到曹雪芹的八十回后的某些残稿,而依据这些材料续写的,我想,这可能也是有的……

自从胡适、俞平伯等人论定后四十回的作者是高鹗以来,虽然也曾有人提出反驳,但"曹著高续"说却依然岿然不动,大有成为定论之势。并且,那些反驳胡适、俞平伯的人,否定后四十回非高鹗所续的大前提,也都是认为百二十回《红楼梦》皆出自曹雪芹一人之手。在这里,王佩璋却通过对作品内容的细致分析,大胆地提出了后四十回作者既非高鹗、也非曹雪芹、而是另有其人的说法。虽然她为了小心起见,仍然保留着高鹗"整理"的权力,也仍然怀疑续作者是否曾看到曹雪芹八十回以后的某些残稿,但她首先提出这一观点,应该说还是很有胆识的。1957年,王佩璋又在《文学研究辑刊》第五辑及2月3日《光明日报》上,连续发表了《曹雪芹的卒年及其他》和《〈红楼梦〉后四十回的作者问题》,对这一看法表示了明确的态度,并进行了比较充分的论证。这一说法的提出,应该是王佩璋对《红楼梦》研究的最大贡献。

当然,王佩璋的这一看法,也只是提出一说而已,并没有成为最后定论。

在《我代俞平伯先生写了哪几篇文章》一文的最后,王佩璋点明了撰写该文的目的:"我代俞先生写文章这件事在我是犯了错误,俞先生也犯了错误,应当另外检讨的。今天我把这件事揭露出来,是为了把问题弄清楚,使读者知道哪篇是我写的,以免在这次讨论中混淆不清;并且说出俞先生对这文章改动的情形(当然,我原来的文章中也有许多问题的),从这些删削改动中也可以部分地说明俞先生在对红楼梦的研究中的资产阶级的文艺思想,使这次讨论更好地进行。"

既然代别人写文章,本身就是一个"被剥削者",因此所谓"另外检讨"云云,也只是一句空话。其主要目的,当是"以免在这次讨论中混淆不清",被批判者们的重炮误伤了自己。

是什么原因导致王佩璋发生了这样的变化? 有一条资料似乎可以回答这个问题。《北京日报》办公室一九五四年十一月五日编印的《北大教授对红楼梦问题的反应》中,有这样一段话:"俞平伯教授……说,王佩璋批评我的文章,说是我叫她写的。她写的文章,还不是乔木叫她写的。"[35]

形势逆转,王佩璋也成了批判大军中的重要成员。当大批判运动已经达到高潮时,1954年11月28日,王佩璋又在《光明日报》发表了题为《谈俞平伯先生在〈红楼梦研究〉工作中的错误态度》一文,再次对俞平伯进行了公开的批判。她说:"许多同志对俞平伯先生在《红楼梦》研究中的资产阶级文艺思想已经给予批判,这是及时而且必要的。我在这里想就俞平伯先生在《红楼梦研究》中所表现的不应有的错误的态度谈一谈:一、首先是俞平伯先生把《红楼梦》作者所写的封建大家庭的典型意义抽掉,把它广泛的社会意义抽掉,把它缩小为作者的自传。这是'新红学家'普遍的毛病,自胡适一脉相传的。……二、俞先生对《红楼梦》的研究没有分析批判。……三、只研究前八十回,贬斥后四十回。……四、俞先生对《红楼梦》的一些认识全据脂批。……五、俞平伯先生对《红楼梦》的研究工作完全是从兴趣出发的。……由以上所举五点事实,可以看出俞平伯先生对待《红楼梦》研究工作的态度是十分错误的。所以,批判俞平伯先生的资产阶级文艺思想,肃清这些'研究'对广大青年的影响,是必要而且急需的。"

在此必须特别指出,王佩璋的批判文章,较之当时那些用词尖刻无限上纲甚至极尽诋毁谩骂之能事的文章,不仅具有浓厚的学术气息,而且语气也相对缓和。她与俞平伯之间的分歧,主要还是在学术观点方面。若剔除那些装点门面的"批判性"言辞,仍不失其学术价值。

王佩璋在1954年10月24日会议上的发言,以及她所写的"说明事实的真象"的文章,都被批判者们用作了攻击俞平伯的炮弹。一些文章攻势凌厉,言辞尖刻,直将俞平伯当成了万恶的"剥削者",而王佩璋却成了苦大仇深的"被剥削者"。此处我们不妨扼要摘引两段很有代表性的文字,即可看出这些文章的"重要价值"和"政治效益":

维之说:"俞平伯把王佩璋的文章拿出来稍加添改,竟用自己的名义发表出来……俞平伯这样做,不仅剥削、掠夺了王佩璋的劳动成果,而且是欺骗读者,这种剥削、盗窃的行为正是资产阶级思想的具体反映。"[36]

欧小牧说:俞平伯在"对待青年一代的态度上,则成为侵占他人劳动的剥削者,或是横拦在路上的绊脚石"。[37]

就连对俞平伯还算比较客气的郭沫若,也借此说出这样的话来:"俞平伯先生的研究之所以成为了问题的,是他三十年来,特别是自解放以来,在思想、立场和方法上,都没有什么改变。这种情况特别突出地表现在俞平伯先生对王佩璋的文章的删改上。那表露了俞平伯先生不仅没有摆脱资产阶级唯心论的影响,而且还有浓厚的封建思想的残余。"[38]

以后的叙述,似乎已超出了本书的范围。但为了对王佩璋的悲剧命运有一个大致的了解,我们有必要对她以后这十多年的生命历程做一简要的缕述。

人生的悲剧,有性格的因素,也有时代的因素。但毋庸讳言,政治风云的变化莫测,在特定的历史时期也起着决定性的作用。自"反右"运动至"文化大革命"爆发前的这一段岁月中,俞平伯居然很幸运地躲过了一场又一场的批判运动;而曾经一度成为"新生力量"化身的王佩璋的个人命运,却是一路坎坷一路悲歌。

这是一段很难描述的历史,若要了解它的来龙去脉,似乎还应从1956年的"百花齐放,百家争鸣"说起。

1956年,被治史者喻为"罕有的春天","一个令历史十分怀念的年份"。㊴这一年,历时一年多的"俞平伯《红楼梦》研究批判"、"胡适思想批判"、"胡风文艺思想批判"及"肃反斗争"等环环相扣的四大运动宣告结束,国民经济也得到了前所未有的高速发展。就在这种难得一遇的大好形势下,各种有利于文人的优惠政策相继出台,使他们如沐春风似逢甘雨。受到鼓舞的中国知识分子们,在感激涕零的同时,也看到了彩虹般的美丽前景。

1956年4月28日,毛泽东在中共中央政治局扩大会议上,以一个国家领导人应有的魄力与胆识,提出艺术问题上的"百花齐放",学术问题上的"百家争鸣",应该成为我国发展科学、繁荣文学艺术的方针。这一决策,应该说是非常英明的,堪称毛泽东的一大杰作。

同年5月26日,中宣部部长陆定一在中共中央宣传部举行报告会,以《百花齐放,百家争鸣》为题,对毛泽东的这一方针做了全面的阐述。声势浩大的"大鸣大放"运动由此拉开了帷幕。

再度受到鼓舞的知识分子们,本着"知无不言,言无不尽"的宗旨,敞开心扉,吐出了自己的由衷之言。当然,谁也没料到,一年后,许多畅所欲言者所得到的回报,却是一顶沉甸甸的"右派"帽子。

从号召"大鸣大放"到"组织力量准备反击右派分子的猖狂进攻",再到将五十多万知识界精英一举打成"右派",历史车轮运行轨迹之无规律可循,政治风云变幻之毫无游戏规则可言,委实令人不寒而栗。是毛泽东在号召"鸣放"时就已有了这一部署,以便诱敌深入聚而歼之?还是发现"事情正在起变化"之后,而断然采取的挽救措施?至今仍是一个令人困惑的难解之谜。

355

就在这场令老一代知识分子闻之色变的"反右斗争"中,王佩璋也受到了自《红楼梦》研究批判运动以来的第一次小小打击。

那是在"大鸣大放"进入高潮之时,不知出于什么动机,王佩璋在单位召开的一次"鸣放"会议上,做了一个很长的发言。在发言中,她既没有攻击党,也没有攻击单位的领导,但她讲到自己的生活如何苦、自己是如何奋斗、如何成长时,却时时刻刻与"新贵"们对比,这自然给人造成了吹捧自己攻击别人的印象。后来反击"右派"进攻时,王佩璋虽然没有被打成"右派",但她的这次发言,却被视为"右派言论"而受到了一些冲击。⑩

1957年11月中共中央提出了"大跃进"的口号。

1958年5月5日至23日,"中国共产党第八次全国代表大会第二次会议在北京举行",正式通过了毛泽东倡议提出的"鼓足干劲、力争上游、多快好省地建设社会主义"的总路线及其基本观点。"会议号召全党和全国人民,认真贯彻执行社会主义建设总路线,争取在十五年,或者更短的时间内,在主要工业产品产量方面赶上和超过英国"。㊶会议结束后,举国上下便在响亮的口号和嘹亮的歌声中,迅速掀起了"大跃进"的热潮。

热气蒸腾的时代浪潮,将大专院校、科研单位的文人们统统卷到了生产建设的第一线。本来拿惯了笔杆子的王佩璋,也随着时代大潮被下放到北京某国棉厂劳动锻炼。

这期间,就发生了一桩对其命运产生重大影响的"非常事件"。

大概是在1958年的年底,王佩璋所在的某国棉厂传来消息,说她往机器里放铁砂,破坏"革命生产"。㊷

在刚刚"确认了毛泽东关于社会主义社会阶级斗争问题的'左'倾理论"㊸的特定历史条件下,王佩璋的这一行径,无疑是十分严重的。此后,单位组织一些女同志在小范围内对她进行了批判。

但事情并没有以此而告终。庐山会议后,又在全国范围内开展了轰轰烈烈的"反右倾"斗争。大气候的变化无常,直接地影响到个人的前途和命运。大约在1960年年初,王佩璋被开除了公职。㊹

爱惜人才的文学所负责人何其芳,推荐王佩璋到中华书局去当编辑,但

不知什么原因,王佩璋却始终不愿意去。㊽

从1957年的"反右斗争"直到"文革"爆发,大大小小的政治运动犹如海上的波涛一样,永不疲倦也永无止息。它们虽然还远没有"文化大革命"那么残酷,但许多丑恶的东西却已初露端倪。若将这一时期的许多运动视为一次次的"热身赛",那么它们无疑为"文革"的爆发做了很好的铺垫。

1966年夏,中华民族进入了令人胆寒的疯狂年代。在人生路上一波三折的王佩璋,首先成了"造反派"们的"革命对象"。肉体的摧残伴随着人格的凌辱,使王佩璋失去了生存的勇气,她最终选择了自杀的道路。㊻一个颇有研究能力的年轻学者就这样含恨离开了人间。

王佩璋的悲剧,既有性格因素,也有时代的因素。但无论出于何种原因,就个体生命而言,她的命运毕竟是很悲惨的。在那段无法无天的岁月里,她的悲剧,只是那个时代大批惨遭迫害的知识分子的一个缩影。她以生命与灵魂的饱受摧残为代价,而成为疯狂年代政治运动中的第一批牺牲品。㊼

王佩璋在1954年对俞平伯的批判,曾对俞平伯造成过什么样的伤害?因无相关史料,不敢妄加揣测。不过,在王佩璋被迫害致死十多年后,亦即1979年4月底,俞平伯在《乐知儿语说〈红楼〉·茄胙、茄鲞》一文中,回忆起20世纪50年代自己与王佩璋同作《红楼梦》八十回本的校勘整理工作时,倒是说了一段颇为伤感的话:"余年齿衰暮,无缘温寻前书,同校者久归黄土,不能再勘切磋,殊可惜也。"寥寥数语,痛悼惋惜之情却充溢于字里行间。

---

① 对于胡适的影响,周汝昌至今仍不讳言。在张者的《周汝昌的"红"与"黑"》(《读者》2000年第22期)一文中,周汝昌与作者曾有这样一段对话:

"是什么契机使您走上了《红楼梦》研究之路的?"

"那真是机缘巧合,同时这也和胡适分不开。"

"那时候我还是燕京大学的学生。1947年一次偶然的机遇,我在燕京大学图书馆发现了曹雪芹好友敦敏的诗集。这是胡适先生多年以来为了考证曹雪芹想找而没找到的。我翻开一看大为惊喜,里面有六首直接咏曹雪芹的诗。这不单是文学作品,也是重要史料呀!"

周汝昌由此写下了第一篇红学文章,这篇文章发表在当年的《民国日报》。此文引出了周汝昌和胡适的一段佳话。胡适看到周汝昌的文章之后,非常高兴,主动给周汝昌写了一封信,此信也在报上发表。这样一来,引起了学术界的关注。

周汝昌说:"我是十分感念胡适先生,但是我们的学术观点有所不同。胡适先生的信,当时对我的考证只同意一半,另一半有所保留。我当时是一个少年,少年气盛,也不知道天高地厚,也不知道言语轻重,就又写了一篇文章和胡适先生辩论。"

胡适不久就回了信,一来二往,从1947年的冬天到第二年的秋天,胡适共给周汝昌写了6封信,探讨红学问题。胡适也许没想到,他的6封信给了一位年轻学生极大的鼓舞,使周汝昌走上了长达半个世纪的红学研究之路。

② 冯其庸在《曹学叙论》(《红楼梦学刊》1992年第1辑)一文中说:"如果说胡适是'曹学'的创始人和奠基者,那末,周汝昌就是'曹学'和'红学'的集大成者。胡适关于'曹学'和'红学'的研究成果都是用论文或书信或叙跋的形式发表的,他没有能用完整的构思写成专著,这是因为他的时代早,那时认真对《红楼梦》作研究还刚刚开始,许多珍贵的资料包括《红楼梦》的乾隆抄本,还刚刚陆续发现,因此还没有条件作完整的构思。周汝昌的情况恰恰相反,他一方面不断有'红学'和'曹学'的专题论文发表;另方面,也是主要的方面,是他写出了《红楼梦新证》这部具有整体构思的专著。"

刘梦溪在《红学》(文化艺术出版社1990年12月北京第1版)一书中曾经打了一个巧妙的比喻:"胡适的《红楼梦考证》,只是给曹雪芹的家世生平勾勒了一个大致的轮廓,周汝昌的《红楼梦新证》,才真正构筑了一所较为齐全的住室。"

③ 舒云《批判〈红楼梦研究〉前后的文怀沙与俞平伯》(《炎黄春秋》1998年第4期)一文中说:"红学家周汝昌那时刚分配到四川大学当教师,要出版一本《红楼梦新证》。文怀沙做了他的责任编辑,并用王耳的名字写了万言长序。周汝昌把书稿寄到北京,文怀沙改定后再寄到上海出版。周汝昌两耳不闻窗外事,光埋头做学问,不管政治行情,文怀沙以中国古典文学丛刊主编王耳的名义,做了大量的删改工作,尽量避免书中提到胡适,不得不提到时,删去胡适先生如何如何,写成妄人胡适。以后文怀沙说对不起周汝昌,但在那个时期不打这个马虎眼过不了出版关。"

④ 在那个特定的历史时期,遇到此等事情,岂止是周汝昌,恐怕任何一个人都

不会不感到恐慌。

⑤ 前三篇是：一、钟洛《应该重视对〈红楼梦〉研究中的错误观点的批判》(《人民日报》1954年10月23日)；二、李希凡、蓝翎《走什么样的路？——再评俞平伯先生关于〈红楼梦〉研究的错误观点》(《人民日报》1954年10月24日)；三、袁水拍《质问〈文艺报〉编者》(《人民日报》1954年10月28日)。

⑥ 魏建功，字天行，1901年出生于江苏如皋。1925年毕业于北京大学后即留校任教，直至1980年去世为止。在语言、文字、音韵学等方面都颇有研究。他既是俞平伯的老校友、老同事，也是与俞平伯过从甚密的好朋友。参见孙玉蓉《俞平伯年谱》，天津人民出版社2001年1月第1版。

⑦⑫ 参见孙玉蓉《俞平伯年谱》，天津人民出版社2001年1月第1版。

⑧ 2001年2月15日，笔者曾找李希凡核实此事，他也说事情确实如此。

⑨ 《胡适文集》，人民文学出版社1998年12月北京第1版。

⑩⑪ 《胡适红楼梦研究论述全编》，上海古籍出版社1988年3月第1版。

⑬⑲ 顾潮、顾洪《顾颉刚评传》，百花洲文艺出版社1995年11月第1版。

⑭ 顾颉刚《红楼梦辨·序》，《俞平伯论红楼梦》，上海古籍出版社1988年3月第1版。

⑮ 1921年7月20日顾颉刚致俞平伯的信，《俞平伯论红楼梦》，上海古籍出版社1988年3月第1版。

⑯ 《文艺报》1954年第21期。

⑰⑱ 转引自胡明《胡适传论》，人民文学出版社，1996年6月北京第1版。

⑳ 笔者当日也参加了这次会议，文怀沙的发言属于笔者的"亲见亲闻"。

㉑ 舒云在《批判〈红楼梦研究〉前后的文怀沙与俞平伯》(《炎黄春秋》1998年第4期)一文中，对此曾做了扼要的总结："幸好《红楼梦研究》的批判，从头到尾都没有揪出文怀沙，只是让文怀沙写检讨，所有的罪名都推到俞平伯身上。俞平伯吓坏了，几次检讨都过不了关，文怀沙看俞平伯'全军覆没'，认为俞平伯揭露出来《红楼梦》后四十回是别人写的，在《红楼梦》的辨伪存真方面还是做出了贡献，就好心拉了他一把，除了自己写检讨，还替俞平伯写检讨。到了'文革'，文怀沙终于成了俞平伯向党进攻的同伙，他被抄家，作为漏网右派和漏网胡风分子被关了起来，与世隔绝十年。"

㉒ 《光明日报》1954年9月7日。

㉓ 《新观察》1954年第16期。

㉔ 《新观察》1954年第17期。

㉕ 时间刚刚过去三十多年,有关王佩璋的史料已很难查找。笔者自决定撰写此书之日起,便托中国社会科学院文学研究所的张国星、竺青等人到人事处去查找王佩璋的生平档案,结果不仅没有这份材料,甚至连在文学所人事处工作多年的老处长,都没有听说过王佩璋这个名字。后来,笔者在采访文学研究所研究员刘世德时,刘世德告知说,当年开除王佩璋公职后,曾经让她到中华书局去工作,但不知道她后来去没去。根据这一线索,笔者又托中华书局的顾青从中华书局人事处代查,结果回答依然是"无"。再后来,笔者又通过曾经与王佩璋共事的几位先生打听其家属的下落,岂料依旧一无所获。直到此书临近杀青时,才不得不根据比较熟悉王佩璋的一些前辈学人的采访,对其生平作一大致的勾勒。但愿拙著出版后,熟悉王佩璋的亲友能够再给笔者提供更为翔实的史料,以便在此书再版时加以修正。

㉖ 据刘世德说,当时的文学研究所挂着中国科学院和北京大学两块牌子。原因是:当时文学研究所实际上隶属于中国科学院,但因科学院当时没有房子,所以就暂时在北大哲学楼办公,因而对外也称北京大学文学研究所。

㉗ 此据2001年2月15日对中国社会科学院文学研究所研究员樊骏的电话采访。樊骏是王佩璋在北京大学的同班同学,毕业后又一起分配到文学研究所工作。

㉘ 此据2000年6月9日对刘世德的采访。刘世德在北京大学读书时比王佩璋低两届,1955年毕业后分配在文学研究所工作,且与王佩璋同在一个办公室。另外,刘世德在怀念俞平伯的纪念文章《文章千古事,品德万人钦》(《文学遗产》1991年第1期)一文中也曾提到此事:"上班以后,恰巧我又和王佩璋同志同在一间办公室。我看到她的办公桌旁堆着两摞纸,几乎和桌子一般高,问明了,方知道是平老校订的《红楼梦》的书稿,以及她所写下的校勘记。"

㉙㊵㊷㊹㊺㊻㊼ 此据2000年6月9日对刘世德的采访。

㉚ 刘世德说,王佩璋很有学问,也很有个性。她在大学时学习就很好,是拔尖的人才。她对《红楼梦》很熟,可说是"倒背如流",其古典诗词的造诣也很深。

㉛ 1954年10月以前,王佩璋在协助俞平伯作《红楼梦》八十回本校勘的同时,还代俞平伯写了四篇文章:1.《红楼梦的思想性与艺术性》(《东北文学》1954年2月号);2.《红楼梦简说》(《大公报》1953年12月19日);3.《我们怎样读红楼梦》(《文汇

360

报》1954年1月25日);4.《红楼梦评介》(《人民中国》1954年第10期)。这四篇文章,无论谁的意见多一些,或谁的意见少一些,但却都可以看做是俞平伯与王佩璋双方合作的结晶。

㉜　参见1954年3月15日《光明日报》《文学遗产》专栏《作家出版社的信》。

㉝　香港友联出版公司1955年6月出版的《俞平伯与〈红楼梦〉事件》一书,便是这方面的主要代表。赵聪说:"一九五三年底中共'作家出版社'出版的《新版红楼梦》,因为时间仓促,其中潦草错乱的地方不一而足。俞平伯不忍看着中共拿这部错得一塌糊涂的书来污辱古典文学名著和欺骗读者,他和他的助理王佩璋都曾对《新版红楼梦》予以猛烈的抨击。他首先在一九五四年三月一日的《光明日报》上发表了一篇题为《曹雪芹的卒年》的文章,指斥'作家出版社'的错误……俞平伯同时叫他的助理王佩璋审校《新版红楼梦》,结果她写了一篇《新版红楼梦校评》,寄到《光明日报》(民盟的机关报)。该报因为她这篇文章把所谓'国家出版机构'攻击得体无完肤,没敢骤然刊登,又把它转寄给'作家出版社'。该社把它看了之后,又寄回该报,并附了一封信,承认王佩璋所指都合于事实,《新版红楼梦》犯的'错误是严重的'。王佩璋的文章与'作家出版社'的信,这才一同发表在一九五四年三月十五日的《光明日报》上……中共自吹自擂'郑重整理'出来的第一部'文学遗产',刚刚出世,就遇到了这位初出茅庐的女学生劈头浇一瓢冷水,中共所谓'国家出版机构'的威信尽失……王佩璋是给俞平伯当助手的,这一次严厉的抨击,当然也就记在了俞平伯的账上。"这一番话,起码有两大不合情理之处:首先,作家出版社出版的新版《红楼梦》,是由俞平伯的友人汪静之校点整理的,并且,俞平伯与启功等人都曾先后参与了这个本子的校阅工作(参见孙玉蓉《俞平伯年谱》,天津人民出版社2001年1月第1版),如果说赵聪所谓"俞平伯同时叫他的助理王佩璋审校《新版红楼梦》"虽然无稽但还尚有一定道理的话,那么"俞平伯不忍看着中共拿这部错得一塌糊涂的书来污辱古典文学名著和欺骗读者,他和他的助理王佩璋都曾对《新版红楼梦》予以猛烈的抨击"云云,就显得不太合理了。试想,俞平伯既然参与了其事,"污辱古典文学名著和欺骗读者",他也应该负有一定责任的,他如何还要"予以猛烈的抨击"? 当然,俞平伯本着对读者负责的态度,让王佩璋"审校《新版红楼梦》"并写文章,以便在再版时予以改正,倒是有可能的;其次,既然发表这篇文章会产生那么严重的问题,以至成了俞平伯的一大罪行,而共产党又如赵聪所说"有严格的审查制度",《光明日报》不发表王佩璋的这篇文章不就完了? 赵聪戴着变色眼镜看问题,因而时时事事都与

政治联系了起来。

㉞ 除代俞平伯所写的几篇文章外,仅就王佩璋的数篇署名文章来看,《新版〈红楼梦〉校评》(《光明日报》1954年3月15日)、《曹雪芹的卒年及其他》(《文学研究辑刊》第五辑,1957年5月版)、《〈红楼梦〉后四十回的作者问题》(《光明日报》1957年2月3日)等文章,最见她的学术功底。

㉟ 转引自陈徒手《旧时月色下的俞平伯》,《读书》1999年第10期。

㊱ 维之《续书和代笔》,天津《大公报》1954年12月8日。

㊲ 欧小牧《从"孤本秘笈"谈起》,《云南日报》1954年12月25日。

㊳ 郭沫若《三点建议》,《人民日报》1954年12月9日。

㊴ 陆键东《陈寅恪的最后20年》,生活·读书·新知三联书店,1995年12月北京第1版。

㊶㊸ 中共中央党史研究室编《中国共产党历史大事记》,人民出版社1991年9月第1版。